教育部人文社会科学研究规划基金项目 "形式主义莎评经典研究"（项目批准号：19YJA752022）资助

形式主义
莎评经典研究

A Study of the Classics
of Formalist Shakespeare Criticism

许勤超　刘昱君　著

中国社会科学出版社

图书在版编目（CIP）数据

形式主义莎评经典研究 / 许勤超，刘昱君著.
北京：中国社会科学出版社，2024.7. -- ISBN 978-7
-5227-4001-0

Ⅰ. I561.063

中国国家版本馆 CIP 数据核字第 20245YJ785 号

出 版 人	赵剑英	
责任编辑	梁世超	
责任校对	周　昊	
责任印制	戴　宽	
出　　版	中国社会科学出版社	
社　　址	北京鼓楼西大街甲 158 号	
邮　　编	100720	
网　　址	http://www.csspw.cn	
发 行 部	010-84083685	
门 市 部	010-84029450	
经　　销	新华书店及其他书店	
印　　刷	北京君升印刷有限公司	
装　　订	廊坊市广阳区广增装订厂	
版　　次	2024 年 7 月第 1 版	
印　　次	2024 年 7 月第 1 次印刷	
开　　本	710×1000　1/16	
印　　张	21.75	
字　　数	305 千字	
定　　价	119.00 元	

凡购买中国社会科学出版社图书，如有质量问题请与本社营销中心联系调换
电话：010-84083683
版权所有　侵权必究

目　录

绪　论 …………………………………………………………（1）

第一章　T. S. 艾略特、威廉·燕卜荪与克林斯·布鲁克斯：新批评莎评 …………………………………………（9）
　　第一节　信仰与思想 ………………………………………（11）
　　第二节　难以驾驭的原材料与客观对应物 ………………（20）
　　第三节　莎士比亚的含混 …………………………………（26）
　　第四节　连续的意象链条 …………………………………（41）
　　结　语 ………………………………………………………（49）

第二章　卡罗琳·斯珀津：多彩的意象 ……………………（52）
　　第一节　多彩的一般意象 …………………………………（53）
　　第二节　明亮的主导意象 …………………………………（66）
　　第三节　黑色的主导意象 …………………………………（75）
　　结　语 ………………………………………………………（85）

第三章　乔治·威尔逊·奈特：象征的关联与统一 ……… （87）
 第一节　人的象征性 ……………………………………… （88）
 第二节　悲剧主题的象征性诠释 ………………………… （95）
 第三节　自然意象的关联性象征 ………………………… （105）
 第四节　象征的结构性原则 ……………………………… （111）
 结　语 ……………………………………………………… （119）

第四章　C. L. 巴伯：节日习俗的形式意义 ……………… （122）
 第一节　伊丽莎白时代的节日习俗与莎士比亚喜剧 …… （123）
 第二节　莎士比亚喜剧的"农神节"范式 ……………… （130）
 第三节　"农神节"范式下的喜剧 ……………………… （140）
 结　语 ……………………………………………………… （152）

第五章　诺思罗普·弗莱：喜剧结构与绿色世界模式 …… （154）
 第一节　创作技巧及形式的意义 ………………………… （155）
 第二节　高度程式化的喜剧结构——从身份阻碍
    到身份丢失再到身份发现 ……………………… （166）
 第三节　绿色世界模式 …………………………………… （183）
 结　语 ……………………………………………………… （195）

第六章　诺曼·拉普金：莎剧意义的颠覆与重构 ………… （197）
 第一节　时代更迭下的意义流变 ………………………… （198）
 第二节　从新批评到解构主义莎评 ……………………… （203）
 第三节　莎剧意义的跨学科解读 ………………………… （213）
 第四节　莎士比亚悲剧的不确定性及其改编 …………… （221）
 第五节　文学之"元" …………………………………… （230）
 结　语 ……………………………………………………… （241）

第七章 哈罗德·威廉·佛克纳：麦克白悲剧命运之解构 …… （245）

第一节 《麦克白》的本体和超本体世界 …… （246）
第二节 麦克白的恐惧和谋杀虚无 …… （263）
第三节 麦克白的主权世界 …… （277）
结　语 …… （281）

第八章 约翰·克里根：莎士比亚约束语言的破与立 …… （284）

第一节 约束语言的来源、担保及驱动力 …… （285）
第二节 约束语言的遵守与不稳定性 …… （298）
第三节 约束语言中的契约与债务 …… （306）
第四节 约束语言与道德 …… （313）
结　语 …… （317）

参考文献 …… （320）

后　记 …… （336）

绪　　论

　　莎士比亚作为西方的一个文化符号，自其作品问世以来，一直得到批评者的关注，不论是新古典主义莎评、浪漫主义莎评、现实主义莎评、新现实主义莎评、精神分析莎评，都对莎士比亚作品进行了深入的研究。20世纪以前，塞缪尔·约翰逊（Samuel Johnson）、塞缪尔·泰勒·柯勒律治（Samuel Taylor Coleridge）、威廉·哈兹里特（William Hazlitt）、爱德华·道顿（Edward Dowden）的莎评已成为经典。20世纪初至60年代，以A. C. 布拉德雷（A. C. Bradley）为代表的新浪漫派批评、以E. M. W. 蒂利亚德（E. M. W. Tillayard）为代表的历史主义批评、以欧内斯特·琼斯（Ernest Jones）为代表的精神分析批评大大推进了莎士比亚的研究。20世纪初，瑞士语言学家费尔迪南·德·索绪尔（Ferdinand de Saussure）的《普通语言学教程》问世，动摇了人们对传统语言学的看法，对当代哲学乃至整个人文科学形成很大的冲击。索绪尔区分了外部语言学和内部语言学，指出外部语言学研究语言与文化、政治等的关系，而内部语言学研究语言系统"自己固有的秩序"[1]。这种观点催生了20世纪文学批评的转向；

---

[1]　［瑞士］索绪尔：《普通语言学教程》，高名凯译，商务印书馆1980年版，第46页。

一种新的形式主义批评理论几乎统领了20世纪上半叶的文学批评。形式主义认为，文学的本质在于形式，必须从形式观照文学，分析文学，总结文学规律。莎士比亚一直是各种文学批评理论的试金石，形式主义莎评也就应运而生。

严格来说，形式主义莎评肇始于T. S. 艾略特（T. S. Eliot）的批评思想和批评实践。20世纪20年代以降，以T. S. 艾略特、卡罗琳·斯珀津（Caroline Spurgeon）等为代表的形式主义莎评开始对传统的莎评发起挑战，在短短的几十年间，这种注重作品内在结构的形式主义批评在莎士比亚研究领域取得了丰硕成果。受各种思潮和批评理论的影响，形式主义莎评经历了新批评莎评、意象莎评、象征莎评、原型批评莎评、解构主义莎评和细读式莎评等阶段，这种批评一直到21世纪初期，仍然显示着强大的生命力。

新批评是20世纪20—50年代在英美流行的重要文学流派之一。在莎士比亚研究方面，新批评不关注作品之外的东西——作品的社会环境等，而视文本为各种要素组合的工艺品。新批评派中，T. S. 艾略特的《文集1917—1932》（*Selected Essays, 1917-1932*）中两篇关于莎士比亚的论文非常著名。在《哈姆莱特》（"Hamlet", 1919）一文中，艾略特把矛头直指余波尚存的浪漫主义莎评，在艾略特看来，以前的浪漫主义评论家都把自己投射到哈姆莱特这个角色上，但《哈姆莱特》不是关于这个王子本人的故事，而是一个由不同材料叠加组成的故事。他认为，在这部剧中，莎士比亚的许多意图无法以艺术的形式表达，进而导致许多地方模糊不清，难以把握。因此，从艺术的角度看，《哈姆莱特》是一部失败的剧作。在《莎士比亚和塞内加的斯多葛主义》（"Shakespeare and the Stoicism of Seneca", 1927）一文中，艾略特通过分析莎士比亚来说明作家和他们所处的时代的社会思想之间的关系，但这种关系与历史主义莎评完全不同。艾略特的重点不是塞内加如何影响了莎士比亚，也不是莎士比亚是否相信塞内加的斯多葛主义。根据艾略特的观点，莎士比亚作品对塞内加的斯多

绪 论

葛主义有所反映是一种自然而然的事，这只能表明这种意识形态在当时社会中已经流行，而不能表明莎士比亚本人拥有这种意识形态。由此可见，艾略特在这篇文章中探讨了一个更深层次的问题，即诗人是否有自己的思想以及作者与传统的关系。在艾略特看来，诗人是没有思想的，某些思想在作品中得到反映只能说明这种思想在当时的社会中流行，其恰好被作家"捕获"，并写进创作的作品中。可见，艾略特的莎评与历史主义莎评具有根本的不同。

威廉·燕卜荪（William Empson）深受威廉·哈兹里特的影响，以怀疑的观点看待一切，认为语言的意义是模糊的。在实证主义大行其道之时，文学也试图证明自己的科学性，而燕卜荪就是将"模糊"作为一种准科学的分析工具对语言进行研究的。他的著作《含混七型》（*Seven Types of Ambiguity*，1930）中，很多章节对莎士比亚诗歌和戏剧词语进行了多维解读。在分析含混的类型时，他首先认为，含混体现在诗歌的语言和结构上。在他看来，含混意味着一个词或一种陈述具有多重含义。他突破了在文学批评中建立统一意义的尝试，也是瑞恰慈（I. A Richards）倡导文学批评科学化的一种实践。他预见到诸如"不确定性""空白""反讽"和"解构主义技巧"等批评术语的出现，这些术语对后来的形式批评影响颇深。对燕卜荪来说，诗歌是一种有趣的语言形式，因为它充满了矛盾、悖论和多重意义。在其"含混"批评的影响下，新批评倡导的文本阅读逐渐从一种自发的审美活动上升为一种自觉的批评活动。对莎士比亚戏剧的解读也从注重分析人物性格转向强调语言修辞。

克林斯·布鲁克斯（Cleanth Brooks）在其著作《精致的瓮：诗歌结构研究》（*The Well Wrought Urn: Studies in the Structure of Poetry*，1947）中的第二章《赤裸的婴儿和男子的斗篷》（"The Naked Babe and the Cloak of Manliness"）对莎士比亚剧作《麦克白》进行了研究。作者对《麦克白》中两个意象的动态变化进行了追踪。麦克白把人们对即将遇害的邓肯所表示的同情比作"赤裸的新生儿/在疾风中阔步,或像苍穹中的小天使/驾驭着无形的风之信使……"把谋杀者的刀描述为"粘着血块,令人不忍目睹"。布鲁克斯接着对这些奇特的意象进行了分析,认为这些意象在《麦克白》这部剧中发挥着重要作用。那些没有炫目刀鞘的匕首,"已经不是诚实的匕首,光荣亮相守护国王,或是'谦恭地'躲在鞘中",而是沾满了它们应该保护的人的鲜血。赤裸的婴儿"象征着麦克白欲控制而又无法控制的未来"。[①] 所以怜悯好似人类无助的婴儿,又像乘风疾驶的天使。这两个意象意义深刻,婴儿之强壮源于其脆弱。悖论存在于语境本身,正是这种悖论摧毁了麦克白所依赖的脆弱的唯理主义。布鲁克斯对莎士比亚充满想象力的语言评价道:赤裸的婴儿,基本的人性,赤裸的人性,但就像未来不断变化的人性一样——在人类借来的各种服装、荣誉长袍、虚伪表现之间,以及麦克白强行掩盖其本性的不人道的"男子气概"之间,所有这些象征都为莎士比亚揭示人性提供了最微妙、最有效的反讽工具。

卡罗琳·斯珀津的《莎士比亚的意象及其意义》(*Shakespeare's Imagery and What It Tells Us*, 1935)是20世纪意象派莎评的开山之作。在这本书中,斯珀津将所有的明喻和隐喻都视为意象,意象不仅仅是具体可视的,所有富有想象力的图景和经验都可以视为意象。对斯珀津来说,莎士比亚戏剧中的大多数意象都是作者无意识的表达。她认为意象有两个基本功能:一是反映作者的情感和兴趣,以及对生活的观察,甚至某些生活经历;二是为戏剧提供背景,传达戏剧的氛围和情感。此书考察了莎士比亚戏剧中常见的一般意象,并以此为基础讨论莎士比亚的个人兴趣和品位;此外,还考察了单个戏剧中的主导意象,讨论了意象作为背景营造气氛的功能。斯珀津的意象分析,

---

[①] Cleanth Brooks, *The Well Wrought Urn*: *Studies in the Structure of Poetry*, London: Dobson Books Ltd., 1960, p.42. 同时参考[美]克林斯·布鲁克斯《精致的瓮:诗歌结构研究》,郭乙瑶、王楠、姜小卫等译,陈永国校,上海人民出版社2008年版。后文同此,不再说明。

绪　论

为我们打开了一扇理解莎士比亚的新的大门，令人耳目一新，在不同程度上启发了形式主义阵营中的其他莎评家。当然，斯珀津虽然用实证主义方法对意象进行统计、归纳，但对意象的象征意义的分析还存在不足。

乔治·威尔逊·奈特（George Wilson Knight）是20世纪最有才华和最多产的莎评家之一，他的代表作《火轮：莎士比亚悲剧诠释》（*The Wheel of Fire：Interpretation of Shakespearian Tragedy*，1930）在莎评史上产生了重要影响。在这本书中，奈特认为，每部莎剧的主旨是将意象、思想、情节和其他一切统一起来的关键。他关注莎士比亚戏剧中的"时间"和"空间"因素，将所有事件和人物对话都与它们联系起来。在对空间的研究中，他将整部剧视为一个放大的隐喻。他注重分析莎士比亚戏剧中语言符号的象征意义和用法。他认为，从《尤里乌斯·凯撒》到《暴风雨》，这一系列莎士比亚戏剧反映了莎士比亚个人精神发展的轨迹。奈特批评的焦点不在于莎剧中的单一人物或单一因素，而是作为有机体的整部戏剧或多部戏剧。这正是许多形式主义莎评家所忽视的。从奈特的莎评可以看出，奈特是一位有意识地反对传统的、有个性的莎评家。

C. L. 巴伯（C. L. Barber）的《莎士比亚节日喜剧》（*Shakespeare's Festive Comedy*，1959）主要探讨了社会习俗和戏剧形式之间的关系，展示了伊丽莎白时代日常生活和节日之间的对立是如何在喜剧中严肃和轻松的结合中变得生动起来的。巴伯在对伊丽莎白时代节日习俗"五朔节"和"司戏者"进行研究的基础上，结合莎士比亚喜剧作品进一步论述了莎士比亚喜剧创作之路：通过"释放"达到"澄清"，即巴伯总结出的"农神节模式"。人们在节日仪式的氛围中，摆脱一切束缚，达到身与心的"狂欢"。巴伯采用"农神节模式"对《仲夏夜之梦》和《威尼斯商人》的分析具有启发意义。他认为《仲夏夜之梦》的主题并非爱情而是节庆，而《威尼斯商人》的主题体现的是对节日仪式的拒绝。巴伯的莎评具有浓厚的神话或文化人类学色彩，在神话原型莎评方面做了开创性研究。他的原型批评莎评极大地丰富了形式主义莎评内容，也深深地影响了后来的结构主义莎评和文化政治莎评。

诺思罗普·弗莱（Northrop Frye）是神话原型批评的里程碑式人物，他的《自然的视角：莎士比亚喜剧和传奇剧的发展》（*A Natural Perspective: The Development of Shakespearean Comedy and Romance*, 1965）已成为神话原型批评莎评的重要代表作。弗莱在该书中认为，季节变换作为一种原型隐含于很多文学作品之中：从春天到冬天的季节变换隐含着从出生到死亡，这种范式对应着悲剧和历史剧；从冬天到春天的运动隐含着从死亡到再生，这种范式对应着喜剧的结构。弗莱在该书中探索了原始仪式和神话对莎剧结构的影响。莎士比亚的喜剧基本上代表了春天，这是一个有田园风光且充满活力和欢乐的绿色世界。而春之活力象征着生战胜死，这是神话仪式的重要组成部分。弗莱借助人类学知识，以其丰富的想象力，极大地丰富了形式主义批评。他的形式主义批评更加具有宏观整体性、有机统一性。

诺曼·拉普金（Norman Rabkin）的《莎士比亚和意义问题》（*Shakespeare and the Problem of Meaning*, 1981）是解构主义莎评的代表作。在该书中，拉普金主要对莎剧意义的不确定性进行了研究。在拉普金看来，莎士比亚戏剧的语言并不拥有一种固定的意义和结构，其意义始终处于不断生成的状态。因此，莎士比亚戏剧阐释的空间是无止境的。解构主义莎评在20世纪莎评史上虽然影响不大，但解构主义作为一种文本理论对文学批评的发展影响深远。拉普金的莎评是对以往追求意义完整性的莎评的反拨，标志着莎评从形式主义式的文本中心观向以读者和意识形态为视角的过渡。

哈罗德·威廉·佛克纳（Harald William Fawkner）的《解构〈麦克白〉：超本体论观》（*Deconstructing Macbeth: The Hyperontological View*, 1990）是解构主义莎评中比较抽象的一部代表作。佛克纳采用了德里达（Derrida）的"在场的形而上学"观点，借助一些哲学概念和理论，包括黑格尔（Hegel）的"掌控"、科耶夫（Kojève）的

绪 论

"欲望"、尼采（Nietzsche）的"奴役"、巴塔耶（Bataille）的"消耗"以及德里达的"增补物"等，详细解析了麦克白是如何走向悲惨命运的，并且对《麦克白》中一些人物的身份和恐惧的心理进行了解构。佛克纳通过解构形而上学的确定性和相关意识形态的概念来彻底审视麦克白隐藏的心理。作者认为，麦克白一生都在追求一种形而上学的确定性，这也跟他由英雄地位到后英雄地位的转变相关联。在运用这些概念时，佛克纳分析了麦克白对自己身份的了解程度以及他是如何走向毁灭的。

20世纪90年代以后，细读批评在莎士比亚研究领域又悄然兴起。这种细读批评与新批评的细读相比较，更加注重语言语境的分析。约翰·克里根（John Kerrigan）的《莎士比亚的约束语言》(*Shakespeare's Binding Language*，2016）探讨了莎士比亚戏剧中誓言、宣言、契约、保证和其他话语及行为的意义，通过这些话语和行为，揭示人物承诺的自己忠于过去、现在和未来的事物的真相。在现代早期英国，这种具有约束力的语言无处不在。他认为，莎士比亚剧作中呈现的就职誓言、结婚誓言、法律契约以及习见的诅咒赋予了生活更多的形态和质感。律师、宗教作家和讽刺作家对这种语言的正确使用及其所具备的约束力进行了争论，而这些争论在文学和戏剧中就被赋予了更多的信息。克里根在该书中主要结合莎士比亚戏剧，对这些约束性语言的语境进行了新的研究。人物在做出誓言时，其动机是什么？约束性语言在多大程度上具有说服力或欺骗性？什么时候可以违背誓言？誓言和承诺是如何构建观众的期望的？克里根的这部著作，深化了细读批评，延续并发展了新批评传统。

本书把形式主义莎评分为新批评莎评、意象莎评、象征莎评、原型批评莎评、解构主义莎评、细读式莎评六个流派，从每一个流派中选取一部或两部最经典的莎评著作进行深度解读，即主要聚焦上文提到的《哈姆莱特》《莎士比亚和塞内加的斯多葛主义》《含混七型》《赤裸的婴儿和男子的斗篷》《莎士比亚的意象及其意义》《火轮：莎士比亚悲剧诠释》《莎士比亚节日喜剧》《自然的视角：莎士比亚喜剧和传奇剧的发展》《莎士比亚和意义问题》《解构〈麦克白〉：超本体论观》《莎士比亚的约束语言》十一部论著进行解读；以点带面，以期对其内容深度挖掘，对其特点进行揭示。

  形式主义莎评是随着 20 世纪形式主义批评的兴起而产生的，形式主义批评虽然得到学界重视，对其研究也取得了一定的成就，但聚焦形式主义莎评经典的研究还比较滞后，甚至在某些方面，特别是深入文本内部进行细读和深度挖掘方面还一直处于缺场状态。本书旨在就这些方面进行有意义的探索，在详细解读的同时阐释其诗学意义，以期对当下的莎学研究有所启示。

第一章 T.S. 艾略特、威廉·燕卜荪与克林斯·布鲁克斯：新批评莎评

　　20 世纪是一个流派众多、批评多样的时代，特别是 20 世纪初期，文学批评受科学精神的影响，注重作品形式研究，因此形式主义批评大行其道，一度占据了文学批评领域的半壁江山。其实早在 19 世纪后半叶，这种科学主义的苗头就已经初步显现。当时，欧洲经历了在思想和政治上的动荡。在思想上，达尔文于 1851 年发表了跨时代的著作《物种起源》，这和欧洲传播近千年的神学文化产生了巨大冲突，在当时宗教盛行的欧美引起了恐慌，但在某种程度上，它也给欧美思想界带来了一种科学主义的倾向。在此，科学主义对于人文学科的深度渗透已经无可避免，到了 20 世纪 20 年代新批评出现的时候，文学批评中的科学主义色彩已经十分浓重了。新批评脱离了时代背景的影响，完全回到作品本身，从文本、字词、韵律音节来做文章。新批评的出现在某种程度上说，也是对于 19 世纪浪漫主义的一种反抗，后者曾声称诗歌是情感的宣泄，而新批评却并不这么认为。从新批评的角度来看，诗歌是客观的、精确的。正如艾略特所说，

"诗歌不是情感的宣泄，而是情感的逃避"①。袁可嘉也曾对新批评做出概括："第一……从象征派的美学观点出发，把作品看作独立的、客观的象征物，它是与外界一切事物绝缘的自足的有机体，这是一种'有机形式主义'。第二……认为文学本质上是一种特殊的语言形式，批评的任务是在作品文字的有形范围内进行文字分析，探究各个部分之间的相互作用和隐秘关系，这叫'字义分析'。"②

新批评莎评正是伴随着新批评的出现而产生的，并在20世纪三四十年代走向成熟。新批评的领军人物T. S. 艾略特（1888—1965）的两篇文章《莎士比亚和塞内加的斯多葛主义》和《哈姆莱特》可以说是开新批评莎评之先河。艾略特曾在哈佛大学学习语言文学和哲学，后又在牛津大学继续研究哲学；作为诗人和批评家，他的莎评比较抽象，更注重批评的哲学意义而非实际的方法论。作为作家，他在1948年获得诺贝尔文学奖；作为批评家，他深受柯勒律治的影响，认为文学作品是自足统一的整体，有自身的目的，对浪漫主义注重情感与想象的批评持反对态度。在他著名的文章《传统与个人才能》（1919）中，他主张文学作品要放到文学发展的进程中按照作品本身去理解，这种思想在其莎评文章里就很好地体现了出来。艾略特通过对莎士比亚及其作品的研究，提出了"信仰"的观点以及新批评中"客观对应物"的批评思想和方法，为后来的新批评莎评奠定了基础。

推动新批评莎评向前发展的是威廉·燕卜荪（1906—1984）的《含混七型》和克林斯·布鲁克斯（1906—1994）的《赤裸的婴儿和男子的斗篷》。威廉·燕卜荪曾在剑桥大学学习，师从著名文学理论家 I. A. 瑞恰慈。在瑞恰慈的启发下，燕卜荪写出了其著名的文学批

---

① T. S. Eliot, *Selected Essays, 1917–1932*, London: Faber and Faber Limited, 1932, p.21. 同时参考中国社会科学院外国文学研究所编《莎士比亚评论汇编》（下），中国社会科学出版社1981年版。后文同此，不再说明。

② 袁可嘉：《"新批评派"述评》，《文学评论》1962年第2期，第74页。

第一章 T.S. 艾略特、威廉·燕卜荪与克林斯·布鲁克斯：新批评莎评

评著作《含混七型》，在该书中，部分章节涉及莎士比亚作品，燕卜荪通过对莎士比亚诗歌和戏剧词语的多维解读，认为诗歌的语言和结构是含混的重要体现，他冲破了试图建立一种统一含义的文学批评观点，标志着新批评莎评向修辞批评的转向。布鲁克斯曾就读于温特比尔特、杜兰和牛津大学，执教于路易斯安那州立大学和耶鲁大学，他与勒内·韦勒克（René Wellek）、罗伯特·佩恩·沃伦（Robert Penn Warren）、威廉·维姆萨特（William Wimsatt）一道，使耶鲁成为20世纪40年代末美国的文学批评中心。他是新批评派的领军人物，他对新批评的贡献之一是对于"反讽"的理论阐述。布鲁克斯的莎评主要体现在他对《麦克白》的解读上，其对《麦克白》中"赤裸的婴儿"和"男子的斗篷"两个意象进行了深度解读，认为这些意象为莎士比亚提供了发挥反讽作用的工具。布鲁克斯的莎评极大地发展了新批评莎评，也使人们对莎士比亚诗意想象力有了更深的认识。

第一节 信仰与思想

综观艾略特的《文集1917—1932》，他的写作风格非常鲜明，偏向于从他人的评论入手，以此为柳叶刀去解剖莎士比亚的文本。在各类分析手法登上历史舞台之时，艾略特公开质疑了斯特雷奇（Strachey）、默里（Murry）和刘易斯（Lewis）等人评论莎士比亚的观点，因为"他们各自所描绘的莎士比亚跟斯特雷奇先生、默里先生以及刘易斯先生本人太相像了"[1]。他通过分析莎士比亚作品中体现出的塞内加的斯多葛主义，进而阐明作家与传统之间的关系问题，说明莎士比亚并不具有这种思想，莎士比亚之所以具有这种思想，是因为当时社会上流行这种思想。

---

[1] T. S. Eliot, *Selected Essays, 1917 – 1932*, London: Faber and Faber Limited, 1932, p. 128.

在《莎士比亚和塞内加的斯多葛主义》一文中，艾略特认为，当时所流行的对于莎士比亚思想的分析并不正确，或者说，莎士比亚思想实际上是难以捉摸的。首先，我们在莎士比亚作品中所看到的，并不能真实地表露作者本人的意愿，他对于人生的态度无法完全从他的文本中得出。首先，这是因为莎士比亚的作品极富变化；其次，作者本身就是容易被误解的。也就是说，既然莎士比亚的创作有很多，也并非一成不变，那么我们随机从他作品中摘出的一两段，很难说能够代表他整个人的思想。

艾略特并不赞同同时代的批评家用过去哲学家的思想来说明莎士比亚，他认为，"就像萧伯纳（Bernard Shaw）先生观念中的尼采（不管那是个什么样的东西），跟真正的尼采不一样"[1]。他认为，塞内加带给莎士比亚的影响，更偏向于艾略特在校园时代学过的塞内加悲剧和背诵下来的思想特点，而非来自莎士比亚对塞内加的斯多葛主义整体进行吸收。这并不是莎士比亚本身拥有的人生观或思想，而更多的是他借助这种在社会上存在并盛行的思想进行创作。正如莎士比亚的悲剧，在某些紧要关头，主人公会采取一种自我表演的姿态。这种创作手法并非仅莎士比亚一人采用，同时代的查普曼（Chapman）、马斯顿（Marston）都曾使用这种手法，这也造成莎士比亚笔下的主人公与他们的有很多相似之处。艾略特还直言，"不过我所关注的不在于塞内加带给莎士比亚的影响，而在于莎士比亚怎样说明了塞内加的斯多葛主义原则"[2]。可以说，由于激烈的社会变革，伊丽莎白时代的戏剧中出现罗马斯多葛主义思想是再正常不过的事情。艾略特旨在说明，作家本身不会产生思想，而只能记录当时流行的思想。

在历史发展中，人们在日常劳作之后，总会倾向于挑选某种东西

---

[1] T. S. Eliot, *Selected Essays, 1917 – 1932*, London: Faber and Faber Limited, 1932, p. 128.

[2] T. S. Eliot, *Selected Essays, 1917 – 1932*, London: Faber and Faber Limited, 1932, p. 131.

第一章　T.S. 艾略特、威廉·燕卜荪与克林斯·布鲁克斯：新批评莎评

作为精神慰藉，例如宗教、神话、哲学思想。正如古人用神话解释世界，用宗教作为道德行为规范和精神慰藉。这一点在人类发展的漫长进程中是十分明显的，正如当时动荡百年的十字军东征便是信仰的作用。无论身处什么时代，人们总是需要精神上的避难所，无所谓皈依何处，但必须填补内心的空白。思想从某种程度上来说也是一种信仰，但罗马时代的斯多葛主义与伊丽莎白时代的斯多葛主义，虽然一脉相承，但绝非全然一致。来自罗马和平时期的斯多葛主义历经数百年，到了混乱动荡的伊丽莎白时期，其内容已经发生了很大的变化。由于伊丽莎白时期人们心中的惊惧更甚，寻找精神慰藉的渴望也更为急切一些。于是人们便可以看到，思想间的界限并不完全分明，人们无所谓自己笃信的是哪种思想，甚至会对多种思想都有所涉猎，如杂烩一般。此外，伊丽莎白时代作品中的主人公和塞内加笔下的主人公并不相同，因为塞内加的斯多葛主义是在希腊背景下发展起来的，那么他笔下的主人公则受到的是希腊时代背景的影响。而到了数百年后的伊丽莎白时期，当时的作者则已可以用明确的特征来塑造出一个斯多葛主义者。于是，这时作品中的主人公是受到塞内加影响的，但是我们不能说塞内加笔下的人物与这个主人公一脉相承，也不能说塞内加对后世的影响与塞内加本人有什么直接关系。这也便是艾略特所提到的"某某人的影响跟某某人本人是两回事"[1]。此外，我们可以从文中看到诗人和时代的关系，即诗人在他作品中所表达出的思想是会受到时代背景影响的。艾略特指出："塞内加追随希腊传统，希腊传统并不是斯多葛主义的。他发展了希腊传统并与时代结合。因此，在他的悲剧中，人物的情感态度和希腊人的情感态度有着很大的差别。"[2] 也就是说，诗人在他那个时代中写作，即使在他身上萌发出

---

[1] T. S. Eliot, *Selected Essays, 1917 – 1932*, London: Faber and Faber Limited, 1932, p. 132.

[2] T. S. Eliot, *Selected Essays, 1917 – 1932*, London: Faber and Faber Limited, 1932, p. 133.

一种独特的思想，但他笔下的文字也仍然顺从于这个时代。

此外，艾略特认为："希腊悲剧里的宿命论，塞内加悲剧里的宿命论，以及伊丽莎白时代的悲剧里的宿命论，这三者间有着微妙的差别。"① 希腊悲剧在那时候的主流倾向之下，其中的宿命论也必定受当时流行思想的影响；塞内加悲剧虽然融合了他自己的斯多葛主义思想，但无论如何，他也不会脱离他所处的时代背景，他本身会受当时社会价值观影响；而伊丽莎白时代的悲剧中的宿命论，虽然也受到先前观点的影响，使宿命论的色彩更浓郁，但也会受到当时无政府主义的影响。总之，一个时代中能受到追捧的作品，必定要运用那个时代的主流思想。

艾略特认为，莎士比亚并非信仰某一种特定的思想，他更多是"为了戏剧效果运用了这些思想"②。作品中的主人公之所以能够呈现各式各样的面貌以及体现各种思想，是由于伊丽莎白王朝思想混杂多元，人们也乐于接受各种思想。我们知道，伊丽莎白时代，人们追求独立的个性，而这正是斯多葛主义最鲜明的特色；那么莎士比亚是如何将罗马时代塞内加的斯多葛主义融入伊丽莎白时期的个人主义思想中的呢？

关于个人主义在人物塑造上的作用，艾略特指出，"这种傲慢的个人主义，在很大程度上是为了戏剧性的效果而被利用的"③。正如哈姆莱特见到父亲亡魂后才试图复仇，我们很难预测他的想法，他时而冷静，时而装疯卖傻，一次又一次地延宕自己的复仇行动，却并未向任何人吐露心声。抛开这一点不谈，他个人主义最突出的表现在于，他在伤害多个无辜的人之后，仍对自己赞誉非凡：

---

① T. S. Eliot, *Selected Essays, 1917 – 1932*, London: Faber and Faber Limited, 1932, pp. 133 – 134.
② T. S. Eliot, *Selected Essays, 1917 – 1932*, London: Faber and Faber Limited, 1932, p. 134.
③ T. S. Eliot, *Selected Essays, 1917 – 1932*, London: Faber and Faber Limited, 1932, p. 132.

第一章　T.S. 艾略特、威廉·燕卜荪与克林斯·布鲁克斯：新批评莎评

> 霍拉旭，我死了，你还活在世上；请你把我的行事的始末根由昭告世人，解除他们的疑惑。
>
> ……
>
> 啊，上帝！霍拉旭，我一死之后，要是世人不明白这一切事情的真相，我的名誉将要永远蒙着怎样的损伤！
>
> （《哈姆莱特》第五幕第二场）①

这种几乎算得上是过分的个人主义，在早先的戏剧中并不多见，但在当时多元的社会背景下，各种思想都会被人们所接受，那么这种情节便也算得上是意料之外、情理之中了，而且戏剧性也得到了更好的彰显。

从艾略特的分析中可以看出，他以一种全新的视角，通过对莎士比亚及其作品的研究，更加全面地解释了自己的观点，即作品并不能作为了解作家思想的渠道，作家创作，不过是借用在当时社会上流行的价值观写作罢了。艾略特通过这些文字，试图剥除历史主义以及心理分析等当时各个流派对莎士比亚的过度解读。这对矫正当时历史主义的错误倾向具有警醒性的作用，但是，这些观点也暴露了艾略特在还原莎士比亚本来面目时，一边将作者、时代背景与文本完全剥离，另一边又遵循传统探讨文本在不同时代的变化；这种矛盾性是显而易见的。

在《莎士比亚和塞内加的斯多葛主义》一文中，艾略特对"思想"一词的概念进行了辨析，这使他的莎评上升到了一种哲学理论的高度。艾略特解释道："所谓'思考'的诗人，只能说他能够表达跟思想等值的感情，但他未必对思想本身感兴趣。我们总是那么说，

---

① 本书有关莎士比亚原著引文的译文，除特别说明外均参考［英］莎士比亚《莎士比亚全集》，朱生豪等译，译林出版社 1998 年版。同时参照 Stephen Greeenblatt, ed., *The Norton Shakespeare*, New York: W. W. Norton & Company, 2008, 后文不再说明。

思想是清晰的，感情是朦胧的。其实既有清晰的感情，也有朦胧的感情。"① 这便把"思想""思考""感情"三个词都区分开来。首先，感情是人类在面对客观世界时，自发产生的，本身就是朦胧的；而思考是经过处理后的，一种相对理智、清晰的感情，当我们说一个诗人能准确地表达自己面对客观世界时产生的感情时，我们便可以说，这是思考；而思想则非这两种所能比肩，"思想的目的性……他对于人生可有一贯的看法，或是他宣扬了应该采取什么样的步骤"②。于是思想便应该能够体现作者对人生的判断，对如何到达目标的思索，几乎是如同蓝图一般出现在书本中，而这也是情感和思考所不能及的。

紧接着，艾略特进一步提出，"莎士比亚的戏剧没有一部是具有'意义'的"③。这里的没有意义并非在否认莎士比亚剧作的文学价值，而是说莎士比亚写出这些传世巨作，绝非为了表达个人观点或是给人们启发。那么读者和观众们从戏剧中得到的感受从何而来呢？"一切伟大的诗歌对于人生的看法都给人一种幻觉。一旦我们进入了荷马（Homer），或者索福克勒斯（Sophocles），或者维吉尔（Virgil），或者但丁（Dante），或者莎士比亚的世界中，我们不由得认为，我们正在领会一些可以用理智来表达的东西；对于每一种清晰的情感，都倾向于理智的表述"④，正是作家将他那精妙的、准确的情感注入文字，在架构起一个广袤文学世界的同时，也吸引着读者进入了它。读者进入这个情感充沛的文字世界，却误以为自己进入的是作

---

① T. S. Eliot, *Selected Essays*, *1917 – 1932*, London: Faber and Faber Limited, 1932, p. 135.
② T. S. Eliot, *Selected Essays*, *1917 – 1932*, London: Faber and Faber Limited, 1932, p. 135.
③ T. S. Eliot, *Selected Essays*, *1917 – 1932*, London: Faber and Faber Limited, 1932, p. 135.
④ T. S. Eliot, *Selected Essays*, *1917 – 1932*, London: Faber and Faber Limited, 1932, p. 135.

第一章　T.S. 艾略特、威廉·燕卜荪与克林斯·布鲁克斯：新批评莎评

者的思想空间，即使这两方面甚至根本不在同一个维度上。

在"诗人有没有思想"这个问题上，艾略特又将但丁和莎士比亚做了对比，以此来进行阐述。首先，艾略特开门见山地提到"我们容易为但丁所蒙蔽"[①]。这是因为，但丁在他的巨作《神曲》中不仅嘲讽了当时的权贵，还把那个时代的思想如丝缕般织进地狱、炼狱和天堂之境，但是，《神曲》伟大的思想并非来自但丁自己，而是仰赖一套系统的思想体系，也就是圣·托马斯·阿奎那（St. Thomas Aquinas）的思想。同样莎士比亚的思想来源有塞内加、蒙田（Montaigne）和马基雅维利（Machiavelli）。在艾略特看来，这绝不能说明，"如果莎士比亚的作品所体现的思想不能逐条逐点地跟这些人物的思想相印证，那么必然是他自个儿做了新的思考"[②]。首先，人们应该明白，但丁背后的这个哲学"靠山"，纯粹是出于巧合。这是因为从诗的角度出发，人们无法找到任何证据来说明，他是全然按照圣·托马斯·阿奎那的思想来架构起这如史诗一般的鸿篇巨制；其次，艾略特直言，"我看不出有什么理由可以认为：不管是但丁还是莎士比亚，他们有过自己的思考活动"[③]。

必须明确一点，但丁背后倚仗的圣·托马斯·阿奎那的思想是宏大的；而莎士比亚背后倚仗的思想，诸如蒙田、马基雅维利、塞内加等人的这些思想，虽然影响不小，但并不能与圣·托马斯·阿奎那的相提并论。因此，在阐述了莎士比亚和但丁两人背后的思想之后，艾略特总结了他认为可能会出现的两种错误：第一，"既然莎士比亚跟但丁是同样伟大的诗人，那他必然在其作品中填补了蒙田、马基雅维利，或是塞内加等人的思想之不足，使之可以与圣·托马斯·阿奎那

[①] T. S. Eliot, *Selected Essays*, *1917 - 1932*, London: Faber and Faber Limited, 1932, p. 135.

[②] T. S. Eliot, *Selected Essays*, *1917 - 1932*, London: Faber and Faber Limited, 1932, pp. 135 - 136.

[③] T. S. Eliot, *Selected Essays*, *1917 - 1932*, London: Faber and Faber Limited, 1932, p. 136.

的思想在质量上相当"①。这也就是说,莎士比亚与但丁作为伟大的作家,在文学史上的地位可谓旗鼓相当,相应地,他们诗中的思想也同样伟大。既然莎士比亚背后的思想不如但丁背后的思想宏大,那么必然就是莎士比亚自己动了脑筋,思考得当,补上了这相差之处。其中的漏洞是十分明显的,诗是用来表达情感的,在充沛而又倾向理智的情感面前,即使是伟大的哲学也要位居其后,既然如此,对于他们的诗孰优孰劣,就不能用思想的深奥来衡量了。即使思想上有所不同,也并不需要诗人自己再去补充。艾略特接着又指出,相较但丁的诗句,莎士比亚的诗句同样是"伟大的诗句,虽然诗句背后的哲学并不伟大,主要是他用完美的语言表达了人类的某种永恒的冲动。从情绪上说,莎士比亚的诗句同样强烈,同样真实,同样具有启发性——在诗歌是有用和有益的理解上,同样有用,同样有益,不输于但丁的诗句"②。第二,"莎士比亚和但丁都没有真正思考过——思考不是他们的本分"③。人们必须明确的是,从各司其职的角度来看,思考是思想者的职责,而诗人的重要作用则在于传递情感。他们作品中所展现出来的思想,只不过是在当时社会上流行的,而被他们拿去镶嵌文中,作为传递情感的媒介。

　　在阐述了诗人并不思考之后,艾略特进一步阐述了作者的情感。他强调,"每一个诗人是从他自己的感情出发的"④。从这一角度出发,他再次将但丁和莎士比亚放在一起来论证。在但丁的作品中,若是细细考究,人们能够发现他那偶发而隐晦的思乡之情、不胜今昔之感、偶尔的牢骚等等。而在莎士比亚的作品中,我们看到更多的是一

---

① T. S. Eliot, *Selected Essays*, *1917 – 1932*, London: Faber and Faber Limited, 1932, p. 136.
② T. S. Eliot, *Selected Essays*, *1917 – 1932*, London: Faber and Faber Limited, 1932, p. 137.
③ T. S. Eliot, *Selected Essays*, *1917 – 1932*, London: Faber and Faber Limited, 1932, p. 136.
④ T. S. Eliot, *Selected Essays*, *1917 – 1932*, London: Faber and Faber Limited, 1932, p. 137.

第一章　T.S. 艾略特、威廉·燕卜荪与克林斯·布鲁克斯：新批评莎评

种挣扎感，如哈姆莱特在复仇前带有疑虑与仇恨的挣扎延宕，麦克白在弑君之前野心与道德的冲突挣扎，罗密欧与朱丽叶在共同赴死之前在家族与爱情之间的痛苦挣扎，等等。

虽然几百年来莎评流派众多，各执一词，但很多流派都看到了莎士比亚作品中的那些挣扎之处。就拿《哈姆莱特》中主人公的延宕挣扎——也就是哈姆莱特确定了叔父克劳狄斯弑父娶母，却迟迟不肯动手复仇——来说，精神分析的创始人弗洛伊德认为，"哈姆莱特什么事都能干得出来——只除了向那个杀了他父亲娶了他母亲、那个实现了他童年欲望的人复仇。于是驱使他进行复仇的憎恨被内心的自责所代替，而出于良心上的不安，他感到自己实际上并不比杀父娶母的凶手高明"[1]。也就是说，主人公的延宕实际上是其内心的俄狄浦斯情结作怪的结果，因为他叔父的行为实际上是满足了他内心的欲求，所以向这个人复仇的话，则会给他自己带来不安。历史主义批评家斯托尔（Elmer Edgar Stoll）则认为哈姆莱特的自责与延宕，诸如"自责""遗忘""懒惰"等借口是拖延戏剧节奏的技巧，"自责的功能是提供一种借口，而不是要揭露人物的缺点"[2]。因此人们会发现，莎士比亚笔下的挣扎感的确得到了传递，他的感情也被传递出来。

艾略特认为，我们看到但丁发泄在佛罗伦萨身上的愤怒，看到莎士比亚的讥嘲与幻梦的破灭，实际上都是他们自己内心的失望与痛苦的写照。"伟大的诗人，在书写自己的时候，也是在书写他的时代。"[3] 他们是时代的喉舌，表达出的是那个时代最浓烈的感情，是理智所不能驾驭的感情，这才是诗人的本分。诗歌不同于哲学思想，它给出的是一种心灵的抚慰，而这是但丁和莎士比亚最相似的地

---

[1] ［奥］弗洛伊德：《释梦》，孙名之译，商务印书馆2011年版，第265页。译文略有改动。

[2] Elmer Edgar Stoll, *Hamlet: A Historical and Comparative Study*, Minneapolis: University of Minnesota Press, 1919, p.16.

[3] T. S. Eliot, *Selected Essays, 1917 - 1932*, London: Faber and Faber Limited, 1932, p.137.

方——他们同等地提供了这种抚慰。而若是根据哲学来写诗呢？艾略特直白地说，虽然我们不知道莎士比亚是否会相信那个时代"混杂繁多的怀疑主义"，但"如果莎士比亚按照深奥的哲学写作，他就会写不出好的诗来"①。因为诗之所以成为诗，靠的是其中充沛的情感，使读者产生共鸣，给读者抚慰，令读者动容；哲学是理性的，而理性则无法表达出力透纸背的感情。

总之，在艾略特看来，莎士比亚作品中的主人公身上有斯多葛主义的影子，并非因为莎士比亚信仰斯多葛主义，而是其借用了在当时社会上流行的思想，将后者嵌入自己的行文以及主人公形象中；莎士比亚并没有思想，因为他并非思想家而是诗人，而诗人的本职便是传递这个时代的声音。这种观点艾略特在他的著名文章《传统与个人才能》中也有所表述，即诗人的创作应具有非个性化和非情感化的倾向，"诗人表达的不是什么'个性'，而是某种特别的媒介，这只是媒介而不是个性，在这个媒介里，种种个人感觉和体验被用特别的、出人意料的方式组合在一起"②。

这一观点在新批评莎评发展上具有相当的价值，同时，在文学批评史上也有一定的推动作用。

第二节　难以驾驭的原材料与客观对应物

在艾略特的《文集 1917—1932》中的《哈姆莱特》一文里，他直接将莎士比亚的《哈姆莱特》作为题目，并对该剧作优缺点进行评析。艾略特在这篇文章中并没有以新批评中最常见的文本分析方法对其进行阐释，而是从一部戏剧的整体的角度，通过细致阐释，认为

---

① T. S. Eliot, *Selected Essays, 1917 - 1932*, London: Faber and Faber Limited, 1932, p. 137.

② T. S. Eliot, *Selected Essays, 1917 - 1932*, London: Faber and Faber Limited, 1932, pp. 19 - 20.

第一章　T. S. 艾略特、威廉·燕卜荪与克林斯·布鲁克斯：新批评莎评

《哈姆莱特》实为用"无法驾驭的原材料"和"不稳定的技法"所创造出的"艺术上的失败品"。

艾略特在文章开篇就提出，在《哈姆莱特》这一作品中，众多批评家对其中主要人物的关切甚至超过了对整个故事的关注。他认为，这是因为哈姆莱特这个人物的特殊性，使其对部分批评家——那些创造力不足而批评洞察力超群的人有着相当的吸引力。这些批评家的批评则会展现出一种倾向，也就是在批评的过程中，对其中的主人公进行再创造，实际上是给他们蒙上了一层主观色彩，对这些人物进行了二次创作。艾略特直言："因为他们本人都具有不容怀疑的批评洞察力，并且凭着他们的创造才能，用他们自己的哈姆莱特替代了莎士比亚的哈姆莱特，从而使他们的批评显得娓娓动听。"①

正如兰色姆（Ransom）在其作品《新批评》中所提到的那样，艾略特是"文学上的古典主义者"，并称他"批评虽新颖独到，立意却很保守"②。艾略特在《哈姆莱特》这篇文章中提到了斯托尔对17—18世纪的莎评研究的总结，即"注重效果或整体的重要性，而不是主角的重要性"③。斯托尔是历史主义流派的重要领导者之一，他认为：要把莎士比亚放回自己的时代，并要注意莎士比亚那个时期所能继承的文学传统和戏剧传统；若非如此，那么这就并非真正的莎士比亚。在某些方面，艾略特与斯托尔持同样的观点，这也不难理解他所说的"对于批评而言，首要任务是呈现读者不知道的相关历史事实"④。这种从作品整体的角度进行阐释的观点，也是艾略特在这

---

① T. S. Eliot, *Selected Essays*, *1917 – 1932*, London: Faber and Faber Limited, 1932, p. 141.
② [美] 约翰·克劳·兰色姆：《新批评》，王腊宝、张哲译，文化艺术出版社2010年版，第80页。
③ T. S. Eliot, *Selected Essays*, *1917 – 1932*, London: Faber and Faber Limited, 1932, p. 142.
④ T. S. Eliot, *Selected Essays*, *1917 – 1932*, London: Faber and Faber Limited, 1932, p. 142.

篇文章中思想上的一个落脚点。艾略特认为,《哈姆莱特》是一系列发展的活动,是存在于莎士比亚独特的结构之下的。而如果将哈姆莱特这个人物置于剧作的中心位置,那么这个故事则会显现出它的原材料。换句话说,一旦原来的结构被打破,那么这个故事的缺陷也会给暴露出来。

《哈姆莱特》的故事可考的最早来源是贝尔福雷斯特(Francois de Belleforest)的《悲惨故事》,之后托马斯·基德[①]就此写出了《西班牙悲剧》,最后的版本也就是莎士比亚的《哈姆莱特》,因此这一作品有着相当厚重的原材料。以其他人的故事做创作基底看似简单,实际上却不然。即使如文豪莎士比亚,在自己的和别人的内容的冲撞中把握好度也是个难事。

艾略特提到,对于在《哈姆莱特》中显得很难理解的一些部分,在《西班牙悲剧》中则体现得十分妥当,就如哈姆莱特看似不合理的延宕。在上文我们提到过,这延宕曾让许多批评家为之驻足,众多流派的批评家都给出了自己的观点,其中精神分析学派指出的哈姆莱特的"俄狄浦斯"情结最为深入人心;但在基德的故事中,主人公迟迟不动手只是因为国王身边护卫太多,难以下手。当一个作品中的一点显得难以解释、逻辑不通,即使众多读者都据理力争使其显得合理,人们也不应排除这一点其实是作者处理不当的可能。因此,在艾略特看来,这一点其实是莎士比亚处理上的失败。

艾略特认为,与其说《哈姆莱特》是再创作,倒不如说更像一种改写。这是因为,首先,这部作品与《西班牙悲剧》中的用词有很多重复之处,若只是大体按照其故事线,完全抛开原作以自己的方式进行重新创作,应不会与几十年前的另一部作品有大量的用词重复之处。其次,《西班牙悲剧》作为较早的作品,对故事上的很多处理显得更为得当合理,他的延宕是因为难以对付国王护从,他的装疯是

---

① 托马斯·基德(Thomas Kyd, 1558—1594),文艺复兴时期的欧洲剧作家。

第一章　T.S. 艾略特、威廉·燕卜荪与克林斯·布鲁克斯：新批评莎评

为了消释嫌疑。而莎士比亚笔下的《哈姆莱特》则不然，于是艾略特推测，对于莎士比亚而言，这丰富的原材料实际上是他难以驾驭的。除此之外，《哈姆莱特》中还出现了不合理的、风格各异的场次。对此，艾略特对罗伯逊（Robertson）的推断予以认同，即在莎士比亚之前，还有第三者曾对其进行改写。总而言之，构成《哈姆莱特》的原材料是其他人的，而莎士比亚也并未驾驭好这大量的材料。艾略特还提到，这部剧作是莎士比亚最长的一部，也可能是花费心血最多的一部。不过人们也不得不承认，有一定可能性是因为难以整合，莎士比亚才尽可能将原有的材料留下，再向其中填补自己的内容。莎士比亚和基德本身就差了几十年，更何况不同的人的思想和行文习惯本身就有一定的区别，自然而然，两者的内容便会在某些情况下产生冲突。此外，虽然在写《哈姆莱特》的时期，莎士比亚的文风已经趋于成熟，但在该剧中，他的写作技法却展现出一种不稳定性，出现了易变的倾向。除此之外，莎士比亚在同一时期的另一部作品《量罪记》中实际上也出现了这种文风不稳定的情况。他认为这大概是作者本人在某个危机时期下的作品，以致他的文风呈现出如此多变的倾向。再加上不同内容的堆砌与碰撞，这种不确定的因素进一步增加，于是便形成这种独特的状态。他无法完全掌控这些材料，不能让它们完全归顺于自己的笔下，同时，加上易变的文风，他的这部作品便无法称为一部成熟完善之作。

不过在艾略特看来，"或许大多数人是因为他们感到《哈姆莱特》有趣才认为它是一部艺术作品，而只有少数人是因为它是一部艺术作品才感到它有趣"[①]。也就是说，《哈姆莱特》虽然有自身的不足之处，但实际上也是瑕不掩瑜。它数百年来吸引着人们，即使并非绝对完美的艺术，但也绝对是一份有趣的作品，值得人们的喜欢与尊

[①] T. S. Eliot, *Selected Essays*, 1917 – 1932, London: Faber and Faber Limited, 1932, p. 144.

敬。它虽然是"艺术上的失败品",但这并不妨碍它成为文学领域的杰作;它足够有趣,这就足以支撑它在西方文学界的地位。

在《哈姆莱特》一文中,艾略特对罗伯逊的观点显示出相当的认同,即"这部剧的基本情调是儿子对有罪过的母亲的情绪"。与此同时,艾略特认为,这份情绪绝不是这部剧的重心所在。不同于其他时期出现在莎士比亚笔下的悲剧主人公的特点,诸如奥瑟罗的猜疑、李尔王的刚愎自用、麦克白的野心等,这个故事一切的起源更倾向于一个母亲无意犯下的罪过。由此可见,这主题本身不同于人们所预想的那样,它并不清晰明了,而是转向另一种略有遮掩的状态。诗人将他自己也难以说清的东西,通过这种模棱两可的方式表达出来。

在艾略特看来,《哈姆莱特》就如同十四行诗一般,充满难以说清道明的想法,即使我们竭力去捕捉这些想法,也是不可能做到的。另外,艾略特提到,在《哈姆莱特》中,有些内容并非莎士比亚的创造,而那写作的技法与文风则是属于他自己的,也即这种特殊的"情调"是莎士比亚的,它就如一枚印章一般,让我们能够确定,该剧确实是出自莎士比亚之手。接下来,艾略特提到了"客观对应物"这一技巧,这是用艺术形式表现感情的技法,或者说,是使用"一系列实物、场景,一连串可以表现特定情感的事件,要达到最终的艺术必然是这些感觉经验的外部事实一旦出现,特定的情感就能够被立刻唤起"①。

艾略特提及的"客观对应物"这一技法在《麦克白》里有着不少成熟运用,如麦克白在荒原上与三女巫对话,紧接着后面国王的奖赏与先前的预言形成照应,接下来又去承接后面其试图刺杀国王的部分;整个情绪是紧密连接的,紧张感也不断地累积,在满足观众心理预期的同时,到后面,观众一看到那刀鞘便会想起麦克白的弑君,一

---

① T. S. Eliot, *Selected*, *Essays*, *1917 – 1932*, London: Faber and Faber Limited, 1932, p. 145.

第一章　T. S. 艾略特、威廉·燕卜荪与克林斯·布鲁克斯：新批评莎评

看到那斗篷便想起麦克白难抑的野心。而随着麦克白计划的一步步推进，到最后，其病态的野心与无底洞般的恐惧最终将他拖进了死亡的深渊。在这过程中，女巫预言的出现以及麦克白的寻访中，都带有一种山雨欲来的倾颓之势，而与这相关的场景、预言的语言特色（如女巫使用的特别的语言，像无明确逻辑但内涵丰富的短句等）都会带给读者相应的感受和联想。与此同时，这种"客观对应物"同时能够带来一种"不可避免性"，即"好像是由一系列特定事件中的最后一个自动释放出来的"[①]，事情进行到这一步自然而然就发生了，是非常合乎情理并且能够满足观众预期的。就如麦克白虽然内心挣扎，但在预言的驱使、妻子的推动以及自己的野心膨胀下，走上了弑君的道路，也随即引致了尔后一系列的悲剧。

艾略特认为，与之相比，在《哈姆莱特》之中，人们很难找到主人公情感的客观对应物。这是因为他的"厌恶"虽然由他母亲引起，却并不局限于他的母亲，对于这种感情，找不到合适的对应物，且连主人公本身也感到难以理解。于是，面对这种感受，他选择以残害自身的"疯癫"和毫无逻辑的"延宕"来进行发泄。在艾略特看来，莎士比亚笔下的哈姆莱特所表现出来的疯癫以及延宕，与《西班牙悲剧》中该人物所表现出的相去甚远，这种疯癫与延宕并非计谋的一部分，而是成了一种情感的宣泄方式，这种情感强烈而难以控制，已经无法用实物来将其表达。在此处，艾略特提到，这绝非病理学家们所谓的青春期少年身上常表现出来的狂怒与暴戾；既然莎士比亚的哈姆莱特已入而立之年，那么这种视角便不能用来解释这种行为。在浪漫主义者看来，哈姆莱特是病态忧郁的；在精神分析流派的弗洛伊德看来，哈姆莱特是被俄狄浦斯情结所裹挟的病患；在信奉历史主义的斯托尔看来，哈姆莱特所常用的自我谴责实际上能够用来解

[①] T. S. Eliot, *Selected Essays, 1917 – 1932*, London: Faber and Faber Limited, 1932, p. 145.

释他的延宕，在发挥一定戏剧效果的同时，也在剧情上起到了拖延过渡的作用。但从新批评的角度看，这种忧郁是因为个人的消极情感已经无法找到能与之对应的客体，或者说是对应物，而这过多的情感，也导致了后面难以排解的苦闷、忧虑以及行为上的一系列不合理之处。

但是要注意，艾略特明确指出，莎士比亚对原材料所做的很多处理，确实并不成功，甚至在很多地方无法解释，留下了在逻辑上不通顺的问题。而人们如果想要理解莎士比亚，就必须通过他的生平、他曾阅读过的材料来进一步了解他。

总的来说，艾略特在这篇文章中，细致地阐述了《哈姆莱特》的缺点所在，但也同时承认了它的人文价值。他提出的"客观对应物"这一概念同样是一种注重文本分析的批评方法的产物，也与新批评提出的"意图谬误"观点不谋而合，这对后来的新批评具有总体指导作用。

第三节　莎士比亚的含混

在艾略特与瑞恰慈开创性的研究之后，新批评流派也涌现出众多后起之秀，威廉·燕卜荪便是其中一位。在他的著作《含混七型》中，他将侧重点放在文本分析上，并在阐述过程中使用了大量莎士比亚作品进行举例分析，这在某种程度上推动了新批评莎评的发展。

"含混"是有着相当广泛的界限的，燕卜荪认为，一个句子可以往下拆分成为词语，而每一个词语又可以继续向下解释，在其中的词语之间又会根据目的、对象和情景，给人以不同的联想，也因此，含混的类型多种多样。对于《含混七型》这部著作，布鲁克斯曾给予

第一章　T.S. 艾略特、威廉·燕卜荪与克林斯·布鲁克斯：新批评莎评

高度评价，认为每位读者都会从中得到启示。① 本节我们将对"含混"从三个方面进行讨论：结构含混、含义含混以及意图含混②。

一　结构含混

结构含混一般是指诗的结构与句法上的含混。一个句子因其自身结构能够产生不同的联想或理解，在结构独特的诗歌中，这种情况则更为多见。燕卜荪认为，"在词或句法中，当两种或两种以上的意义融为一体的时候，便出现了这种含混的情况"③。

在部分诗行里，某些词汇短语既能与前文关联，也能与后文关联，且在思想意义上彼此也都能融会贯通。为证明句法含混的存在，燕卜荪从十四行诗中借用大量诗行来加以举例。从中可以看出，当这种句法含混出现时，或者伴随标点符号的妙用，或者伴随重复强调的节奏手段，又或者只是在前后诗行产生了上下句联系。例如：

> But heaven in thy creation did decree
> That in thy face sweet loves should ever dwell.
> Whate'er thy thoughts, or thy heart's workings be,
> Thy looks should nothing thence, but sweetness tell.
> 但上天在造你的时候却决定
> 教甜爱永远在你脸上飘零。
> 无论你心中如何翻江倒海

---

① Cleanth Brooks, "Empson's Criticism", in John Constable, ed., *Critical Essays on William Empson*, Aldershot: Scolar Press, 1993, pp. 123 – 135.
② 在本书中，燕卜荪并没有明确地给七种含混相应的称谓，此处为笔者为方便讨论，对燕卜荪在这本书中着重讨论的新批评莎评部分进行归纳总结。
③ William Empson, *Seven Types of Ambiguity: Studies in the Structure of Poetry*, London: Chatto and Windus, 1949, p. 48. 同时参考［英］威廉·燕卜荪《朦胧的七种类型》，周邦宪、王作虹、邓鹏译，黄新渠、吴福临审校，中国美术学院出版社1996年版。后文同此，不再说明。

27

>   你总是甜蜜的表情、神色若定。
>
> （莎士比亚十四行诗第九十三）

燕卜荪认为，这里可以在第三行之前或之后加一个句号，前者便是，"无论你怎么想，上帝让美居于你脸上"。后者便是，"无论你心里什么念头，你的模样总是一副可爱相"。虽然诗行未曾改变，但是通过转换思路以及阅读模式就能联想到新的含义。于是头脑中产生的这种集多重含义于一体的联想便是由句法而产生的含混。

这种结构含混并不局限于句子与句子之间。在几乎不受标点符号限制的诗行之间，一个动词甚至可以和多个名词相联系，而产生意义多重而复杂的风味。在此处，燕卜荪引用了莎士比亚的十四行诗第九十五：

> That tongue that tells the story of thy days
> Making lascivious comments on thy sport,
> Cannot dispraise, but in a kind of praise,
> Naming thy name, blesses an ill report.
> 那条专揭你个人阴私的不烂之舌
> 想对你的行为造出些猥亵的流言，
> 也不得不用赞美之词来掩盖其责难，
> 邪恶的话儿甜因有你的美名做装点。

在这里，单 blesses 一词就可以与 tongue、naming、but in a kind of praise 发生联系。如果忽略其中的逗号，那便是可以将整个段落看作一个长句，blesses 就做 tongue 的谓语；也可以强调这逗号，那么便是将其与第三行的意思断开，naming 直接做主语；but in a kind of praise 做状语，用来修饰 blesses 的状态。这种含混并不是说这里意味不明，而是在最清楚的、接受最广的意义之上，承认其中有潜在的、含混的

第一章　T.S. 艾略特、威廉·燕卜荪与克林斯·布鲁克斯：新批评莎评

美。所以燕卜荪说："莎士比亚总是给读者一种意义的选择，一种更常见的结构，使他们有一种依赖。"①

标点符号的某些使用还能带给人一种特殊情景的联想，并赋予其多重复杂的意义。就如下面十四行诗第三十二：

> If thou survive my well contented daye
> When that churle death my bones with dust shall cover
> And shalt by fortune once more re-survey：
> These poor rude lines of thy deceased Lover：
> Compare them with the bettering of the time，
> ……

> 如果你的寿限长过我坦然面对的天命之数，
> 当无情的死神掩埋我的尸骨于一抔黄土，
> 而你偶然翻读你这位死去的情郎，
> 曾在世时写下的粗鄙、拙劣的诗章，
> 你让它们与时下的杰构佳篇相比，
> ……

燕卜荪认为，"这首诗（引者按：参见英文）的第四行在两个冒号之间，表达了这首诗全部悲伤的分量，并成为这首诗其余部分的转折点"②。的确如此，此处的两个冒号如同为读者进行了一次场景转换，从一个朋友重新翻阅故人的诗篇，转向已逝之人的墓碑。因为冒号常用作摘录、言语的标志，于是这些标点符号便也给我们的头脑留下了印象，当它出现的时候，就加深这种联想，从而造成含混的

---

① William Empson, *Seven Types of Ambiguity*: *Studies in the Structure of Poetry*, London: Chatto and Windus, 1949, p. 97.
② William Empson, *Seven Types of Ambiguity*: *Studies in the Structure of Poetry*, London: Chatto and Windus, 1949, p. 51.

形式主义莎评经典研究

感觉。

人们能够感受到，在诗行中，语法并不再是明确稳固的准则，它具有易变性，会很大程度上随着读者的断句方式、思维习惯而变得复杂起来。这种多重的含义不仅没有丢失它原有的准确性，还增加了读者思考的多样性，为其带来复合的美感。

对于 and 和 of 在句中的结构意义，燕卜荪也做了细致的探讨。他认为，"当 and 连接两个词，而且这两个词是用特殊的方式连在一起并相互间产生了意义，这时读者可能会赋予其一个扩展的意义"①。也就是说，用 and 连接的前后两个词，需要读者来感受并赋予其相关性。这种情况下，and 连接的两个词多具有相近、互补的意思，或者是看似并不相关的两个词用 and 连接后，来表示 of 之后名词的某种特性。燕卜荪以莎士比亚在《奥瑟罗》第一幕第三场中的一句话作为例子：

The flinty and Steele Cooch of Warre.
冷酷无情的战场。

他认为，and 一词在这里能够将词语组成三种不同的结构。flinty 是有"含燧石的"这一含义，steel 则有"钢铁"这一含义。flinty and steele 在这里，既可以用来修饰 cooch，来暗示战士是佩带着武器（steel）睡在石头（cooch）上的；也可以用来修饰 warre，那么就是指战场上的石屑（flint）与钢丸（steel）；又或是暗指战士们身边艰苦的环境，以及如石头和钢铁般坚强的内心。仅仅凭借句法的多变，就能理解其内在的丰富的内涵。燕卜荪进一步分析，这种"the + 名词 + and + 名词 + of + 名词"的形式，常有三种方式。第一种一般是

---

① William Empson, *Seven Types of Ambiguity: Studies in the Structure of Poetry*, London: Chatto and Windus, 1949, p. 89.

第一章　T.S. 艾略特、威廉·燕卜荪与克林斯·布鲁克斯：新批评莎评

由意义不同的两个词放在一起，这就需要读者来自行感受其中的相同点。于是这两个词中所共通的一些隐秘的特性就会印在人们的头脑中，产生一种隐晦、多重而又巧妙的美感。他从莎士比亚的《哈姆莱特》第三幕第三场中截取几行进行分析：

> But 'tis not so above;
> There, is no shuffling, there the Action lyes
> In his true Nature, and we ourselves compell'd
> Even to the teeth and forehead of our faults
> To give in evidence.
> 可是天上却不是这样的，
> 在那边一切都无可遁避，
> 任何行动都要显现它的真相，
> 我们必须当面为我们自己的罪恶作证。

燕卜荪认为，对于这里的 teeth 和 forehead，大约有三种理解方式。首先，就如将手伸到洞中去，摸到老鼠的前额（forehead），于是老鼠用牙咬（teeth）来予以还击。燕卜荪认为，这就是"上帝会强迫我们揭露我们的罪恶，无论我们怎么抗拒"[1]。其次，从生理意识上来看，前额（forehead）又是人们在感到羞愧时会发红的地方，而牙齿则是人们用来忏悔的工具，于是也可以理解为人们会对他们自己的错误感到羞愧并对此忏悔。除此之外，如果赋予 of 以语法意义，那么这里的 the teeth and forehead of our faults 就不再指身体的部分，而是指人们身上罪恶的牙齿和前额，也就是人们罪恶中最为深重的一部分。

---

[1] William Empson, *Seven Types of Ambiguity: Studies in the Structure of Poetry*, London: Chatto and Windus, 1949, p. 91.

在燕卜荪看来，这看似毫无关联的三种意象，似乎并无明显的意义，却能给读者一种紧迫感，这是由于这些词放在一起，其相通的特点给读者留下某些印象，而读者的思考也就会自然而然地向这些方向靠拢。并不是说读者能够明确地做出这种理解，而是这些词的印象，能够让读者的想象向这些方向发展，以此来提供一种理解方式。

此外，在某些情况下，of 在语法上的双重使用也能够让这个词组结构产生含混。燕卜荪选取了莎士比亚《量罪记》第一幕第二场中的一个从句来解释其中的含义：

"Whether it be the fault and glimpse of newness"（也不知道是因为不熟悉向来的惯例，还是因为初掌大权，为了威慑人民起见，有意来一次下马威）。

燕卜荪认为，在这一句中，两个名词后的 of 在理解时，会根据其前面名词的不同，而得出不同的理解方式。我们让这两个名词各自与 of 连接，于是 the fault of newness 意为"这是他才到手的高位的错"①，这里的 of 意为"属于"；而后边的 the glimpse of newness 则意为"他被他的高位弄糊涂了"②，这里的 of 就意为"引起"。在这一句中，前面的两个名词用 and 连接起来，又各自与后面的 of 发生联系，使这一句的内容显得更加丰富、意义深刻，整个句子更加通顺且合理。

另外，燕卜荪认为，莎翁还偏向于用成对的同义词来修饰后边的名词，以此来将其中的细微含义表达得更为清晰。正如莎士比亚在《终成眷属》第五幕第三场中所写：

---

① William Empson, *Seven Types of Ambiguity: Studies in the Structure of Poetry*, London: Chatto and Windus, 1949, p. 92.
② William Empson, *Seven Types of Ambiguity: Studies in the Structure of Poetry*, London: Chatto and Windus, 1949, p. 92.

第一章　T.S. 艾略特、威廉·燕卜荪与克林斯·布鲁克斯：新批评莎评

> But we are old, and on our quick'st decrees
> Th' inaudible, and noiseless foot of time
> Steals, ere we can effect them.

我老了，时间的无声的脚步，是不会因为我还有许多事情需要处理而稍停片刻的。

在燕卜荪看来，对于在这句中的 inaudible 和 noiseless，莎士比亚大概只是将其作为一对同义词来使用，但是，在读者的头脑中，则会产生其他的隐晦的含义。inaudible 是"听不到的"，而 noiseless 是"没发出声音的"。这两个词词义既有很多相同之处，而又有着细微的不同，那么当二者放在一起来修饰后边的 foot of time 的时候，就好像扩大了这种"无声"的范围，也由此加深了这种寂静感。

由此可以看出，在莎士比亚的作品中，这种"the + 名词 A + and + 名词 B + of + 名词 C"的形式用法多样。用 and 连接的 A 和 B 可以为意义相近的两个名词，用 and 连接在一起，这样能够起到对某种特点的强调作用。此外，A 和 B 也可以是毫无关系的两个词，一般用来共同修饰后边的 B，但读者能够从自身头脑的印象里，得出 A 和 B 的共同特点，并以此产生一种含混的效果。另外，在这个结构中，除了 and 连接的两个名词带来的含混之外，of 的双重语法形式也会带来一定的含混效果，因为 of 可以和 A、B 两个名词各自产生关联，于是也便有其相应意义。这是莎士比亚常用的在结构及句法上造成含混的方式，由此也可以看出，这种含混其实是通过某种句法、语法形式的使用，给读者头脑中的某些印象留下通道，使含混成为可能，这种新批评的解读方式消除了当时对于有多重含义诗行的偏见认知。

二　含义含混

燕卜荪认为一些词汇给人一种"丰富"的感觉，是因为这个词

语在当时的特殊用法，能够给人留下特殊的印象，并且词语解释的可能性，本来就是很大的。例如声音的联想、词形的联想，以及双关的联想。含义含混的产生通常来源于词的潜在含义，如这个词本身的发音特点、较细微的含义、双关意或者是词形特点等。这些潜在的含义会存在于读者的印象之中，并由此产生一种细微的联想，而正是这种联想，给诗歌蒙上了一层柔和的面纱，人们的理解也由此越发多样起来。

首先，声音的联想是比较隐晦的，通常会对戏剧的"氛围"产生一定的影响。正如在《麦克白》第三幕第二场中，麦克白在意图谋杀班柯时为发泄愤恨所说的话：

> Light thickens, and the crow
> Makes wing to th' Rookie wood.
> Good things of Day begin to droope, and drowse,
> While Night's black Agents to their Prey's doe rowse.

天色朦胧起来，乌鸦都飞回到昏暗的林中；一天的好事开始沉沉睡去，黑夜的罪恶的使者却在准备攫捕他们的猎物。

燕卜荪认为，在这一部分，某些词特殊的声音效果能够给读者带来特殊的联想。文中 thickens（暗下来）中的"k"音及其前面 light 的元音，都在加强这种天色愈暗的感觉。而开始一句中描述乌鸦归林的元音，又加强了这种阴暗的氛围。尤其是在戏剧中，加上戏剧现场的声音效果，如踩碎枝条的声音等，这种声效给观众传达的印象就会更加深刻。同样地，在《麦克白》第一幕第七场的诗行中，声音也引起联想，进而产生意义的含混。

> If th' Assassination
> Could trammell up the Consequence, and catch,

第一章　T.S. 艾略特、威廉·燕卜荪与克林斯·布鲁克斯：新批评莎评

> With his surcease, Success; that but...
> 要是凭着暗杀的手段可以攫取美满的结果，又可以排除一切后患，那么……

燕卜荪提到，这一句是在麦克白意图杀死国王邓肯时，在仆人来往的甬道里说的，首先这个特定的环境就会给人带来一种阴暗而隐秘的感觉，而说话的内容更是令人胆寒。燕卜荪认为，如果我们进一步向着句子的内部挖掘，这些词的声音及其词形的联想，更给这一部分蒙上了一种恐慌而又紧张的感觉。正如 surcease 这一词，有着完成以及行动终止的意思，而这个词同时又会令人联想起 surfeit（暴食）以及 decease（亡故）两个词。而后面的 assassination 一词，在发音上的 [S][ʃ] 能使人联想到麦克白说话时咬牙切齿的样子，而词形上又让人联想起 assess（估价）一词。

莎士比亚在写作中，常常用修饰性的比较、暗喻或者双关语，这是莎士比亚语言的一个重要特点，其意义的丰富性使莎士比亚语言充满魅力。如《亨利五世》第一幕第一场中的修饰性比较就包含丰富的意义：

> for so work the honey-bees...
> They have a king, and officers of sorts...
> Others, like soldiers, armed in their stings,
> Make boot upon the summer's velvet buds;
> Which pillage they with merry march bring home,
> To the tent-royal of their emperor;
> Who, busied in his majesty, surveys
> The singing masons building roofs of gold;
> The civil citizens kneading up the honey;
> ...

> 蜜蜂便是这样发挥它的效能。……它们有一个国王和不同等级的官员，在国内惩奸罚恶……还有些像是兵士，用尾刺做武器，专门在夏天的丝绒一般的花苞中间进行劫掠活动，然后把掠夺的东西得意扬扬地带回国内，抬进它们国王的宝帐中去。而蜂王呢，也是忙着它的国家大政，监督着那些嗡嗡叫的泥瓦匠修筑金色的屋顶。那些平民百姓在揉搓着蜜团……

这段话是坎特伯雷大主教在和亨利王谈统治之道，在大主教看来，像蜜蜂工作一样，上天把人类的政体分成种种不同的职能，使它们不断地努力运转，并且规定好使它们都服从于一个共同的目标。而坎特伯雷大主教形象地用蜜蜂做比喻来说明这一问题，人类和蜜蜂是两种不同的物种，这种"冲突"的张力，赋予了这段话丰富的意义。"我们只能通过对蜜蜂习惯性的歪曲描述来体会诗人创造达到的效果。这种描写呈现的是一幅自然安乐的画面，通过对这些和人类无关的小动物的描写，呈现出的这幅画既迷人又令人信服。"[1] 燕卜荪认为，将蜜蜂和人类进行比较，使二者在读者脑海里都留下了高尚的印象。

正如美国作家克拉拉·克莱本·帕克（Clara Claiborne Park）对燕卜荪做出的评价那样："燕卜荪的语言谜题从来都不是纯粹的语言，他所了解的一切都渗透其中。诗歌、戏剧或小说确实是一种'情境'，牢牢地设置在混乱、偶然的世界中，它要求评论家利用当代思想的每一种方式去解读，尽管这些方式有时是匪夷所思的。"[2]

---

[1] William Empson, *Seven Types of Ambiguity: Studies in the Structure of Poetry*, London: Chatto and Windus, 1949, p. 112.
[2] Clara Claiborne Park, "Ambiguities, Complexities, Puzzles: A Late Encounter with William Empson", *The Hudson Review*, Vol. 59, No. 1, 2006, p. 57.

第一章　T.S. 艾略特、威廉·燕卜荪与克林斯·布鲁克斯：新批评莎评

三　意图含混

我们阅读莎士比亚时，总有一种说不尽的感觉。燕卜荪认为，作者所表达出来的以及他想表达的和读者所接收到的含义本来是无法被限定的，因此，词义便能做出多种理解。他认为莎士比亚的诗句，总能做出多种解释，而诗中融汇的诸多意义，是因为"莎士比亚对语言的无限热情在其含混的语言中得到体现；崇高与罪恶，美丽与虚饰，都是他乐于呈现的，其精妙之处往往令人难以把握"①。作为语言大师，莎士比亚总是试图去抓住主人公的心思，并把其中的意趣与细节都表达出来，但这并非易事，这也给读者留下了很多想象的空间。

在燕卜荪看来，作者的写作是个复杂的过程，清晰地表达自己的思想不是一件容易的事情。"当作者在写作过程中发现了自己的思想，或者因没有一下子把这种思想全部领会于心，从而很难用一种明确的语言表述而采用介乎两者之间的明喻时，这样的表述就会产生含混。"② 燕卜荪发现，莎士比亚诗歌中的有些内容，一琢磨便会有些模糊，《量罪记》第一幕第二场中的一句就是如此：

> Our Natures do pursue
> Like Rats that ravyn downe their proper Bane
> A thirsty evil, and when we drinke we die.
>
> 正像饥不择食的饿鼠吞咽毒饵一样，人为了满足他的天性中的欲念，也会饮鸩止渴，送了自己的性命。

显然，根据字面意思，这里要表达的是欲念本身就像毒药一样。

---

① William Empson, *Seven Types of Ambiguity: Studies in the Structure of Poetry*, London: Chatto and Windus, 1949, p. 139.
② William Empson, *Seven Types of Ambiguity: Studies in the Structure of Poetry*, London: Chatto and Windus, 1949, p. 155.

但是 proper 这个词含有"适合老鼠"的意思，或理解为"正当的"，使人联想到那些专为老鼠设计以防它们死在壁板里的毒药（这里 ravyn 是"吞咽"、Bane 是"毒药"之意）。另外，这个词还显示出一种奇特的隐喻，其中有一种指向，那就是将吞咽毒药与饮鸩止渴联系在了一起，吞食毒药确实可以比作人的堕落，饮水却是人体生命的必需，但饮水又带来了死亡，无论如何"饮鸩止渴"无法与死亡联系在一起。这样一来，"proper Bane"的意义便显得有些难以阐明了。而燕卜荪认为，这是由于作者在写下这句话的时候并未完全厘清自己的想法，于是才造成了这种局面。

在莎士比亚的作品中，也存在一种故意产生含混但并不是为了明确表达些什么的技巧。这种方式多会采用并不明确的词作为修饰，以此产生相关的表达。燕卜荪将其称为语词矛盾，对此他用莎士比亚《量罪记》中第四幕第一场开始的儿童唱的歌曲进行了解释：

> Take, oh, take thy lips away,
>   That so sweetly were forsworne,
> And those eyes: the break of day
>   Lights that do mislead the Morne;
> But my kisses bring againe,
>   bring againe,
> Seals of love, but seal'd in vaine,
>   sealed in vaine.
> 莫以负心唇，
>   婉转弄辞巧；
> 莫以薄幸眼，
>   颠倒迷昏晓；
> 定情密吻岂君还，
>   当日深盟今已寒！

第一章　T.S. 艾略特、威廉·燕卜荪与克林斯·布鲁克斯：新批评莎评

燕卜荪认为，"这首歌曲的逻辑结构是一个对比，'take, but bring'（拿去，但拿来），这里包含着语词矛盾；在'回报'一个吻这种意思里也包含着语词矛盾"①。结构对比的语词矛盾显而易见，"回报"一个吻包含的语词矛盾体现在 seals（印章）这个词上。该词暗喻着不能带来回报的"吻"，因为一个 seal 已经打碎，再拿来则无用了，正像你想收回的吻变得无意义一样。这两个语词矛盾折射出了安哲鲁的未婚妻玛利安娜对安哲鲁复杂的矛盾心态以及她的心理冲突。

此外，燕卜荪提到了一种"否定"形式，即用词的对立面或者是给此词前面加上 not 来表达出一种微妙的含义。"尽管否定词本身是个与诗句无甚关系的小词，却可以使感情产生一种微妙的变化；如果仔细辨别，它会使句义变成完全的含混，并且有时还能影响全剧的发展。"②在《哈姆莱特》中奥菲利娅唱的一首歌可以说明：

  OPH. White his Shrow'd as the Mountaine Snow.
  QUE. Alas, look heere, my lord.
  OPH. Larded all with sweet flowers;
    Which bewept to the grave did not go,
    With true-love showres.

  奥：殓衾遮体白如雪。
  王后：唉！陛下，你瞧。
  奥：鲜花红似雨；
    花上盈盈有泪滴，
    伴郎坟墓去。

---

① William Empson, *Seven Types of Ambiguity*: *Studies in the Structure of Poetry*, London: Chatto and Windus, 1949, p.180.
② William Empson, *Seven Types of Ambiguity*: *Studies in the Structure of Poetry*, London: Chatto and Windus, 1949, p.211.

形式主义莎评经典研究

在这里，did not go 有多层含义，这是由已出现疯态的奥菲利娅所决定的。歌中的死者可能是波洛涅斯或者哈姆莱特，did not go 可能意味着奥菲利娅的父亲波洛涅斯是在一片混乱中被埋葬的，因而奥菲利娅没有机会去哀哭；也可能是指哈姆莱特或许未死，她不该哭一个活人。也可以这样理解，歌中的死者是哈姆莱特的父亲，did not go 在整场戏的作用就包含了对皇后的讽刺。在前两种可能性中，我们都能够从侧面感受到奥菲利娅的崩溃与混乱，而在最后一种可能性中，我们则能看到其对故事情节的推动。从燕卜荪的分析中，我们可以知道，通过这种否定，随着细微的不同以及因其而产生的印象，读者的情感也会产生微妙的震颤。

燕卜荪对词语进行细读，使莎士比亚的语言呈现多种含混，揭示了意义的丰富性。当然，他的分析并不是十全十美的。他的分析往往脱离了原作的语境，这样的分析会有一种牵强附会的感觉，这也是新批评常常被人诟病之处。这也解释了为什么燕卜荪的《含混七型》在刚出世之际并未被全盘接受，更多的是褒贬不一。埃尔德·奥尔森（Elder Olson）就认为，燕卜荪的推理不太合理："如果意义是由推理产生的，那么它也会产生出一种推理，这种推理并非意义的一部分。并不是每一个可以从事实中得出的推论都是由陈述事实的句子所表示的。"[①] 但燕卜荪的这种偏理性的理解方式也确实给当时的文学批评提供了一种全新的阐释模式。利维斯（Leavis）就称这本书是当年最重要的批评著作，甚至是整个英语文学批评中最为重要的作品之一。燕卜荪对意义"含混"词语的分析为当代莎评"解析式的评论"[②]树立了榜样，兰色姆（Ransom）对燕卜荪的批评评论道，正是燕卜荪的批评使他认识到"已经到了对一种强有力的智力运动进行确认

---

① Elder Olson, "William Empson, Contemporary Criticism and Poetic Diction", *Modern Philology*, Vol. 47, No. 4, 1950, p. 228.

② I. A. Richard, "Semantic Frontiersman", in Roma Gill, ed., *William Empson: The Man and His Work*, London: Routledge & Kegan Paul, 1974, p. 100.

第一章 T.S. 艾略特、威廉·燕卜荪与克林斯·布鲁克斯：新批评莎评

的时候了，而它可以称得上是一种新批评"①。

第四节 连续的意象链条

布鲁克斯在他的著作《精致的瓮：诗歌结构研究》中的第二章《赤裸的婴儿与男子的斗篷》中，提出了"意象是一系列的链条"这一说法。该文通过对《麦克白》里意象的深入分析，不仅明确了意象之间的前后对应关系，也从新批评的角度，以文本分析的手法对莎士比亚作品做出了更深的研究。这篇文章对意象关系的阐释以及其中的分析方法，对后来的意象研究产生了重要影响。弗兰克·伦特里奇亚（Frank Lentricchia）对布鲁克斯做出了高度评价："布鲁克斯的坦率，他对诗歌结构和价值问题的不懈追问，以及他对这些问题的丰富回答，他对西方诗人悠久传统中关键问题的意识，最后，他在传统中的特殊地位，都为我们提供了在适当的文学和哲学背景下研究与新批评主义相关的诗学的机会。"②

布鲁克斯开篇先引出当时文坛上对诗人邓恩（Donne）诗歌中"奇喻"（conceit）的争论。他认为，人们不应以邓恩独特的奇喻方式作为隐喻的标准，更不应以此来评判其他诗人。虽然新批评一直支持为邓恩"平反"，给予其应有的名誉，但绝不可过于吹捧，一旦超过其中的度，则又会陷入之前邓恩所受的桎梏。紧接着，布鲁克斯借此提起莎士比亚的"复杂比喻"（intricate figures），他将其与邓恩的奇喻做比较，并对前者做出了更进一步的赞扬，他认为，莎士比亚作品中的比喻意象，多为在创作中乘兴而至、妙手偶得的比喻。莎士比亚早期与邓恩是有着一定相似性的，两者都乐于运用机智诙谐的比较。而这种比较，意象往往发挥重要作用。布鲁克斯认同柯勒律治

---

① J. C. Ransom, *The New Criticism*, Westprot: Greenwood Press, 1979, p. 111.
② Frank Lentricchia, "The Place of Cleanth Brooks", *The Journal of Aesthetics and Art Criticism*, Vol. 29, No. 2, 1970, p. 235.

(Coleridge）的主张，即意象是"不曾断开的链条"，并对此加以延伸，他认为，很多意象的联系并不机械，而是主动地产生关联。为证明这种关联的确存在，布鲁克斯对《麦克白》中的意象做出了深刻的解析。

布鲁克斯对其中两个意象做出了细致的分析，一个是"赤裸的婴儿"，另一个便是"男子的斗篷"；在阐述过程中，布鲁克斯的观点也在其中显现出来。布鲁克斯提到《麦克白》中经典的一段：

> 怜悯像一个御气而行的天婴，将要把这可憎的行为揭露在每一个人的眼中，使眼泪淹没了天风。
>
> （第一幕第七场）

莎士比亚将"怜悯"比作"婴儿"或是"苍穹中的天使"，但是这两者本身就有一定的区别。婴儿本身脆弱而纯真，是人类生命的最初始形态，而天使则智慧而骁勇，与前者看似并无关系，那么作者在这里究竟是想表达什么？又或这天使并不指平日所谈的大天使，而是被引申至小天使？是将尘世的婴儿与苍穹的小天使并列起来进行暗示，又或者这只是一处作者本人匆忙写下而未多加思考的比喻？

布鲁克斯认为，这意象中还有更多值得考究的联系。在《麦克白》中，"婴儿"的意象并不以刻意的方式出现，而是自然而然的，以其多变的形式镶嵌在文中。它有时直接以角色的形式出现，就如麦克德夫的儿子，在一种宁静的环境中出现却遭无妄之灾；有时以象征的方式出现：就在麦克白再次去寻找女巫以获得预言的时候，曾出现三个幽灵，一个为"戴盔之头"，一个为"流血之小儿"，一个为"戴王冠之小儿"，这后面二者便为婴儿，也象征着"麦克白想掌控又掌控不了的未来"；有时又在对话中以比喻的形式出现，就如麦克白夫人曾说，愿意杀掉自己的孩子来促成一件大事的完成。"婴儿"在文中以意想不到的方式多次出现，布鲁克斯认为，这多为妙手偶

第一章　T.S. 艾略特、威廉·燕卜荪与克林斯·布鲁克斯：新批评莎评

得，但其中必有一定的前后联系。综观全剧，可以发现，麦克白在女巫预言的激励下，杀掉了邓肯，而在欲望和野心得到初始满足之后，王冠又传到班柯的孩子手中。为满足自己当国王的野心，麦克白便加紧推进他的计划，而"婴儿"也以班柯子嗣的名头再次出现。

> 她们就像先知似的说他的子孙将相继为王，她们把一顶不结果的王冠戴在我的头上，把一根没有人继承的御杖放在我的手里，然后再从我的手里夺去，我的子嗣则不得接过，要是果然是这样，那么我玷污了我的手，只是为了班柯后裔的好处；我为了他们暗杀了仁慈的邓肯；为了他们良心上负着重大的罪疚和不安；我把我的永生的灵魂给了人类的公敌，只是为使他们可以登上王座，使班柯的种子登上王座！
>
> （第三幕第一场）

在此处，布鲁克斯提到，麦克白的野心已经彰显，"他的欲望超过有限的个人满足，他想创建一个朝代，希望能传给后代，促使他要解决班柯"①；麦克白冒险杀人、自毁名誉，而到头来一切要落入他人手中，他对此深感不公。女巫看似将知晓未来的机会赠予麦克白，而实际上却将真正的未来交给了班柯。

麦克白一心想要得到未来，却以杀掉未来——班柯的后代——的方式进行，当班柯的子嗣逃掉，某种程度上意味着他又一次失去了未来。但总的来说，麦克白本不是未来的拥有者，虽然他费尽心机与之争斗，为此牺牲良多，但也无法摆脱他真正的命运；他的野心是他行动里最强的催化剂，命运一次次地给予他希望让他去战斗，但冥冥中，最终的果实本来就不会落到他头上。正如布拉德雷（Bradley）

---

① Cleanth Brooks, *The Well Wrought Urn: Studies in the Structure of Poetry*, London: Dobson Books Ltd., 1960, p.38.

对于悲剧的理解：悲剧是激变性的反映的表现，道德秩序或者说命运，在努力战胜和排斥恶的时候，就受到痛苦的折磨；悲剧世界为了达到完美的境地劳苦不休，同时却连同光荣的善一起产生出恶来，而这个恶它只有靠自我折磨和自我糟蹋才能加以克服，这个事实或现象就是悲剧。① 麦克白一次次获得希望，尽力地去取得未来的过程，也是一个不断自我折磨的过程，他自毁清誉，失去妻子，家破人亡，甚至引起一系列的动乱，最后落得一个终日惊惶、挣扎着被命运推着往前走的下场。他一步一步地走进坟墓，而命运之神冷酷地推波助澜。

"婴孩"象征着未来，而麦克白及其夫人却对其持一种矛盾的态度：他们想要获得未来，却在语言及行动上不自主地将其推开。麦克白夫人在激励主人公刺杀国王邓肯的时候，曾说过这样一段话：

> 我曾经哺乳过婴孩，知道一个母亲是怎样怜爱那吮吸她乳汁的子女；可是我会在他看着我的脸微笑的时候，从他的柔软的嫩嘴里摘下我的乳头，把他的脑袋砸碎，要是我也像你一样，曾经发誓下这样毒手的话。
>
> （第一幕第七场）

布鲁克斯认为，麦克白夫人愿意为了未来去杀掉自己的婴孩，但是后者本身又象征着未来。那么这两者间就会产生一种悖论：他们在自己都没有意识到的情况下，亲手推开了属于自己的未来。我们不得不承认，麦克白夫人身上有着极为勇敢、坚定、冷静甚至残忍的一面，她几乎不顾什么礼法，没有怜悯，以一种冷酷的理性计算去鞭策迟疑的麦克白。而后者就身处这冷酷的理性的妻子与非理性的女巫之间，受二者驱使试图去掌控自己的命运，而最终落入悲剧。他内心充

---

① 参见中国社会科学院外国文学研究所编《莎士比亚评论汇编》（下），中国社会科学出版社1981年版，第53页。

第一章　T.S. 艾略特、威廉·燕卜荪与克林斯·布鲁克斯：新批评莎评

满疑虑与恐惧，去女巫那里寻求帮助，实际上是"想用理智来遏制已然是非理性的东西"①，而这一定是无法做到的。到最后，麦克白一心想让自己的后代坐上王位，而这王位是属于班柯子嗣的，某种程度上来说，实际上是他自己的婴儿背叛了他。

当然，布鲁克斯并不是要以一种生硬而机械的寓言形式来把婴儿标榜为未来，他认为，"婴儿不仅象征着未来；它象征着所有那些使生活意义丰富的东西，而且它还象征着所有这些情感——对麦克白夫人来说——与非理性关联的东西，使人成为人的东西"②。也就是说，婴儿身上那种独特的温情，实际上是与麦克白夫人所标榜的理性相反的，麦克白用力挣脱了的"不够男子汉"的怜悯，实际上就是他的未来；他们努力做的一切，反而是在拒绝未来，因为孩子就是未来的象征。

在《麦克白》中，"婴儿"出现得最为"意料之外、情理之中"的地方，就是女巫的最后一条预言，麦克白不会被"女人所生的"人杀死，而杀掉他的麦克德夫是"不足月时剖腹而生的"，如命运之神的玩弄一般，麦克白迎来了自己的恶果。婴儿身上充满的不可预料性打碎了预言，"未来不再被束缚，赤裸的婴儿向麦克白宣告了他的厄运"③。

"婴儿"意象贯穿全剧，通过布鲁克斯的分析，我们知道婴儿既脆弱又充满力量；婴儿本身所带有的悖论色彩，轻而易举地击碎了麦克白那建立在唯理性主义之上的事业。

作为一部悲剧，《麦克白》的气氛总是令人不安。布鲁克斯就提到《麦克白》中一段备受争议的段落，也是很有意思、令人心悸不

---

① Cleanth Brooks, *The Well Wrought Urn: Studies in the Structure of Poetry*, London: Dobson Books Ltd., 1960, p. 41.
② Cleanth Brooks, *The Well Wrought Urn: Studies in the Structure of Poetry*, London: Dobson Books Ltd., 1960, pp. 42–43.
③ Cleanth Brooks, *The Well Wrought Urn: Studies in the Structure of Poetry*, London: Dobson Books Ltd., 1960, p. 44.

安的一段，就是麦克白讲述他如何发现谋杀的那段：

> 这儿躺着邓肯，他的白银的皮肤上镶着一缕缕黄金的宝血，他的创巨痛深的伤痕张开了裂口，像是一道道毁灭的门户；那边站着这两个凶手，身上浸润着他们罪恶的颜色，他们的刀上凝结着刺目的血块（breech'd with gore）。
>
> （第二幕第三场）

在这里衣服的意象是很清晰的，死去的邓肯身上罩着的是皇室的血，如同一件国王的礼服。而那凶手的刀子上也裹满了国王的血，这刀子就象征着麦克白，本该做保护国王的利器，却将刀尖调转，刺向国王。它没有待在自己的"鞘"里，不穿着自己的衣服，却裹着邓肯的血，穿上了国王的衣服。布鲁克斯对此直言，"他没有资格穿一件让他看起来很奇怪的衣服，就像一把匕首不配套上这件忠诚的外套一样"①。

18世纪众多批评家都认为，其中的breech'd是誊写错误。但布鲁克斯认为，此处的breech'd（好像罩上了短裤）实际上是与前后文有所联系的，莎士比亚成熟的文字功底能给这个词找到归宿。布鲁克斯借助斯珀津"旧衣服的意象"的观点，他认为，这个长袍可以做两种解读：其一，这长袍并不是他的，是偷来的，是他为了野心残忍杀害君王亲友，用一系列卑劣的手段得来的。这衣服本就不合身，况且它们的来历并不会让他感到舒适；其二，通过乔装来自我遮蔽，便是伪君子，而麦克白不愿做伪君子。在故事的开头，我们便能看到这一点，麦克白得知女巫预言，且在预言初见成效即被给予考特王爵的称号后，显示出一种不太情愿的态度："考特男爵现在还活着，为什么

---

① Cleanth Brooks, *The Well Wrought Urn: Studies in the Structure of Poetry*, London: Dobson Books Ltd., 1960, p.36.

第一章　T.S. 艾略特、威廉·燕卜荪与克林斯·布鲁克斯：新批评莎评

你们要替我穿上借来的衣服呢？"（第一幕第三场）而在面对麦克白夫人时，麦克白袒露了他的心声："他最近给我极大的尊荣；我也好容易从各种人的嘴里博到了无上的美誉，我的名声现在正在发射最灿烂的光彩，不能这么快就把它丢弃了。"（第一幕第七场）从这里可以看出，麦克白喜爱荣誉，并且为了在实现野心的同时不失去荣誉，他选择了去"偷"邓肯的衣服，即杀掉邓肯后嫁祸他人，在保有自己清誉的同时取代邓肯的位置。麦克白拿来别人的各式装束来遮蔽自己的本质。

在布鲁克斯看来，"衣服"这个意象像"婴儿"意象一样，同样弥散在该剧中，且意涵丰富。麦克白夫人在驱使麦克白做出一切唯理性且残忍的举动之前，曾道出这样一段话，在其中，麦克白与刀、衣服和刀鞘之间则出现了更加明确的联系：

> 来，阴沉的黑夜，用最昏暗的地狱中的浓烟罩住你自己，让我的锐利的刀瞧不见他自己切下的伤口，让青天不能从黑暗的重衾里探出头来，高喊着"住手，住手！"

（第一幕第五场）

这把刀就是麦克白，他杀掉邓肯，实为连自己都没看清就去割开青天。又因麦克白本身就选择了以酒后的黑夜为遮蔽，弑君并嫁祸侍卫，这就是"最昏暗的地狱中的浓烟罩住你自己"。接下来，在邓肯被杀之后，这一行人发现那尸体时，班柯说："我们这样袒露着身体，难免要得病，大家先去穿上衣服，以后举行一次会议，彻查这一件最残酷的血案的真相。"（第二幕第三场）"袒露着身体"从意象上来看，便是将身体和衣物分开，将本质与外在的遮蔽分开，是对麦克白虚伪冷酷内心的一种隐晦的暗示。而接下来麦克白的回应，则更为其添上了一层讽刺的意味，他说，"让我们赶快振起我们刚强的精神"（Let's briefly put on manly readiness，又译，"让我们赶快穿上现

成的男装")(第二幕第三场)。这是在虚伪的内在即将被刨开时所产生的一种应激反应,内心将被展露,他不想寻找救赎,而是尽快找点什么东西再次将其掩盖。而这男装并不单单指虚伪的遮蔽这一类,它与前文麦克白夫人的话语能够形成照应。麦克白夫人曾说,"是男子汉应当敢作敢为"(第一幕第七场),她实际上是在指责麦克白幼稚、怯懦、迟疑,无法被称为"男子汉",而麦克白在这里急切地套上"男装",则是欲直接跨越进这样一个"成熟"的领地,以一种更加冷酷残忍的面貌去进行他接下来的计划,也是暗示了他行为上的变化。

除了"赤裸的婴儿"和"男子的斗篷"在文中存在大量的相关联的意象外,莎士比亚还用众多植物生长的意象描写了麦克白行动的发展,布鲁克斯认为,这与"婴儿"和"斗篷"意象的功能相辅相成。在故事开头,班柯问女巫说,"要是你们能够洞察时间所播的种子,知道哪一颗会长成哪一颗不会长成,那么请对我说"(第一幕第三场),而邓肯迎接麦克白时则说,"我已经开始把你栽培,我要努力使你繁茂"(第一幕第四场)。麦克白一心杀死邓肯时,想到"她们就像把一顶不结果的王冠戴在我的头上,把一根没有人继承的御杖放在我的手里"(第三幕第一场)。再后来,麦克白渐显颓势,称自己"我的生命已经日渐枯萎,像一张凋谢的黄叶"(第五幕第三场)。植物意象在整部剧中前后呼应,显出一种精心织构的特点。

对这种贯穿全剧的意象链,布鲁克斯进行了细致的分析:"用衣服包裹的匕首和赤裸的婴儿——机械和生命,工具和结果,死与生;一方是显露在外、干净的东西,另一方是裹着衣服、得到温暖的生命——这就是贯通全剧的两个伟大的象征。"[1] 莎士比亚以刀和鞘,人和外袍做比喻,这两个意象所揭示的意义就如同人性脱去了外套的

---

[1] Cleanth Brooks, *The Well Wrought Urn: Studies in the Structure of Poetry*, London: Dobson Books Ltd., 1960, p. 45.

第一章 T. S. 艾略特、威廉·燕卜荪与克林斯·布鲁克斯：新批评莎评

皮，展现出其最本质的一面来。而赤裸的婴儿就是人最基本的那一面，它是脆弱的，却又代表着人们充满变数的未来，这种不可预测的自然之力能够如风一般，吹去人身上一切伪装的外袍，将所有假借的幌子、虚荣的名誉都掀开，露出最基本的人性来。

布鲁克斯的《精致的瓮》一书旨在讨论诗的结构，而意象或象征是诗的结构的重要组成部分。意象的链条反映了布鲁克斯从总体上把握作品意义的诗学思想，在布鲁克斯看来，诗歌或者说作品是一个有机整体，他对莎剧意象链条的分析是对新批评莎评的重要贡献。《赤裸的婴儿与男子的斗篷》"分析了《麦克白》中的象征性意象，不仅是布鲁克斯本人批评水平的代表，也堪称美国新批评派在文学批评实践中的典范，因此本文自然成为了莎评史中的名篇"[1]。海尔曼（Robert B. Hailman）也认为，这篇文章在美学上也有其意义："布鲁克斯提出了一种将作品视为艺术品而不仅仅是文化艺术品的方法。这是一种将其视为审视内在现实的艺术的方式，而不仅仅是一种外在形式的分析。"[2]

结　语

新批评莎评的观点和方法主要体现在几篇重要的论文中并散见于一些批评著作中，这些批评文本堪称经典。新批评莎评倡导的有机整体观和智性的语言分析方法至今仍发挥着作用。

艾略特研究莎士比亚的戏剧，更多的是借由对莎士比亚及其作品的品评，提出极具新批评特色的观点。在艾略特看来，诗人作品中所表现出来的思想观念并非作者本人的价值观，作者只是将当时社会上

---

[1] 辛雅敏：《20 世纪莎士比亚批评研究》，博士学位论文，吉林大学，2013 年，第 117 页。

[2] Robert B. Heilman, "Cleanth Brooks and *The Well Wrought Urn*: *Studies in the Structure of Poetry*", *The Sewanee Review*, Vol. 91, No. 2, 1983, p. 325.

流行的普遍价值观作为一种原材料，掺进故事中。此外，他认为诗人是没有思想的，因为这并非其本职，诗人的工作就是写诗。而要想让一个作品传世，就要先经历一步"非个人化"，也即将作品融入时代的"传统"中，这样才能在历史上有所成就。艾略特通过对莎士比亚进行研究，提出了新批评的思想方法。此外，艾略特通过对《哈姆莱特》进行解读，认为该剧实际上为艺术上的失败品。他提到《哈姆莱特》的原材料来源于《西班牙悲剧》，但这一内容对莎士比亚来说难以掌控，而且在这部剧中，莎士比亚的文风也出现了一定的不稳定性。通过将《哈姆莱特》与《麦克白》进行对比，艾略特发现，前者中，莎士比亚常用的"客观对应物"的技巧并未得到合理的使用，因此，他认为《哈姆莱特》在艺术上绝不算一篇佳作，但与此同时，也承认其在文学上的成功之处。

燕卜荪坚持用文本分析的方法来解释莎士比亚语言的丰富性，他的细读分析，极大地加深了我们对莎士比亚作品的理解，在这一点上，燕卜荪在文学批评界有很大的影响。在燕卜荪看来，莎士比亚的戏剧及诗歌中惯用的含混的手法，通过激发读者头脑中自然而然产生的印象来加深这种含混的美感。燕卜荪对结构上、含义上以及意图上的含混进行解读，打破了诗歌只有一种解读方法的观点，并将瑞恰慈的科学化主张付诸实践。另外，在《含混七型》中，他用到的文本分析方法也从自发的审美活动成为一种自觉的批评活动，这对后世的形式主义批评影响很大。

布鲁克斯对莎剧的解读具有很强的新批评特色，他对《麦克白》中的意象进行了深刻的研究，认为意象是"一系列不曾断开的链条"。他对其中"赤裸的婴儿"和"男子的斗篷"进行了大量的阐释。认为"婴儿"可以在上下文中找到相当多的呼应，例如突然遇害的麦克德夫的儿子，麦克白夫人口中可以为了野心而杀死的孩子，以及女巫做出的各种预言中都提到过婴儿。婴儿代表着怜悯与未来，是天性的自然之力。而"男子的斗篷"的呼应也不在少数，例如麦

第一章　T. S. 艾略特、威廉·燕卜荪与克林斯·布鲁克斯：新批评莎评

克白用来杀死邓肯的刀与其上的血，被授予荣誉时加身的外衣，这斗篷便是对人本性的覆盖，是虚伪的包装，但这种掩盖之下的冷漠并不会因为一层薄薄的布而发生改变，只是一种悲哀的隐藏。婴儿的天然与斗篷的虚伪掩饰形成一种绝妙的对照，加上在行文中自然贯穿的一系列意象，布鲁克斯认为，这是莎士比亚艺术手法的重要体现。布鲁克斯的新批评莎评在形式主义莎评中具有承上启下的作用。

在《新批评》前言里，兰色姆（John Crowe Ransom）指出："这样的批评文字属于我们的时代。在深度和精确度两方面，它超越了此前所有用我们的语言写成的批评。"[①] 他在这本书中介绍了新批评，对新批评做出了客观的评价。尽管新批评莎评犹如新批评一样，有其自身的缺点，正如布鲁克斯所说的那样，"对所探讨的诗歌的历史背景考虑不够"[②]，但新批评莎评对于20世纪的形式主义莎评而言，具有奠基作用。

[①] ［美］约翰·克劳·兰色姆：《新批评》，王腊宝、张哲译，文化艺术出版社2010年版，第3页。
[②] Cleanth Brooks, *The Well Wrought Urn: Studies in the Structure of Poetry*, London: Dobson Books Ltd., 1960, preface.

第二章　卡罗琳·斯珀津：多彩的意象

卡罗琳·斯珀津（1869—1942）是伦敦大学第一位女性教授，是莎士比亚和乔叟研究领域的知名学者。1935年斯珀津发表了她的研究著作《莎士比亚的意象及其意义》，这本书很快便被公认为具有开创性意义的经典著作，同时也为莎评的发展注入了新的活力，这也奠定了她作为意象派莎评代表人物的地位。意象批评最早可以追溯到1794年沃尔特·怀特尔（Walter Whiter）出版的《莎士比亚评论一例》，文中怀特尔对莎士比亚的联想和想象进行研究。而斯珀津的意象研究更加全面透彻，在方法的运用和意象的阐释方面都具有创新性。埃德温·缪尔称，"这是一本前所未有的批评著作，揭示了莎士比亚的思想和艺术原则。任何研究莎士比亚的人都不能错过这本引人入胜的富有想象力的著作"①。

受意象派诗歌的影响，斯珀津在该著作中将意象派的观点运用于莎士比亚戏剧的研究，首次系统地分析了莎士比亚戏剧中的意象，并

---

① Edwin Muir, https：//www.amazon.co.uk/Shakespeares-Imagery-What-Tells-Us-ebook/dp/B01LZWFPJL/ref=sr_1_1？crid=2IOD12YSYJR11&keywords=Shakespeare%E2%80%99s+Imagery+and+What+it+Tells+Us&qid=1691107908&sprefix=shakespeare+s+imagery+and+what+it+tells+us%2Caps%2C615&sr=8-1［2022-12-10］.

第二章 卡罗琳·斯珀津：多彩的意象

开创了20世纪莎剧的意象批评，为后来的带有新批评色彩的英美各种形式主义莎评铺平了道路。所以，该著作奠定了她作为意象派莎评代表人物的地位。在《莎士比亚的意象及其意义》中，斯珀津认为，莎士比亚戏剧中的意象有两大功能：第一个功能是作者无意识地传达其性格特征、气质、精神品质，甚至作者的生活经历等，这个功能一般是通过各种自然之景、动物等一般意象传达的；第二个功能是为戏剧提供背景、传达戏剧的氛围和表达作者的情感，这部分功能则是通过戏剧中的主导意象来传达的。斯珀津的这部著作，启发了众多学者对莎士比亚作品中的意象进行研究。

第一节 多彩的一般意象

无论在中国还是西方文学史上，"意象"都是文学批评理论的一个重要范畴，也是美学的一个重要组成部分。在中国，"意""象"这两个字最早来源于《周易》一书："书不尽言，言不尽意……圣人立象以尽意"[1]。这里的"意"是指作家内心想表达的内容，"象"指卦象、符号，故"意象"的旧意指用特定的卦象、符号去表达作者无法用言语阐释的内容。西方对"意象"范畴的讨论萌芽于象征主义，形成于意象主义，发展于新批评。从广义上讲，任何生动形象的比喻都可以称为意象，通过意象作者可以表达其内心的一些隐晦想法并使读者产生幻想和联想，然而"意象"一词的狭义定义则众说纷纭。J. A. 卡登在《文学术语词典》一书里解释，意象指的是用语言来复现客观物体、行为、情感、思想、心理状态以及所有感觉与超感觉的体验。[2] 西方意象派代表人物埃兹拉·庞德对"意象"定义

---

[1] （宋）朱熹注：《周易》，上海古籍出版社1987年版，第98页。
[2] J. A. Cuddon, *A Dictionary of Literary Terms*, Oxford: W & J Mackay Limited, Chatham, 2013, p. 354.

是:"一个意象是在一刹那时间里呈现为理智与情感的复合体的东西。"① 受到庞德的启发,艾略特提出现代诗创作的"客观对应物"原则,即作者要通过一系列的意象来间接表达自己的情感。"意象"不只存在于诗歌中,在戏剧中也广泛存在。苏珊·朗格(Susanne Langer)在她的代表作《情感与形式》中表明:戏剧中蕴含诗的艺术性,"它创造了一切诗所具有的基本幻象——虚幻的历史。戏剧的实质是人类生活——目的、手段、得失、浮沉乃至死亡的映像"②。这里的"幻象"实际上就是我们在诗歌里常说的"意象"。作为一名诗人,莎士比亚在其剧作中大量运用了诗体台词,因此,莎士比亚的戏剧中采纳了大量的诗歌的技法,如意象等。作为一名戏剧诗人,莎士比亚的戏剧已经把诗歌艺术与戏剧艺术完美结合,其中的意象也已经把诗歌的象征与戏剧的象征融为一体,远比诗歌中的意象更大胆、更复杂。

在《莎士比亚的意象及其意义》中,斯珀津并没有对"意象"下一个明确的定义,但她认为,意象是"诗人或者散文家用来说明、阐释或者修饰他们思想的一个'小词',这个'小词'其实是一种描述或想法,它通过与其他事物的比较或类比,陈述或理解,进而唤起人们的情感和联想"③。斯珀津认为,意象的核心是类比,其中包括一切暗喻、明喻和转喻等,这种类比是诗人的一种神秘的感受和直觉,并没有必要对其进行细致分析。这些意象大多从作者本人十分了解或者亲身经历的事件中提取,即对于诗人来说,他所使用的各种意象会在某种程度上"暴露自己"。对于莎士比亚来说,尽管他对他戏剧中的人物的态度比较客观,但同样就像人的紧张即使不会通过眼睛

---

① Ezra Pound, "A Retrospect", in T. S. Eliot, ed., *Literary Essays of Ezra Pound*, New York: New Directions, 1935, pp. 3 – 4.
② [美]苏珊·朗格:《情感与形式》,刘大基、傅志强、周发祥译,中国社会科学出版社1986年版,第354页。
③ Caroline Spurgeon, *Shakespeare's Imagery and What It Tells Us*, Cambridge: Cambridge University Press, 1935, p. 9.

第二章　卡罗琳·斯珀津：多彩的意象

或者表情表现出来也会通过某种肌肉紧张表现出来一样，莎士比亚使用的意象也会无意识地"暴露自己"。因此，斯珀津提出意象的第一个作用就是传递作者的性格、品位，反映作者某些个人经历等。而在莎士比亚戏剧中有着大量的、连续不断的、反复出现的意象和意象群，这也形成了莎士比亚区别于其他诗人、剧作家的独特风格，更是莎剧意象使用最为突出、最引人注目的典型特征。她将莎士比亚戏剧中普遍出现的一般意象分为三大类：第一类就是各种自然之景；第二类是日常的室内生活和各种习俗；第三类就是各种阶级和类型的人，以及一些充满想象力和异想天开的意象。斯珀津认为意象的第二个作用就是为戏剧提供背景、传递戏剧的情感和氛围，这第二个作用是靠剧中的主导意象实现的。斯珀津发现起主导作用的意象与戏剧的主题思想密切相关：它们往往是主题思想直接或间接的注解、延伸、深化和补充。这种起主导作用的、强烈而持续的意象贯穿全剧，推动着剧情发展，并且统领、调动着其他意象，使之为其服务。在该书中，斯珀津还分别对历史剧、传奇剧、喜剧、悲剧中的主导意象进行了详细分析。在意象的这两个作用中，斯珀津更看重第一个功能，她认为，"不论是小说家还是戏剧家，都可以从其作品中找到作者的个性、脾气和思想特质"[1]。在这种观念的影响下，斯珀津从莎士比亚戏剧的普通意象入手，开始推测莎士比亚的爱好与观点：通过各种自然之景可以推测莎士比亚喜爱园艺；通过比较各种动物的意象，可以发现莎士比亚对被捕的动物充满同情之心；而各种运动意象也表明，莎士比亚酷爱户外运动并且经验丰富，尤其是像骑马、捕鸟等活动；莎士比亚戏剧中还存在众多不同的阶级，这也反映了莎士比亚的人文主义精神。在这些基础上，她甚至绘制出了一个莎士比亚的肖像，画中的莎士比亚反应迅速、动作敏捷、身手矫健，智慧、幽默、充满想象力，

---

[1] Caroline Spurgeon, *Shakespeare's Imagery and What It Tells Us*, Cambridge: Cambridge University Press, 1935, p. 6.

对弱势群体富有同情心。

在第一类自然意象下，斯铂津又将其细分为几大类，其中最突出的第一类被斯珀津称为"园丁视角"。她认为，莎士比亚从园丁视角出发，展示了他对花园各种花朵和水果生长、嫁接、施肥等的深入了解和观察。斯珀津将莎士比亚戏剧中的园丁视角下的意象又进行了更为细致的分类，她发现，莎士比亚十分关注植物的荣枯盛衰。在《罗密欧与朱丽叶》第二幕第二场中，朱丽叶向罗密欧表达爱意时，将两人的爱情比作"爱的蓓蕾"，并且坚信随着时间的推移，罗密欧与朱丽叶的爱情会越来越浓烈，直到绽放出美丽的花朵。在《麦克白》中，剧情发展也与树木的枯荣相联系。三女巫预言麦克白成为考特爵士之后还会成为君王，班柯听后祈求三女巫也给他一些指引，他用"种子"做比喻祈求女巫给他一些指点。当国王邓肯为了表彰麦克白在征讨叛逆的战争中所表现出来的英勇时，他将麦克白比作植物，表示自己的重用与栽培必将会使他"繁茂"。随着麦克白心中的贪念逐渐萌发，他最终在麦克白夫人的怂恿下弑君篡位，辜负了邓肯的一番栽培。在剧末，一无所有的麦克白把自己比作冬天霜打的树木："我已经活得够长久了，我的生命已经日渐枯萎，像一张凋谢的黄叶……"（第五幕第三场）斯珀津还指出，和所有园丁一样莎士比亚反复被种子的力量所震撼和感动，但他同样也意识到杂草也具有这种活力，如果不加以控制则会造成危害，就像人类自身的性格缺陷所具有的力量那样。在《特洛伊罗斯与克瑞西达》中，莎士比亚描述阿喀琉斯的骄傲如"种子"，如果不加以控制则后果不堪设想。并且，斯珀津发现莎士比亚也常用春风、霜冻、嫩芽等意象。在《爱的徒劳》中，国王形容能言善辩的俾隆"就像一阵冷酷无情的霜霰，用他的利嘴咬死了春天初生的嫩芽"（第一幕第一场）。植物也是历史剧中的主导意象。斯珀津指出，在很多历史剧中莎士比亚经常将王室比作一棵枝繁叶茂的大树，而王室的子孙则是繁荣的枝叶，这个意象"在《亨利六世》中最先出现，之后在《理查三世》中得到了进

第二章　卡罗琳·斯珀津：多彩的意象

一步发展，最终成为《理查二世》的主导意象"①。《亨利六世》上篇中，莎士比亚将垂死的摩提默的胳膊比喻成"枯萎的藤蔓"，形象生动地写出了人垂死之际的虚弱无力。在《亨利六世》中篇中，王后提醒国王要警惕葛罗斯特公爵，她用无人照料的花园来隐喻一旦葛罗斯特公爵登上宝座，王室将陷入危险的处境。面对王后和众位大臣对葛罗斯特的指责，国王讽刺地回应道："你们关怀我，要把我脚下的荆棘全部铲除，这是值得嘉许的……"（第三幕第一场）《亨利六世》下篇中，我们同样可以看到这个意象。功不可没的华列克最终谋反，战死沙场，在临死前华列克哀叹："雄伟的大树被斧头砍断了，他的枝干曾是雄鹰栖息之地，在他的树下睡过不可一世的狮子……"（第五幕第二场）最后他自己"这棵老树"因重伤死在战争中。在《理查三世》中，面对爱德华的去世伊丽莎白哀叹道："树根既已经死去，枝条为什么还要生长？枝叶既已干涸，树叶为什么还不枯萎？"（第二幕第二场）

　　斯珀津认为，尽管有人可能会质疑——这些园艺比喻在伊丽莎白时代其实是十分普遍的，但这无法否认莎士比亚对种植的热爱，以及他在这一领域有着同时代作家并不具备的丰富经验。在《理查二世》中，葛罗斯特公爵利用自己的势力竭力排挤理查王的亲信。理查王为此进行报复，指使亲信毛勃雷把葛罗斯特带到监狱悄悄处死。而第一幕的开场同为兰卡斯特家族的波令勃洛克与毛勃雷产生纠纷，理查借机将两人都流放边疆并让其决战。葛罗斯特公爵夫人向波令勃洛克的父亲冈特公爵诉苦，她将英王爱德华三世的七个儿子比作"同一树根上苗长的七条美好的树枝"，而葛罗斯特公爵是七条树枝中一条"繁茂的树枝"。而自葛罗斯特公爵去世后，"那最高贵的根株所生出的繁荣的枝条被破断了，它夏日的绿叶枯萎了"（第一幕第二场）。

---

① Caroline Spurgeon, *Shakespeare's Imagery and What It Tells Us*, Cambridge: Cambridge University Press, 1935, p. 217.

葛罗斯特公爵夫人迫切希望同属七条树枝中一条的波令勃洛克能为其夫复仇。随后面对冈特的去世，狠心的理查二世说，"最熟的果子最先落地，而他落了地"（第二幕第一场）。斯珀津认为《理查二世》中花园暗指英国，反映了莎士比亚对英国政治的担忧。英国内战期间，政权交替频繁，战争以及苛捐杂税使人民生活苦不堪言，本来应该欣欣向荣的"花园"现在却"……哪儿不是杂草丛生，憋死了最美丽的花朵？果树没人整理修剪，篱笆歪歪倒倒，花坛不成样子，芬芳的花草长满了青虫"（第三幕第四场）。英国这座大花园早已没有了昔日的活力，鲜花、果树生长得凌乱无序，杂草丛生。对于任何一位园丁来说，没有比这更糟糕的画面了。这种荒芜的景象是长期的忽视所造成的，多年的付出和辛劳毁于一旦。接着，这位粗心的园丁反省，"那对这样一个荒老混乱的春天不理不睬的人自己已到了叶落的季节，那些靠他那宽大的叶子荫庇的杂草，当初好像是在支持他，其实是在坑害他，现在全叫波令勃洛克连根拔掉了……"（第三幕第四场）实际上，理查二世就是那位容忍"凌乱无序的春天"的园丁，由于他的粗心没有及时"修剪过剩的枝条"，反而重用奸臣，导致自己丢失了王位，而那些曾经被其重用的奸臣也都被波令勃洛克彻底铲除。通过这些意象，我们可以看到英国内战中所遭受的恐怖：政权的不断交替，各种阴谋和背信弃义，摧残了英国这座"美丽大花园"；同时也看到了莎士比亚作为文艺复兴的代表对于国家前途命运的担忧。

大海、船只、河流等也是莎士比亚戏剧中经常出现的自然意象。斯珀津认为可以将莎剧中海洋的意象分为六大类：第一类就是与风暴、船难等有关的意象；第二类主要是有关潮汐涨落的描写；第三类是洋流的作用；第四类是潮水对堤岸的拍打；第五类是受到岩石冲击的船；第六类则是描写海洋的广阔无垠。例如在《罗密欧与朱丽叶》中，当罗密欧面对朱丽叶的坟墓时，罗密欧用咆哮的海洋来描述自己失去挚爱的痛苦；同样在该剧中，凯普莱特形容悲伤的妻子："你这

第二章 卡罗琳·斯珀津：多彩的意象

小小的身体里面，也有船，也有海，也有风；因为你的眼睛就是海，永远有泪潮在那儿涨落；你的身体是一艘船，在这泪海上面航行；你的叹气是海上的狂风；你的身体经不起风浪的吹打，是会在这汹涌的怒海中覆没的。"（第三幕第五场）在《哈姆莱特》第四幕第五场中，一心为父王报仇的雷欧提斯率领众人讨伐克劳狄斯，侍臣形容雷欧提斯的势力"比大洋中的怒潮冲决堤岸还要气势汹汹"。在《麦克白》中，麦克白强制要求女巫告诉他预言的全部内容，即使"汹涌的波涛会把航海的船只颠覆吞噬"（第四幕第一场）。通过分析莎士比亚戏剧中有关大海的意象，斯珀津认为，莎士比亚并没有海上航行的直接经验，他对船只和海洋的了解也大多是从书本上获得，并且在莎士比亚眼里，人便是海里那艘"脆弱的小船"，漂泊在生命这片不确定的汪洋，不断受到海水的击打。河流对莎士比亚有着特殊的意义，尤其是家门口那条埃文河，"那个在埃文河畔度过少年时代的人，永远也不会忘记埃文河的样子，无论晴朗还是恶劣天气，无论冬天还是夏天"[①]。童年时期这条反复泛滥、冲毁堤岸的埃文河给莎士比亚留下了深刻印象。在斯珀津统计中，莎翁描述洪水的意象共59处，其中多达26处都是描写洪水状态下的河流，最常见的意象便是用洪水的奔腾来比喻人类的激情与愤怒，河流的横冲直撞就像人类情绪失控一样。在《奥瑟罗》中，当勃拉班修听说自己心爱的女儿和异族人奥瑟罗在一起时，他向公爵哭诉自己的烦恼如洪水一般压倒一切。

动物意象作为自然意象中重要的一类也是斯珀津分析的重点。在众多动物意象中，鸟类相关的意象出现的频率最高。斯珀津指出，莎士比亚对鸟类的生活习性有着深入的了解。他的剧作中有对鸟类动作的描写：有猎鹰的振翅高飞，也有大雁在空中盘旋；有公鸡的大摇大摆，也有鸽子的惊恐飞走。除此之外，还有各种鸟叫声，包括知更鸟

[①] Caroline Spurgeon, *Shakespeare's Imagery and What It Tells Us*, Cambridge：Cambridge University Press, 1935, p. 91.

的情歌、公鸡的号角和渡鸦低沉的哀叹。有些鸟儿在莎剧中更是被赋予了象征意义：夜莺作为浪漫、美好的象征，在《罗密欧与朱丽叶》中夜莺象征着爱情和自由；乌鸦则被视为不祥之鸟，《哈姆莱特》中的乌鸦就预示着悲剧的发生，被用来代表死亡和悲剧。莎士比亚剧中还有对捕鸟等狩猎活动的描写，但在斯珀津看来，莎士比亚并不是狂热的狩猎者，而常常从动物角度出发对被捕的猎物充满同情。在《麦克白》中，麦克白听信了女巫的预言决定铲除麦克德夫，为躲避杀身之祸，麦克德夫独自前往英国寻求援助，留下其夫人和儿子驻守城堡。面对麦克德夫的出逃行为，麦克德夫夫人用最小的鸟类鹪鹩也会保护妻儿的例子痛斥麦克德夫的冷酷无情。面对无忧无虑想做鸟儿的儿子，麦克德夫夫人说道："可怜的鸟！你从来没有想到有人在张起网，布下陷阱要捉了你去哩。"（第四幕第二场）这里麦克德夫夫人运用捕鸟的意象向儿子说明其所处的危险境地：马上就会成为麦克白的猎物。斯珀津认为，莎士比亚本人有怜悯之心，能够跟世间万物共情，他甚至会关注到比鸟儿更小的生物——蜗牛，这个拥有着世界上最敏感触觉的动物。然而，著名的生态批评学者爱斯达克（Simon C. Estok）却认为，莎士比亚戏剧中对动物的怜爱是带有物种歧视色彩的。在他的著作《生态批评与莎士比亚：生态恐惧解读》（*Ecocriticism and Shakespeare: Reading Ecophobia*）中，爱斯达克指出莎士比亚戏剧中大量的宰杀猪以及狩猎的场景呈现出人类对自然的矛盾心态。与鸟儿意象表达的情感不同，斯珀津发现，莎士比亚的戏剧中"狗"的意象大多是用来讽刺阿谀奉承和极度贪婪的人。"莎士比亚十分重视忠诚和无私的爱，这两种品质高于生活中的一切，当他看到各种阿谀奉承的人向权贵屈膝只为得到一点好处时，他会感到恶心。"[①] 而伊丽莎白时期，人们会让西班牙猎狗或者灵缇犬在餐桌旁舔舐客人的手，并且

[①] Caroline Spurgeon, *Shakespeare's Imagery and What It Tells Us*, Cambridge: Cambridge University Press, 1935, p.195.

第二章　卡罗琳·斯珀津：多彩的意象

允许其乞求食物，而这种行为无疑会污染食物，还会产生污渍，这种混乱的景象莎士比亚是极其厌恶的。因此莎士比亚会将现实中贪婪肮脏的狗的形象与自己所厌恶的阿谀奉承虚情假意的特征联系起来。不难发现"狗"这个意象在《雅典的泰门》里最为明显，该剧围绕着一个特定主题"一个被虚假的朋友和奉承者背叛的人"，斯珀津结合该剧对"狗"这个意象进行详细分析。雅典有一位贵族名叫泰门，他慷慨好施、为人大方。在他的周围聚集了一群阿谀奉承的"朋友"，他们整日游手好闲只想骗取泰门的钱财。慷慨无度的施舍很快使泰门倾家荡产、负债累累，而那些受惠于他的"朋友们"却马上与他断绝往来。面对朋友们的忘恩负义和债主的催债，连好心的仆人都看不下去了，他痛斥：

> 哼，当你们那些黑心的主人们吃着我家大爷的肉食的时候，为什么你们不把债票送上来要钱？那个时候他们是不把他的欠款放在心上的，只知道忙着胁肩谄笑，把利息吞下他们贪馋的胃里。
>
> （第三幕第四场）

这里运用狗吃肉的意象来讽刺那些阿谀奉承的朋友们：在泰门有钱有势时他们如狗一般贪婪，时刻惦记着泰门的财产。在《雅典的泰门》中还有各式各样的"狗"：睡着的狗，不听话的狗，脏兮兮的狗。这些意象都表达了莎士比亚对虚情假意的阿谀奉承者的极度厌恶之情。

斯珀津发现，室内生活和习俗的意象构成了莎士比亚戏剧中第二大类意象，最常见的是各种身体运动的描写，包括跳跃、俯冲、跑步等。虽然莎剧中有些与身体有关的意象属于伊丽莎白时期作品中常见的意象，如面部、眼睛、舌头等，但与各种身体动作相关的意象在整体的意象中所占的比例远远高于其他同时期任何剧作家。莎士比亚对各种快速敏捷动作的细致描写说明了本人有类似的生活经历，也反映了莎士比亚的身体同思想一样敏捷，能够快速捕捉到这些动作，正是

形式主义莎评经典研究

这些快速且重复出现的动作意象赋予了莎剧许多独特的艺术效果。斯珀津指出,莎士比亚常常会抓住一个动词来描述一个状态,并且经常赋予一些抽象静止的事物一种运动的生命感。如在《约翰王》中,奥地利公爵向法兰西国王宣告自己的忠心时说:"我要那不断踢回大洋彼岸的潮汐与把岛国跟其他地区隔开来的惨淡苍白的海岸向你致敬。"(第二幕第一场)这里巧用动词"踢""致敬",为原本静态的海岸赋予动态美,将潮汐赋予了人的力量,这个动词将法兰西国王必将轻而易举地击败英国军队并取得胜利的情形表达了出来。正如斯珀津指出的,身体动作这部分描写,与莎士比亚的各种"拟人"手法,即赋予各种无生命的或者静止的事物以生命的力量,或者只有人才能感受到的情感力量,是密不可分的。[①] 随后斯珀津又结合《安东尼和克莉奥佩特拉》对莎剧中动作动词的运用进行了细致分析。在第一幕第四场中,莎士比亚用四行文字生动地描写了使者向凯撒报告海盗的入侵,并且导致沿海人民惊慌失措以及青年人趁机作乱的景象:

> 沿海居民望风胆裂,年轻力壮的相率入伙,协同作案;凡是出港(peep forth)的船舶,就被它们邀载而去……

斯珀津认为,这里将整个地区描绘成人类因惧而变白的面容,用一个本来形容人的动词 peep(窥视)来形容船想在人看不见的情况下快速逃离的状态。同在第一幕第四场中,群众趋炎附势纷纷投奔庞贝,凯撒反思群众认可和支持的不稳定时,莎士比亚将民众比喻成漂浮在水里的鸢尾花,随水波摆动的鸢尾花与大众摇摆不定反复无常十分相似,生动形象地写出了民众的盲目从众,毫无立场地随"潮流"浮动。在第五幕第二场中,安东尼去世,克莉奥佩特拉被捕成为凯撒

[①] 参见 Caroline Spurgeon, *Shakespeare's Imagery and What It Tells Us*, Cambridge: Cambridge University Press, 1935, p. 49。

第二章 卡罗琳·斯珀津：多彩的意象

的俘虏，在描述她对富有活力的安东尼的怀念时，莎士比亚又援引一项特殊运动作为比喻：他将安东尼的欢乐比作在汪洋大海中游泳的长鲸。其实莎士比亚可能根本没有看到过鲸鱼在海里嬉戏，但即使不是直接观察，他却会本能地发现这些动作，并且形象地表达出鲸鱼在水里自由自在遨游的喜悦，足以看出莎士比亚对生活的细致捕捉。

斯珀津认为，莎士比亚对各种动作的捕捉还体现在他对色彩变化和色彩对比的敏锐感知上。莎士比亚会通过色彩的变化来传递人情感的变化，通过色彩的对比凸显戏剧的主题或者主导情感。这种鲜明的色彩对比在悲剧《罗密欧与朱丽叶》中体现得尤为明显。罗密欧描述对朱丽叶的第一印象时，只用了几句话就把一个洁白无瑕的朱丽叶呈现在观众面前：

> 啊！火炬远不及她的明亮；
> 她皎然照耀在暮天的颊上，
> 像黑奴耳边璀璨的珠环；
> 她是天上明珠降落人间！
> 瞧她随着女伴进退周旋，
> 像鸦群中一头白鸽蹁跹。
>
> （第一幕第五场）

莎士比亚使用了该剧的主导意象——光的明暗变化描述朱丽叶的美使火炬都黯然失色：璀璨的珠环、明珠、白鸽，这些事物都有一个特点，明亮且洁白，这进一步突出了朱丽叶的纯洁，与黑奴、鸦群这些黑色的人与物形成鲜明对比，通过黑白这种明显的色彩对比，进一步加强了朱丽叶的美耀眼夺目使火炬逊色这一意象。在第三幕第二场中，朱丽叶同样用色彩对比表达自己对罗密欧想念至深："来吧，罗密欧！来吧，你黑夜中的白昼！因为你将要睡在黑夜的翼上，比乌鸦背上的新雪还要皎白！"对于朱丽叶来说，罗密欧就像黑夜中的白昼

形式主义莎评经典研究

照亮了她的整个世界。这里乌鸦的黑与罗密欧的皎白再次形成对比，突出了罗密欧对朱丽叶的重要性。该剧第五幕第三场情景设置在墓地中，莎士比亚通过直接或者间接的方式呈现了多种色彩。墓穴的黑色暗示着男女主人公悲剧的结局；当罗密欧听说朱丽叶的去世时，瞬间脸色苍白，而朱丽叶的惨白早在神父给她药水时就已经说明："你的嘴唇和颊上的红色都会变成灰白；你的眼睑闭下，就像死神的手关闭了生命的白昼……"（第四幕第一场）；当朱丽叶和罗密欧双双为爱殉情时，红色的鲜血染红了墓地，这鲜艳的红色更象征着罗密欧与朱丽叶之间忠贞的爱情。正如斯珀津所说："黑色与白色，红色与白色，这里色彩的对比强化了光明与黑暗的象征意义，第一种对比展现了情侣在对方眼里纯洁无瑕的品质，而第二种对比则强化了年轻人在戏剧中的悲剧命运。"[①] 通过研究莎剧这些和运动、动作相关的意象，我们会发现，真正吸引莎士比亚的并不是色彩或者各种形式上的美，而是藏在运动之下的生物的生命力，这种生物本身所含有的力量不断吸引着莎士比亚对其进行刻画。

各种阶级和不同类型的人物则是一般意象中的第三类。斯珀津通过对比发现，相较于同时期的作家，莎士比亚戏剧中人物类型最多，阶级类型最丰富。在众多不同类型人物中，儿童是莎士比亚笔下的经典人物类型之一。斯珀津发现，莎士比亚对儿童的天性和特征的观察极为细致，并且剧中儿童形象的无邪纯真与成年人形象的成熟复杂形成了鲜明对比："他们就像精致明亮的水彩对抗着悲剧的黑暗。"[②] 著名莎学家贝文顿曾指出，莎士比亚戏剧中的儿童形象往往是娇弱、忠诚、勇敢以及理想主义的，而且他们没有成人的缺点，往往显得天真

---

① Caroline Spurgeon, *Shakespeare's Imagery and What It Tells Us*, Cambridge: Cambridge University Press, 1935, p. 64.
② Caroline Spurgeon, *Shakespeare's Imagery and What It Tells Us*, Cambridge: Cambridge University Press, 1935, p. 139.

第二章 卡罗琳·斯珀津：多彩的意象

无邪。① 莎士比亚对婴儿时期的儿童就表现出极大的兴趣：健康的婴儿睡在摇篮里日夜摇晃，暴躁的婴儿不断地拍打护士，皱着眉头的婴儿在襁褓里乱踢，各种关于婴儿的景象穿插在不同戏剧中。除此之外，斯珀津还发现莎士比亚对于"小男孩"的刻画有着特殊兴趣，"虽然他们作为角色在莎剧中出现的时间很短，但都很精致且充满活力"②。《理查三世》中理查为了得到王位，他散布谣言，嫁祸于自己的哥哥克莱伦斯，并借国王爱德华之手残忍将其杀害。克莱伦斯的孩子们似乎也察觉到了父亲的去世，跑去询问公爵夫人：

> 男孩：好奶奶，告诉我们，我们的爸爸死了吗？
> 公爵夫人：没有，孩子。
> ……
> 男孩：猜得到，奶奶。因为我们的好叔叔葛罗斯特告诉过我，国王是受王后唆使才捏造罪名把爸爸抓起来的。叔叔说这话时哭了，说我可怜，还亲热地吻我的脸，要我依靠他，像依靠爸爸一样，说他会像爱亲生儿子一样爱我。
>
> （第二幕第二场）

孩子心智还不成熟，辨别是非能力方面比较弱，面对葛罗斯特的花言巧语，他们天真地以为真的是皇后杀死了自己的父亲。天真的孩子与虚伪奸诈的葛罗斯特形成了鲜明对比，他们对葛罗斯特这个"好叔叔"的忠心深信不疑。这部剧也塑造了另一个聪颖过人的孩子——爱德华四世之子约克公爵。为了彰显小约克的聪明，莎士比亚特意改写了他的年龄，并且让其生活在母亲伊丽莎白王后和祖母约克

---

① 参见 David Bevington, *Shakespeare: The Seven Ages of Human Experience*, Oxford: Blackwell Publishing, 2005, p. 29。
② Caroline Spurgeon, *Shakespeare's Imagery and What It Tells Us*, Cambridge: Cambridge University Press, 1935, p. 139.

公爵夫人身边。葛罗斯特用野草和香花来形容生长迅速的小约克公爵和爱德华王子，尚不满 7 岁的小约克立马能理解其中的嘲讽，并跟公爵夫人抱怨自己不要长高，足以看出约克的聪颖。

除了对儿童这一类型进行分析，斯珀津还发现莎士比亚笔下的人物类型跨度很广：有穷困潦倒的乞丐，也有至高无上的国王；有质朴的农民，也有阴险狡诈的王公贵族；有自私虚伪的犹太人，也有倾国倾城的埃及女王；有在锻造厂里铸铁的铁匠，也有正在缝制衣服的裁缝；等等。不同阶级、不同职业、不同类型的人物极大地增加了莎剧的多样化和戏剧化。在众多人物形象中，斯珀津发现莎士比亚对下层阶级尤为关注，乞丐、小偷、囚犯、仆人等在戏剧中经常出现，并且莎士比亚对其充满同情。在《理查二世》中，残暴的理查二世被谋反者囚禁于伦敦塔，在塔中他反省自己的过去时说道："有如愚昧的乞丐戴了脚枷坐着，却自我解嘲说，戴脚枷的过去很多，以后也会不少，从此获得了某种宽慰……我有时是国王，可叛变使我希望做个乞丐。"（第五幕第五场）理查二世像个乞丐一样虽然在监狱中受到了羞辱，但却在自省中找到了庇护。除了乞丐还有很多与小偷强盗有关的意象，他们会是"躲在胡同里殴打捕快、抢劫行人的歹徒"（《理查二世》第五幕第三场），但他们绝不认输，"绝望的盗贼，知道自己活不了啦，就会破口大骂执行的官员"（《亨利六世》下篇第一幕第四场）。不同阶级的存在大大丰富了莎剧的戏剧性和多样性。

从天气、动物等一般自然物象到各种室内活动再到不同阶级相关的意象，斯珀津对莎剧中丰富多彩的意象还进行了罗列整理并制成表格，深刻地揭示了这些意象蕴含的意义，这为进一步探究莎剧中意象的作用做了铺垫。

第二节　明亮的主导意象

在《莎士比亚的意象及其意义》一书的第二部分，斯珀津重点

第二章 卡罗琳·斯珀津：多彩的意象

探究莎士比亚戏剧中的主导意象。她认为："毫无疑问，在莎士比亚戏剧中，意象最主要的功能是提供背景以及隐含意义，而这个功能则是由主导意象完成的。它可以提升和维持情感、提供氛围和强调主题。"[①] 主导意象的发现可以说是斯珀津对莎评最重要的贡献，这个发现也成为后来很多意象和象征莎评的基础。斯珀津认为，这种主导性的意象，或者说通过意象表达的连续的象征是莎士比亚戏剧的重要特征。在早期戏剧中，如历史剧中主导意象多为单一自然意象；在喜剧中意象的种类开始变得多样且主要发挥的作用是烘托氛围、提供背景；传奇剧中意象使用更为细腻，多用来表达观点；到了悲剧，意象的使用则更加复杂，且与主题的联系更加紧密。主导意象烘托氛围、提供背景的作用是在喜剧中显露并不断成熟的，因此喜剧中的主导意象是斯珀津分析的重点之一。

我们知道，《仲夏夜之梦》是莎士比亚享誉世界的四大喜剧之一，斯珀津指出，该剧的主导意象是"月亮"（moon）。据斯珀津统计，"月亮"一词在该剧出现了高达28次，是其他戏剧的3.5倍，通过月亮，莎士比亚营造出了一种宁静夏夜林中约会的朦胧氛围感。此外，作为该剧的主导意象，月亮也是浪漫爱情的见证。在第一幕第一场中，月亮的阴晴圆缺代表着时间的变化，也预示着公爵忒修斯与希波吕忒的婚期将至：

> 忒修斯：美丽的希波吕忒，现在我们的婚期已临近了，再过四天幸福的日子，新月便将出来。但是，唉！这个旧的月亮消逝得多么慢，她耽延了我的希望，像一个老而不死的后母或寡妇，尽是消耗着年轻人的财产。
>
> 希波吕忒：……那时月亮便将像新弯的银弓一样，在天上临

[①] Caroline Spurgeon, *Shakespeare's Imagery and What It Tells Us*, Cambridge: Cambridge University Press, 1935, p. 213.

形式主义莎评经典研究

视我们的良宵。

(第一幕第一场)

忒修斯迫切地期待着婚期的到来，然而旧月犹如"老而不死的后母"，她的迟缓消磨着情侣们的热情。新月则象征着希望，当弯弯如月牙的新月爬上枝头则是他们的良辰时刻。这里的月亮不仅是时间变化的记录，更是他们美好热恋的见证，它让人们感到幸福和美好，让人们沉浸在浪漫的氛围中感受着爱情的美好。同样，月亮也见证了拉山德与赫米娅之间坚贞的爱情。根据雅典法律，儿女的婚姻由父亲决定，赫米娅的父亲强迫她嫁给狄米特律斯，而不是她心爱的拉山德。如果赫米娅不遵循父亲的指令，那等待她的不是死亡就是终身与男人隔绝。然而他们并没有选择放弃，拉山德向赫米娅的好友海伦娜透露："明天夜里，当月亮在镜波中反映她的银色的容颜，晶莹的露珠点缀在草叶尖上的时候——那往往是情奔最适当的时候，我们预备溜出雅典的城门。"（第一幕第一场）拉山德和赫米娅决心逃离传统父权、家庭力量的束缚，挣脱王权对他们爱情自由的捆绑，朝着向往的地方奔去。月亮不仅见证了现实世界中的爱情，在该剧中月亮甚至在剧中扮演了角色，造就了皮拉莫斯和提斯柏的爱情悲剧。皮拉莫斯和提斯柏相约在月下见面，然而提斯柏到达时却遇见了狮子，惊恐的提斯柏落荒而逃留下带血的外套。皮拉莫斯看到后以为自己的爱人已经去世便以剑自刎，提斯柏看到已经去世的皮拉莫斯也自刎殉情。月亮的存在给人一种如梦的感觉，在月光的照映下，炽热的男女表现出了最原始的感情——对爱的渴望与追求，同时月亮的出现也使现实与梦境的界限变得模糊，它让人们感到神秘和迷茫，更营造出一种朦胧梦幻的氛围。除了月亮，月光、星光等各种天体的光束在该剧中也经常出现，这些天体柔弱的光朦胧、轻薄、迷离，也增强了该剧梦幻的氛围。在第二幕中，小仙子如月光般轻快地为仙后奔走服务；在第三幕中，受到心爱之人赫米娅误解的狄米特律斯却仍觉得赫米娅如

第二章 卡罗琳·斯珀津：多彩的意象

"天上闪耀的金星"；同在第三幕中，迫克借拉山德的口吻嘲笑狄米特律斯是只敢"朝星星们夸口"的懦夫。

如果说月亮能够营造出朦胧的氛围，那么毫无疑问，林地下的各种自然美景则强化了这种朦胧、梦幻的氛围，这些自然景象在特定的场景下烘托了不同的氛围。鸟类的歌声贯穿整部剧。在《仲夏夜之梦》第一幕第一场中，海伦娜愤愤不平地描述了狄米特律斯对赫米娅的爱慕之情，对于狄米特律斯来说，赫米娅的声音比"百灵鸟"都悦耳；在第三幕第二场中，莎士比亚形容四处逃散的人"就像大雁望见了蹑足行近的猎人，又像一大群灰鹅听见枪声，轰然飞起乱叫……"还有一些意象虽然也是在描写自然，但超越了所有英国自然爱好者对于自然的印象，充满着莎士比亚的想象。仙王和仙后的争吵导致了自然秩序的混乱，"白头的寒霜倾倒在红颜的蔷薇的怀里，年迈的冬神薄薄的冰冠上，却嘲讽似的缀上了夏天芬芳的蓓蕾的花环。春季、夏季、丰收的秋季、暴怒的冬季，都改换了他们素来的装束，惊愕的世界不能再从他们的出产上辨别出谁是谁来"（第二幕第一场）。本该被霜冻扼杀的蔷薇现在却展示出异常活力让寒霜都倾倒在其怀里，而本应寸草不生的冬季却开满了花朵，四季的错乱在现实生活中不可能发生，而只有在林中仙境才会发生。这种现实与神话交织的描写不仅发挥了斯珀津指出的烘托氛围的作用，也符合加拿大莎评家诺思罗普·弗莱提出的"绿色世界"的概念，即"莎士比亚一般是矛盾产生于'现实世界'，展开并解决于'绿色世界'，最后回归于'现实世界'"[1]。四位青年在现实中遇到了爱情矛盾，如果没有"绿色世界"的存在，必将上演一场爱情悲剧，而正是林中仙境的梦幻缓解了戏剧中的冲突与矛盾，并通过月亮将"现实世界"与"绿色世界"相联系。

---

[1] Northrop Frye, *A Natural Perspective*: *The Development of Shakespeare's Comedy and Romance*, New York: Columbia University Press, 1965, pp. 142–143.

与《仲夏夜之梦》中朦胧静谧的氛围不同,《无事生非》中的主导意象则烘托出一种热闹嘈杂的氛围,剧中有着众多生动的画面:轻快的声音、各种飞速变化的动作不仅为该剧增加了许多喜剧效果,也烘托了热闹氛围,从而为喜剧提供了背景。面对自己单纯没有主见的表妹,身为表姐的贝特丽丝用苏格兰舞的例子提醒表妹希罗要谨慎地对待婚姻:"求婚、结婚和后悔,就像是苏格兰急舞、慢步舞和五步舞一样:开始求婚的时候,正像苏格兰急舞一样狂热,迅速而充满了幻想;到了结婚的时候,循规蹈矩得正像慢步舞一样,拘泥着仪式和虚文;于是接着来了后悔,拖着疲惫的脚腿,开始跳起五步舞来,愈跳愈快,一直跳到精疲力尽,倒在坟墓里为止。"(第二幕第一场)贝特丽丝清楚地向希罗表明自己对婚姻的独到见解,从侧面也反映了贝特丽丝的独立与反叛:她不受传统婚姻的束缚,追求独立自由。贝特丽丝的机智独立与只知道顺从他人的表妹希罗形成了鲜明的对比。在第三幕第二场中,彼德罗形容培尼狄克的心如"好钟"一般从未受到爱情的折磨,而舌头则像"钟槌"一般一直说不停。彼德罗用乐器来形容培尼狄克,不仅突出了他说话滔滔不绝的性格特点,更烘托了一种热闹的氛围。斯珀津指出,除了这些欢乐的乐器声之外,剧中还有乡村背景下各种动物的叫声:羔羊的嗷嗷待哺,小狗的吠叫,受伤小鸡的哀叫……无论戏剧场景如何变化,一系列英国乡村的热闹景象都呈现在人们面前。在第一幕第一场中,欢喜冤家贝特丽丝和培尼狄克刚一见面就相互诋毁:培尼狄克形容傲慢的贝特丽丝如"鹦鹉"一般叽叽喳喳只会学人口舌,而贝特丽丝也不甘示弱,形容培尼狄克只是有"舌功的畜生",连普通的鸟都不如。除此之外,呼呼转动的风向标、失恋的杨柳树、被捕的鸟儿都让人们联想到自由空旷的乡村氛围。季节和天气等意象也经常被拿来提供背景,强化人们对乡村生活背景的意识。在第二幕第一场中,贝特丽丝形容培尼狄克比"融雪的天气还无聊",本来寒冷的冬季就因无所事事而无聊至极,而培尼狄克竟比这还无聊,贝特丽丝的挖苦与嘲讽显而易见;同样,

第二章 卡罗琳·斯珀津：多彩的意象

彼德罗形容培尼狄克的脸色如"严冬一样难看"。在第五幕第三场中，大家一起在教堂参加希罗的葬礼，葬礼结束黎明将至，"熹微的晨光在日轮尚未出现之前，已经在欲醒未醒的东方缀上鱼肚色的斑点了"。熹微的晨光为原本悲伤的葬礼带来一丝希望，晨光中，乡村户外的画卷缓缓展开。希罗的"去世"让大家笼罩在悲伤的气氛中，而贝特丽丝和培尼狄克的婚礼就像这晨光又给大家带来生活的希望。除此之外，斯珀津还发现与其他戏剧相比，该剧与户外运动相关意象的数量遥遥领先，包括捕鸟、骑马、钓鱼以及一些射击类运动。在第三幕第一场中，为了撮合贝特丽丝和培尼狄克，希罗和欧苏拉设下陷阱。欧苏拉形容他们的计划如钓鱼一般，这里将贝特丽丝比作待上钩的鱼儿，而她们设下的陷阱则被比作美饵。无论是各种嘈杂的乐器声，还是复杂多样的乡村户外活动，这些意象都为该剧增添了许多喜剧效果，也烘托了热闹的氛围。

针对《威尼斯商人》，斯珀津认为该剧中各种声音也起着烘托氛围的作用。音乐的变化更是紧扣戏剧剧情的走向，剧中两个最重要的时刻都由音乐引出或者有音乐相伴。在第三幕第二场中，在巴萨尼奥即将在三个匣子中做出抉择的关键时刻，鲍西娅决定为巴萨尼奥奏乐。一旦他选错了就让其"像天鹅一样在音乐声中死去"，此时的音乐悲壮哀伤；而假如他选对了，音乐"像忠心的臣子俯伏迎接新加冕的君王的时候所吹奏的号角，又像是黎明时分送进正在做着好梦的新郎的耳中，催他起来举行婚礼的甜柔的琴韵"，此时的音乐激昂慷慨，烘托了主人公喜悦的心情。变幻莫测的音乐映衬出主人公不同的心情，通过旋律、节奏表现了人物的情感状态和心理变化，这让我们更好地了解了人物内心世界和情感起伏。在第五幕第一场中，更有两个与音乐相关的明喻贯穿其中。罗兰佐与杰西卡这对情侣在静谧的月光下相拥赏月，罗兰佐将天上不停闪烁的天体比作灿烂的金钵，天体转动发出的天使般的声音应和着天婴的妙唱，如此美好犹如他们之间甜蜜美满的爱情。动听的音乐搭配恬静的月光，一切都是如此美好，然而看似轻松和谐的氛围中却隐含了杰西卡对婚姻的担忧。作为犹太教徒的杰西卡，为了爱情与信仰基督教的罗兰佐私奔，然而爱情的甜蜜并没有让她忘掉理智，柔和的音乐使杰西卡感到十分惆怅。发现了她对婚姻和未来的担忧，罗兰佐安慰她："这是因为你有一颗敏感的灵魂。你只要看一群野性未驯的小马，逗着它们奔放的血气，乱跳狂奔，高声嘶叫，倘若偶尔听到一声喇叭，或是任何乐调，就会一齐立定，它们狂野的眼光，因为中了音乐的魅力，变成了温和的注视。所以诗人会造出俄耳甫斯用音乐感动木石、平息风浪的故事，因为无论怎样坚硬顽固狂暴的事物，音乐都可以立刻改变它们的性质。"（第五幕第一场）罗兰佐解释道，妻子的惆怅是因为她的精神如野性的小马一样高度紧张且敏感，而音乐却具有瞬间安抚狂野小马的魅力，因此杰西卡可以借助音乐来缓解自己的惆怅情绪。音乐的巨大力量能使一切事物改变性质。

在莎士比亚的喜剧中，无论是《仲夏夜之梦》，还是《威尼斯商人》，各种主导意象都起到了烘托氛围的作用，并且提供了更加真实可信的故事背景。此外，斯珀津认为喜剧中的主导意象也可以有强化主题、说明动机等作用。"只有在三部喜剧中，我们发现了象征意象可以像悲剧中那样用来说明或者强调剧中动作的'动机'或者戏剧的情节，这三部剧分别是《爱的徒劳》《无事生非》和《终成眷属》。"[1] 根据斯珀津的统计，在《爱的徒劳》里除各种平常的自然意象之外，战争和武器这一主导意象贯穿全剧，处处可见的武器、战争意象是对虚伪禁欲主义的鞭笞，同时也强化了"用现实生活的经验之光驱散了虚假理想主义的迷雾"[2] 这一内在主题。受宗教禁欲主义影响，纳瓦国国王首先提议并带领三位臣子俾隆、朗格维、杜曼准

---

[1] Caroline Spurgeon, *Shakespeare's Imagery and What It Tells Us*, Cambridge: Cambridge University Press, 1935, p.271.

[2] Caroline Spurgeon, *Shakespeare's Imagery and What It Tells Us*, Cambridge: Cambridge University Press, 1935, p.271.

第二章 卡罗琳·斯珀津：多彩的意象

备过苦修的生活，即清心寡欲，摒弃一切欲望和物质享乐追求真理。因此在第一幕第一场中，恪守禁欲主义的纳瓦国王将自己的臣子比作"战士"，号召臣子们一起参与这场与世俗欲望的战斗，他认为，只要敢于在戒约上签字的，都是勇于向自己的感情和物质欲望发起挑战的勇士。最终，臣子四人都发誓要断绝一切欲望，尤其要不近女色。国王不仅要求自己的臣子恪守禁欲，还在全国范围内推广禁欲主义，然而在第三幕第一场中，大臣亚马多就率先违反了国王的禁欲指令，他对村妇杰奎妮坦产生了爱慕之情，并命令侍童毛子吩咐同喜欢杰奎妮坦的考斯塔德替自己给村妇送一封信。毛子形容自己带着主人的口谕犹如炮口飞出的铅丸一般冲了出去。毛子的飞速足可见出人追求爱情这一自然本性的强烈。随后，当面对美丽高贵的法国公主和她的侍女时，君臣四人更是先后违反了自己不近女色的誓言，争先恐后地向美丽的法国女郎求爱。心中熊熊燃烧的爱情火焰使纳瓦国王情不自禁地为公主写下一首情诗诉说着自己痴心之爱，他高喊着："那么凭着圣丘必特的名字，兵士们，上阵呀！"（第四幕第三场）文中纳瓦国王先是号召大家与欲望做斗争，后又鼓励大家为爱冲锋陷阵，这一戏剧性的转变大大增强了整部剧的趣味性与娱乐性。随后俾隆也紧跟国王的号召证明男女相爱、两情相悦是自然法则，他号召大家为爱冲锋："竖起你们的旗杆来，向她们冲锋吧，诸位大爷！把她们杀翻在地，来它一场混战！"（第四幕第三场）君臣四人一起商议如何冲上战场求爱，他们纷纷给自己喜爱的法国女郎写情书、送礼物，甚至假扮俄罗斯人戴着面具前来求爱。偷听到他们计划的法国使臣鲍益急忙前来提醒公主："武装起来，姑娘们，武装起来！大队人马要来破坏你们的和平了。爱情用说辞做他的武器，乔装改扮：要来袭击你们了。集合你们的智慧，布置你们的防御……"（第五幕第二场）面对纳瓦君臣毫无尊重的玩笑般的求爱，姑娘们也有自己的应对方式：她们也戴上面罩，将自己收到的礼物交换佩戴，让纳瓦君臣四人向错误的人表白。坦率聪明的姑娘们将他们捉弄了一番，后者最终落荒而逃。就连鲍益都对姑娘们的机智表示赞叹，他形容姑娘们的舌头如无形的剃刀般锋利，连最纤细的头发都能迎刃而断。面对姑娘们不留情面的讽刺和挖苦，纳瓦君臣们不得不败下阵来，灰头土脸地承认自己的错误。俾隆说道："姑娘，我站在这儿，把你的舌剑唇枪向我投射，用嘲笑把我伤害，用揶揄使我昏迷，用你锋锐的机智刺透我的愚昧，用你尖刻的思想把我寸寸解剖吧。"（第五幕第二场）这场男女之间因爱而起的"战争"，最终因法国公主的匆匆离开而草草收场。该剧通过使用现实世界中战争等意象，对中世纪违背人性的虚伪禁欲主义教条进行嘲讽和鞭笞，也充分证明了人享受人生快乐、获得爱情幸福的合理性。

　　斯珀津指出，与《爱的徒劳》一样，在《无事生非》中战争武器这一主导意象也是用来点明该剧的内在主题——爱情里的斗智斗勇。这个主题在欢喜冤家贝特丽丝和培尼狄克身上尤为明显。两人还没见面，性格直爽的贝特丽丝就将傲慢的培尼狄克嘲笑了一番，受到嘲讽的培尼狄克委屈地向亲王彼德罗抱怨："她用一连串恶毒的讥讽，万箭齐放似的向我射了过来，我简直变成了一个箭垛啦。她的每一句话都是一把钢刀，每一个字都刺到人心里。"（第二幕第一场）贝特丽丝尖酸的嘲讽犹如钢刀直刺人心，又如万箭将培尼狄克射得体无全肤。然而，当信奉独身主义的培尼狄克听闻贝特丽丝其实对他"一见倾心"，但又不敢向他表白，他心里爱情的种子又开始萌发。他立刻念起了贝特丽丝的好，觉得她"唇枪舌剑"般的讥讽也只是因为听闻自己不婚主义的言论而失望的气话。最终，两人在亲王彼德罗"爱情的圈套"下终于看到对方的优点，并且爱上了对方。在第五幕第二场中，培尼狄克前去找贝特丽丝表达爱意，面对心爱之人，原本能说会道的培尼狄克嘴笨得如剑术家的钝剑头般毫无杀伤力。这些与武器相关的主导意象既使情节更加曲折滑稽，也使爱情里的斗智斗勇这一主题更加突出。在《终成眷属》中，斯珀津认为天体星辰这类主导意象从侧面传递了一个内在主题：在封建等级制度下人们会受到该阶级的影响和禁锢。在第一幕第一场中，当海伦娜因为自己出身贫贱和寄人篱下的处境而不敢向贝特兰表达自己的爱意时，她形容自己"像爱上了一颗灿烂的明星，痴心地希望着有一天能够和它结合，他是这样高不可攀；我不能逾越我的名分和他亲近，只好在他的耀目的光华下，沾取他的几分余辉，安慰安慰我的饥渴"。在海伦娜看来，贝特兰的贵族身份和显赫地位使他如明星一般耀眼，传统的等级观念使得海伦娜畏缩不前，即使只感受到贝特兰的一丝余辉也感觉无比幸福。尽管如此，在海伦娜看来，这种来自命运的影响是可以通过自身的努力去改变的："一切办法都在我们自己，虽然我们把它诿之天意。注定人类运命的上天，给我们自由发展的机会，只有当我们自己冥顽不灵，不能利用这种机会的时候，我们的计划才会遭遇挫折。"（第一幕第一场）为了跨越阶层障碍嫁给贝特兰，她主动出击，毛遂自荐申请为国王治病。她向国王保证，"当太阳神的骏马拖着火轮兜了两个圈子，阴沉的暮色两次吹熄了朦胧的残辉，或是航海者的滴漏二十四回告诉人们那窃贼一样的时间怎样偷溜过去以前，陛下身上的病痛便会霍然脱体"（第二幕第一场）。太阳运转两日后，她真的治好了国王的病，成了国王的救命恩人，最终在国王的帮助下与贝特兰结婚。

在这几部剧中，无论是天体还是与战争武器相关的主导意象贯穿全文，并与内在主题息息相关，所以斯珀津才得出喜剧中的主导意象也可以强化主题、表达观点这一结论。

第三节　黑色的主导意象

许多莎学家都注意到，莎士比亚早期作品的格调是明朗欢快的，充满色彩艳丽的感性意象，而到了后期可以明显发现其思想、情感的巨大变化，意象也与之前迥然有别。斯珀津也发现了这一特点，她认为悲剧时期的主导意象大多为疾病、肿瘤、溃烂等这些会引起人不适的意象，即便能给人希望的光，也笼罩在黑色的夜里，给人一种忧郁的感觉，而且转瞬即逝。这些意象层层叠加，内在相互关联，与戏剧的主题和情节发展的联系也更加紧密，甚至传达更深层次的思想情感。其实这些痛苦的意象恰巧反映了莎士比亚这一时期痛苦的思想活动和剧烈的情感波澜。

　　斯珀津指出，在《罗密欧与朱丽叶》中主导意象是光，它表现为各种形式，可以是太阳光、月光、星光，也可以是火炬、蜡烛等的光芒。莎士比亚把青春的美和爱情的炙热看成是黑暗世界里的灿烂之光，就像剧中恋人都把对方视为光一样的存在。① 在舞会上，罗密欧与朱丽叶一见钟情，爱情的火焰迅速在他们的心中燃烧。对于朱丽叶来说，罗密欧犹如"夜里的白昼"；而对于罗密欧来说，朱丽叶就好像东方刚升起的朝阳。罗密欧与朱丽叶不仅发现了彼此的美好，也收获了彼此炽热的爱。在第二幕第五场中，朱丽叶让她的乳媪帮忙给罗密欧送信时，一直担心乳媪的行动不便会耽误她爱意的传递，她认为只有比驱散山坡上的阴影的太阳光还要快十倍的思想才能够准确快速地表达自己对罗密欧的爱意。处于热恋期的罗密欧与朱丽叶又把彼此比作天上的星星："来吧，柔和的黑夜！来吧，可爱的黑颜的夜，把我的罗密欧给我！等他死了以后，你再把他带去，分散成无数的星星，把天空装饰得如此美丽，使全世界都恋爱着黑夜，不再崇拜炫目的太阳。"（第三幕第二场）朱丽叶热切地呼唤着黑夜的到来，因为只有在温柔的黑夜里，这对悲苦的恋人才能不用顾及家族之间的仇恨对立与世人的非议而自由地相爱。对于朱丽叶来说，罗密欧不仅散发着光芒，实际上罗密欧本身就是那束星光照亮了朱丽叶的整个世界。而在罗密欧看来，朱丽叶的双眸如星星一般闪耀，甚至比星光还璀璨夺目，朱丽叶脸颊上的光辉更是耀眼得让人误以为黑夜已经过去。朱

---

① 这里的光是转瞬即逝的那种光，内蕴着希望但更多是悲凉和忧郁。这种光厕身黑夜中，充满压抑感。从这个意义上看，也是一种黑色意象。

第二章 卡罗琳·斯珀津：多彩的意象

丽叶与罗密欧迅速升温的感情也如该剧剧情结构一般紧凑，跌宕起伏："毫无疑问，莎士比亚认为这部剧有着极其紧凑而悲壮的美，犹如一道耀眼夺目的光突然被点燃，然后迅速熄灭。"[①] 这对恋人在周日相遇，在周一的晚上就约定终生，就连朱丽叶都觉得罗密欧在月下的海誓山盟"是太仓促、太轻率、太出人意料了，正像一闪电光，等不及人家开一声口，已经消隐了下去"（第二幕第二场）。神父也用火药快速爆发又熄灭的意象形容这段仓促的恋情："这种狂暴的快乐将会产生狂暴的结局，正像火和火药的亲吻，就在最得意的一刹那烟消云散。"（第二幕第六场）正如神父所言，这场爱情最终以悲剧收场。罗密欧与朱丽叶双双为爱殉情，两大势不两立的家族因这对情侣而冰释前嫌。然而，这种胜利是以两位年轻人的牺牲为代价的，这种悲剧连太阳都为之悲痛："清晨带来了凄凉的和解，太阳也惨得在云中躲闪。"（第五幕第三场）斯珀津认为，除了这些自然光，光这一主导意象下的变体有很多，尤其是火焰或者火炬的光芒。该剧第一幕第一场以蒙太古和凯普莱特两家仆人的争斗开场。两家人势不两立的怒火被亲王形容成"怨毒的怒火"，就连仆人相见都要大打出手甚至会牺牲他人的生命。而一开始罗密欧心仪的对象并不是朱丽叶而是罗瑟琳。为了缓解好兄弟罗密欧因爱而不得而痛苦不堪的情绪时，班伏里奥建议他多看看其他美女，从而减轻痛苦，因为"新的火焰可以把旧的火焰扑灭，大的苦痛可以使小的苦痛减轻"（第一幕第二场）。在舞会上闷闷不乐的罗密欧拒绝跳舞，向好朋友索要火炬，想通过火炬的光芒来照亮自己失落的心。而在他心里，火炬远不及朱丽叶明亮。随后在一场争斗中，罗密欧不慎杀死了朱丽叶的哥哥并被亲王放逐边疆，两人依依不舍地在窗边分别，彻夜诉说衷肠直到晨曦出现。"那光明不是晨曦，我知道，那是从太阳中吐射出来的流星，要

[①] Caroline Spurgeon, *Shakespeare's Imagery and What It Tells Us*, Cambridge: Cambridge University Press, 1935, p. 312.

在今夜替你拿着火炬，照亮你到曼多亚去。"（第三幕第五场）朱丽叶多么希望自己也能变成那一束火炬跟随心爱之人一道远行。无论是星光、火焰还是其他光，都是光这一主导意象下的各种表现形式，它们交织在一起，就像一张网把各种细节串联在一起，形成统一的基调为整个剧的主题和情节服务。尽管作为主导意象"光"会带来一种希望与光明，但无法改变悲剧的结局。整部剧充斥着爱而不得的悲伤，罗密欧与朱丽叶这对可怜的恋人还是双双为爱殉情。

在斯珀津看来，《麦克白》中的意象比其他任何戏剧都丰富。众多意象相互交织，反复出现，使得该剧比其他戏剧更微妙、更吸引人。斯珀津将其中的主要意象归为四类。第一类是"服装"，斯珀津认为莎士比亚通过这一意象表达了他对英雄的观点：通过伪装或者谋杀获得的荣誉对英雄来说并没有什么意义。麦克白心中也有这种想法，并且脑海中不断重复这种想法。在第一幕第三场中，女巫出现并发出预言后，洛斯很快出现，并以考特爵士的称呼迎接麦克白。从一开始麦克白就感到象征他新地位的服装非常不适："考特爵士现在还活着，为什么你们要替我穿上借来的衣服呢？"麦克白这种不适感贯穿全剧，这也为他之后弑君篡位埋下伏笔。班柯自言自语安慰他："新的尊荣加在他的身上，就像我们穿上新衣服一样，在没有穿惯以前，总觉得有些不大适合身材似的。"（第一幕第三场）当妻子劝说麦克白把握机会杀死邓肯国王时，他用三个理由回绝了夫人，但具有讽刺意味的是，当他表达自己立场时再次使用了"衣服"这一意象。

> 我也好容易从各种人嘴里博到了无上的荣誉，好比得一件新衣服，刚穿上身，正在发射最灿烂的光彩，不能这么快就把它丢弃了。
>
> （第一幕第七场）

谋杀案过去后，麦克白被推举为国王，当洛斯要去为麦克白加冕

第二章 卡罗琳·斯珀津：多彩的意象

时，麦克德夫使用了同一意象：他把麦克白这个新皇帝比作新衣服，而已故的国王邓肯是旧衣服。最后安格斯也点明了这一点："现在他已经感觉到他的尊号罩在他的身上，就像一个矮小的偷儿穿了一件巨人的衣服一样拖手绊脚。"（第五幕第二场）通过安格斯的描述，我们看到了一个矮小的、穿着与自己身材严重不符衣服的弑君者的样子。美国著名评论家布鲁克斯也认为，衣服是麦克白伪装的象征，麦克白不敢也确实扮演不好国王的角色，因为这个角色并不是通过合法手段取得的，是不符合情理的，这些意象也揭示了麦克白在全剧中装饰伪装自己时的力不从心。①

斯珀津指出，贯穿《麦克白》的第二类意象是声音的回响，这些声音不断地回荡在广阔的空间乃至生存世界之外的广阔宇宙。在一开始麦克白就知道弑君篡位的不合法，他也预料到了自己的结局："教唆杀人的人，结果自己反而被人所杀；把毒药投入酒杯里的人，结果也会自己饮鸩而死……要是把他杀死了，他生前的美德，将要像天使一般发出喇叭一样清澈的声音，向世人昭告我的弑君重罪；怜悯像一个御气而行的天婴，将要把这可憎的行为揭露在每一个人的眼中，使眼泪淹没了天风。"（第一幕第七场）麦克白充满想象的描述为我们呈现了一幅其遭受天谴人人唾弃的画面，这种恐惧感也一直在麦克白脑海中存在。通过篡位上台的麦克白并没有心思治理国政，因为女巫还预言班柯的子孙会成国王，时刻担心王位不保的麦克白在国内上演了一场场血雨腥风的屠杀：他一步步害死了班柯、麦克德夫的夫人以及他的孩子。麦克德夫形容民不聊生的苏格兰："每一个新的黎明都听得见新孀的寡妇在哭泣，新失父母的孤儿在号啕，新的悲哀上冲霄汉，发出凄厉的回声，就像哀悼苏格兰的命运，替她奏唱挽歌一样。"（第四幕第三场）寡妇的抽泣、婴儿的号啕大哭，各种悲哀

---

① 参见袁舰、向荣《莎士比亚戏剧意象特征分析》，《安徽大学学报》1993年第2期，第65页。

怒号回荡在苏格兰的天空,像在唱一首哀歌。

斯珀津指出,第三类连续性意象便是光与暗的对立。光代表生命、美德和善良,而黑暗则代表邪恶和死亡。在《麦克白》中,整部剧似乎都披着黑色的帷幕。第一幕第三场一开始便是狂风大作,闪电、雷声黑压压的,仿佛要吞噬一切。麦克白上场的第一句台词便是"我从来没有见过这样阴郁而又这样光明的日子"(第一幕第三场)。国王刚一开口,麦克白就明白马尔康王子即将继承王位,这将是他前进道路上的巨大障碍,他自知谋杀王子的阴谋见不得光亮,甚至星光的照射都会使他阴谋败露,他高喊"星星啊,收起你们的火焰!不要让光亮照见我的黑暗幽深的欲望"(第一幕第四场),自此这种邪恶的想法便在黑夜中肆意生长。不仅是麦克白,麦克白夫人心中也有了这种想法。当听说邓肯和班柯将来家中做客时,她极力呼唤黑夜的到来,因为只有在黑夜他们夫妻俩才可以肆无忌惮地谋杀国王,伸手不见五指的黑夜便是他们最好的伪装。果然在当晚,一场背信弃义的谋杀上演了,整场阴谋如黑夜般压得人喘不过气,甚至连晨光都找不到一丝缝隙照亮人间。黑暗成全了麦克白夫妇,却又吞噬并毁灭了他们,他们离不开黑暗,又见不得光明,可同时他们又惧怕黑暗,憎恶黑暗,需要且渴求光明。就像麦克白夫人自知罪孽深重,她对黑暗有着巨大的恐惧,她的寝室更是必须彻夜点着灯火。

斯珀津认为,此剧中的第四类主导意象则是莎士比亚戏剧中常见的一类——罪恶的疾病。莎士比亚想在《麦克白》中传达自己的观点:苏格兰生病了,生病的不仅是剧中的苏格兰,更是现实中的英国。麦克白的暴政使国家满目疮痍,王子马尔康形容处于暴政下的苏格兰每天都在流泪、流血,伤痕不断增加,凯士纳斯也形容暴君麦克白是苏格兰的"沉疴"。在麦克德夫的劝说下,马尔康终于克服心中的担忧决定奋起反抗夺回本属于自己的荣耀为父报仇,"让我们用壮烈的复仇做药饵,治疗这一段残酷的悲痛"(第四幕第三场)。斯珀津发现,有趣的是,其他人使用疾病意象时大多都在强调疾病带来的

第二章　卡罗琳·斯珀津：多彩的意象

痛苦与伤痕，但在《麦克白》中多是治愈疾病、舒缓疼痛的意象。麦克白希望医生能够提供一种"甘美的药剂"帮他和夫人扫除一切烦恼，又希望医生能提供"清泄的药品"赶走所有英国人。斯珀津认为，这种想法恰恰反映了麦克白内心对幸福以及和平的渴望。其实麦克白的这种心理也体现了他对自己王位不保的恐惧以及谋权篡位的负罪感。

除了这四个主导意象，斯珀津还指出了该剧中一些并不能成为主导意象的其他连续性意象，如快速骑行、动物血等；这也充分证明了该剧意象的复杂性和多样性。其实，除了斯珀津指出的四个主导意象，"血"这个意象也可以作为该剧的主导意象。在该剧中"血"象征着死亡和杀戮，麦克白的每次阴谋都离不开屠杀，而屠杀必然会带来流血，因此"血"这个意象贯穿全戏。在第一幕第二场中，麦克白带给大家的第一印象便是血腥与凶残："挥舞着他的血腥的宝剑，一路砍杀过去……就挺剑从他的肚脐上刺了进去，把他的胸膛划破，一直划到下巴上。"随后，当麦克白夫妇准备刺杀邓肯时，麦克白的眼前竟出现了一把带着鲜血的匕首，这里的鲜血不仅预示着即将死亡的国王，这也是麦克白内心矛盾的表现。行刺后麦克白的精神接近崩溃，内心的恐惧使他瑟瑟发抖，"大洋里所有的水，能够洗净我手上的血迹吗？不，恐怕我这一手的血，倒要把一碧无垠的海水，染成一片殷红呢"（第二幕第二场）。他深知谋杀的不合法性，但最终私欲战胜了恐惧和理智，他的手上沾满了越来越多人的鲜血，并最终导致了他悲剧的结局。所有这些意象串联在一起营造了黑暗的氛围，也与麦克白利欲熏心谋权篡位的情节相联系。

斯珀津指出，《奥瑟罗》中的主导意象是各种动物形象，其中一半以上大多都出自伊阿古之口，并且大多是一些令人反感和恶心的动物，如苍蝇、不停吠叫的狗，这些意象如伊阿古本人一样令人厌恶。斯珀津认为，在第一幕中伊阿古就向罗德利哥表明自己并不会像"驴子"为了一些粮草而出卖自己的一生那样，任凭主人差遣。伊阿古的表里不一和口是心非在第一幕中就表现得淋漓尽致。他嫉妒奥瑟罗娶了美貌的苔丝狄蒙娜，于是向苔丝狄蒙娜之父勃拉班修告密企图拆散这对情侣，他形容奥瑟罗与苔丝狄蒙娜的亲昵举动是"一头老黑羊在跟您的白母羊交尾哩"（第一幕第一场）。他用黑羊形容奥瑟罗、用白母羊形容苔丝狄蒙娜不仅讽刺了两人之间强烈的色差也流露其内心的种族歧视，他将两人之间原本美好的爱情描述得极其肮脏不堪，令人心生厌恶。他嫉妒奥瑟罗提拔副将凯西奥，于是又开始设计陷害凯西奥，诬陷其与苔丝狄蒙娜有染。他将凯西奥灌醉，只有这样凯西奥才会像"小狗"一样到处招惹是非，从而失去奥瑟罗的信任。随后他又污蔑苔丝狄蒙娜将定情手帕送给凯西奥，彻底击毁了奥瑟罗的精神世界。这样恶毒的伊阿古也难怪爱米利娅形容他如"蛇"一般恶毒。奥瑟罗也使用了一些动物的意象。在伊阿古最初诬陷苔丝狄蒙娜不忠时，奥瑟罗还坚信妻子的清白，说自己坚决不做"一头愚蠢的山羊"，不去相信这些捕风捉影的流言。然而，在伊阿古的不断挑唆下，奥瑟罗开始逐渐相信妻子不忠的"事实"，他的言语也开始变得如伊阿古一样低俗肮脏。他形容妻子的贞洁如"夏天肉铺里的苍蝇"，眼泪如"鳄鱼"，自己的婚房成为"蛤蟆们繁衍生育的污池"（第四幕第二场）。最终，奥瑟罗认定苔丝狄蒙娜已出轨并决定杀死她。那一刻奥瑟罗完全失去了人的理性，内心充满悲愤的奥瑟罗像失控了的动物，狠狠掐住妻子的脖子，以致把深爱他的妻子活活掐死。奥瑟罗的行为将人兽性的一面赤裸裸地展现在人们面前。斯珀津不仅指出了《奥瑟罗》一剧的动物意象，还将它们与《李尔王》中的动物意象群进行对比。她指出，奥瑟罗中的动物意象多为昆虫、爬行动物这些低级生物，它们的捕食与相互残杀是出于本能而不是因为自身的凶猛，这恰恰反映了该剧中人们彼此折磨的主题。

除了动物的意象，斯珀津还归纳出另一个主导意象——大海，它在特定时刻为该剧提供氛围和背景。斯珀津对剧中大海的意象进行了详细罗列，但其中最值得注意的是奥瑟罗对大海的引用。经过滔天的

第二章　卡罗琳·斯珀津：多彩的意象

海浪终于与妻子再度相见的奥瑟罗发出了喜悦的感慨："要是每一次暴风雨之后，都有这样和煦的阳光，那么尽管让狂风肆意地吹，把死亡都吹醒了吧！让那辛苦挣扎的船舶爬上一座座如山的高浪，就像从高高的天上堕下幽深的地狱一般一泻千丈地跌落下来吧！"（第二幕第一场）此刻纵使海里千重浪，但沉浸在与妻子重逢喜悦中的奥瑟罗并不觉得害怕。当他中了伊阿古的圈套相信苔丝狄蒙娜背叛了自己时，他的内心如"黑海的寒流"一般怒不可遏，甚至想直接杀掉苔丝狄蒙娜。最后他下定决心亲手了结了心爱之人的性命，然而当他意识到这是伊阿古的圈套时后悔不已，并再次使用了海水的意象："这儿是我旅途的终点，我的航程的最后目标。"（第五幕第二场）海的意象伴随着奥瑟罗人物性格的变化，随着剧情发展而不断变化。

斯珀津指出，《哈姆莱特》中主导意象则是各种疾病，比如肿瘤、溃疡等，这些意象都表达了一个主题——丹麦病了，整个丹麦的道德都处于不健康的状态。哈姆莱特认为母亲改嫁给克劳狄斯的行为会使"贞洁蒙污"；他形容残忍杀害自己父亲谋权篡位的克劳狄斯"像一株霉烂的禾穗"损害了自己敬爱的父亲；在该剧中，哈姆莱特请求自己的母亲不要天真地以为父亲鬼魂的出现不是因为母亲犯下的罪过而是因为自己的疯癫，"那样的思想不过是骗人的油膏，只能使您溃烂的良心上结起一层薄膜，那内部的毒疮却在底下愈长愈大"（第三幕第四场）。克劳狄斯在文中同样使用了很多关于疾病的意象。当他听说哈姆莱特已经将波洛涅斯谋杀时大惊失色，生怕下一个惨死的就是自己，于是他开始为送走哈姆莱特找借口，"可是我们太爱他了，以至于不愿想一个适当的方策，正像一个害着恶疮的人，因为不让他出毒的缘故，弄到毒气攻心"（第四幕第一场）；当他恳求英格兰国王将哈姆莱特杀害时，他像一位发烧的病人急切寻找解药，他将哈姆莱特比作自己的"痼疾"，只有借英格兰国王之手除掉哈姆莱特才能痊愈；得知哈姆莱特并没有死在英格兰之后克劳狄斯便又开始设计借雷欧提斯之手杀死哈姆莱特,他巧用两人之间的杀父之仇,不断地劝说善良的雷欧提斯:如果人过于善良最终的结局只会"充血而死"。

斯珀津还将《哈姆莱特》中疾病有关的主导意象与《李尔王》中疾病有关的意象进行对比,她认为两者最大的不同是:《李尔王》强调疾病所带来的痛苦感觉,而《哈姆莱特》更强调引起痛苦的原因——肮脏、腐朽、固化的思想。哈姆莱特在一开始就感受到了国家的腐化、丹麦的迂腐瘫痪,而父亲的去世和母亲嫁给杀父仇人的举动更是给了哈姆莱特致命一击。该剧中哈姆莱特的迟疑与矛盾绝不是行动与思想之间的脱节这一简单问题,斯珀津写道:

> 莎士比亚在形象的想象中看到的问题,根本不是一个个人的问题,而是更大甚至于更神秘的问题。个人"对这种状况"显然是不负责任的,正如一个病人承担不了不治的癌症的责任一样。但这一状况在它的发展过程中无私地、无情地消灭了他和别人,也不管他们有罪,还是无罪。这就是哈姆莱特的悲剧,也许这也是生活悲剧性的神秘所在。[1]

在斯珀津看来,虽然病痛中的丹麦使人悲痛,但从中我们仍能找到美好的痕迹,这些美好与希望并不是凭空存在的,而是寄托在每一个活生生的具体的人身上。尽管在第三幕第四场中,哈姆莱特与母亲的对话充斥着疾病等众多令人反感的意象,但其悲愤阴暗的氛围却被哈姆莱特口中父亲的画像所照亮:照片中的父亲高雅优美,有着"太阳神"一般的卷发;同样地,单纯善良的奥菲利娅也是美好的象征。全文中各种疾病带来的痛苦意象一直给人一种压抑的感觉,但这些美好的具体意象又给人以希望。

---

[1] Caroline Spurgeon, *Shakespeare's Imagery and What It Tells Us*, Cambridge: Cambridge University Press, 1935, pp. 318 – 319.

第二章　卡罗琳·斯珀津：多彩的意象

结　语

歌德曾说过，"谁要理解诗人，就一定要进入他的领域"①。作为20世纪意象派莎评的开拓者，斯珀津对莎士比亚戏剧中的意象进行了细致的归类与整理，对莎剧意象的研究起着重要作用。《莎士比亚的意象及其意义》更是开创了对莎士比亚意象的系统研究，它揭示了莎剧中意象的多重意义和象征性，为后来的莎士比亚研究乃至文学的意象研究提供了重要参考。

在《莎士比亚的意象及其意义》中，斯珀津从意象的两个作用入手对莎剧中的意象进行研究。她先是运用统计学方法将莎士比亚以及同时期的其他戏剧家，如克里斯托弗·马洛（Christopher Marlowe）、本·琼森（Ben Jonson）等人作品中的意象进行整理、比较、分析，通过分析，她发现每个作家都有自己特定使用的意象范围，并且会持续使用该范围内的意象，并进一步总结了意象第一个作用就是可以传递作者的情感和兴趣。她将莎剧中的一般意象分为三类，即自然之景、室内生活和习俗场景以及各种阶级意象和一些天马行空的想象幻想。通过分析自然之景，她认为莎士比亚对花园各种花朵和水果的生长、嫁接、施肥等做了深入了解和观察，获得了"园丁视角"相关的意象群。她还认为，莎士比亚对天气有着细致的观察；莎士比亚虽可能没有直接的出海经验，但可能在与水手交谈中得到了许多与出海有关的知识；莎剧中不同动物意象引发人们各种思考，体现了莎士比亚对被捕杀动物的同情。斯珀津通过分析与室内生活和习俗有关的意象，认为莎士比亚一定身手矫捷、思维敏捷；通过分析各类阶级，她发现莎士比亚的戏剧覆盖了各种阶级，莎士比亚尤其对下层阶

---

① 参见袁舰、向荣《莎士比亚戏剧意象特征分析》，《安徽大学学报》1993年第2期，第71页。

级充满同情。在这些意象研究的基础上，斯珀津还饶有兴趣地推测莎士比亚的长相及其喜好，进而推测莎士比亚本人的生活习惯。不可否认，斯珀津对莎剧意象的系统梳理是值得肯定的，但根据意象使用推测作者的长相和喜好却有些偏离了意象研究的应有之义。

在该部著作中，斯珀津还对莎剧中的主导意象进行了分析。她将历史剧看作一个整体，认为其主导意象为单一的自然意象，如历史剧《亨利三世》的主导意象是植物；而喜剧中的主导意象多轻快明亮，其作用多为提供背景、烘托氛围，如《仲夏夜之梦》里的主导意象月亮为整部剧烘托出朦胧梦幻的氛围；传奇剧中的意象更加复杂多样，也常常用来表达观点，如《冬天的故事》蕴含了一种贯穿自然界与人类世界的共生思想；悲剧中的意象多为疾病痛苦这类阴暗的意象，其作用多为点明主题，如《哈姆莱特》中疾病的意象表达了丹麦的道德病态这一主题。虽然斯珀津意识到了主导意象所具有的象征性，但她对于莎剧中意象的分析仍多停留于罗列，结合语境的深入研究方面还存在不足。

尽管斯珀津的研究仍存在缺陷，但不可否认，其对莎剧的意象式研究产生巨大影响，她对主导意象的探索为后人打开了一条研究莎士比亚戏剧中意象的新思路。在探索和评价意象方面，《莎士比亚的意象及其意义》一书比20世纪其他有关意象的研究著作都要出色，在她的启发下，同为形式主义莎评家威尔逊·奈特对莎士比亚戏剧中的意象做了进一步分析，着力寻找莎剧的内在统一性；美国新批评主义代表人物克林斯·布鲁克斯也在其基础上进一步探究莎剧意象的象征意义，证明了斯珀津意象研究的潜在价值。该书作为20世纪意象派莎评经典著作为后人留下了宝贵财富，不断启发着我们对莎剧中的意象进行深入研究。

第三章　乔治·威尔逊·奈特：象征的关联与统一

乔治·威尔逊·奈特（1897—1985）是20世纪英国著名莎评家，对20世纪中期的莎评产生了深远的影响。奈特在第一次世界大战期间，从事战报通讯工作，第一次世界大战结束后，求学于牛津大学圣埃德蒙学堂，之后先后在多伦多大学、利兹大学、诺丁汉大学、剑桥大学等高校任教。第一次世界大战过后，新批评理论在大学校园的传播，为奈特的形式主义莎评的诞生提供了契机。

奈特一生著作颇丰，自1929年起，出版了《神话与神迹》（*Myth and Miracle*）、《火轮》、《帝国主题》（*The Imperial Theme*）、《莎士比亚的暴风雨》（*Shavespearian Tempest*）等26部批评著作，他从意象、象征、神话原型等方面入手研究莎剧，为20世纪的莎评史写下了浓墨重彩的一笔。其中，《火轮》是影响最大的一部。《火轮》一书通过象征将莎剧中的各个元素串联在一起，探究莎剧的结构关系。杨周翰评奈特："奈特这派评论虽然有形式主义之病，抽象，显得神秘，但它并不排除人物的个性化，不排斥作品的心理和伦理因素，却勾出象征来，从中看出作品的思想构图或图案，对作品的理解不无帮助。"① 休·戈兰蒂称奈特是莎评家中最注重整体性的，奈特将莎剧中的元素排列组合，在讨论戏剧的象征方面达到了前所未有的高度，更重要的是，他对空间的开创性定义为后来的文学评论提供了重要启发。② T. S. 艾略特是奈特莎评的重要引荐者，他为《火轮》写作引言，并在引言中称赞奈特的莎评扩展了他对莎剧模式的理解。20 世纪七八十年代至今，奈特已淡出人们的视野，然而，他对 20 世纪莎评的贡献和影响不可磨灭。可以说，《火轮》在象征莎评经典中，具有不可撼动的地位。

第一节 人的象征性

莎剧中的人物不同于现实生活中的人，剧中的人物终究是虚构的，只存在于文学作品中。奈特提醒读者注意这一点，因为他认为一旦赋予剧中角色以人的身份，便将不可避免地以人的尺度要求剧中人，以伦理规训剧中人。他拒用"角色"这个术语：

> 接下来的文章拒用这个术语，因为它（"角色"）总是与虚假、不恰当的伦理批评纠缠在一起。我们经常听到：在《雅典的泰门》中，莎士比亚意在表明，一个慷慨但软弱的人是如何因不明智地挥霍财富而走向毁灭的；莎士比亚希望在《麦克白》中表明，犯罪必然遭到报应；在《安东尼与克莉奥佩特拉》中，莎士比亚描述了失控激情所带来的危害。③

---

① 杨周翰：《引言》，载中国社会科学院外国文学研究所编《莎士比亚评论汇编》（下），中国社会科学出版社 1981 年版，第 13 页。
② Hugh Grady, ed., *Empson, Wilson Knight, Barber, Kott: Great Shakespeareans*, Volume XIII, New York: Continuum International Publishing Group, 2012, p. 8.
③ G. Wilson Knight, *The Wheel of Fire: Interpretations of Shakespearian Tragedy*, London: Taylor & Francis e-Library, 2005, pp. 8 - 9.

第三章 乔治·威尔逊·奈特：象征的关联与统一

奈特举出的这些例子，都是从莎士比亚的创作意图、动机等角度审视莎剧中人物的行为。奈特反对这种做法，他反对代入批评者的伦理观，或时代的伦理观，对剧中人乃至整部剧作进行价值评判。他主张还原文本，从文本中抽丝剥茧，探寻文本独立的伦理观。这种批评态度对应着他提出的以诠释替代批评的原则。奈特认为批评是主动的，诠释是被动的；批评是对构想的审判，诠释是对构想的重建。因此，对于文本折射出的伦理问题，奈特主张采取一种诠释的态度，而非批评的态度，他主张以诠释代替批评，这样一来，批评者诠释人物象征时不必再受伦理束缚，人物也不再受到道德审判。奈特对人物象征的诠释与伦理批评水乳交融，他的伦理批评观对应着他的诠释观。

在树立诠释原则的基础上，奈特探究了《量罪记》中的道德哲学以及人物的宗教象征。《马太福音》第七章有言："你们不要论断人，免得你们被论断。因为你们怎样论断人，也必怎样被论断：你们用什么量器量给人，也必用什么量器量给你们。"[①] 以其人之道还治其人之身，这个道德标准在《量罪记》中贯穿始终。奈特认为，莎士比亚为了彰显这种伦理，不惜拿所塑造的人物的自然度、真实度冒险，不过好在这部剧人物的象征特色非常突出，弥补了人物相对扁平的缺憾，多重人物象征使这部剧寓言化、抽象化。剧中的人物都彰显着不同的伦理特征："依莎贝拉象征圣洁；安哲鲁象征法利赛式[②]的公正；公爵象征心理上的明智开明；路西奥象征风流；庞贝和咬弗动太太象征职业性的道德败坏；巴那丁象征顽固、犯罪、麻木不仁。每

---

① William Barclay, *The Gospel of Matthew*, Volume One, Philadelphia: The Westminster Press, 1975, p. 261.
② 法利赛人（Pharisees）是公元前 2 世纪至公元 2 世纪犹太教上层人物中的一派。译自希腊语 Pharisaios，原意为"分离者"。他们夸大了对摩西律法的敬重，过于强调摩西律法的细节，要求所有人完全遵守摩西律。他们在守法的问题上顶撞耶稣，据基督教《圣经》载，耶稣指责他们是言行不一的假冒伪善者。

个人都揭示了中心主题的某个方面,即人的道德本性。"①

其中最具代表性的当属文森修公爵。奈特将公爵的语言、身份、行为等与耶稣做对比。语言上,公爵和耶稣都将自己比作普照世界的火炬,公爵称"上天生下我们,是要把我们当作火炬,不是照亮自己,而是普照世界"(第一幕第一场)。《马太福音》第五章"登山宝训"中,也存在相似的比喻:"你们是世上的光。城造在山上,是不能隐藏的。人点灯,不放在斗底下,是放在灯台上,就照亮一家的人。你们的光也当这样照在人前,叫他们看见你们的好行为,便将荣耀归给你们在天上的父。"② 身份上,公爵和耶稣都象征权威,他们是先知,是传道者。安哲鲁的罪行被公爵揭露时,曾向公爵感叹:"啊,我的威严的主上!您像天上的神明一样炯察到我的过失,我要是还以为可以在您面前掩饰过去,那岂不是罪上加罪了吗?"(第五幕第一场)如他所言,公爵代表着至高无上的权威,一切尽在公爵的掌控之中。行为上,公爵与耶稣都与百姓同在,公爵扮作教士,在民间传道解惑。此外,公爵与耶稣都主张人人有罪,因此要常怀宽仁之心。结合以上几点,奈特称,"公爵的道德主张与耶稣的完全一致:如果要充分体现这部剧的意义,阅读必须基于福音书的教义"③。奈特将公爵视作耶稣的象征,他的这一观点来自文本,他基于文本语言、人物行为等,探究人物的象征意义,并由此归纳《量罪记》的伦理哲学。在此过程中,他只做归纳,不审判。

相比直接着眼于《量罪记》中的伦理哲学和人物的道德象征,在分析《哈姆莱特》时,奈特并没有显现出明确的道德关切;他对哈姆莱特这一经典人物的分析,背离传统,他试图从文本的角度客观

---

① G. Wilson Knight, *The Wheel of Fire: Interpretations of Shakespearian Tragedy*, London: Taylor & Francis e-Library, 2005, p. 80.

② William Barclay, *The Gospel of Matthew*, Volume One, Philadelphia: The Westminster Press, 1975, p. 122.

③ G. Wilson Knight, *The Wheel of Fire: Interpretations of Shakespearian Tragedy*, London: Taylor & Francis e-Library, 2005, pp. 90 – 91.

第三章 乔治·威尔逊·奈特：象征的关联与统一

评析哈姆莱特这一经典人物，颠覆了哈姆莱特在批评史上的正面形象。他将哈姆莱特视为死亡使者的象征，认为他使整部剧笼罩着死亡的氛围。

哈姆莱特是死亡使者，首先表现为他与超自然现象过从甚密。他在戏剧一开场便见到了他父亲的鬼魂，而且，自其父的鬼魂显灵那日起，哈姆莱特便再无宁日。鬼魂对哈姆莱特叮嘱完复仇之使命，临走前对他说："再会，再会！哈姆莱特，记着我。"这一句"记着我"仿佛是来自地狱的诅咒。

鬼魂离开后，哈姆莱特念叨着：

> 记着你！是的，我可怜的亡魂，当记忆不曾从我这混乱的头脑里消失的时候，我会记着你的。记着你！是的，我要从我的记忆的碑版上，拭去一切琐碎愚蠢的记录、一切书本上的格言、一切陈言套语、一切过去的印象、我的少年的阅历所留下的痕迹，只让你的命令留在我的脑筋的书卷里，不掺杂一些下贱的废料……"再会，再会！记着我。"我已经发过誓了。
>
> （第一幕第五场）

克劳狄斯将毒药灌入哈姆莱特父亲的耳腔致其父死亡，随后，其父鬼魂的话语也如同毒液一般，从耳朵钻进哈姆莱特的灵魂，令他不堪其扰。他始终牢记鬼魂赋予他的复仇使命，最终走向死亡。

哈姆莱特的"死亡使者"身份在文本中多次被直接提及。他在独白中提到："我所看见的幽灵也许是魔鬼的化身，借着一个美好的形状出现，魔鬼是有这一种本领的；对于柔弱忧郁的灵魂，他最容易发挥他的力量；也许他看准了我的柔弱和忧郁，才来向我作祟，要把我引诱到沉沦的路上。"（第二幕第二场）众人亡故之后，福丁布拉斯感叹道："好一场惊心动魄的屠杀！啊，骄傲的死神！你用这样残忍的手腕，一下子杀死了这许多王裔贵胄，在你的永久的幽窟里，将要有一席多么丰美的盛筵！"（第五幕第五场）幽灵是魔鬼的化身，众人的死亡是死神的杰作，哈姆莱特带着魔鬼的任务而来，带着一众尸体退场。层层隐喻使哈姆莱特的"死亡使者"身份合理化。

奈特在探究哈姆莱特与死亡的关系时，立足文本，根据故事情节、人物行为，以及剧中的语言、行为逻辑等建立象征关系，从而再现蕴含其中的伦理哲学。奈特的一切分析均来自文本，他在现实与文本之间建起了一堵墙，抛弃了19世纪的现实主义批评观，践行着现代主义美学和形式主义批评范式。

以诠释替代批评是奈特对待莎剧人物的一个重要原则，按照奈特的观点，人物象征在文本中不是次要的、装饰性的，将人物象征由点连成线，由线连成面，就会构成人物象征的有机整体性。人物象征的有机整体性是奈特分析莎剧的人物时遵循的另一重要原则。

就《量罪记》而言，奈特积极探索了安哲鲁与依莎贝拉的人物象征之间的联系。安哲鲁和依莎贝拉共为神性的象征，且他们随着剧情的发展，完成了从神性向人性的转变。遇见依莎贝拉之前，安哲鲁追求绝对公正，以铁面无私自诩。老臣埃斯卡勒斯提醒他："万一时间凑合着地点，地点凑合着你的心愿，或是你自己任性的行动，可以达到你的目的，你自己也很可能——在你一生中的某一时刻——犯下你现在给他判罪的错误，从而坠入法网。"对此，他回答道："受到引诱是一回事，堕落又是一回事。"（第二幕第一场）他具有法利赛人的严苛，侦办克劳狄奥通奸案时，坚决依法从严处置，不通人情。而在不通人情方面，依莎贝拉有过之而无不及。依莎贝拉象征圣洁，在尼庵修行，她在谈话间透露，"我倒希望我们皈依圣克来尔的姊妹们，应该受持更严格的戒律"（第一幕第四场）。面临亲人的生命与贞洁的选择时，她曾说出"依莎贝拉，你必须活着做一个清白的人，让你的弟弟死去吧，贞操是比兄弟更为重要的"（第二幕第四场）的话。

在没有遇到变故之前，安哲鲁与依莎贝拉已禁欲，超凡脱俗，然

第三章 乔治·威尔逊·奈特：象征的关联与统一

而，面对爱欲，面对亲情，二人投降了，发生了由神至人的转变。安哲鲁在面对爱欲时，曾自白道："我每次要祈祷沉思的时候，我的心思总是纷乱无主，上天所听到的只是我的口不应心的空言，我的精神却贯注在依莎贝拉身上。上帝的名字挂在我的嘴边咀嚼，心头的欲念，兀自在那里翻腾。"（第二幕第四场）理智在人性固有的爱欲面前显得如此脆弱。绝对的理智违背人性，以至于安哲鲁违背原则，选择顺应人性。同样，依莎贝拉不愿以失去贞洁作为释放其弟克劳狄奥的交换条件后，也多了一份怜悯。第五幕中，安哲鲁的原配玛利安娜请求公爵宽恕安哲鲁，面对这温暖、宽容的人类之爱，依莎贝拉动容了：

> 玛利安娜：哎哟，殿下！亲爱的依莎贝拉，帮助我，请你也陪着我跪下来吧，生生世世，我永不忘记你的恩德。
>
> 公爵：你请她帮你求情，那岂不是笑话！她要是答应了你，她的兄弟的鬼魂也会从坟墓中起来，把她抓了去的。
>
> ……
>
> 依莎贝拉（跪下）：仁德无涯的殿下，请您瞧着这个罪人，就当作我的弟弟尚在人世吧！我想他在没有看见我之前，他的行为的确是出于诚意的，既然是这样，那么就恕他一死吧。我的弟弟犯法而死，咎有应得；安哲鲁的用心虽然可恶，幸而他的行为并未贻害他人，只好把他当作图谋未遂看待，应当减罪一等。因为思想不是具体的事实，居心不良，不能作为判罪的根据。
>
> （第五幕第一场）

安哲鲁与依莎贝拉都是神性转向人性的象征，二人的象征形象是同一的。在《量罪记》中，除了同一的人物象征，还有其他形式的人物象征关系。譬如，依莎贝拉与路西奥的形象象征是相反的：依莎贝拉象征圣洁，路西奥象征风流。神性的象征将安哲鲁与依莎贝拉连成一线；圣洁与风流作为一枚硬币的正反两面，将依莎贝拉与路西奥连成一线。此外，如果说安哲鲁与依莎贝拉象征不近人情之神，那么公爵便是仁慈崇高之人。整部剧中的人物象征关系由此交织在一起，形成了象征网。

就《哈姆莱特》而言，哈姆莱特的死亡意识并非及身而止，它的影响逐步扩散到全剧的各个枝节，形成了整体上的死亡氛围。哈姆莱特的死亡阴影首先感染了奥菲利娅，奥菲利娅因他而死；随后，他误杀了波洛涅斯；他设计戏中戏，重现谋杀之血腥，最终在结尾演变成多重死亡悲剧。奈特称："值得注意的是，哈姆莱特的死亡意识和持续的痛苦、残忍和无所作为，不仅像我们看到的那样在他自己的心灵中滋长，令他精神崩溃，而且如恶疾般向外扩散，影响其他人。随着剧情的推进，通过被动的行动，这一切潜移默化地损害了国家的健康，使受害者不断增加，直到最终舞台上遍布尸体。可以说，哈姆莱特意识中萌生的虚无主义四处扩散着它的剧毒。"[1] 哈姆莱特的死亡阴影呈不断扩散的趋势，他的死亡使者身份影响着全剧的氛围。可见，奈特重视的不仅仅是文本中某一部分的象征意义，他不把象征作为无关痛痒的装饰，他把部分拼接成整体，"把全剧视为一个扩大的隐喻"[2]。

凡多米伦曾引入教育学中的"归纳法"来形容奈特的批评特色："奈特最精彩的作品（最充分地体现于《火轮》，然而也在较小程度上体现于《帝国主题》和《生命之冠》）的特色是对文本的细致注解，其可以称为归纳法。本质上，奈特在这些书中采用理性的方法达成了浪漫主义的效果。"[3] 迈克尔·泰勒说："奈特就像他之后的结构

---

[1] G. Wilson Knight, *The Wheel of Fire: Interpretations of Shakespearian Tragedy*, London: Taylor & Francis e-Library, 2005, p. 35.

[2] G. Wilson Knight, *The Wheel of Fire: Interpretations of Shakespearian Tragedy*, London: Taylor & Francis e-Library, 2005, p. 14.

[3] J. E. Van Domelen, *G. Wilson Knight and the Last Plays of Shakespeare*, Ph. D., dissertation, Michigan State University, 1964, pp. 25 - 26.

第三章 乔治·威尔逊·奈特：象征的关联与统一

主义者和现象学家那样，常常通过识别主要的二元对立，将时间凝结在一点，将文本地图化。他和所有新批评派学者的步骤都是'空间'式的，但相比其他学者，奈特更成功地将它运用到了莎士比亚的所有戏剧中。"[1] 奈特将人物象征联结成人物的象征结构，他对莎剧人物的阐释兼具象征主义的浪漫色彩和结构主义的科学性。

综上所述，奈特对莎剧人物的剖析，糅合了他最重要的两个批评观点：一是对于人物的伦理属性，要怀有诠释的态度，而非批评的态度；二是通过人物象征，探究其在空间上的有机整体性。这两大观点，尤其是第二个，在奈特莎评的各个层面都得到了重视，莎剧的有机整体性不仅反映在人物象征方面，而且也反映在莎剧的主题象征等方面。

第二节 悲剧主题的象征性诠释

在1931年出版的《帝国主题》中，奈特提出他的价值论，他认为莎剧赋予了爱与战争崇高的价值。以《裘利斯·凯撒》《哈姆莱特》为代表，几乎所有莎剧，要么讲战争，要么讲爱。战争与爱延伸出王权、荣誉、信仰等无价之宝。

奈特在《帝国主题》中称："将爱与珠宝相联系是最常见的。在莎剧中，所爱之人往往是一颗'宝石'。在《奥瑟罗》中，哪怕整个世界是一块宝石，它也买不来珍贵的爱。情人相互赠与珠宝，被爱的人是爱人的灵魂，爱让灵魂渴望至极。因此，在《麦克白》中，一个人的灵魂可能是永恒的珍宝。金子在《雅典的泰门》中具有强烈的象征意义，而为了自己的利益而贪图黄金是邪恶的。爱之贵重与世

---

[1] Michael Taylor, "G. Wilson Knight", in Hugh Grady, ed. *Empson*, *Wilson Knight*, *Barber*, *Kott*: *Great Shakespeareans*, Volume XIII, New York: Continuum International Publishing Group, 2012, p. 63.

俗财富之贵重可能是相匹的，也可能是相悖的。"① 在《火轮》中，奈特又一次提到："有一个象征贯穿这部剧的前后两部分，具有重要意义，那就是黄金。黄金象征意义在全剧中反复出现，并且与思想、情感紧密交织在一起。"② 在《雅典的泰门》中，金子既用来象征财富，也用来象征爱的无价。相比于贵金属，爱更加珍贵。

爱是奈特提出的贯穿莎剧的两大价值之一，是《雅典的泰门》的核心之一。奈特将《雅典的泰门》切割为两部分，前半部分讲述了泰门对人类无条件的爱，后半部分讲述了泰门对人类无差别的恨。在《雅典的泰门》的前半部分，黄金的价值得到了充分展示。泰门是一个乐善好施的富人，他用金钱购置宝石，保释文提狄斯，抬高路西律斯的身价，让他与爱人门当户对，终成眷属。泰门毫无保留地爱雅典人，信任他们，对他们倾囊相授。"这几幕闪烁着金币、贵金属、宝石的光。它们让想象中的眼睛、感官感到愉悦，像华丽的名称令耳朵愉悦那样。然而，这些东西只对富裕、安逸、精致奢华有影响，尤其是在最开始的场景中，它们只是感官上的愉悦。精心筹备的筵席接连不断。"③ 泰门每日设宴款待众人，他的一片真心换来的只是转瞬即逝的感官上的享受。

财富的价值毕竟是有限的，"爱常被比作黄金、珠宝或贵重商品；爱也与这些贵重物品形成对比。无论黄金在世俗交易中多么值钱，它始终是暂时的，价值是微薄的；而爱是神圣而永恒的"④。"在莎剧中，'价值'是无限的，它是一种直觉、情感、精神感受，不受

---

① G. Wilson Knight, *The Imperial Theme*: *Further Interpretations of Shakespeare's Tragedies Including the Roman Plays*, London: Oxford University Press, 1931, p. 27.

② G. Wilson Knight, *The Wheel of Fire*: *Interpretations of Shakespearian Tragedy*, London: Taylor & Francis e-Library, 2005, p. 265.

③ G. Wilson Knight, *The Wheel of Fire*: *Interpretations of Shakespearian Tragedy*, London: Taylor & Francis e-Library, 2005, p. 237.

④ G. Wilson Knight, *The Imperial Theme*: *Further Interpretations of Shakespeare's Tragedies Including the Roman Plays*, London: Oxford University Press, 1931, p. 8.

第三章 乔治·威尔逊·奈特：象征的关联与统一

任何过于物质的理智考量所限制。"① 奈特反复强调，爱是无限的、无穷的，这就产生了《雅典的泰门》中的冲突。泰门博爱，而博爱是不明智的、盲目的，不加限制的爱是不现实的、无法长久的。正如《特洛伊罗斯与克瑞西达》中特洛伊罗斯对克瑞西达说："姑娘，这就是恋爱的可怕的地方：意志是无限的，实行起来就有许多不可能；欲望是无穷的，行为却必须受制于种种束缚。"（第三幕第二场）绝对的爱与现实相冲突。对于泰门来说，"他（泰门）的爱本身是无限的，却被证明是'受限制的奴隶'：慷慨取决于财富的限度，他对人的信心取决于人类感激的限度"②。

财富是有限的，慷慨依靠财富来证明，因此慷慨是有限的；雅典人感激泰门，他们的感激建立在财富的基础之上，因此感激也是有限的。人类文明由金钱而度量，而金钱并非取之不尽用之不竭，财产再多也有一个数值，挥霍无度的泰门最终走向破产。破产后，泰门心中的爱破灭了，他意识到了人间的限制无处不在，也意识到了人心的无常：

> 咦，这是什么？金子！黄黄的、发光的、宝贵的金子！不，天神们啊，我不是一个游手好闲的信徒；我只要你们给我一些树根！这东西，只这一点点儿，就可以使黑的变成白的，丑的变成美的，错的变成对的，卑贱变成尊贵，老人变成少年，懦夫变成勇士。嘿！你们这些天神们啊，为什么要给我这东西呢？嘿，这东西会把你们的祭司和仆人从你们身旁拉走，把壮士头颅底下的枕垫抽去；这黄色的奴隶可以使异教联盟，同宗分裂；它可以使受诅咒的人得福，使害着灰白色的癞病的人为众人所敬爱；它可

---

① G. Wilson Knight, *The Imperial Theme: Further Interpretations of Shakespeare's Tragedies Including the Roman Plays*, London: Oxford University Press, 1931, p. 2.
② G. Wilson Knight, *The Wheel of Fire: Interpretations of Shakespearian Tragedy*, London: Taylor & Francis e-Library, 2005, p. 252.

以使窃贼得到高爵显位,和元老们分庭抗礼;它可以使鸡皮黄脸的寡妇重做新娘,即使她的尊容会使身染恶疮的人见了呕吐,有了这东西也会恢复三春的娇艳。来,该死的土块,你这人尽可夫的娼妇,你惯会在乱七八糟的列国之间挑起纷争,我倒要让你去施展一下你的神通。

(第四幕第三场)

人类文明和秩序轻而易举地被金钱所扰乱,因此,泰门诅咒人类文明和秩序的倾覆,诅咒列国产生纷争。当爱完全被摧毁了,恨意便弥漫整座城池。泰门代表着崇高的爱,他恨的是雅典的罪。"雅典的罪过是这样的:他们宁愿要金币,不愿要金贵的爱。他们屠杀了爱:泰门丧了命。"① 泰门恨雅典,被元老院驱逐出雅典的艾西巴第斯将领恨雅典,性情乖僻的哲学家艾帕曼特斯也恨雅典,恨的威力以灾难的形式显现了出来:艾西巴第斯最终率兵攻打雅典,一举占领雅典城。不加节制的爱固然危险,然而,爱的价值一旦被金币取代,人类文明便显得廉价又脆弱。《雅典的泰门》描述了仇恨的形成过程,泰门仇恨的一切,是人类的宿命,也是人类的悲哀之处。

《特洛伊罗斯与克瑞西达》与《雅典的泰门》在主题上有诸多相似之处,两部剧都展现了爱的幻灭,恨的形成,人心的无常。当特洛伊罗斯形容起克瑞西达时,他说:"她的眠床就是印度;她睡在上面,是一颗无价的明珠;一道汹涌的波涛隔开我们;我是个采宝的商人,这个潘达洛斯便是我的不可靠的希望,我的载登彼岸的渡航。"(第一幕第一场)他将无价的明珠视作所爱之人的象征,以示爱的无价。然而,他也意识到"一道汹涌的波涛"横亘在他们中间。如奈

---

① G. Wilson Knight, *The Wheel of Fire: Interpretations of Shakespearian Tragedy*, London: Taylor & Francis e-Library, 2005, p. 269.

第三章　乔治·威尔逊·奈特：象征的关联与统一

特所说，特洛伊罗斯自始至终都是一位"形而上的爱人"①，他的爱中混杂着他对爱情的担忧，因为他兼怀对无限的爱，和对人情之有限的认知，他祈祷着永恒的爱："啊！要是我能够相信一个女人会永远点亮她的爱情的不灭的明灯，保持她的不变的忠心和不老的青春，她那永远美好的灵魂不会随着美丽的外表同归衰谢；只要我能够相信我对您的一片至诚和忠心，会换到您的同样纯洁的爱情，那时我的灵魂将要怎样飘举起来！"（第三幕第二场）"不灭""不变""不老""永远"，特洛伊罗斯再三强调永恒，足以见证他内心的焦虑与不安。奈特说："这种愿望是不理智的：它试图使无限成为'极限的奴隶'……没有哪个有限的象征能在漫长的岁月里保持不变——即使可以，死亡也会成为时间的限制。到这里，我们便触及这部剧的哲学核心。"②而《特洛伊罗斯与克瑞西达》的结局也印证了特洛伊罗斯的担忧：爱情转瞬即逝，失去了对爱的信仰后，特洛伊罗斯怀着仇恨在战场上厮杀。

在《雅典的泰门》和《特洛伊罗斯与克瑞西达》中，金币的贵重都象征了爱的高贵。在《特洛伊罗斯与克瑞西达》中，虽然特洛伊罗斯爱的幻灭与黄金并不直接相关，但是，这部剧意在表达人情之有限，而《雅典的泰门》中，人情的限度与财富的限度直接挂上了钩。黄金象征是奈特阐释莎剧爱与恨的主题时用到的主要象征，黄金将价值与爱恨串在一起，爱的幻灭与恨的形成不分彼此。

虽然泰门和特洛伊罗斯的爱最终都转化成仇恨，但他们对爱的追求，决定了他们与麦克白的不同：前者是仇恨的代表，而后者是邪恶的化身。仇恨与邪恶是莎士比亚悲剧的两大主题。奈特这样区分它们：

---

① G. Wilson Knight, *The Wheel of Fire: Interpretations of Shakespearian Tragedy*, London: Taylor & Francis e-Library, 2005, p. 68.
② G. Wilson Knight, *The Wheel of Fire: Interpretations of Shakespearian Tragedy*, London: Taylor & Francis e-Library, 2005, p. 70.

《哈姆莱特》《特洛伊罗斯与克瑞西达》《奥瑟罗》和《李尔王》，这一连串的作品的大部分内容都可以视作在表现"仇恨"主题，最终"仇恨"主题在《雅典的泰门》那里达到顶峰。在这些剧中，我们看到了人志存高远的本性，在这个脆弱和矛盾的世界里，人类不满足于欲望。这些剧向我们展示的是善，而非恶，在它们绝望的否定的阴影之下，是重大的肯定。因此，可以用人类思维去诠释它们，它们的恶可以看作对人类美好向往的否定。而在《麦克白》中，一片漆黑代替了昏暗阴沉：恶不再是相对的，而是绝对的。[1]

泰门的仇恨来自天堂的幻象的破灭，他渴望人间天堂，以一己之力竭力打造人间天堂，然而，他失败了，于是感到绝望，转而憎恨人类；但在《麦克白》中，人物自始至终一直在地狱边缘徘徊，邪恶的麦克白从源头上就摒弃了一切积极的能量，主动伸出双手让魔鬼为他戴上镣铐。

梦魇是邪恶的象征。以《麦克白》为代表，莎剧中的邪恶力量都有一个标志性的象征：他们被噩梦困扰，不得安眠。麦克白杀死国王邓肯后，自称杀死了睡眠，"我仿佛听见一个声音喊着：'不要再睡了！麦克白已经杀害了睡眠。'那清白的睡眠，把忧虑的乱丝编织起来的睡眠，那日常的死亡、疲劳者的沐浴、受伤的心灵的油膏、大自然的最丰盛的菜肴、生命的盛筵上主要的营养"（第二幕第二场）。睡眠缓解忧虑、疲劳，疗愈受伤的心灵，弑君的麦克白再也无法安然入眠了。在《裘利斯·凯撒》中，在计划谋杀凯撒的前夜，勃鲁托斯也整夜未眠。他自述："自从凯歇斯鼓动我反对凯撒那一天起，我一直没有睡过。在计划一件危险的行动和开始行动之间的一段

---

[1] G. Wilson Knight, *The Wheel of Fire: Interpretations of Shakespearian Tragedy*, London: Taylor & Francis e-Library, 2005, p. 160.

第三章　乔治·威尔逊·奈特：象征的关联与统一

时间里，一个人就好像置身于一场可怖的噩梦之中，遍历种种的幻象；他的精神和身体上的各部分正在彼此磋商；整个的身心像一个小小的国家，临到了叛变突发的前夕。"（第二幕第一场）看到下属路歇斯睡得如此安稳，勃鲁托斯感到羡慕，"我希望我也睡得像他一样熟"（第二幕第一场）。

"一切有生之伦，都少不了睡眠的调剂。"（《麦克白》第三幕第四场）失眠、噩梦是罪恶的象征，《麦克白》的恐怖邪恶氛围靠失眠梦魇来营造。首先，失眠发生在夜里，而剧情也在黑夜中推进。国王邓肯被谋杀的那个夜晚，"不知名的怪鸟整整地吵了一个漫漫的长夜；有人说大地都发热而颤抖起来了"（第二幕第三场）。黑夜本是世人沉睡、万物归宁之时，然而，麦克白等人摸黑筹谋犯下弑君之罪，使昼夜颠倒失常。其次，失眠让麦克白夫妇身心俱损，从而精神错乱。麦克白先是在宴席上看见死去的班柯对他摇着染着血的头发，随后又看见血污的班柯站在他眼前；麦克白夫人总看见手上有擦不净的鲜血。血的象征与噩梦的象征相一致，糅合梦幻与现实，为全剧增添浪漫主义色彩。最后，噩梦营造着萦绕全剧的恐怖氛围，恐惧与邪恶相伴而生：恐惧心理催生噩梦，噩梦转而又加剧恐惧。麦克白出于恐惧，在杀掉邓肯之后，又杀死班柯，杀死班柯的儿子；死亡在众人心中投下恐惧的阴影，人人自危。"所有人基本上都是如此：人们被恐惧所麻痹，被他们自己由内而外的恶念所麻痹。他们缺乏意志力，意志力在此全无立足之地。"[1] 如此一来，黑夜、梦魇、幻象、恐惧、精神错乱，合为一体，形成了《麦克白》的邪恶主题。

陀思妥耶夫斯基笔下的拉斯柯尔尼科夫身上有麦克白的影子，拉斯柯尔尼科夫杀死放高利贷的老太婆后，同样出现梦魇，产生恐惧，精神错乱，这些元素是普遍性的邪恶象征。然而，拉斯柯尔尼科夫与

---

[1] G. Wilson Knight, *The Wheel of Fire: Interpretations of Shakespearian Tragedy*, London: Taylor & Francis e-Library, 2005, p.173.

麦克白的杀人动机截然不同。麦克白是为了满足所谓的野心，他为了王位而杀人；而拉斯柯尔尼科夫的杀人却是为了所谓的除恶："我想要杀人，不顾是非感，只为了自己一个人！在这里，我甚至不想欺骗自己！不是为了帮助母亲我才杀人的——瞎说！不是为了得到财富和权力，不是为了变成人类的善人，我才杀人的。无稽之谈！我就是杀了人；为了自己而杀人，为了自己一个人……"① 他不承认杀死老太婆是因为老太婆放高利贷，他称自己为卑鄙之徒，尽管事实并非如此。陀氏塑造了众多恶魔形象，诸如《罪与罚》中的拉斯柯尔尼科夫、《群魔》中的斯塔夫罗金、《卡拉马佐夫兄弟》中的伊万·卡拉马佐夫。陀氏笔下的恶魔形象更接近"超人"。奈特也注意到了这一点，他称陀氏笔下的斯塔夫罗金与哈姆莱特为"超人"："他（哈姆莱特）不是人，或者说应该是超人，与陀思妥耶夫斯基的斯塔夫罗金一样，他的意识集中在死亡上。跟斯塔夫罗金一样，他周围的人都怕他，周围的人总是试图弄清楚他有什么毛病，但总是徒劳，他们无法理解哈姆莱特。哈姆莱特是另一个世界的产物。"②

哈姆莱特不属于人类世界，他感受不到存在的意义，渴望死亡。复仇任务和对死后世界的恐惧暂时绊住了他，减缓了他的死亡意志，然而，生存还是毁灭，是他短暂的一生的最重要的课题。他在流传后世的经典独白中表达了自己对死亡的看法：

> 谁愿意忍受人世的鞭挞和讥嘲、压迫者的凌辱、傲慢者的冷眼、被轻蔑的爱情的惨痛、法律的迁延、官吏的横暴和费尽辛勤所换来的小人的鄙视，要是他只要用一柄小小的刀子，就可以清算他自己的一生？谁愿意负着这样的重担！在烦劳的生命的压迫下呻吟流汗！倘不是因为惧怕不可知的死后，惧怕那从来不曾有

---

① [俄]陀思妥耶夫斯基：《罪与罚》，岳麟译，上海译文出版社2004年版，第267页。
② G. Wilson Knight, *The Wheel of Fire: Interpretations of Shakespearian Tragedy*, London: Taylor & Francis e-Library, 2005, p. 38.

第三章　乔治·威尔逊·奈特：象征的关联与统一

一个旅人回来过的神秘之国，是它迷惑了我们的意志，使我们宁愿忍受目前的折磨，不敢向我们所不知道的痛苦飞去？这样，重重的顾虑使我们全变成了懦夫，决心的赤热的光彩，被审慎的思维盖上了一层灰色，伟大的事业在这一种考虑之下，也会逆流而退，失去了行动的意义。

（第三幕第一场）

生存是重担，靠的是忍耐；死亡是解脱，不敢走向死亡的是懦夫。奈特认为，哈姆莱特的人生观是非人的："他们（国王与他的朝臣）肯定人生的意义，他们相信生活，相信自己。而哈姆莱特是非人的，他看穿了生命与爱情的华而不实，他毫无信仰，连自己也不信，只相信鬼魂的记忆。"[①]

奈特将哈姆莱特视作非人，来源于他对尼采的《悲剧的诞生》的解读。奈特自己曾在注解中说："我发现我对《哈姆莱特》的理解可以与尼采在《悲剧的诞生》第七章中概述的内容进行有效比较。"[②]《悲剧的诞生》第七章提到了哈姆莱特与狄奥尼索斯式的人物的相似之处：

两者都一度真正地洞察过事物的本质，两者都认识了，都厌恶行动；因为两者的行动都丝毫不能改变事物的永恒本质，他们感觉到，指望他们重新把这个四分五裂的世界建立起来，那是可笑的或者可耻的。认识扼杀行动，行动需要幻想带来的蒙蔽——此乃哈姆莱特的教导……是真实的认识，是对可怕的真理的洞见，压倒了任何促使行动的动机，无论在哈姆莱特那里还是在狄

[①] G. Wilson Knight, *The Wheel of Fire: Interpretations of Shakespearian Tragedy*, London: Taylor & Francis e-Library, 2005, p. 37.

[②] G. Wilson Knight, *The Wheel of Fire: Interpretations of Shakespearian Tragedy*, London: Taylor & Francis e-Library, 2005, p. 49.

奥尼索斯式的人类那里都是如此。现在,任何慰藉都无济于事了,渴望超越了一个死后的世界,超越了诸神本身,此在生命,连同它在诸神身上或者在一个不朽彼岸中的熠熠生辉的反映,统统被否定掉了。现在,有了对一度看到过的真理的意识,人就往往只看见存在的恐怖或荒谬;现在,人就明白了奥菲利娅的命运的象征意义;现在,人就能知道森林之神西勒尼的智慧了:这使人心生厌恶。①

"超人"即尼采所谓的狄奥尼索斯式的人物,他洞察了事物的本质之后,与消极的虚无主义不断抗争,哈姆莱特在奈特看来便是这样的人,他否定存在,丧失了对人间的一切希望,否定人性的意义。"超人"是奈特对哈姆莱特的解读,也是尼采对《哈姆莱特》的再创造。

悲剧以"超人"的死亡为结束,在莎士比亚悲剧中,有些人物虽然称不上"超人",但他们的死亡仍然与人类的悲剧挂钩。"这是成熟的莎士比亚悲剧特有的技巧,人物与天地万物是相互依存的。在《麦克白》与《李尔王》中,依存性是显而易见的;《裘利斯·凯撒》中的依存性,也许只有在与《麦克白》对比时才凸显出来。但是,无论是在《裘利斯·凯撒》中,还是在《麦克白》中,人物与环境的相互依存性对于文学都是至关重要的。这种特性不仅让我们将视线集中在主人公的意识上,而且具有深刻的哲学意义。"②勃鲁托斯、李尔、泰门等人之死都不只是个体的死亡,他们的死象征着人性的混沌、存在的虚无,以及社会的动荡、秩序的瓦解。莎剧的憎恨、邪恶、死亡主题无一不蕴含着悲剧的形成过程。

---

① [德]弗里德里希·尼采:《悲剧的诞生》,孙周兴译,商务印书馆2012年版,第59页。说明:人名译名略有变动。
② G. Wilson Knight, *The Wheel of Fire: Interpretations of Shakespearian Tragedy*, London: Taylor & Francis e-Library, 2005, p. 157.

第三章 乔治·威尔逊·奈特：象征的关联与统一

第三节 自然意象的关联性象征

莎剧语言中蕴含着丰富的意象，意象营造画面感，进而使读者产生审美上的愉悦，意象与意象之间互相关联，形成联觉统一体。意象派莎评的代表人物阿姆斯特朗曾创造出"意象束"的说法，称莎剧的意象都是相互关联的，他的代表作《莎士比亚的想象：联想和灵感的心理学研究》分为两部分：第一部分探究莎剧中互相关联的意象；第二部分引入精神分析，为这种关联建立理论依据。他在定义"意象束"时提到：一、一旦建立，它们就会一次又一次出现，尽管组成意象束的一些意象可能时不时地发生变化，有时，它们似乎符合生长衰落、合体解体的规律；二、有趣的是，莎士比亚笔下的一些人物相对独立的生活，自主的发展，与意象束的发展是并行的；三、在戏剧情节发展的过程中，一个意象可以通过任意一种联合模式获得一系列搭档。[①]阿姆斯特朗提出的这些"意象束"的特征，与奈特主张的意象的关联性十分相似。

奈特同样注意到莎剧意象与意象之间、意象与其他部分之间的关联性，不同的是，阿姆斯特朗从精神分析的角度为意象的关联寻找依据，而奈特则从意象的象征寓意方面探究莎剧的统一性。意象及意象的象征寓意在奈特看来，不是孤零零的装饰物，"情节不以意象为装饰，意象本身就是情节"[②]。如果说戏剧的整体脉络结构是躯干，那么意象便是生长在躯干上的枝节，枝节与枝节、枝节与躯干相互连通，构成了统一体。意象具有联结作用，莎剧的意象与情节、主题、整体氛围环环相扣。"单独的意象只有加入更大的空间形态中时，才

[①] Edward Armstrong, *Shakespeare's Imagination: A Study of the Psychology of Association and Inspiration*, London: Lindsay Drummond Limited, 1946, p. 102.

[②] G. Wilson Knight, *The Imperial Theme: Further Interpretations of Shakespeare's Tragedies Including the Roman Plays*, London: Oxford University Press, 1931, p. 20.

有意义；它是部分与整体辩证法中的部分。显然，奈特认为在一部剧中，是这些'形态'把它们自己组织成更大的意义单位，组织成'主题'。"①

奈特在《火轮》里指出，《安东尼与克莉奥佩特拉》中，蛇的意象代表爱与性，蛇是克莉奥佩特拉的化身，安东尼称克莉奥佩特拉是"古老的尼罗河畔的花蛇"。安东尼死后，克莉奥佩特拉命人从尼罗河畔捉来毒蛇，将毒蛇置于胸前和臂上，告别人间。克莉奥佩特拉与毒蛇、尼罗河是一体的，毒蛇意象的出现总是与埃及的母亲河——尼罗河联系在一起。蛇是尼罗河中的水生生物，尼罗河的富饶多产象征女性的繁殖力。毒蛇的危险性象征爱的颠覆性，安东尼选择了爱情，江山因此而倾塌。蛇的意象与克莉奥佩特拉的人物形象，与《安东尼与克莉奥佩特拉》的爱情主题，与安东尼奔赴爱情走向政治覆灭的情节紧紧缠绕在一起。

奈特还指出，《安东尼与克莉奥佩特拉》全剧多处提到自然力量的相融。例如水与土地相融，二者相融造成塌陷："让埃及溶解在尼罗河里，让善良的人都变成蛇吧！""啊！我但愿你说谎，即使我的半个埃及完全陆沉，变成鳞蛇栖息的池沼。"（第二幕第五场）"莱必多斯，留心你脚底下的浮沙，你要摔下来了。"（第二幕第七场）奈特称："我们应该注意到，'融化''溶解'的观念无处不在——这是这部剧的一个重要主题。因为，自然力量的混合类似于两性爱的结合，两性爱的结合是故事的主要内容：从两性爱的结合进一步走向生与死的交融。"② 由此可见，在奈特眼中，每一意象，以及意象与意象的关系，都从侧面反映了戏剧的主旨。休·戈兰蒂曾如此评价奈特的批评："奈特对《安东尼与克莉奥佩特拉》的详尽研究的功绩，在

---

① Hugh Grady, *The Modernist Shakespeare: Critical Texts in a Material World*, Oxford: Clarendon Press, 1991, p. 95.
② G. Wilson Knight, *The Wheel of Fire: Interpretations of Shakespearian Tragedy*, London: Taylor & Francis e-Library, 2005, p. 236.

第三章 乔治·威尔逊·奈特：象征的关联与统一

于他将剧中大量的意象和主题组织起来，形成了统一的视野，并在文章末尾处呈现出来。"①

在《火轮》中，当奈特评述《雅典的泰门》时，也表露了意象与全剧氛围的有机统一性。《雅典的泰门》中，泰门憎恶有限之物，憎恨金钱能扭转人世间的一切："这东西，只这一点点儿，就可以使黑的变成白的，丑的变成美的，错的变成对的，卑贱变成尊贵，老人变成少年，懦夫变成勇士。"（第四幕第三场）人间的价值由金币来度量，为了摆脱这无常的人间，泰门在海边为自己预备坟墓，以求"安息在海水的泡沫可以每天打击你的墓碣的地方"，他临死之前交代众人："不要再来见我；对雅典说，泰门已经在海边的沙滩上筑好他的万世的佳城，汹涌的波涛每天一次，向它喷吐着泡沫；到那里来吧，让我的墓碑预示着你们的命运。"（第五幕第一场）泰门选择死在海边，在海边，他收获安宁，海洋是无边无际的、永恒的，是"万世的佳城"，大海的永恒性吸引泰门在海边掘墓，泰门恨人间的无常，他渴望永恒，大海这一意象与泰门对人间的恨、对无穷的自然的向往相契合。

在《李尔王》中，自然意象营造的意境和意象的象征意义再次改头换面：《李尔王》中的自然意象被用来渲染荒凉的氛围。肯特被驱逐出城，埃德加被全城通缉，葛罗斯特被挖眼驱逐，李尔被两个女儿逼走，众人流离失所后游走在乡间田野，因此，剧中有许多荒野和乡村的场景，自然意象与荒凉的气氛相吻合：

> 《李尔王》的世界没有城市。这是一个由鲜花、崎岖的土地、狂风暴雨、野兽和家畜组成的世界；作为背景，剧中经常提到乡村的家常风俗、传说和童谣。这个世界牢牢扎根在自然之

---

① Hugh Grady, *The Modernist Shakespeare: Critical Texts in a Material World*, Oxford: Clarendon Press, 1991, p. 96.

中，像哈代的小说那样。自然中的风替剧本翻页，动物出现在每一种境况中。动物常常是家养的，时而是野生的，但绝不是令人恐惧的，也不是令人愉悦的。它们融入萧瑟的氛围中，它们不像《裘利斯·凯撒》中的生物那样奇异生动，也不像《麦克白》中的生物那样从整体上暗示阴森可怕的预兆。[①]

《李尔王》中的诸多自然意象营造的氛围是田园的、乡村式的。而就意象的象征意义而言，在《李尔王》中，自然意象具有丰富的象征内涵。首先，自然界中野兽的残暴象征着里甘等人的残酷；其次，奈特认为，动物象征着疯癫，因为疯癫与否正是将人与兽区分开来的标志；最后，自然与人类的恶密切相关，人的恶行被看作对自然的违抗。《李尔王》向我们传达：当人类像野兽一样残忍的时候，最好还是离开他们。自然意象和自然本身，与《李尔王》中的放逐情节相承接，与疯癫、邪恶等主题浑然一体。

意象的寓意与戏剧的整体氛围息息相关，为了呈现出不同的戏剧氛围，剧作者往往对自然意象采取不同的处理方式。奈特曾比较《麦克白》《李尔王》与《奥瑟罗》中对自然意象的处理方式的差异。

"在《麦克白》和《李尔王》中，人类掌控自然万物、宇宙星辰：它们是人类的一部分……自然意象被赋予了人类价值。它们的形象没有价值；它们的价值只在于它们唤起人类的激情，人类呼唤它们。它们自身自在的无与伦比之美，都与《李尔王》的世界无关。"[②] 自然是李尔报复里甘的武器："迅疾的闪电啊，用你的火焰把她傲慢的眼睛射瞎吧！烈日熏蒸的沼气啊，损坏她的美貌，打击她的骄傲

[①] G. Wilson Knight, *The Wheel of Fire: Interpretations of Shakespearian Tragedy*, London: Taylor & Francis e-Library, 2005, pp. 204–205.

[②] G. Wilson Knight, *The Wheel of Fire: Interpretations of Shakespearian Tragedy*, London: Taylor & Francis e-Library, 2005, p. 111.

第三章 乔治·威尔逊·奈特：象征的关联与统一

吧！"(《李尔王》第二幕第四场)自然是麦克白夫人掩盖罪行的帮手："来，阴沉的黑夜，用最昏暗的地狱中的浓烟罩住你自己，让我的锐利的刀瞧不见它自己切开的伤口，让青天不能从黑暗的重衾里探出头来，高喊'住手，住手！'"(《麦克白》第一幕第五场)在这里，自然的力量与人的力量融合在一起，人与自然不分彼此。

相比《李尔王》《麦克白》中人物、主题的普遍性和抽象性，在《奥瑟罗》中，奥瑟罗、伊阿古和苔丝狄蒙娜等人都是具体的、独立的；相比泰门爱所有雅典人，乃至全人类，奥瑟罗的爱则倾注到具体的个体，即苔丝狄蒙娜身上。由于该剧有意打造一种疏离效果，该剧的自然意象也呈现出独立性和画面感。自然意象之间、意象与角色之间往往以并列的形式存在，互不相融，各行其道："正像黑海的寒涛滚滚奔流，奔进马尔马拉海，直冲达达尼尔海峡，永远不会后退一样，我的风驰电掣的流血的思想，在复仇的目的没有充分达到以前，也决不会踟蹰回顾，化为绕指的柔情。"(《奥瑟罗》第三幕第三场)"一个不惯于流妇人之泪的人，可是当他被感情征服的时候，也会像涌流着胶液的阿拉伯胶树一般两眼泛滥。"(《奥瑟罗》第五幕第二场)人与自然各显其能，人无法借用自然的力量，二者是相对独立的。奈特称："在大多数情况下，这部剧没有直接的形而上的内容。剧的思维并不与读者的思维相吻合；恰恰相反，剧的思维总是与读者不相关，是不受影响的。这种超然是由意象与意象之间、词与词之间的内在疏离所造成的。这部剧主要的特征是分离，而不是莎剧中更常见的凝聚。"[1] 意象的不同呈现形式造成了风格特征上的差异。在奈特看来，莎剧中每一处自然意象的处理都与剧作的整体氛围不无关系。

意象与整体氛围之间的呼应，承袭于法国象征主义诗歌。"事实

---

[1] G. Wilson Knight, *The Wheel of Fire: Interpretations of Shakespearian Tragedy*, London: Taylor & Francis e-Library, 2005, p.110.

上,如他(奈特)随口一提的'契合'一词所示,他以对待法国象征主义诗歌的方式对待莎剧。在波德莱尔(Baudelaire)著名的作品《恶之花》中,'契合'是重要的早期诗歌之一。象征是象征主义的主要诗歌技巧,'契合'这一术语作为象征的众多同义词之一,应运而生,广为人知。"① 这首短诗这样写道:

> 自然是一座神殿,那里有活的柱子
> 不时发出一些含混不清的语音;
> 行人经过该处,穿过象征的森林,
> 森林露出亲切的眼光对人注视。
>
> 仿佛远远传来一些悠长的回音,
> 互相混成幽昧而深邃的统一体,
> 像黑夜又像光明一样茫无边际,
> 芳香、色彩、声响全在相互感应。②

意象诱生联觉,"芳香、色彩、声响全在相互感应"。自然与人互为象征,融为深邃的统一体:"行人经过该处,穿过象征的森林,森林露出亲切的眼光对人注视。"奈特打破了戏剧与诗歌之间无形的墙,将象征主义诗歌中意象的呼应,迁移到象征主义莎评中,将莎剧看作诗剧,以阐释诗歌的方式阐释莎剧,不失为一大特色。

---

① Michael Taylor, "G. Wilson Knight", in Hugh Grady, ed., *Empson, Wilson Knight, Barber, Kott: Great Shakespeareans*, Volume XIII, New York: Continuum International Publishing Group, 2012, p.63.
② [法]波德莱尔:《恶之花 巴黎的忧郁》,钱春绮译,人民文学出版社1991年版,第21页。

第三章　乔治·威尔逊·奈特：象征的关联与统一

第四节　象征的结构性原则

奈特在《莎士比亚的〈暴风雨〉》的序言中说："在进行任何学术研究时，我们总是要求有一个统一的原则，但这恰好是我们在理解莎士比亚时所缺乏的。如果不能讨论统一性，结果定会造成学术混乱，而最近的莎士比亚研究就是这种情况。我为该书定下的目标是努力消除混乱，并将注意力转向莎士比亚的真正统一：这就是贯穿每部戏剧的'暴风雨'和'音乐'之间的对立。"[1] 奈特试图挖掘莎剧共有的结构性原则，他将所有莎剧汇集起来，探究莎剧象征的系统性，最终找到了暴风雨与音乐这一对贯穿所有莎剧的象征："有时，我们发现，简练的对立的象征引导着我们的理解：空中或大地上出现诡异现象，预示着变化与灾难，这种象征与'暴风雨'结合在一起，它们大体上象征'骚乱'，'暴风雨'代表'冲突'。与那些象征相反，'音乐'暗示安宁、和谐和爱。"[2] 和谐时乐声起，冲突时风暴降临，这是莎剧象征结构的统一原则。

奈特认为，暴风雨是冲突的象征，正所谓山雨欲来风满楼，每当分裂与冲突达到顶峰，人物痛苦无措，世界一片混乱之时，暴风雨骤然而至。莎剧以明喻、暗喻等多种方式揭示了暴风雨的象征意义。

《李尔王》中，当李尔看清两位女儿的面目、心灰意冷之时，暴风雨倏然降临："我们进去吧；一场暴风雨将要来了。（远处暴风雨声）""关上您的门，伯爵；这是一个狂暴的晚上。我的里甘说得一点不错。暴风雨来了，我们进去吧。（同下）"（第二幕第四场）随后暴风雨降临，李尔任骤雨倾泻在他身上：

---

[1] G. Wilson Knight, *Shakespearian Tempest*, Oxford: Oxford University Press, 1932, p. 1.
[2] G. Wilson Knight, *The Imperial Theme: Further Interpretations of Shakespeare's Tragedies Including the Roman Plays*, London: Oxford University Press, 1931, p. 29.

肯特：除了恶劣的天气以外，还有谁在这儿？

侍臣：一个心绪像这天气一样不安静的人。

肯特：我认识你。王上呢？

侍臣：正在跟暴怒的大自然竞争；他叫狂风把大地吹下海里，叫泛滥的波涛吞没了陆地，使万物都变了样子或归于毁灭；拉下他的一根根的白发，让挟着盲目的愤怒的暴风把它们卷得不知去向；在他渺小的一身之内，正在进行着一场比暴风雨的冲突更剧烈的斗争。这样的晚上，被小熊吸干了乳汁的母熊，也躲着不敢出来，狮子和饿狼都不愿沾湿它们的毛皮。他却光秃着头在风雨中狂奔，把一切托付给不可知的力量。

（第三幕第一场）

《麦克白》中，三女巫总是恰逢电闪雷鸣之时出现，扰乱麦克白的心绪。第一幕第一场，三女巫第一次出现时，就伴随雷鸣，女巫甲与众姐妹约定相逢的时机："何时姊妹再相逢，雷电轰轰雨蒙蒙？"之后，女巫每次都在雷鸣之时出现，助推着《麦克白》的悲剧进程。

《裘利斯·凯撒》中，凯撒被害前夜，勃鲁托斯与众人密谋取凯撒性命的那个夜晚，也是风雨交加：

啊，西塞罗！我曾经看见过咆哮的狂风劈碎多节的橡树；我曾经看见过野心的海洋奔腾澎湃，把浪沫喷涌到阴郁的黑云之上；可是我从来没有经历过像今晚这样一场从天上掉下火块来的狂风暴雨。倘不是天上起了纷争，一定因为世人的侮慢激怒了神明，使他们决心把这世界毁灭。

（第一幕第三场）

音乐是和谐的象征，重聚、复兴离不开音乐。《驯悍记》中提

第三章　乔治·威尔逊·奈特：象征的关联与统一

到,音乐是使宇宙和谐的守护神（第三幕第一场）。《威尼斯商人》也曾赞赏音乐的魅力：

> 你只要看一群野性未驯的小马,逞着它们奔放的血气,乱跳狂奔,高声嘶叫,倘然偶尔听到一声喇叭,或是任何乐调,就会一齐立定,它们狂野的眼光,因为中了音乐的魅力,变成温和的注视。所以诗人会造出俄耳甫斯用音乐感动木石、平息风浪的故事,因为无论怎样坚硬顽固狂暴的事物,音乐都可以立刻改变它们的性质；灵魂里没有音乐,或是听了甜蜜和谐的乐声而不会感动的人,都是擅于为非作恶、使奸弄诈的；他们的灵魂像黑夜一样昏沉,他们的感情像鬼蜮一样幽暗,这种人是不可信任的。
>
> （第五幕第一场）

在战争中,"喇叭奏花腔"的场景几乎每一部莎剧都有涉及。"喇叭奏花腔"象征战争结束,军士凯旋。《裘利斯·凯撒》中,凯撒凯旋时,众列队奏乐,接着,预言者称三月十五日恐有灾祸降临,这时所有声音都静下来,乐止。在人类情感方面,音乐象征爱。《雅典的泰门》中,泰门家中的宴会总伴随着高音笛奏闹乐,《奥瑟罗》中,伊阿古嫉恨奥瑟罗与苔丝狄蒙娜之间的爱,暗自腹诽："啊,你们现在是琴瑟调和,看我不动声色,叫你们弦断柱裂走了音。"（第二幕第一场）琴瑟和鸣的象征寓意可见一斑。在政治方面,奏乐象征政治稳定,国家统一。《麦克白》中,与电闪雷鸣时女巫出现相对应,音乐奏起时国王现身。基于暴风雨和音乐的象征在莎剧中的普遍性,奈特说,暴风雨与音乐的对立构成了莎剧重要的统一原则。

奈特将莎剧的象征原则归纳为暴风雨与音乐的对立,这种二分法暗示着奈特的象征莎评与结构主义的关联。迈克尔·泰勒说："奈特就像他之后的结构主义者和现象学家那样,常常通过识别主要的二元对立，将时间凝结在一点，将文本地图化。"① "奈特喜欢用二元对立方法来总结莎剧中的象征。二元对立方法也是典型的形式主义和结构主义方法，它使文学作品能够在自身内部完成意义的生产，从而走向自给自足的有机整体。"②

对于采用二元对立的方式来解析莎士比亚的想象思维，阿姆斯特朗也表示支持。他认为："莎士比亚想象思想的基础，是生命实现并表达二元性。从经验中揭露冲突对立，支配着他的思想……道教阴阳学说中的此方与彼方，以及其中各种各样的对立律和力量对抗的设想，可以说是最原始、最朴素的哲学的基础。生与死、善与恶、日与夜——这种对比给我们留下了很深刻的印象。在很大的程度上，莎士比亚的意象可以根据这种对立进行来划分。"③ 阿姆斯特朗是奈特同时期的莎评家，他们的形式主义莎评为后来的结构主义莎评奠定了基础。

二元结构只是奈特建构的莎剧象征结构中的一种，奈特对莎剧的象征结构的探索，除了体现为对暴风雨与音乐这两种具体象征形式的对立的思考，还体现在他对莎剧中人物的象征结构的统一性的探讨。奈特认为，莎剧中有三重象征反复出现，提出了莎剧人物的"象征三角论"："在这些戏剧中，我们看到同样有三种人反复出现。他们代表着：（一）崇高的人；（二）代表着精神之爱这一至高无上的价值的人；（三）愤世嫉俗者。"④ 人物象征三角在《量罪记》中指代的人物是公爵、依莎贝拉、路西奥；在《李尔王》中是李尔、科迪

---

① Michael Taylor, "G. Wilson Knight", in Hugh Grady, ed. *Empson*, *Wilson Knight*, *Barber*, *Kott*: *Great Shakespeareans*, Volume XIII, New York: Continuum International Publishing Group, 2012, p. 63.

② 辛雅敏：《20世纪莎士比亚批评研究》，博士学位论文，吉林大学，2013年，第111页。

③ Edward Armstrong, *Shakespeare's Imagination*: *A Study of the Psychology of Association and Inspiration*, London: Lindsay Drummond Limited, 1946, p. 93.

④ G. Wilson Knight, *The Wheel of Fire*: *Interpretations of Shakespearian Tragedy*, London: Taylor & Francis e-Library, 2005, p. 287.

第三章　乔治·威尔逊·奈特：象征的关联与统一

利娅、埃德蒙；《奥瑟罗》中是奥瑟罗、苔丝狄蒙娜、伊拉古；《雅典的泰门》中是泰门、雅典人、艾帕曼特斯；《特洛伊罗斯与克瑞西达》中是特洛伊罗斯、克瑞西达、忒耳西忒斯；《辛白林》中是普修默斯、埃契摩、伊摩琴；《哈姆莱特》最为特殊，哈姆莱特既代表崇高的人，也代表愤世嫉俗者，而奥菲利娅则代表爱。奈特的象征三角论通过人物象征模型，在众多莎剧之间建立起了普遍联系，形成了莎剧人物象征的统一性。

奈特首先将《奥瑟罗》与《雅典的泰门》中的人物象征三角联系起来，详细比较了这两部剧的人物塑造方式。这两部剧都展现了由爱生恨、由恨至死的过程中，爱的力量是无限的，非人性所能承载的。然而，虽然这两部剧都出现了崇高的人、爱的化身、愤世嫉俗者，但这两部剧在人物塑造上存在着巨大的差异性。《奥瑟罗》中的人是具体的，人性是角色的第一性，象征性是角色的第二性，奥瑟罗的爱寄托在苔丝狄蒙娜身上。而在《雅典的泰门》中，情况却完全颠倒了过来。《雅典的泰门》中的人物是抽象的，象征性是泰门的第一特性，而人性是第二位的，泰门本身就有"超人"的影子，他无差别地爱全人类。《奥瑟罗》以行动与事件推动剧情，更具艺术性；《雅典的泰门》以人的思想品质为推动力，更具哲学性。因此，虽然这两部剧中的主要人物都符合人物象征三角，但它们分别反映了莎剧的两种不同风格。

在上述结论的基础上，奈特将《雅典的泰门》与《特洛伊罗斯与克瑞西达》归为一类，将《奥瑟罗》与《李尔王》归为另一类。艾帕曼特斯与忒耳西忒斯，在前两部剧中都象征着愤世嫉俗者；伊阿古与埃德蒙在后两部剧中象征着愤世嫉俗者。艾帕曼特斯与忒耳西忒斯主要通过语言来展现他们的象征形象，他们只是嘴上说说，是被动的；而伊阿古与埃德蒙主要靠行动来树立他们愤世嫉俗的象征形象，他们的行为直接推动着剧情的发展，他们是主动的。这四个人展现了莎剧中不同形式的愤世嫉俗者。

然而，无论上述莎剧之间存在多大的差异，它们的相似性都不容忽视。这些剧中的人物塑造都符合象征三角原则：

> 在这两部剧中，象征爱的人都以不同方式的暴力扭曲了伟大的爱：两位主人公都为爱而死。实际上，《雅典的泰门》阐释了《奥瑟罗》的意义：《雅典的泰门》宣称，在一个犬儒哲学存在、催生出犬儒哲学的世界，指望有限的象征承载无限的爱是不可能的……李尔将自己全部的幸福寄托在他三个女儿对他的爱上：他怀疑其中一个，像奥瑟罗怀疑（苔丝狄蒙娜）那样——而另外两个让他幻想破灭，像泰门幻想破灭那样……李尔、科迪利娅、埃德蒙这几个人从其他人物中脱颖而出，具有丰富的意义，他们替代了奥瑟罗、苔丝狄蒙娜、伊阿古。如今，《特洛伊罗斯与克瑞西达》也完全转向了爱情幻灭这一主题。[1]

无限的爱、无常的人和恨世者在莎剧中一而再、再而三地出现，将结局引向死亡。上述莎剧的人物象征三角清晰完整，而《哈姆莱特》的人物象征三角最为特殊，因为哈姆莱特的形象复杂而独特。在奈特看来，他的意识自始至终都处于分裂之中，他慈悲又残忍，爱与恨、天使与恶魔的特质在他身上交织，因此，他既代表着人物象征三角中的崇高的人，又代表着愤世嫉俗者。奈特认为，哈姆莱特的形象最能反映莎士比亚的创造精神，不同形式的创造在《哈姆莱特》达成了统一，《哈姆莱特》融合了莎剧的精髓，生动而神秘。他将莎剧的统一性与莎士比亚的精神发展相联系，将哈姆莱特视作莎士比亚精神的投射。

奈特认为，塑造人物象征三角是莎士比亚创作的惯例，人物象征

---

[1] G. Wilson Knight, *The Wheel of Fire: Interpretations of Shakespearian Tragedy*, London: Taylor & Francis e-Library, 2005, pp. 285–286.

第三章　乔治·威尔逊·奈特：象征的关联与统一

三角证实了莎剧的统一性："人物和情节都依照着惯例存在和运作，只要记住莎士比亚的惯例，我们便能较好地理解后来的莎剧情节结构的深刻意义。因为诗剧在惯例的限度内，反映了不受限制的、普遍性的真理。"①

人物象征三角，暴风雨与音乐的对立，都是奈特对莎剧象征结构的统一性的分析。奈特的另一大创见，乃是将对象征结构的分析，视作对莎剧的空间所做的分析，他将莎剧中的结构关系视作莎剧的空间。他主张既要从时间角度看待一部剧，即关注故事发展的时间顺序，故事的起因、经过、结果，也要从空间着手，找出独立于时间线之外的、文本中的横向对应关系。他还提到：时间序列是显性的，读者能意识到，而空间关系是隐性的、模糊的；前者依靠的是叙事逻辑，而后者依靠的是想象关联的逻辑。文本中的空间关系是奈特强调的重点。

空间是相对于时间而言的，奈特认为，让时间不再自然地流逝，将时间根据事件重组，有助于达成空间效果，而在莎剧中，预言是颠倒时间的重要手段。在莎剧中，不乏预言，例如：《裘利斯·凯撒》中，凯撒遇刺之前，就有预言者提醒他留心三月十五日，且凯撒遇刺前出现了异常天气，剧中人直言奇怪的天气预兆着重大的变故即将到来；《麦克白》中，三女巫也起着预示剧情的作用，她们预言麦克白将成为国王，班柯的儿子将继承大统。这些预言打乱了时间顺序，将未来融入现在，将观众的目光吸引到某一时间点发生的事件上，削弱了时间的重要性。奈特认为，相比讲故事，这两部剧更突出的是人物与外部环境的动态关系：

>　　作者将主人公与情节紧密结合，创造了逼真的现实，他向我

---

① G. Wilson Knight, *The Wheel of Fire: Interpretations of Shakespearian Tragedy*, London: Taylor & Francis e-Library, 2005, p. 290.

们展示的不仅仅是一系列的人物和事件，而是思想与环境的深刻关系，行为将它们的关系连接在一起。勃鲁托斯与麦克白内心是混乱的：行为是混乱的，世界是混乱的。然而，其中并不存在纯粹的逻辑顺序。最初的精神混乱可以说成是最后世界混乱的原因，也可以被当作世界混乱的结果。因为，如果凶手一开始就心安理得，他的行为就不会像我刚才所说的那样导致政治上的混乱；然而，似乎正是出于对最终混乱的恐惧——也就是对犯罪的恐惧——才导致了主人公一开始的精神混乱。因此，主人公与环境，无法根据严格的时间顺序确定谁是因谁是果；但是，主人公与环境之间有一种关系，预言和诗意的象征加固和融合了这种关系，这种关系融合主体与客体、现在与未来。[1]

预言和象征都被奈特视作空间关系的连接纽带，他的这一看法为后面的文学批评者带来了重要启发。迈克尔·泰勒称：“威尔逊·奈特对20世纪中期的莎评有深远的影响，但是，由于他的一些显著的批评特质——例如，印象主义特质、经常过分考究'诗性'写作、对超验性的不懈的浪漫主义的探索，从大约1980年至今，在后现代主义莎评中，他几乎被忽略了。然而，尽管奈特的思想被认为与现在的批评方法和理论假设不相容，但是，他研发了'空间诠释法'用以定义和探究莎剧诗性意象对氛围、审美和主题的影响，在1930—1970年间，'空间诠释法'成为了广为研究和摹仿的批评方法之一。”[2]

奈特倡导的空间批评与20世纪70年代兴起的"空间转向"有

---

[1] G. Wilson Knight, *The Wheel of Fire: Interpretations of Shakespearian Tragedy*, London: Taylor & Francis e-Library, 2005, p.158.
[2] Michael Taylor, "G. Wilson Knight", in Hugh Grady, ed. *Empson, Wilson Knight, Barber, Kott: Great Shakespeareans*, Volume XIII, New York: Continuum International Publishing Group, 2012, p.58.

第三章 乔治·威尔逊·奈特：象征的关联与统一

莫大的关系。约瑟夫·弗兰克在1945年发表的《现代小说中的空间形式》一文是空间批评的奠基之作，而在1981年出版的《叙事的空间形式》一书的序言中，约瑟夫·弗兰克回顾了自己空间思想之由来，并直接肯定了威尔逊·奈特的《火轮》一书对他的影响："我清楚地记得，我曾记下威尔逊·奈特《火轮》中的著名段落，他在《火轮》中声称莎士比亚悲剧在思想上时间与空间并举，并且，莎剧中有一系列的对应关系，它们彼此相关，独立于故事的时间线之外。（有些评论家已经相当准确地指出那一段落与我自己的观点相关。）"[1]弗兰克的这一言论，标志着奈特的空间诠释法被纳入20世纪空间批评史，足证奈特对20世纪中后期批评思想的启发和深远影响。

奈特将暴风雨与音乐的对立和人物的象征三角看作莎剧的统一象征原则，并将这种结构性的原则看作空间性的。他坚持认为所有莎剧的象征结构，都遵循某些统一的原则，主张在阐释莎剧时，关注莎士比亚的发展和他的创作顺序，根据发展顺序，探究莎剧的统一原则。

结　语

奈特在《火轮》中对莎剧的象征结构所做的阐释，实际上是从三个层面构建了莎剧象征的统一性：每一部莎剧内部的象征与象征之间的统一，莎剧的象征与整体氛围之间的统一，以及所有莎剧象征结构的统一。

首先，奈特将视线投向每一部莎剧内部，分析构成一部剧的各个元素，比如意象、人物、主题，在奈特看来，这些元素往往都具有象征意义。就意象而言，尼罗河畔的蛇象征情欲，大海象征无限，鲜血象征恐惧；就人物而言，哈姆莱特象征死亡使者，《量罪记》中的公

---

[1] Joseph Frank, "Foreword", in Jeffrey R. Smitten & Ann Daghistany, eds. *Spatial Form in Narrative*, Ithaca & London: Cornell University Press, 1981, p. 8.

爵象征耶稣，安哲鲁象征法利赛人；就主题而言，黄金的珍贵象征爱的无价，梦魇象征恶，"超人"与虚无的抗争象征《哈姆莱特》的延宕和死亡主题。在一部剧中，这些象征元素之间是相互关联的，不仅人物象征与人物象征之间、主题象征与主题象征之间、意象象征与意象象征之间是相互关联的，人物象征与主题象征也可以连成一线，主题象征与意象象征也可以连成一线。例如，《麦克白》中，麦克白夫妇在噩梦中所见到的景象，往往是血淋淋的；《哈姆莱特》中，哈姆莱特的死亡使者身份决定了这部剧的死亡主题，"超人"的意识集中在死亡上，哈姆莱特即"超人"。此乃莎剧象征的第一重统一性。

另外，奈特强调，每一部剧都笼罩着一种氛围，剧中的象征与该剧的整体氛围之间是统一的。《哈姆莱特》笼罩着死亡氛围，《量罪记》的氛围是福音书的伦理教义，《麦克白》的氛围是邪恶与恐怖，《特洛伊罗斯与克瑞西达》的氛围是本能与理智的对立……在奈特看来，一部剧采用哪一象征，以及象征元素之间的关系，都符合这部剧的整体氛围。

最后，奈特不再一部剧一部剧地详细分析，而是将所有莎剧看作一个整体，抽丝剥茧，探寻所有莎剧共同遵循的统一原则：一方面，奈特发掘了暴风雨与音乐的对立和人物象征三角这两个结构性的统一原则，指出在所有莎剧中，暴风雨和音乐这两个象征都很常见，前者象征冲突，后者象征和谐；另一方面，奈特发现在很多莎剧中，人物的象征都符合他提出的三角原则，总有人以不同的形式，或抽象或具体，象征着崇高的人、爱的化身或愤世嫉俗者。这两个原则反映了莎剧象征结构的统一性。

奈特的独创之处不仅在于从象征的统一性方面阐释莎剧，还在于将这种阐释方式定义为从空间上阐释莎剧。他发觉了这种阐释方式与根据时间顺序阐释莎剧的不同之处，将空间与时间对立，将象征关系作为空间的最小单位，结合莎剧的预言和象征，指出空间关系对时间的颠倒和弱化。这种阐释方法深深地影响了约瑟夫·弗兰克，弗兰

第三章 乔治·威尔逊·奈特：象征的关联与统一

在奈特的启发下进一步发展了空间的概念，促进了空间批评理论在20世纪下半叶的发展。正如迈克尔·泰勒所说："如果我们从他最精彩的论述章节中，仔细观察他的批评步骤，就会开始理解奈特为什么能在现代主义莎评如日中天时，获得巨大的成功。在众多试图将莎士比亚文本空间化的同行中间，奈特做得最好、最富有成效。1930年，伴随着主题高于情节的论述，奈特提出了空间概念，开创了一种批评行为，主导了莎评数十年，其影响至今仍然强劲。"①

奈特在《火轮》中将象征从具体的词句，扩展为一种结构关系。象征作为一种关系，将文本中分散的细枝末节组合起来，使莎剧读者得以借象征来窥探或建立莎剧新的意义。文本是奈特象征莎评的立足点，这一点与新批评派相似。奈特的象征莎评与新批评派产生于同一时期，二者都主张从文本中探寻莎士比亚作品的意义，但是，新批评派细究词句，而奈特更注重作品的整体性和统一性。奈特着眼于象征的关系属性、搭建象征结构的做法，为之后结构主义的兴盛建立了思想基础。然而，不得不承认，奈特对莎剧中象征关系的阐释，有时因为过于注重浪漫主义色彩而显得牵强，这一点遭到同时代批评家的批评。另外，奈特后期从神学角度阐释莎剧的做法，在学界也褒贬不一。基于奈特莎评的局限性和20世纪批评理论前所未有的繁荣，从20世纪末期至今，奈特在学界的关注度日渐式微。不过，翻开20世纪莎评史，便会发现奈特的象征莎评是莎评史当中的重要一页。

---

① Michael Taylor, "G. Wilson Knight", in Hugh Grady, ed. *Empson*, *Wilson Knight*, *Barber*, *Kott*: *Great Shakespeareans*, Volume XIII, New York: Continuum International Publishing Group, 2012, p. 61.

第四章　C. L. 巴伯：节日习俗的形式意义

C. L. 巴伯（C. L. Barber）曾是加州大学圣克鲁斯分校的文学教授，福尔杰莎士比亚图书馆（Folger Shakespeare Library）的研究员，也是世界著名的莎士比亚学者，卒于1980年。其学术著作包括《莎士比亚权力进程》(The Whole Journey: Shakespeare's Power of Development)《伊丽莎白时代马洛和基德的悲剧创造》(Creating Elizabeth Tragedy: The Theatre of Marlowe and Kyd)和《莎士比亚节日喜剧》。其中《莎士比亚的节日喜剧》自1959年出版以来，一直受到读者的喜爱。1961年该著作获得乔治·让·内森戏剧批评奖。2012年该著作再次出版，世界著名莎士比亚学者、新历史主义批评的泰斗级人物斯蒂芬·格林布拉特（Stephen Greenblatt）亲自作序，认为该著作"十分珍贵，至今仍然如其刚出现时一样充满新鲜感和活力，在同类莎评著作中独树一帜"[1]。在原型批评莎评家中，巴伯的研究是具有开创性的。《莎士比亚节日喜剧》之魅力就在于巴伯以人类学家的洞察力深刻探讨了莎士比亚五部喜剧中隐含的农神节模式，而且每部喜

---

[1] C. L. Barber, *Shakespeare's Festive Comedy*, Princeton: Princeton University Press, 2012, Foreword.

第四章　C. L. 巴伯：节日习俗的形式意义

剧中的愚笨行为都以爱的形式得到化解，进而收获喜剧的效果。该书探究伊丽莎白时代节日的社会形式对节日喜剧形式的影响，巴伯认为，将莎士比亚喜剧与节日联系起来是描述其特点最有效方式，社会和艺术形式之间的这种历史互动有其自身的价值和意义。对这部著作进行解读和研究，可以帮助我们理解艺术潜在的结构范式是如何在一种文化的社会生活中发展形成的。

第一节　伊丽莎白时代的节日习俗与莎士比亚喜剧

英国女王伊丽莎白一世是英国历史上杰出的女王，在她统治英国的半个世纪中，英国避免了宗教问题造成的国家分裂，保持了国内相对的和平；打败了西班牙的"无敌舰队"，引领英国走向海外。最重要的是，她唤醒了英国人民的活力，开创了一个伟大的时代。英国的政治、文化、经济各个方面在她的带领下走向繁荣，这段时期堪称英国文艺复兴的黄金时代——伊丽莎白时代。

莎评家巴伯注意到，在这个黄金时代，英国开始注意到节日习俗的重要性。在其他国家的节日都因政局动荡、战争频发等原因而日益减少时，英国的节日习俗却在逐渐定型，不断发展，渗入文学、戏剧等各个方面。针对这种现象，C. R. 巴斯克维尔（C. R. Baskervill）曾在其著作中解释了伊丽莎白时代节日习俗的复兴：

> 在中世纪和文艺复兴时期，各种各样的运动和娱乐深受各个阶层的欢迎。可能是夏日午后在乡村绿地上的一个简单聚会，也可能是漫漫冬夜里温暖大厅中的一个简单聚会，可能是一场婚宴，一顿丰收的晚餐或者是当地的集市。更有可能的，它会是西欧普遍庆祝的节日之一，如复活节、五朔节、圣灵降临节、仲夏节或圣诞节。而且庆祝活动的性质在一定程度上取决于庆祝的场

合，所以同一个群体在圣诞节、五一节、仲夏节或丰收节有不同的消遣方式，通常表现为一些仪式的调整。但即使是在同一个场合中，不同的教区也会有它们不同的习俗……①

由此可见，在当时的英国，节日的庆祝活动遍布英国的大街小巷。传统的节日习俗在生活较为单一、平静的乡村中得以保留，寻常百姓会通过举办活动的方式来庆祝大大小小的节日，这是属于普通阶层的狂欢庆典。

那么，伊丽莎白时代的王公贵族们对待节日又是一种什么样的态度呢？节日庆祝活动又是否在城市宫廷中占有一席之地呢？巴斯克维尔将上述发生在乡村的、规模较小的庆祝活动称为最不正式的活动；而发生在城市中的、一般说来较为正式的节日庆祝活动，是要在有一定身份的人的领导下举办：通常是一个主教和一位修女或者是国王和王后，再加上与城堡或皇家法院中的工作人员平级的侍从。在整个庆祝活动中，领导人在其中发挥着重要的作用，他们负责主持娱乐活动。庆祝的主要途径是舞蹈和作为儿童唱歌游戏而幸存下来的消遣活动。在这样的活动及比赛中，获胜者将会得到节日奖励，失败者将会受到惩罚。尽管庆祝活动多种多样，但巴斯克维尔发现，"许多娱乐活动似乎都是更简单的类型，包括喜剧性的演讲、富有特色的舞蹈和由一两个角色演唱的歌曲。在整个表演过程中，往往由一个扮演傻瓜或者失败的守护者的人来充当显眼的角色，有时他们甚至成为整个表演的领导者"②。巴斯克维尔对于整个城市庆祝活动模式进行了总结，在城市庆祝活动中，往往有几种普遍的庆祝模式，它们往往被赋予多种名称：狂欢、伪装、游戏等。

庆祝节日的形式多种多样，但对于莎士比亚喜剧研究而言，巴伯

---

① C. R. Baskervill, *The Elizabethan Jig*, Chicago: University of Chicago Press, 1929, p. 6.
② C. R. Baskervill, *The Elizabethan Jig*, Chicago: University of Chicago Press, 1929, p. 8.

第四章 C. L. 巴伯：节日习俗的形式意义

在《莎士比亚节日喜剧》一书中，仅选取了众多节日形式中的两种——五朔节和司戏者进行研究。这两种不同的节日形式分别代表两种不同类型的莎士比亚喜剧。巴伯在《莎士比亚节日喜剧》中就这两种节日形式的文学来源、运用传统及其在莎士比亚喜剧中的体现做了论述，进而阐明这两种节日形式对于莎士比亚喜剧的重要意义。

一 五朔节

采用隐喻来言简意赅地表达较为复杂的事情或者是抒发难以言明的感情，这样的表达方式在文学作品中屡见不鲜。巴伯发现，五朔节作为一种节日习俗，在传统文学作品中更多地和自然联系在一起，作者们通过对五月的描述来表达对自然的态度。如赫里克（Herrick）的《科琳娜赶五朔节》中，当他谈到"一个欢快的男孩或女孩"时，他描述道：

> 起来，穿上你树叶编制之衣，
> 像绿色春天一样清新，
> 似甜美植物一样温馨。[1]

在这样的表述之下，"春天"被赋予青春和重生的丰富内涵，儿童也同春天一样，有着无尽的活力和能量。通过这些正向的、积极的隐喻，作者对自然的态度也就跃然纸上。而将实际的节日活动与自然联系在一起，给人一种春天的感觉，这一描摹方式出现在现存最早的英国爱情诗中：

> 四旬斋里爱意浓浓

---

[1] 参见 C. L. Barber, *Shakespeare's Festive Comedy*, Princeton: Princeton University Press, 2012, p. 19。

> 新人簇拥着花朵,
> 一切沉浸在幸福中。①

作者通过隐喻将"四月"与"爱"联系起来,在表达对美好爱情的祝福的同时,也暗示了美好的爱情就像自然的四月一样,在四月里,一切都是幸福的。作者对春天的喜爱和崇拜之情一目了然。

由上述巴伯列举的两个例子我们可以看出,诗歌的创作遵循了节日习俗。节日的时间、地点甚至庆祝方式都被创作者吸收利用,将其内化为诗歌的组成部分,并利用节日本身的意蕴来服务于诗歌的表情达意。但巴伯同样注意到,通过节日活动感受到的自然与人们亲自去大自然中走一走是不同的。节日活动规模巨大,人数众多,清教徒菲利普·斯塔布斯(Philip Stubbes)曾描述过节日的盛况:"在五月、圣灵降临节或其他时间,年轻男女、老人和妻子都会来到树林、山丘,在那里度过愉快的一夜。这并不奇怪,因为在他们中间有一位显赫的人物常常扮作撒旦的模样,作为他们节日活动的领导者。"②

也正是因为这样,在一个特定的节日场合,举办着特定的庆祝活动,那么参加活动的人们所获得的感受就会是基本一致的。特定的时间,特定的地点,特定的庆祝活动,特定的节日情感,这四个"特定"也就成为传统文学创作者以及莎士比亚得以在创作中引用节日活动的基础。而"五朔节"作为与自然崇拜相联系的一种节日庆祝方式,还暗示着对自然的敬畏,是对一种远超于一个人的生命力量的尊重。

---

① 参见 C. L. Barber, *Shakespeare's Festive Comedy*, Princeton: Princeton University Press, 2012, p. 20。
② 参见 C. L. Barber, *Shakespeare's Festive Comedy*, Princeton: Princeton University Press, 2012, p. 21。

第四章 C.L.巴伯：节日习俗的形式意义

二 司戏者

与暗示自然崇拜与敬畏的"五朔节"不同，在以"司戏者"为中心的节日习俗那里，嘲弄与反抗而形成的粗暴的乐趣才是最重要的。在这样的习俗中，辱骂、嘲笑占据主要地位。巴伯在研究中发现，"司戏者"这一节日习俗模式往往应用于较为正式的场合。在这样的场合中，有着明显约束众人的秩序，所有人都是在"君主"的许可下进行拘谨的饮食和庆祝活动。若是"君主"用秩序得以维护的尊严受到嘲弄，便是支持了在这种场合中的狂欢；或者是当"君主"的地位受到挑战，被低一等级的人取而代之，这样也极大地促成了一场节日狂欢。巴伯认为像"司戏者"这样的习俗更像是愚人节的世俗化版本。其效果就像当庄严教堂的规矩彻底颠倒，低等的神职人员听到喜讯"高一级的人员地位不在，权力尽失，低一等的人员高高在上，大权独揽"[1]一样。

从巴伯的描述中，我们知道，"司戏者"这一节日习俗的重点并不在于那个靠秩序维护尊严的"君主"，而是在于当"君主"的威严由于他人的反抗而受到嘲弄，甚至是威严不在时，所引发的荒谬的、混乱的狂欢效果。但随着后来的发展，"司戏者"这一习俗的应用场合渐渐扩大，当追求混乱的狂欢成为重点之后，越来越多的非正式场合也使用起这一习俗。当习俗的秩序性越来越弱，混乱的狂欢也就越来越普遍。巴伯书中举了一个直观的例子：麦芽酒质量检验员会在主持乡村唤醒会或者是教会的麦芽酒会时，充当"君王"这样一个角色。[2] 像这样对威严场景的嘲弄往往会在小酒馆里即兴上演。到后来，"司戏者"不仅仅在教堂聚会、酒馆茶肆中上演，甚至延伸到墓地上。

---

[1] 参见 C. L. Barber, *Shakespeare's Festive Comedy*, Princeton: Princeton University Press, 2012, p. 25.

[2] C. L. Barber, *Shakespeare's Festive Comedy*, Princeton: Princeton University Press, 2012, p. 27.

三 节日习俗与喜剧

在对节日习俗有了基本了解之后，巴伯又从宫廷娱乐的角度入手，他发现伊丽莎白的宫廷娱乐活动反映了季节性节日的传统，并对节日习俗转化为喜剧产生了极大的影响。

巴伯认为，发生在宫廷中的娱乐活动和一个教区的自由轻快的庆祝方式或一群邻居和亲戚在庄园中的欢宴有着截然不同的特点，人们或许会惊讶于在规矩众多的宫廷中，达官贵人们会拥有多少乐趣。当达官贵人们习惯了礼仪，他们在礼仪限制的范围内便相对自由。在宫廷里，娱乐和商业的区分并不那么明显，宫廷娱乐大部分是通过享乐来获取满足，由于焦虑和压力的存在，多数贵族会参加昂贵的娱乐活动来放松。传统的大众娱乐活动往往是宫廷娱乐的一个构成因素，常常表现为由"乡下人"组成的奇观，或者是达官贵人们伪装自己参加的节日活动。巴伯发现，宫廷娱乐活动往往会受到宫廷习俗以及君主的影响，节日习俗的庆祝活动变成对伊丽莎白女王的赞美与歌颂，变成对当地家族历史和英雄的介绍，变成用文学方式处理过的田园诗歌和神话、音乐歌曲和舞蹈的表演。

向女王表达敬意的作品在乡间和宫廷反复上演，并且为了充分利用虚构的事实，礼物的呈现通常会与一个故事相联系，比如在皮尔（Peele）的《双人传讯》（1584）中，送给女王的苹果解决了敌对女神之间的嫉妒冲突。[①] 在多数情况下，女王被安排扮演至高无上的"夏日"女士的角色，代表着无限的生机与活力。因此，尽管女王是在1591年9月来到埃尔韦特姆，对她的描述依然是：

青青的草地上

---

① C. L. Barber, *Shakespeare's Festive Comedy*, Princeton: Princeton University Press, 2012, p.32.

第四章　C. L. 巴伯：节日习俗的形式意义

> 孩儿在愉快蹦跳，
> 乳白色的小母牛和公牛嬉戏；
> 树叶随风欢快跳动……

当女王离开之后，生机与活力便荡然无存了：

> 叶落，草死，林中兽垂头，
> 鸟儿止唱，万物哀鸣。
> 季节随此而变化：
> 太阳离开时，夏天何以停留？①

从向女王致敬的作品中，我们可以窥得宫廷娱乐的另一个乐趣来源之一隅：事实和虚构之间的不协调，以及两者之间的快速转换带来的乐趣。当人们在宣读欢迎词、仪式开幕词时往往是庄严的、乏味的。但是当表演开始时，人们就会变得诙谐、有趣，因为他们巧妙地将现实扩展到虚构之中。这种戏剧性的转换需要场所来提供，语言本身并不会起到太大的作用。

巴伯认为莎士比亚之所以能够在舞台上大放异彩，正是因为他能把节日习俗的虚构和现实之间的不协调变成喜剧：他会设计一些戏剧性的场景，使得这些虚构以谎言的形式呈现出来，由于虚构和现实之间的不协调，人们会轻而易举地发现这个谎言，由此产生喜剧的效果；他也会设计一些假冒的人物，通过他们滑稽的、令人发笑的语言来暴露他们的可疑，这种虚构身份和现实言行之间的不协调通过舞台场景的渲染，无疑会让人们忍俊不禁、捧腹大笑。

---

① C. L. Barber, *Shakespeare's Festive Comedy*, Princeton: Princeton University Press, 2012, pp. 32–33.

第二节　莎士比亚喜剧的"农神节"范式

巴伯认为所有的喜剧都是"喜庆"的，但与同时代的喜剧家和其继任者不同的是，莎士比亚的多数喜剧是以一种非常特殊的方式来表达"喜庆"的。他以莎士比亚在创作《哈姆莱特》时期的欢乐喜剧和问题剧为研究对象，发现莎士比亚在这个时期的创作中，每一部新剧、每一个新鲜的场景，往往会出现一些新的事情、探索一种新的可能。尽管当时盛行的是泰伦斯（Terence）和普劳图斯（Plautus）的理论，莎士比亚仍在尝试一种新的喜剧创作方式。在巴伯的研究中，"节日的"一词不再仅仅是喜剧作品中形容"喜庆"氛围的形容词，它更多地被赋予了范式术语的意义。巴伯通过对莎士比亚喜剧的研究，将出现在喜剧中的组织方式及其变式进行归纳和总结，最终得出了莎士比亚喜剧创作的一个规律——通过"释放"，达到"澄清"，并将其命名为"农神节"范式。

巴伯认为，当将节日与莎士比亚喜剧放在一起讨论时，莎士比亚就好像是一个原始人，一开始除了节日习俗什么也没有，于是他就创作了一部喜剧来表达他的节日习俗。但事实上并非如此，莎士比亚的创作是建立在已被高度开发的戏剧和文学资源上的，还有各种民间主题、民间习俗以及莱利（Lyly）、基德（Kyd）和马洛（Marlowe）等人的创作实践作为参考。在喜剧方面，他以《错误的喜剧》和《维洛那二绅士》的文学浪漫主义为基础，经历过一些初步的实验之后，才为自己的喜剧制定出一个一贯的节日模式。

巴伯发现，在莎士比亚的早期喜剧《爱的徒劳》中，莎士比亚没有将从其他喜剧借来的情景进行戏剧化后加以使用，而是开始围绕着优雅的贵族娱乐活动来构建自己的小故事，创造新的场景。也正是

第四章 C.L. 巴伯：节日习俗的形式意义

从这里，巴伯总结出了从"释放"到"澄清"的节日范式。[①]这完全可以看作莎士比亚将节日与喜剧相结合的第一步尝试。对于《爱的徒劳》而言，或许只是一个小小场景的改变，但对于整个喜剧界而言，莎士比亚开创了一种场景的设定方式，它并不是凭空捏造的，它来源于现实和历史，也来源于想象与虚构。而这一次的尝试也为后来莎士比亚的喜剧创作带来了新的灵感。其后，在对《仲夏夜之梦》的研究中，巴伯找到了莎士比亚将节日习俗运用于喜剧的又一次尝试。为了创造戏剧性的喜庆氛围，他运用丰富的想象力对传统仲夏节日进行了描述。在《仲夏夜之梦》里，莎士比亚又一次将节日庆祝与喜剧联系在一起，除了对传统象征着仲夏节日场面的描述以外，象征着仲夏的隐秘符号在剧中也比比皆是。正是因为节日庆祝与戏剧在《仲夏夜之梦》中的完美融合，巴伯认为莎士比亚和喜剧文学肇始时的阿里斯托芬（Aristophanes）一样，找到了回归本土节日传统的方法。

巴伯并不是唯一持有这个观点的莎评家，诺斯洛普·弗莱在对文学喜剧传统以及莎士比亚与传统喜剧的关系进行的总结中，曾对莎士比亚的创作过程持有类似的观点。[②] 当莎士比亚开始走上回归传统节日之路时，他所利用的资源便不仅是已有的喜剧资源，伊丽莎白时代的节日习俗犹如一条永不干涸的清泉，为莎士比亚的喜剧创作不断地提供着灵感之水。《仲夏夜之梦》后，莎士比亚再也没有以同样直接的方式去创作另一部喜剧，但他将在《仲夏夜之梦》运用节日庆祝的感觉和意识模式总结出来，并用于之后的喜剧创作。不仅如此，巴伯还就莎士比亚节日喜剧和民间节日之间的关系进行了探讨：

[①] C. L. Barber, *Shakespeare's Festive Comedy*, Princeton: Princeton University Press, 2012, p. 4.
[②] 参见 Northrop Frye, "The Argument of Comedy", in Paul Siegel, ed. *His Infinite Variety: Major Shakespearean Criticism since Johnson*, Philadelphia: J. B. Lippincott Company, 1964。

仆人：禀老爷，那班戏子们听见贵体痊愈，想来演一本有趣的喜剧。医生说过，您因为思虑过度，血液凝滞，忧郁会助长疯狂，因此他们以为您最好听听戏开开心，这样才可以消灾延寿。

斯赖：很好，就叫他们演起来吧。喜剧，是不是圣诞节翻翻筋斗、蹦蹦跳跳的那种玩意儿？

小童：不，老爷，那还要有趣得多哪。

斯赖：什么！是演家庭琐事吗？

小童：他们表演的是一桩故事。

斯赖：好，让我们瞧瞧。来，老婆夫人，坐在我的身边，让我们享受着青春，管他什么世事沧桑！

（《驯悍记》序幕第二场）

巴伯指出，当斯赖听到小童所说的喜剧时，他的反应显示了他对于喜剧的无知。他将喜剧和圣诞节的节日游戏混为一谈，认为喜剧就是圣诞节翻翻筋斗、蹦蹦跳跳的民间游戏。在这里，莎士比亚利用斯赖对于节日活动和民间娱乐游戏观念区分的不足来做文章，产生喜剧效果。而从这段文字中，我们也可以看出莎士比亚对于节日喜剧的定义，在莎士比亚眼里，节日喜剧虽然是一个故事，但它是那种能用欢乐填满心灵的故事。尽管斯赖并未看过喜剧，甚至分不清喜剧和民间游戏，但是对于节日，他却有着正确的人生态度："让我们享受着青春，管他什么世事沧桑！"

如果说，以《爱的徒劳》为尝试的开端，以《仲夏夜之梦》为较成熟的标志，莎士比亚开启了他回归本土节日传统的喜剧之路。那么，小丑角色的塑造便是在节日传统经验积累的基础上，莎士比亚探索出的另一条喜剧之路。

在莎士比亚之前的喜剧中，人们通常认为喜剧是否低俗往往和主要表演者的主要动作有关。就小丑的角色而言，正如西德尼（Sid-

第四章 C. L. 巴伯：节日习俗的形式意义

ney）所说："小丑被设计在一些庄严的事情上发挥作用，最容易上手的部分就是让小丑对那些高贵的人进行拙劣而滑稽的模仿。"[①] 尽管西德尼认为这样的表演既不得体也不谨慎，但是正如巴伯所说，当莎士比亚将这种喜剧小丑表演的滑稽程度控制得适当时，其中的艺术逻辑就被极大地利用起来。巴伯指出，在最简单的层面上，小丑是一个陪衬，正如在《爱的徒劳》第五幕第二场中，一位贵族对小丑表演所进行的评价那样，"让他们表演一幕比国王和他们的同伴们所表演的更拙劣的戏剧"。但在更为复杂的层面上，小丑的滑稽表演也可以产生积极的影响，成为表达异常冲动和思想的工具。当这种异常和舞台上的主要动作相联系时，小丑的表演既可以"释放"与体面和礼仪背道而驰的冲动，也可以"澄清"其滑稽动作的世俗限制并且超越这样的限制。巴伯还发现，早在创作《亨利六世》的时候，莎士比亚就开始使用从"释放"到"澄清"的尝试。杰克·凯德反叛的场景中，小丑般滑稽的表演是对当时无政府混乱状态的最好诠释。人们的起义自始至终都是狂欢喧闹的，既无知又认真地进行，像极了节日庆祝活动。就像凯德的座右铭那样："我们最乱的时候才最有秩序。"（《亨利六世》中篇第四幕第二场）在早期的喜剧中，小丑的表演仅仅是为了滑稽，令观众发笑，其行为动作往往被设置成对暗示的内容一无所知。但是当小丑成为宫廷上的傻瓜时，他的愚蠢就成了掩护。小丑这一角色的功能开始真正地显现，隐藏的机智使得他可以对其余的动作做出戏剧性的评论。

《爱的徒劳》和《亨利六世》是莎士比亚在小丑角色塑造上的尝试，在这样的尝试中，莎士比亚发现了小丑角色自身就蕴含着"无序"，能够给人们带来"狂欢"的特性。那么，他又是如何将小丑、节日庆祝和"司戏者"融合在一起，将两种节日传统的狂欢呈现在

[①] 参见 C. L. Barber, *Shakespeare's Festive Comedy*, Princeton: Princeton University Press, 2012, p.13。

喜剧中的呢？在巴伯看来，莎士比亚在《亨利四世》的福斯塔夫身上实践了这一点并取得了成功。如果说，在田园般的喜剧中，幽默与乐趣来源于欢快轻松的节日庆祝和枯燥平常的日常生活的对比，那么在《亨利四世》中，滑稽动作和严肃动作的对比就像是节日庆祝和日常生活与战争末日的对比一样，一个是幸福的，生机勃勃的，另一个是痛苦的，死气沉沉的，而喜剧的乐趣就来自这样的对比。事实上也正是这样，莎士比亚在《亨利四世》（上篇）通过这样的对比，表达了被政治生活的紧迫性和宫廷生活中礼仪的束缚性所抑制的冲动和意识，并且相互对立的滑稽动作与严肃动作都充满了对彼此的讽刺。

正如上面所说，莎士比亚在自己的多部喜剧中使用了小丑的角色，让他通过模仿真实的人物和状态，赋予他给予整个喜剧节日狂欢氛围的重要作用。但这并不意味着小丑的作用仅仅在于单一地对真实人物进行模仿，像一个"木乃伊"一样。巴伯认为，尽管莎士比亚是在节日习俗的基础上创作喜剧，但"显然，喜剧与仪式不是一回事"①。诚然，在莎士比亚手中，喜剧远比节日仪式有用得多。因为莎士比亚在创作自己的喜剧的时候，会赋予他的喜剧一种职能。在莎士比亚的喜剧中，节日习俗与节日仪式不再是一种只存在于宫廷和民间的娱乐形式，莎士比亚将之与历史相融合，给它们带来历史厚重感的同时，也履行了自己喜剧的职能，所以巴伯写道：

> 我们可以在圣乔治时期的戏剧中看到，当仪式仅仅是一个历史遗迹时，它神秘而自由地存在着。在一种自觉的文化中，传统习俗通过艺术得以延续，这使其成为一种感知和表达方式。艺术家通过在日常生活的零碎和残缺的存留中发现仪式形式的表现，赋予仪式形式以审美的现实性。他通过在完整的行为中进行瞬间

---

① C. L. Barber, *Shakespeare's Festive Comedy*, Princeton: Princeton University Press, 2012, p. 15.

第四章　C.L. 巴伯：节日习俗的形式意义

创造来完成这些动作，这就是艺术形式。这种形式在生活中找到了意义。①

巴伯用圣乔治时期的喜剧来和莎士比亚时期的喜剧做比较，当仪式经历时代变迁，被后人一成不变地照搬使用时，它带给人们的感觉只会是陌生和神秘，让人在观看时一头雾水，根本不清楚安排这个仪式的意义在哪里。但莎士比亚则恰恰相反，他在历史的长河中发现了这些节日仪式，发现了伊丽莎白时期生机勃勃的节日习俗，他将历史和现实浓缩到这些仪式上，用艺术家独特的创作给了它们一个完整的背景，让它们能在喜剧中被理解和感受。在他的剧中，节日仪式同时找到了现实意义和艺术的意义。

巴伯认为，正是有了莎士比亚的创作，赋予了节日仪式现实意义和艺术意义，使得节日仪式从一种社会形式转变为一种艺术形式。这样的转变过程有着重大的历史意义和文学意义。莎士比亚的创作发生在受过教育的英国人正在尝试修正节日庆祝活动和节日仪式的时期，他们正努力将这些仪式性的生活概念转变成历史的、心理的概念，而莎士比亚的创作在其中发挥了很大的作用。所以，巴伯说："事实上，他的戏剧在这一转变中发挥了重要作用，因为他提供了一种在历史的仪式中呈现的戏剧，这些戏剧为表现语言和仪式之间的关系提供了新的方式，具有鲜明的个性。"②

节日仪式被莎士比亚运用到戏剧创作中，同一个仪式可能在多部喜剧中有所展示，却被赋予一样的意义；或者是不同的仪式穿插在同一部喜剧中，表达一样的思想。就是在这样的熏陶中，观众们接受了节日仪式的历史化、日常化和艺术化。莎士比亚通过节日仪式来创作

---

① C. L. Barber, *Shakespeare's Festive Comedy*, Princeton: Princeton University Press, 2012, p. 15.
② C. L. Barber, *Shakespeare's Festive Comedy*, Princeton: Princeton University Press, 2012, p. 15.

喜剧，在创作中明确了它们作为社会冲突和心理冲突的意义，这不仅体现在那些表达快乐的节日仪式上，也体现在那些挑战秩序、违反规则的仪式上。莎士比亚使用节日仪式作为想象力的魔法，把节日游戏作为喜剧中富有表现力的形式。更重要的是，在关键时刻，作为喜剧构成的一部分，它让人们意识到人类需求、现实世界的矛盾性。这是莎士比亚喜剧的隐含职能，也是在带给人们欢乐的同时，给人们以深思的地方。

本章第一节探讨了伊丽莎白时代两种主要的节日庆祝仪式"五朔节"和"司戏者"，并简单论述了这两种仪式和莎士比亚喜剧的关系。尽管莎士比亚将这两种仪式应用在不同类型的喜剧上，但其最终目的却是一样的——利用喜剧中的节日仪式，通过"释放"，达到"澄清"。

巴伯指出，在田园诗般的喜剧中，"释放"是通过使整个喜剧的体验像狂欢一样来表达的。从表现形式上来看，这样的节日性幽默往往通过直接上演舞蹈、歌曲、化装舞会和即兴戏剧来表现。但最根本的方法是塑造松散的叙事，将事件的主人公放在节日庆祝者的位置上。就比如《皆大欢喜》中罗瑟琳借助节日的伪装，嘲弄式地表达了自己对于奥兰多求爱的肯定态度，因为节日的存在，使罗瑟琳摆脱了身份和性别的限制，摆脱了礼仪的束缚："来，向我求婚，向我求婚；我现在心情好极了（for now I am in a holiday humour），很可能会答应你的。"（《皆大欢喜》第四幕第一场）在这里，莎士比亚借助节日幽默来引发罗瑟琳身份上的"澄清"，进而打破她身上礼仪的枷锁，将自己的感觉通过节日般的"狂欢""释放出来"。"许多机智的诗行，往往会涉及节日某一活动，而这一活动又精巧地在整部剧中发挥作用，增强了人们在自然状态下的欢乐效果。"[1] 在这一类的喜剧

---

[1] C. L. Barber, *Shakespeare's Festive Comedy*, Princeton: Princeton University Press, 2012, p. 7.

第四章　C. L. 巴伯：节日习俗的形式意义

中，莎士比亚都在松散的叙事中不留痕迹地融入田园式的节日仪式，将他的喜剧与大自然结合起来，在自然的"统治"之下，达到欢乐的效果。

　　F. M. 康福德（F. M. Cornford）在《阁楼喜剧起源》中认为，祈祷和机智的嘲弄自然地出现在阿里斯托芬的喜剧中。① 巴伯发现在伊丽莎白时代的五朔节、丰收时节以及冬季狂欢中，这两种基本形式仍然存在并在喜剧中得到实践。他给我们提供了两种情况：祈祷存在于众多的春日花游习俗中，如"罗宾汉聚会习俗"；嘲弄存在于一些通常要求有严肃态度的习俗中。② 巴伯把这样的方式称为双重释放。并且认为同样的双重释放方式也出现在莎士比亚的节日喜剧中，产生了极其深远的效果。在莎士比亚的喜剧中，自然快乐的诗行有助于唤起有益的自然冲动；大部分机智嘲笑善良的家庭主妇的际遇的诗行，就像仪式上虐待敌对人物一样，起到了释放情绪的作用。③

　　莎士比亚的节日喜剧带着对自由的明确追求，带着欢乐和肆意的活力。借助弗洛伊德的分析来看，通常用于维持抑制和束缚的能量被"释放"出来用于庆祝和狂欢。实际存在的节日都是围绕着享受自然和社会中充满激情的时刻而建立的，比如夏天户外悠闲地散步、冬天温暖的屋内备着充足的食物。除了这些最基本的收获外，节日的庆祝者也会在节日中得到一些更为难得的东西——突破束缚人们的某种限制，获得一种之前因敬畏而被束缚的活力。就像是 E. K. 钱伯斯（E. K. Chambers）在格林达尔（Grindal）大主教 1576 年的拜访文章中发现的那样，主教们决定在圣诞节、五朔节，或者莫里斯舞会等其他节日，允许牧师和教堂看守人员扮演任何不体面的角色，可以漫步在教

---

① 参见 F. M. Cornford, *The Origins of Attic Comedy*, London: Legare Street Press, 2022。
② C. L. Barber, *Shakespeare's Festive Comedy*, Princeton: Princeton University Press, 2012, p. 7.
③ 参见 C. L. Barber, *Shakespeare's Festive Comedy*, Princeton: Princeton University Press, 2012, p. 7。

堂或者墓地，相互嘲笑甚至说不雅的言语。[1] 日常生活中被种种规矩所限制的人们在节日时刻有了喘息和放纵的机会，平日里被压抑的冲动与活力终于释放出来，人们可以不顾身份、不顾礼仪，在节日狂欢中肆意放纵。

巴伯认为，在莎士比亚节日喜剧中，"澄清"的实现常常伴随着喜剧中戏剧化的"释放"：因为自然在节日中被庆祝，所以人与自然之间的关系意识得到了加强。而将节日体验转化为喜剧的过程在拓展了传统的与节日相关的意识的同时，也以一种新的方式使人们意识到这个节日本身。一方面，莎士比亚的节日喜剧有着对非自然事物的嘲弄，这为舞者在教堂或者是墓地中的嘲弄和玩笑指明了范围和方向；另一方面，这些节日喜剧也有着对纯粹的自然事物的嘲弄，这是对非自然事物嘲弄的一种补充。就这样，非自然事物与纯粹的自然事物构成了人们的日常生活，而莎士比亚的节日幽默将节日与完整的生活联系在一起。从巴伯的观点中，我们不难看出他所说的"澄清"是建立在节日与自然相互融合的基础之上的，节日仪式给了人们一种能够在同一时间、不分场合地感受自然的机会。也正是有这样的机会，人们在自然中得到了身与心的"释放"，在自然的狂欢中，享受无拘无束的快乐。但美中不足的是，由于莎士比亚的节日喜剧的结尾总是因为扼杀快乐而变得不自然。巴伯认为，在一个充满热血与快乐的场合，总会出现一些骄傲的、贪婪的人过于关注那些反常的满足感，就比如《第十二夜》中的管家马伏里奥和《威尼斯商人》中的夏洛克这样的人物。

除此之外，人们普遍认为，由于莎士比亚的快乐喜剧总是从文艺复兴时期的浪漫故事中借用夸张的手法来建立一个幽默的视角，因此莎士比亚的快乐喜剧也被看作浪漫喜剧。这在巴伯看来是非常不幸的

---

[1] 参见 C. L. Barber, *Shakespeare's Festive Comedy*, Princeton: Princeton University Press, 2012, p. 7。

第四章 C. L. 巴伯：节日习俗的形式意义

一件事。以《皆大欢喜》为例，当爱人坚信自己每一天都会爱对方时，这样的夸张被莎士比亚处理为一种由于兴奋而产生的幻觉，是一种发生在节日中的症状。而罗瑟琳的回应更是证明了这一点："说一天，不用说永久。不，不，奥兰多，男人们在未婚的时候是四月天，结婚的时候便成了十二月天；姑娘们做姑娘的时候是五月天，一做了妻子，季候便改变了。"（第四幕第一场）

巴伯认为，像罗瑟琳这种对爱情的"澄清"，对季节的认可，对人身上自然一面的认可是因为她处在极致快乐的心情之中，是对自身强烈情感的一种"释放"。传统的浪漫故事是根据一种伪神学的体系，采用精心渲染过的夸张手法来表达感情强度的，而莎士比亚的节日喜剧则是将爱情的力量看作人与自然之间一种扣人心弦的节奏。所以"浪漫喜剧"一词在巴伯看来是一种误解。巴伯的观点有一定的道理，但我们也应注意到，事实上，莎士比亚在创作喜剧时也有照搬浪漫故事情节的时候。比如《无事生非》中，克劳狄奥和希罗的故事情节就借鉴了传统的浪漫故事，莎士比亚并没有强行改变这样的情节使其带有一种节日韵味。

就像巴伯在研究中发现的那样，对于伊丽莎白时代中感性的人们来说，节日意味着和"日常"的对比。在英国人的日常生活中，人们更多关注充满活力的习俗中隐含的道德观念，这些观念在类似五朔节和冬季狂欢节这样崇拜自然生命力的习俗中得以保存。但这样的节日狂欢也往往是一种临时的许可，一种有着隐藏秩序的失序。所以在自然中的释放或者说失序状态是人性自由本性的一部分，但很快就会消退而回归秩序。但我们也必须承认，正是因为有了莎士比亚节日喜剧中的欢声笑语——这种能够被直接体验到的大自然的恩惠，人们的情感才能和传达了自然局限性的"澄清"相调和，而不只是多愁善感或是愤世嫉俗。

因此，通过巴伯的分析，我们发现莎士比亚的节日喜剧不管是与自然紧密相连的五朔节，还是与失序有关的节日仪式，都是通过将人们的感觉在节日的庆祝仪式中进行"释放",达到一种"狂欢"的状态,借助自然或者失序来得到"澄清",即对事物本质的认识或者暂时解除某种秩序的压抑而有利于秩序的统治,这样的喜剧组织方式,就是巴伯所总结的"农神节"模式。

第三节 "农神节"范式下的喜剧

在得出莎士比亚节日喜剧的"农神节"范式之后,巴伯又利用这样的观点对莎士比亚的喜剧作品进行了详细分析,进一步说明了"农神节"范式的重要意义。

《仲夏夜之梦》是一部深受人们喜爱的莎剧。该剧主要讲述了一个有情人终成眷属的爱情故事。莎士比亚将故事的背景设置在古希腊的雅典。当时,年轻姑娘赫米娅与小伙拉山德相爱,另一位年轻人狄米特律斯也深深迷恋着赫米娅。而赫米娅的好友海伦娜却深爱着狄米特律斯。赫米娅的父亲本着门当户对的观念,希望赫米娅能够嫁给狄米特律斯。在经历了一系列的抗争之后,赫米娅与拉山德逃到城外的一片森林里。此时,为了给雅典公爵忒修斯和美丽的希波吕忒的盛大婚礼助兴,一群演员在森林里排练一部喜剧。赫米娅的好友海伦娜为了让狄米特律斯知难而退,把赫米娅和拉山德出走的消息透露给了狄米特律斯。但狄米特律斯执意要进入森林,于是他和海伦娜也来到了森林里。森林里住着许多可爱的小精灵,仙王奥布朗和仙后提泰妮娅正在闹别扭。为了捉弄仙后,仙王命令一个叫迫克的小精灵去采一种花汁,让他把花汁滴在仙后的眼睛里,那么她醒来就会狂热地爱上她第一眼看到的生物。于是仙后就在迫克的捉弄下,爱上了排戏戴着驴头的演员波顿。在前去欣赏仙后丑态的路上,仙王听到了在森林中迷路的海伦娜的自言自语,得知海伦娜爱着狄米特律斯。所以他让迫克将一些花汁滴在狄米特律斯的眼里。可是迫克把拉山德误认作狄米特律斯。当拉山德醒来后,爱上了第一眼看到的海伦娜,便不停地向她

第四章　C.L. 巴伯：节日习俗的形式意义

求爱，把自己的爱人赫米娅忘掉了。当发现迫克把人弄错之后，仙王又赶忙把花汁滴到正在熟睡的狄米特律斯的眼中。狄米特律斯醒来，第一眼看到了正被拉山德追赶的海伦娜，也爱上了海伦娜。于是两人争先恐后地向海伦娜求爱。看到这样的情景，海伦娜和赫米娅都很生气。最后，仙王解除了魔法，大家如愿以偿都得到了属于自己的一份爱情。而仙王也意识到了自己与仙后之间的爱情，他解除了仙后的魔法，两人重归于好。

很久以来，学者们对于《仲夏夜之梦》的研究重点一直放在它所表达的勇敢追求爱情、争取自由恋爱和婚姻自主的主题上。而巴伯则是跳出了这个被众多研究者关注的视角，注意到《仲夏夜之梦》的形式受到了伊丽莎白时代民间仲夏节和五朔节的影响，并对此展开深入研究。

想要从节日庆祝的角度来解读《仲夏夜之梦》，就要先对仲夏节这个节日有所了解：仲夏是指夏至日6月24日，这一节日最初可能是为了纪念夏至日而设定。后来，由于宗教信仰出现，这一天被认为是基督教日历中施洗者圣约翰（St. John the Baptist）的出生日，也即当时欧洲各国的重要节日——圣约翰节。后来仲夏节的宗教色彩消失，成为了民间节日。仲夏节的庆祝活动形式多样，但主要是年轻人的"狂欢"。1295年，拉特兰内恩河谷的巴恩维尔教堂备忘录（Liber Memorandum）提到，这个堂区的年轻人会在当天傍晚聚集、唱歌和游戏。对于青年男女而言，夏季节日的狂欢气氛几乎就是"性许可"，他们野外共度良宵在当时已成习俗，这在戏剧中往往表现为爱情和生育主题。[①] 这与《仲夏夜之梦》中赫米娅与拉山德、海伦娜与狄米特律斯四人之间对忠贞爱情的追求不谋而合。

巴伯并没有对《仲夏夜之梦》中的爱情主题的分析投入过多的

---

① 参见王超华《以节庆视角重读〈仲夏夜之梦〉》，《中国社会科学报》2021年8月25日。

精力,他将分析的重点放在了该喜剧中仲夏节的节日仪式的体现和意义上。相传《仲夏夜之梦》的首次上演,是在1594年5月2日托马斯·赫尼奇爵士和骚桑普顿伯爵夫人结婚的前夕,地点是在骚桑普顿庄园。不少专家认为该剧是二人婚礼上的助兴之作,而巴伯也在自己的分析中肯定了这一点,他认为莎士比亚在《仲夏夜之梦》中描述的发生在宫廷、公园等地的盛会,其目的正是纪念这一场贵族婚礼。而在节日气氛的营造上,莎士比亚则是利用了五朔节中每个人的消遣方式,不论是在雅典,还是在森林,五朔节所塑造的节日模式贯穿了《仲夏夜之梦》的整个创作过程。《仲夏夜之梦》中的年轻小伙和女仆们,就像是斯图布斯(Stubbes)在他的作品《嘲弄剖析》中所描述的那样"他们在森林里奔跑,在那里度过他们愉快的晚上"①。这是在《仲夏夜之梦》中较为明显的一种节日形式。但除此之外,巴伯还发现《仲夏夜之梦》与节日庆典之间的关系还明显地表现在仙王奥布朗和仙后提泰妮娅的争吵中:

>那么我也一定是你的尊夫人了。但是你从前溜出了仙境,扮作牧人的样子,整天吹着麦笛,向风骚的牧女调情,这种事我全知道。今番你为什么要从迢迢的印度平原上赶到这里来呢?无非是为着那位高傲的阿玛宗女王,你的勇武的爱人,要嫁给忒修斯了,所以你得赶来祝他们床笫欢愉、早生贵子。

(第二幕第一场)

"我们可以在仙王与仙后的争吵中发现这部剧与节日庆典的关系。他们这种相遇就像是伊丽莎白和婚礼派对在漫长的夏日黄昏时分,在公园里散步时可能发生的事情,这对夫妇互相指责彼此就像盛

---

① 参见 C. L. Barber, *Shakespeare's Festive Comedy*, Princeton: Princeton University Press, 2012, p. 21。

第四章 C.L. 巴伯：节日习俗的形式意义

会上派对人物互相指责一样。"[1] 在节日形式的消遣中，坠入爱河的痴迷，爱而不得的失落，因嫉妒而引发的恋人之间的争吵都伴随着烦恼。在这里，我们不难看出，莎士比亚没有只采用五朔节的狂欢模式，他在其中穿插了仙王与仙后的争吵、赫米娅四人追求爱情的曲折，多条故事线并行发展，又相互交叉影响，使得节庆仪式和节庆氛围体现在每一条故事线中。巴伯认为，雅典公爵忒修斯和美丽的希波吕忒的盛大婚礼是《仲夏夜之梦》中最为明显的节庆仪式的运用，也是这部喜剧情节发展的一条线索和推动因素。因为这场婚礼，仙王和仙后之间展开了嫉妒的争吵，引发了后来的"爱懒"（love-in-idleness）花汁的闹剧。而节庆因素也暗含其中，比如在爆发争吵之后，仙王奥布朗就曾描述过一个娱乐活动形式，这与现实中的伊丽莎白女王参加的娱乐活动形式以及举行的婚礼形式极其相似：

> 我的好迫克，过来。你记不记得有一次我坐在一个海岬上，望见一个美人鱼骑在海豚的背上……就在那个时候，你看不见，但我能看见持着弓箭的丘比特在冷月和地球之间飞翔；他瞄准了坐在西方宝座上的一个童贞女，很灵巧地从他的弓上射出他的爱情之箭，好像它能刺透十万颗心的样子。可是只见小丘比特的火箭在如水的冷洁的月光中熄灭，那位童贞的女王心中一尘不染，在纯洁的思念中安然无恙。
>
> （第二幕第一场）

巴伯分析说，1591年，在埃尔韦瑟姆（Elvetham）举行的娱乐活动中，伊丽莎白女王高高地坐在花园湖的西侧，聆听来自水上的音乐；随后，仙后带着一群跳舞的人来了，她说自己是奥布朗的妻子。

---

[1] C. L. Barber, *Shakespeare's Festive Comedy*, Princeton: Princeton University Press, 2012, p. 121.

《仲夏夜之梦》中的这段描述很可能指的就是指埃尔韦瑟姆的娱乐情景。当然这种联系只是一种想象，但隐含的形式相似确是事实。所以巴伯进一步解释道，由于莎士比亚高超的技术处理手法，我们没有办法将莎士比亚的作品的具体情节和特定的历史环境相联系，但对于我们的目的——研究作品中的节日形式及其意义而言，关注奥布朗在台词中所描述的场面是很有启发意义的。其实，从仙王奥布朗的话语中，我们也可以发现奥维德的《变形记》留下的踪迹。《变形记》中描述过，小爱神丘比特向阿波罗射出的箭是他最好的、有着金色箭头的箭。这里莎士比亚是借助了奥维德的讲述去创造了新的东西。比如说《仲夏夜之梦》中，他用有趣的神话来解释仙王和仙后的争吵所带来的恶劣天气，以一朵西方小花的变形来体现戏剧中设置的"愚蠢"情节，并将伊丽莎白女王置于一切之上。

在将五朔节与喜剧相联系的过程中，巴伯发现莎士比亚在喜剧中文雅地使用了节日中的超自然力量，将森林中的仙王奥布朗塑造成了五月之王，将提泰妮娅塑造成居功自傲的夏日女士，正如提泰妮娅所说，"我是一个平常的精灵，夏天永远听从着我的命令"（第三幕第一场）。巴伯指出，在这样的人物设定中，仙王奥布朗是精灵王国的君主，是掌管者。为了营造节日性的幽默，使用魔药"爱懒"花汁液捉弄仙后的精灵迫克被赋予了小丑的角色，引发了精灵王国以及赫米娅四人进入森林后的"失序"。从之前对于"司戏者"节日庆祝形式的分析来看，我们不难看出：迫克听从仙王奥布朗的命令用"爱懒"花汁来捉弄仙后，让她爱上了一头"驴子"。这是迫克小丑身份引发的第一层喜剧。随后，在赫米娅四人之间，他误点了鸳鸯谱，使原本就混乱的两男共追一女的闹剧乱上加乱。恋人之间相互恶语中伤，闺中密友成为情敌，互相指责谩骂，男人们则争风吃醋，欲拔刀相见。[①] 这

[①] 参见李丽娜《〈仲夏夜之梦〉中的丑角分析》，《山西广播电视大学学报》2009年第2期，第71页。

第四章　C.L. 巴伯：节日习俗的形式意义

是迫克小丑身份引发的第二层喜剧。这两层喜剧都是迫克这个"失序"的统治者带来的节日性幽默，而巴伯认为莎士比亚节日喜剧中的小丑往往有着更为复杂的使命。从《仲夏夜之梦》的整体故事情节来看，正是因为小丑迫克的恶作剧使得仙王和仙后的爱情打破僵局，重归于好，也正是因为小丑迫克将拉山德错认成狄米特律斯而引发的闹剧，重组、修正了两对恋人的爱情秩序，成就了他们的美满姻缘。①

《仲夏夜之梦》中的织工波顿是个关键角色，其带来的喜剧效果大于谈情说爱的男女角色。巴伯认为，如果莎士比亚在《仲夏夜之梦》中更为关注爱情的本质，那么剧中的小丑就会按照主角们的方式去谈恋爱，但事实并非如此。小丑是在演一出戏，在那里，平民用自己的方式参与贵族盛宴的消遣。通过这样的方式，莎士比亚将几种单独出现的娱乐活动变成喜剧，使得小丑提供了一种广泛的滑稽表演，这样的表演通常是对于某种事物的模仿动作。而在《仲夏夜之梦》中，这种模仿主要通过想象来实现。

在巴伯看来，节庆仪式是通过"释放"达到"澄清"的一种狂欢，是一种对于日常生活秩序和规则的颠覆。王超华在此基础上提出："节庆是对日常的颠覆。"他经过研究发现，"对于广大城乡居民而言，节庆不仅是划分工作和闲暇的时间标志，而且作为一种仪式，它还以'非常行为'缓解人们生产生活中的'焦虑'和矛盾冲突，维护着整个社会的正常运转"②。这无疑是对巴伯观点的一种总结和解释。他还从历史的角度为我们提供了依据，给我们提供了仲夏夜节日的庆祝方式。在仲夏，人们习惯上从庆祝人群中选出两个人加冕为"模拟国王和王后"。在15世纪60年代约克郡的威斯托，堂区的年轻人聚集在"夏宫"（相当于王宫，通常是一个谷仓）中举行加冕和

---

① 参见李丽娜《〈仲夏夜之梦〉中的丑角分析》，《山西广播电视大学学报》2009年第2期，第71页。
② 王超华：《以节庆视角重读〈仲夏夜之梦〉》，《中国社会科学报》2021年8月25日。

庆祝活动。在一名"总管"、一名"护卫"和两名"士兵"的陪伴下,"国王"和"王后"到来,主持整个下午的娱乐活动,当然也少不了受到嘲弄。整个聚会的参与者多达百人,囊括本堂区的大部分人。在城市,人们也会选举主持庆典的"国王"。仲夏节也因此被称为"国王节"。[①]

同样的节庆模式可以在《仲夏夜之梦》中找到:在莎士比亚虚构的仲夏夜的梦境中,在一个似乎与世隔绝的森林里,仙王和仙后两个"君主"受到了嘲弄。当日常生活的"失序"自然发生,一切都陷入了无尽的混乱:君主的等级秩序受到了挑战。高高在上的仙后被"爱懒"花汁的魔法蒙蔽了双眼,爱上了套着驴头的波顿,对着他说尽甜言蜜语。一头雾水、不知所措的波顿由此被推上了仲夏狂欢的"王座"。他坐在鲜花床上,戴着花冠,周围围绕着美丽的仙子。莫名其妙地,他享受着仙子的侍奉,甚至躺在仙后的臂弯里享受爱情。在这样的"失序"中,卑微与尊贵的差别消失,《仲夏夜之梦》也达到了狂欢的巅峰。在节日仪式视角下,波顿是这场"失序"之梦的主角,他所说的这个"没人看见过、没人听到过、没人尝到过、没人想得出、没人说得出"的"奇怪得不得了"的梦,正是仲夏夜之梦的"本相"。

罗伯特·F. 墨菲(Robert F. Murphy)说过,仪式构造了过渡,为该人获得新的地位提供了标志物,并且把接近他的人都召集在一个聚会中,给新人和全体参与者带来了心理上的加固。[②] 节庆仪式也是这样,无论是"五朔节"还是"失序",都提供了一种改变自己原有地位、打破现有秩序来获得新地位、新秩序的方法——节庆"狂欢"。通过这样的方式,人们的苦恼、焦虑与压抑得到释放,人们也

[①] 参见王超华《以节庆视角重读〈仲夏夜之梦〉》,《中国社会科学报》2021年8月25日。
[②] [美]罗伯特·F. 墨菲:《文化与社会人类学引论》,王卓君、吕迺基译,商务印书馆1991年版,第229页。

第四章　C.L. 巴伯：节日习俗的形式意义

就迎来了心灵上的"澄清"。而由于节庆仪式本身就带有的历史背景和历史色彩，使得对莎士比亚喜剧的研究不得不与历史相结合。可以说，巴伯开创了这样一个融合原型批评和历史批评的方式，赋予莎士比亚批评文化人类学的特质。近年来，越来越多的莎评家受到巴伯的启发，用巴伯的方法去重新审视莎士比亚的喜剧作品，提出了如"《仲夏夜之梦》主题是节庆而非爱情，主角是波顿而非痴男怨女"等新颖的研究论点，更有人在研究《仲夏夜之梦》和伊丽莎白时期节日习俗的基础上，发现"莎翁想要描写的并非古代雅典人的生活以及青年男女的爱情，分明是通过该剧'复活'了当时英格兰天空下的节庆'盛况'"[①]。可见，研究者正沿着巴伯的脚印，在原型批评莎评的方向上继续前行。

《威尼斯商人》是莎士比亚创作的另一部脍炙人口的喜剧，与《仲夏夜之梦》的浪漫和幻想不同，《威尼斯商人》充满了讽刺性的欢乐。该剧的剧情通过三条线索展开：一条是鲍西娅的选亲，一条是杰西卡与罗兰佐恋爱和私奔，还有一条是守财奴夏洛克和安东尼奥之间"割一磅肉"的契约纠纷。在这部讽刺性喜剧中，放高利贷的犹太人夏洛克是一个塑造得非常成功的守财奴形象。就像纳什（Nashe）在《夏日遗嘱》描述的吝啬鬼拒绝盛宴，扼杀一切欢乐一样，夏洛克在鲍西娅提出"慈悲的本质不是强求的"这样一个有着基督教色彩的仪式性提议时，也表现出对节日仪式的拒绝，扼杀了遵循这个"仪式"所带来的欢乐。巴伯认为，夏洛克对于节日的态度与纳什作品中的人物对节日的态度是一样的——讽刺、拒绝和嘲弄：

> 怎么，还有假面跳舞吗？听好，杰西卡，把家里的门锁上！听见鼓声和弯笛子的怪叫声音，不许爬到窗格子上张望，也不要伸出头去，瞧那些脸上涂得花花绿绿的傻基督徒们打街道上走

[①] 王超华：《以节庆视角重读〈仲夏夜之梦〉》，《中国社会科学报》2021年8月25日。

过。所有的窗都给我关起来,别让那些无聊的胡闹的声音钻进我的清净的屋子里。

(第二幕第五场)

从这样直白的话语中,我们不难看出夏洛克对于基督教节日的厌恶与不满:在夏洛克的眼中,节日的鼓声是恶魔的尖叫,在街上庆祝节日的基督教徒是十足的傻瓜。他认为节日仪式乃至节日本身都是一种肤浅的东西,他拒绝让这些东西污染他的房子。

巴伯发现,从整体来看,《威尼斯商人》与《爱的徒劳》和《仲夏夜之梦》这类直接受到节日影响的喜剧不同。涉及节日的"杰西卡带着金钱离家出走"只是这个复杂故事中的一个情节。这个情节更多的是基于故事材料,而不是伊丽莎白时代的节庆仪式。与后两部充满节庆气息的喜剧相比,它的作用更多表现为推动后续的故事发展。如果说《爱的徒劳》和《仲夏夜之梦》是莎士比亚直接模仿节日进行喜剧创作的起点,那么《威尼斯商人》则是莎士比亚对这种喜剧创作的一种回归,尽管在这部喜剧中仍然有对节日仪式的强调,但它更像是一种历史。而《威尼斯商人》的整体结构分析也能够证明这一点,从整体的戏剧结构上看,《威尼斯商人》是由戏剧传统发展而来的,而不是对社会仪式的戏剧改编。可以说,莎士比亚在这部喜剧中更为隐蔽地使用了节日仪式,并发展出一种新的喜剧风格:他用一种令人惊叹的创作方法,将戏剧中的所有元素——场景、言语、故事、手势、角色有机地结合在一起,创造出感觉和意识的节日形式。

除了对喜剧中节日仪式的隐蔽使用之外,莎士比亚更是用这样隐蔽的方式,描绘了一个"莎士比亚时代的社会"。正如诺思罗普·弗

第四章　C.L. 巴伯：节日习俗的形式意义

莱在《批评的剖析》中所说的："喜剧关注社会。"①《威尼斯商人》表面上写威尼斯商人安东尼奥与犹太人夏洛克之间的矛盾和冲突，实际上却是莎士比亚用了一个不同的地点来描写英国的社会，正如著名学者范存忠所说："莎士比亚戏剧的人物常穿着外国的服装……但人物的思想感情，他们对生活的态度和对彼此的态度，却属于莎士比亚时代。"② 从这样的观点出发，我们可以进行类比：《威尼斯商人》这一故事的发生地虽然是在意大利的威尼斯，而极具喜剧色彩的夏洛克也是具有代表性的威尼斯商人，但人物的社会关系和人物的社会背景都深深地印着16世纪英国社会的烙印。无独有偶，巴伯在他的分析中也表明了相似的观点。巴伯先从对莎士比亚喜剧的节日仪式入手，他总结道，在莎士比亚的喜剧作品中，"祝酒、辱骂、抒情、讥讽、浪漫和嘲弄——我们一再看到这些互补的因素共同参与到那种庆祝生命之力的欢乐中，伴随着狂欢者和扫兴者、聪明人和出丑者、内部人和入侵者的互补角色。而喜剧中所嘲笑的对象，以及是什么样的入侵者扰乱了狂欢并使人感到困惑，则是取决于正在庆祝的特定类型"③。而《威尼斯商人》这部喜剧深刻地反映了当时的社会，展示了文明财富的利益，即财富给那些慷慨地使用它，并共同生活在一个人性化结构的群体中的人们带来的利益。

巴伯认为："莎士比亚在夏洛克的角色中还处理了关于金钱的焦虑，以及它引发的人们之间的矛盾。也正是因为这样，他把夏洛克塑造成了一个比他早期喜剧中任何一个反派都要重要得多的喜剧人物。"④ 夏洛克角色的塑造是非常成功的，夏洛克的角色非常迷人，

---

① ［加］诺思罗普·弗莱：《批评的剖析》，陈慧、袁宪军、吴伟仁译，百花文艺出版社1998年版，第5页。
② 范存忠：《英国文学史纲》，译林出版社2015年版，第57页。
③ C. L. Barber, *Shakespeare's Festive Comedy*, Princeton：Princeton University Press, 2012, p. 166.
④ C. L. Barber, *Shakespeare's Festive Comedy*, Princeton：Princeton University Press, 2012, p. 166.

形式主义莎评经典研究

以至于在1598年，这出喜剧在书商的注册表上被称为《威尼斯的犹太人》。随着时间的流逝，夏洛克的名字已经成为吝啬和贪婪的代名词，与泼留希金、阿巴贡和葛朗台并称为"世界四大吝啬鬼"。针对夏洛克这一角色的经久不衰，巴伯给出的理由是这样的："因为他出色地体现了金钱和权力的邪恶面，这种邪恶加剧了人们的焦虑，对人们具有极大的破坏性。"[1]

芭芭拉·勒瓦尔斯基（Barbara K. Lewalski）曾在其作品中借用伊斯雷尔·戈兰茨爵士（Sir Israel Gollanzc）的观点，认为《威尼斯商人》这部剧是莎士比亚对原始资料中隐含的某些神话——天堂议会的神话的无意识发展，以及相关的救赎神话，其中安东尼奥代表基督，夏洛克代表邪恶，鲍西亚代表仁慈和恩典。[2] 而巴伯则从财富与利益的角度对剧中人物的身份进行了区分。他认为莎士比亚通过创造夏洛克，并将他与安东尼奥、巴萨尼奥、鲍西娅和其他人相对峙，进行了关于财富使用的区分。当然这样的区分和对比不是静态的、一成不变的，而是动态的、随时会发生变化的。就像社会群体为人们分类，或者社会仪式所做的那样：夏洛克是威尼斯人的反面，但同时他也是一种具体的讽刺，困扰着威尼斯人。因此，巴伯认为夏洛克这个角色就像是弗雷泽（Frazer）许多原始仪式中的替罪羊一样，在他的身上，社会组织的潜在邪恶得以具体化：得到认可时，就可以在社会的许可下享受，然后在适当的时候被利用、嘲笑并驱逐。

与《仲夏夜之梦》的单一结局不同，夏洛克这一角色的存在使得通过"释放"达到"澄清"的节日喜剧运动变得更为复杂。对财富机制而言，夏洛克与巴萨尼奥就分别代表了不同的立场，而在这里，夏洛克也就给节日喜剧运动构成了一种困扰。当夏洛克在第一幕

---

[1] C. L. Barber, *Shakespeare's Festive Comedy*, Princeton: Princeton University Press, 2012, p. 167.

[2] 参见 Barbara K. Lewalski, "Biblical Allusion and Allegory in *The Merchant of Venice*", *Shakespeare Quarterly*, No. 3, 1962, pp. 327-343。

第四章　C.L. 巴伯：节日习俗的形式意义

第三场登场时，原本流动的、充满色彩与人性光辉的对话被打断：

夏洛克：三千块钱，嗯？

巴萨尼奥：是的，大叔，三个月为期。

夏洛克：三个月为期，嗯？

巴萨尼奥：我已经对你说过了，这一笔钱可以由安东尼奥签立借据。

夏洛克：安东尼奥签立借据，嗯？

巴萨尼奥：你愿意帮助我吗？你愿意应承我吗？可不可以让我知道你的答复？

夏洛克：三千块钱，借三个月，安东尼奥签立借据。

对于这一幕，巴伯认为，从表面上来看，我们可以认为夏洛克的犹豫是在故意拖延时间，而从根本上看，他的讲话体现了一种非个人的逻辑：金钱的控制机制。而夏洛克身上的这种金钱的控制机制不仅仅体现在"一磅肉"的约定上，而且也体现在其对女儿的态度上：当他听见杜伯尔说总找不到他女儿的时候，他首先关心的不是女儿的安危，而是他的钱财。当他想到因为找不到女儿的下落而损失财物时，他说："我希望我的女儿死在我的脚下，那些珠宝都挂在她的耳朵上；我希望她就在我的脚下入土安葬，那些银钱都放在她的棺材里！"（第三幕第一场）而在接下来的情节中，夏洛克和他的金钱控制机制便在团结的威尼斯人中受到了冲击，正如夏洛克的仆人朗斯洛特所说："那犹太人一定就是魔鬼的化身。凭良心说话，我的良心劝我留在犹太人家里，未免良心太狠。"（第二幕第二场）萨莱尼奥更是把他形容成一只狗，"在街上一路乱叫乱喊"（第二幕第八场）。甚至街上的顽童也对他进行了无情的嘲弄。

那么夏洛克对于通过"释放"达到"澄清"这一节日喜剧运动的阻碍和威胁是如何消除的呢？巴伯认为莎士比亚在创作夏洛克时，

在赋予他贪婪的高利贷者和耍赖的恶棍身份的同时，也用同情的笔触为他解释了原因，表述了是什么样的条件和境遇造就了法庭上的夏洛克。事实上，对于像夏洛克这样的喜剧反派，人们取笑他通常是通过表现出自己对人性的深刻洞见，以表明像夏洛克这样的人并不人道，而且像机器一样冷漠。因此，我们可以认为《威尼斯商人》中对于夏洛克和他充满威胁性的金钱机制，人们对他的荒谬和冷漠的嘲弄是建立在这两者之上的。而因为夏洛克本身的境遇，喜剧与威胁之间就有了一种悲剧的意味，也正是这种悲剧意味，消除了夏洛克对于节日喜剧运动的阻碍，也使得夏洛克这一《威尼斯商人》中的经典角色有了更加丰富的内涵。

结　语

　　巴伯的《莎士比亚节日喜剧》明确地将莎士比亚的喜剧创作与伊丽莎白时代的节日习俗联系起来，以一种全新的角度对莎士比亚的喜剧作品进行分析和总结。首先，巴伯在引用了伊丽莎白时代的诗歌、民谣和戏剧台词等大量资料的基础上，结合各派文学家的作品，对伊丽莎白时代的节日习俗——"五朔节"和"司戏者"进行分析和总结。在对这两种节日仪式进行阐释后，巴伯将重点放在了分析莎士比亚是如何运用艺术性创作的手法将节日仪式融入具体作品如《爱的徒劳》《亨利四世》等，形成自己的节日喜剧之路，进而得出通过"释放"达到"澄清"的农神节范式——这一巴伯著名的有关莎士比亚喜剧形式的论断。在该著作中，巴伯还对具体喜剧作品进行了分析，诸如直接表现节日仪式的《仲夏夜之梦》与隐蔽体现节日形式的《威尼斯商人》，此外，巴伯还对《爱的徒劳》《皆大欢喜》《第十二夜》等作品进行了分析，充分说明了"农神节"范式与莎士比亚喜剧的关系及其实践意义。

　　"农神节"范式是莎士比亚在创造喜剧作品时的一种组织模式。

第四章　C.L. 巴伯：节日习俗的形式意义

莎士比亚在创作中，将伊丽莎白时代的节日仪式形式以一种直接或隐蔽的方式融入喜剧的场景、语言或动作之中，使得剧中人物的身份与地位、规矩和礼仪等束缚人们言行与情感的枷锁在有形或无形的"狂欢"中得到"释放"，获得一切意义上的"澄清"。巴伯认为莎士比亚在历史的长河中发现了伊丽莎白时代生机勃勃的节日习俗，他将历史和现实结合到这些仪式上，用艺术家独特的创作给了它们一个完整的背景，让它们能在喜剧中被理解、被感受。因此在莎士比亚笔下，节日仪式找到了现实意义和艺术的意义。

巴伯这种将历史中的节日习俗与莎士比亚喜剧作品相联系的视角及实践具有重要意义。伊丽莎白时代的节日习俗本身就带有非常浓厚的历史色彩和文化色彩，巴伯的独到之处在于他并没有按照单一的节日去分析单一的莎士比亚喜剧作品，而是从大处着眼，采用原型批评的视角，将莎士比亚喜剧作品中所涉及的节日习俗进行归纳总结，模仿神话仪式，归纳出节日仪式模式——"农神节"范式，再将这一模式应用于具体作品分析。正是有了这样新颖的角度和方法，使得《莎士比亚节日喜剧》成为一部上承原型批评、下启新历史主义批评的莎评著作，在莎评史上具有非常重要的意义。美国《现代语文学》杂志曾对此书评论道："这是一部经过深思熟虑，在宏观结构和局部细节之间自由切换，令人印象深刻的充满想象力的一流作品。"[1]

---

[1] Review of *Shakespeare's Festive Comedy* in *Modern Philology*, https://www.amazon.co.uk/Shakespeares-Festive-Comedy-Dramatic-Relation/dp/0691149526/ref = sr_1_1? crid = 4K9FBACD4GGR&keywords = Shakespeare%E2%80%99s + Festive + Comedy&qid = 1690765649&s = books&sprefix = shakespeare + s + festive + comedy%2Cstripbooks%2C1384&sr = 1-1 [2022-7-31].

第五章　诺思罗普·弗莱：喜剧结构与绿色世界模式

诺思罗普·弗莱（1912—1991）是神话原型批评的里程碑式人物，他于1965年出版的《自然的视角：莎士比亚喜剧和传奇剧的发展》①已成为原型批评莎评的重要著作。这本书以新颖的角度和独特的观点，对莎士比亚的喜剧进行了富有启发性的研究，对当时及后世的莎评家产生了深刻的影响。著名莎评家劳伦斯·丹森（Lawrence Danson）曾给予弗莱对莎士比亚喜剧的评论观点很高的评价，他认为弗莱对于20世纪莎士比亚喜剧批评的发展，"提供了最重要的动力"②。由此可见，《自然的视角》在当代莎士比亚研究中具有重要的地位和深远的意义。

诺思罗普·弗莱于1912年在加拿大魁北克省的舍布卢克出生，曾先后于多伦多大学和牛津大学求学。1940年，弗莱获得牛津大学硕士学位，之后回到多伦多大学维多利亚学院教授英国文学。其创立

---

① 后文简写为《自然的视角》。
② Lawrence Danson, "20th Century Shakespeare Criticism: The Comedies", in Stanley Wells, ed. The Cambridge Companion to Shakespeare Studies, Cambridge: Cambridge University Press, 1986, p. 231.

第五章　诺思罗普·弗莱：喜剧结构与绿色世界模式

的原型批评流派，在20世纪五六十年代流行于西方文论界，与马克思主义批评和精神分析批评成"三足鼎立"之势，对文学研究影响颇深。弗莱对于莎士比亚喜剧的研究卓有成效，他探索了原始仪式和神话对莎剧结构的影响，并提供了喜剧的基本结构范式。弗莱的批评，不仅超越了历史主义批评，也对形式主义批评进行了改造。他的形式主义批评不再是新批评的那种建立在个别文学作品基础上的有机整体论，而是将总体的文学创作变成了一个有机宇宙。

第一节　创作技巧及形式的意义

1603年，英国女王伊丽莎白于弥留之际指定詹姆斯为其继承人，詹姆斯继位英格兰国王，史称詹姆斯一世。詹姆斯一世独断专权，鼓吹君权神授，对议会制多有不满。为了加强统治，他令政府采取严苛的戏剧审查政策，于1606年通过了禁止在戏剧剧本创作中使用渎神语言的法规。于是，英国戏剧出现了新的潮流，开始向迎合贵族口味的方向靠拢。在这一时期，莎士比亚创作了四部戏剧，即《辛白林》《冬天的故事》《暴风雨》和《亨利八世》，为其写作生涯画上了句号。许多评论家认为，莎士比亚的悲剧是其写作生涯的巅峰，而其晚期的喜剧和传奇剧则充斥着肤浅和商业化的套路，是为迎合贵族口味而作，也意味着他创作灵感的枯竭。例如，萧伯纳曾犀利地评论道，"伊摩真和娜拉·海尔茂比较起来简直就是一个傀儡"[①]。

然而，弗莱却有完全相反的看法。在《自然的视角》中，他写道："传奇剧于莎士比亚犹如《赋格的艺术》于巴赫：不是大势已去

---

① 参见［英］佛兰克·哈里斯《萧伯纳传》，黄嘉德译，外国文学出版社1983年版，第262页。伊摩真（又译伊摩琴），莎士比亚戏剧《辛白林》中的女主人公。娜拉·海尔茂，易卜生戏剧《玩偶之家》中的女主人公。

的迂腐，而是高超技艺的最终升华。"① 他认为，莎士比亚戏剧在晚期向喜剧和传奇剧的靠拢，恰恰象征着其写作生涯达到了真正的高潮。并且，无论是从写作技巧还是精神内涵方面来说，从《李尔王》到《暴风雨》都不是令人扫兴的转变。②

从亚里士多德起，评论家大多青睐于悲剧或现实主义文学作品。他们认为，文学最重要的意义在于教育并启发读者，以在其生活中产生实际意义。例如，著名文学评论家马修·阿诺德（Matthew Arnold）③曾提出诗歌即"人生批评"的理论。与他们不同的是，弗莱更偏爱喜剧批评，他关注文学作品展现出的传统技巧，比如人物的塑造方式、语言的修辞手法、故事的文学价值等。在《自然的视角》中，他写道："于性情上，我从来都是一个为喜剧和传奇剧而着迷的奥德赛式批评家。"④ 正是弗莱对于喜剧独具慧眼的垂青，使其潜心于莎士比亚的喜剧研究，他的理论对20世纪莎士比亚喜剧批评的发展做出了重大贡献。在弗莱看来，"喜剧和传奇剧的意义在于故事本身，而不是作为一面镜子来反映现实。因此，喜剧和传奇剧明显偏向于传统，而观众对其的兴趣会延伸到对传统本身的兴趣"⑤。对于传统的兴趣将使得观众从关注单一的喜剧作品，扩展到关注完整的喜剧文类，最终聚焦于喜剧的结构和创作技巧。秉持着这种观点，弗莱对

---

① Northrop Frye, *A Natural Perspective*: *The Development of Shakespearean Comedy and Romance*, New York and London: Columbia University Press, 1965, p. 8.《赋格的艺术》被看作巴赫在其晚年悉心于音乐艺术最深层探索的思想和实践的最后总结。

② 参见 Northrop Frye, *A Natural Perspective*: *The Development of Shakespearean Comedy and Romance*, New York and London: Columbia University Press, 1965, p. 7。

③ 马修·阿诺德（1822—1888），维多利亚时期最伟大的批评家之一，在文学批评史上占有重要的地位。文学道德观是其文学评论中的核心内容。他认为，文学及文学批评应当具有深刻的社会道德意义。

④ Northrop Frye, *A Natural Perspective*: *The Development of Shakespearean Comedy and Romance*, New York and London: Columbia University Press, 1965, p. 2.

⑤ Northrop Frye, *A Natural Perspective*: *The Development of Shakespearean Comedy and Romance*, New York and London: Columbia University Press, 1965, p. 8.

第五章　诺思罗普·弗莱：喜剧结构与绿色世界模式

莎士比亚戏剧中自成体系并高度程式化的技巧进行了细致的讨论。

首先，在莎士比亚的喜剧中有许多重复出现的要素。例如，海上的风暴、相貌毫无二致的双胞胎、女扮男装、逃进山林、身世不明的女主人公、失去行踪的统治者等。在《第十二夜》中就包含了所有以上提及的元素：主人公西巴斯辛和薇奥拉是一对孪生兄妹，他们在一次航海途中不幸遇险，流落并失散于伊利里亚。薇奥拉女扮男装，暗自隐藏身份给公爵奥西诺当侍童，并在与公爵的接触中爱上了他。然而，公爵却对一位名叫奥丽维娅的伯爵小姐倾心已久。经过一番波折后，薇奥拉与公爵，奥丽维娅与西巴斯辛双双喜结良缘。双胞胎元素还出现在《错误的喜剧》中。女扮男装的人物行为则在《威尼斯商人》中也有所体现。

在莎剧中，反复的不仅是情节的设计，许多与主题相关的词语也会重复出现。例如，在《威尼斯商人》中，"慈悲"这一主题词在戏剧中常常出现。在第四幕第一场，鲍西娅对于"慈悲"闻名遐迩的论述中，"慈悲"出现的次数多达五次：

> 鲍西娅：慈悲不是出于勉强，它是像甘霖一样从天上降下尘世；它不但给幸福于受施的人，也同样给幸福于施予的人。它有超乎一切的无上威力，比皇冠更足以显出一个帝王的高贵：御杖不过象征着俗世的威权，使人民对于君上的尊严凛然生畏；慈悲的力量却高出于权力之上，它深藏在帝王的内心，是一种属于上帝的德性。执法的人倘能把慈悲调剂着公道，人间的权力就和上帝的神力没有差别。所以，犹太人，虽然你所要求的是公道，可是请你想一想，要是真的按照公道执行起赏罚来，谁也没有死后得救的希望。我们既然祈祷着上帝的慈悲，就应该自己做一些慈悲的事。

鲍西娅的这段话句句不离慈悲，词词不离宽恕。她首先将慈悲比

形式主义莎评经典研究

作甘霖，说明慈悲犹如甘霖细雨般润泽人心，不但抚慰受施的人，也慰藉施予的人。随后，话锋一转，虽然慈悲如和风细雨一般轻柔绵绵，它却有"超乎一切的无上威力"，帝王的高贵不在于头顶象征权威的皇冠，而在于身居高位却不舍弃慈悲的宽广胸怀。皇冠不过是尘世权力的加冕，而慈悲却为帝王赢得百姓真正的拥戴；皇冠不过是冰冷矿石雕刻的工艺品，而慈悲却代表着深植于内心的高尚灵魂。倘若执法之人断案时调和着慈悲与宽恕，那么尘世的权力就升华为神明的力量。最后，以规劝夏洛克应当推己及人结尾：既然你也祈求上帝的慈悲，那么就先自己做一些慈悲的事。"慈悲"一词在同一段落反反复复出现，好似乐曲中重复出现的节拍，时时刻刻刺激着观众的神经，吸引着观众的注意力，震荡着观众的心灵，使观众意识到戏剧传达的宽恕与仁慈的主题。正如弗莱所说，"这些重复使用的意象与音乐中重复的旋律有类似的作用——即使是最不专注的听众也能感受到这种巧思的非凡魅力"[1]。

同样，《威尼斯商人》中仁爱与友情的主题也体现在人物的言语中。安东尼奥为朋友承担风险，与狡猾的犹太商人夏洛克进行了一场危险的赌博。作为输家，夏洛克要求割下安东尼奥的"一磅肉"作为代价。在第四幕第一场中，出于真挚的友情，安东尼奥对于自己的奉献无怨无悔，向巴萨尼奥表露真心道："这犹太人可以把我的肉、我的血、我的骨头、我的一切都拿去，可是我绝不让你为了我的缘故流一滴血。"在这段话中，安东尼奥将"我的一切"拆分为"我的肉""我的血"和"我的骨头"，唯独没有"我的灵魂"。即使夏洛克将他的一切全部拿去，也无法泯灭那颗满溢着友情与爱护的心。"我绝不让你为了我的缘故流一滴血"，正是朋友之间至死不背叛的忠贞誓言：宁可使肉体死去也不会辜负另一个与自己相似的灵魂。

---

[1] Northrop Frye, *A Natural Perspective: The Development of Shakespearean Comedy and Romance*, New York and London: Columbia University Press, 1965, pp. 25-26.

第五章　诺思罗普·弗莱：喜剧结构与绿色世界模式

"血""肉""骨头"这种对于鲜血与毁灭的重复描述更能震撼观众的心灵，歌颂沸腾澎湃的真挚友情，饱含鼓舞观众、振奋人心的力量。

由此可见，莎士比亚戏剧中重复出现的词语与剧作的主题思想关系密切，它们不断地向观众进行暗示和强调，刺激着观众的神经和感官，以达到强调主题的效果。在弗莱的观点中，这种"重复有一种神谕的意味，只要将它们正确安排，就能收获打开神秘而深奥的思维之门的钥匙"①。

在莎士比亚剧作中，与重复相对的是某一突发的行为。在《冬天的故事》中，列昂特斯对于妻子的怀疑就是毫无预兆的突发行为。列昂特斯为了留住自己的好友波力克希尼斯，决定让自己的妻子，即赫美温妮皇后去说服波力克希尼斯。赫美温妮通过三次简短的对话，成功地让波力克希尼斯放弃了回国的想法，继续留在列昂特斯身边。而如愿以偿的列昂特斯却对妻子何以能够轻松说服好友产生了怀疑，他突然产生了一个疯狂的猜想——妻子与好友之间有不洁的关系。列昂特斯默默地在心里给妻子烙上了不忠的罪名，甚至怀疑儿子也并非自己的血脉。于是，在第一幕第二场，有了列昂特斯这样的独白：

> 太热情了！太热情了！朋友交得太亲密了，难免发生情欲上的纠纷。我的心在跳着，可不是因为高兴，不是高兴。这种招待客人的样子也许是很纯洁的，不过因为诚恳，因为慷慨，因为一片真心而忘怀了形迹，并没有什么可以非议的地方，我承认这一点。可是手捏着手，指头碰着指头，像他们现在这个样子，脸上装着不自然的笑容，好像对着镜子似的，又叹起气来，好像一头鹿临死前的喘息：嘿！这种招待我可不欢喜，就是我的额角也不愿意长什么东西出来呢——迈密勒斯，你是我的孩子吗？

---

① Northrop Frye, *A Natural Perspective: The Development of Shakespearean Comedy and Romance*, New York and London: Columbia University Press, 1965, p. 25.

赫美温妮劝说波力克希尼斯时列昂特斯全程在场,他们之间的言辞和行为没有任何的不妥。因此,列昂特斯的嫉妒是突如其来且没有逻辑的。对于妻子,他已经摘不下那副由多疑塑造的有色眼镜,妻子的正常行为被误会为过分亲密的"手捏着手,指头碰着指头",表情也被曲解成"不自然的笑"。妒火中烧的列昂特斯甚至打算指使臣下卡密罗将波力克希尼斯毒死。这种毫无理由的突发行为,具有强烈的戏剧效果,会让观众像卡密罗一样震惊到质疑列昂特斯的精神状态是否健康,观众的心理状态正如第一幕第二场中卡密罗独白里描述的那样:

唉,不幸的娘娘!可是我在什么一种处境呢?我必须去毒死善良的波力克希尼斯,理由只是因为服从我的主人,他自己发了疯,硬要叫他手下的人也跟着他干发疯的事。

在这里,卡密罗是连接戏剧世界与现实世界的媒介。他与观众处于同一阵营,面对列昂特斯突如其来的行为,他感到震惊不已又十分恐慌,他认为陛下对于妻子的怀疑是病态的思想,并小心翼翼地规劝主上赶快抛弃这种思想。对于列昂特斯一意孤行的怀疑和暴行,作为臣下的他与观众同样无能为力,只能哀叹自己的能力和身份不足以动摇君王的权威,只能"服从我的主人"。最后,他与观众一起共情不幸的赫美温妮,唾弃列昂特斯是"发了疯",憎恨他"硬要叫他手下的人也跟着他干发疯的事"。

莎士比亚对于突发情节的安排,符合亚里士多德在《诗学》中的观念。亚里士多德认为:情节乃剧作的灵魂,而最完美的情节不应是简单的,而应是复杂的;想要达成情节的复杂性,作家应当采取"发现"和"突转"的写作技巧。在《诗学》中,亚里士多德解释道:"所谓'复杂的行动',指通过'发现'或'突转',或通过此二者而到达结局的行动……'突转'指行动按照我们所说的原则转

第五章　诺思罗普·弗莱：喜剧结构与绿色世界模式

向相反的方面。"① 突转的运用使戏剧的情节曲折多变、跌宕起伏，取得出奇制胜的强烈戏剧效果，它有助于揭示并挖掘人物内在的性格，深化戏剧的主题内涵。

除了对于重复技巧和突发行为的运用，莎士比亚戏剧中出现的时代错误也可定性为其在戏剧创作中运用的技巧。所谓时代错误，是莎士比亚为达到其创作目的而选择对正常经验的扭曲。在《约翰王》第一幕第一场中，约翰王在面对法国使臣强迫其割让领土、交出权力的挑衅时，发出了这样的宣言：

> 你也把朕的挑战转达给他，同时平安地离开。愿你的行动在法兰西国王眼里快如闪电，因为你还来不及向他复命，我就会到达法兰西，让你们听到我的炮声。去吧！去充当号角，宣布朕的愤怒；充当阴沉的丧钟，宣布你们的危亡。

事实上，约翰王所在的时代是12—13世纪，而此时火炮（cannon）一类的重武器并未运用于欧洲战场。因此，约翰王宣称将用巨炮踏平敌方的国土，是一处明显的时代错误。但"巨炮"明显与"雷鸣"相照应，只有巨炮才能发出震耳欲聋的雷鸣，若代之以弓箭、兵刃等轻武器，就无法产生雷鸣般震慑人心的效果，无法让观众感受到约翰王所宣告的"我们的愤怒"，更无法让观众体会到一国之君、万人之上的约翰王面对敌军时强大的气势和威严。对于戏剧创作来说，为观众顺利传达约翰王的怒火中烧和必败敌人的雄心壮志，显然比忠实于火炮问世的日期更加重要。再如，在《裘利斯·凯撒》第二幕第一场中，当勃鲁托斯和凯歇斯密谋推翻凯撒的统治，并加害于安东尼时，勃鲁托斯与凯歇斯有这样的对话：

---

① ［古希腊］亚理斯多德：《诗学》，罗念生译，上海人民出版社2006年版，第42—43页。注：行文中采用学界通行译法"亚里士多德"。

形式主义莎评经典研究

> 勃鲁托斯：静！听钟声敲几下。
> 凯歇斯：敲了三下。

尽管人类对于时间的测量已经持续了数千年，但在凯撒的时期，能够被"敲响"的时钟还未出现。事实上，直至1283年，即凯撒去世1300多年后，第一个由重力驱动的机械钟才在英格兰诞生。在此之前，人们通过测量缓慢滴入或流出容器的水来测量时间。① 勃鲁托斯与凯歇斯关于时间的对话是一处显而易见的时代错误，但结合莎士比亚剧本演出的时代，我们会想到，也许莎士比亚在剧本创作时，考虑到若让戏剧中的人物有"看看碗里有多少水"这样的发言，会让现场的观众感到困惑，所以选择了扭曲正常经验，来确保剧本的可接受性。并且，描述钟声的敲响会让观众有倒计时般的紧迫感，从而紧抓观众情绪，使他们绷紧神经，期待着勃鲁托斯夺取凯撒政权时盛大场面的来临。在大战待发之前，勃鲁托斯和凯歇斯的心情无疑是忐忑而又跃跃欲试的，勃鲁托斯的一声呵斥"静！"，也烘托着这种箭在弦上的紧张气氛。如若将"听钟声敲几下"换作"看看碗里有多少水"，既不能烘托蓄势待发的紧迫感，又不能渲染双方"成败在此一举"的激动和忐忑，那么这段对话便索然无味了。

由于这类错误，有些评论家会批评莎士比亚是一个轻率马虎的作家。比如，本·琼生（Ben Jonson）曾尖锐地评论道："莎士比亚缺少艺术……莎士比亚在一个剧里让许多人说他们在波希米亚海上遇难失事，可是实际上在附近一百英里开外根本就没有海。"② 弗莱对此持相反的态度，他认为，仅凭剧本中出现的时代错误，不足以断定莎士比亚是一个马虎的作家。人们应当从功能的角度积极地看待莎士比

---

① Ellen Gutoskey, "Puzzling Anachronisms That Made It Into Shakespeare's Plays", https://www.mentalfloss.com/article/602920/shakespeare-anachronisms［2022-10-19］.
② 张泗洋、徐斌、张晓阳：《莎士比亚引论》（下），中国戏剧出版社1989年版，第374页。

第五章 诺思罗普·弗莱：喜剧结构与绿色世界模式

亚剧本中出现的时代错误，把它看作将分段的历史时间点整合成完整历史进程的手段，其目的是从整体的角度来展现典型事件，而避免局限于某单一特定事件。通过将过去与现在结合在一起，莎士比亚打破了时间的边界，巧妙地创造了现场观众与戏剧所展现的历史事件的联系，使观众对戏剧产生了更强烈的代入感。与无可挑剔的作品相比，莎士比亚包含着时代错误的戏剧反而更符合亚里士多德《诗学》中所描述的规则。① 在《诗学》中，亚里士多德曾对诗中的错误有过这样的论述：

> 在诗里，错误分两种：艺术本身的错误和偶然的错误。如果诗人挑选某一件事物来摹仿……而缺乏表现力，这是艺术本身的错误。但是，如果他挑选的事物不正确，例如写马的两只右腿同时并进，或者在科学（例如医学或其他学科）上犯了错误，或者把某种不可能发生的事写在他的诗里，这些都不是艺术本身的错误……如果诗人写的是不可能发生的事，他固然犯了错误；但是，如果他这样写，达到了艺术的目的，能使这一部分或另一部分诗更为惊人，那么这个错误是有理由可辩护的。②

莎士比亚戏剧中的时代错误，显然属于亚里士多德描述的第二种，即"有理由可辩护的错误"。为了达到艺术的目的，莎士比亚赋予约翰王以火炮，这种错误与其精彩纷呈的剧本设计相比，是无可厚非的。莫里斯·摩尔根（Maurice Morgann）在其名篇《论约翰·福斯塔夫爵士的戏剧性格》（1777）中，表示只要手段正确，能够有吸引读者的魅力，那就说明作品完美。他将莎士比亚提升到无上的高度，他认为，就算是亚里士多德本人也会"五体投地地佩服莎士比

---

① 参见 Northrop Frye, *A Natural Perspective: The Development of Shakespearean Comedy and Romance*, New York and London: Columbia University Press, 1965, p.20。
② ［古希腊］亚理斯多德：《诗学》，罗念生译，上海人民出版社2006年版，第90页。

亚和承认他的最高地位。"①

对于莎士比亚在剧本中使用的上述技巧，不同的批评家持不同的态度。亚历山大·蒲伯（Alexander Pope）对此提出疑问，他认为，莎士比亚不懂得模仿古典戏剧，只知道用各种手段吸引观众——在悲剧中故意搬弄情节，使之离奇，夸张思想；在喜剧中笑料低级，用小丑和傻子作为噱头取悦观众。②然而，弗莱对这些技巧的使用给予高度的认可。在弗莱的观点中，文学之卑劣在于它赤裸裸地展示了作者的自我，文学之高尚在于作者对于自我的抽离。正因如此，莎士比亚是最正派的作家，他的剧本中看不到一丝展示自我的痕迹。他对于剧本的创造本着最纯粹的动机——赚钱。为了赚钱，莎士比亚创造剧本的基本前提就是取悦观众。③就像《第十二夜》中小丑演唱的那样："咱们的戏文早完篇，愿诸君欢喜笑融融！"（第五幕第一场）而正是本着取悦观众的目的，莎士比亚才选择在剧本创作中使用特定的写作技巧。在《自然的视角》中，弗莱写道："与他同时代的剧作家一样，莎士比亚有一个显著的特点——他心无旁骛地执着于戏剧创作的过程，以至于对于戏剧之外的事情都漠不关心。比如，他不会在乎校对一份文件是否会对他的名誉有所提升。"④威廉·哈兹里特也曾对莎士比亚的这个特质提出了赞赏，他说："莎士比亚的作品几乎没有表现宗教热情，他不关心个人声誉；他没有他那个时代的偏执，他的

---

① 张泗洋、徐斌、张晓阳：《莎士比亚引论》（下），中国戏剧出版社1989年版，第406页。摩尔根（1726—1802），18世纪后期的批评家，杰出的莎评者。
② 参见贾志浩等《西方莎士比亚批评史》，社会科学文献出版社2014年版，第109页。
③ 参见 Northrop Frye, *A Natural Perspective*: *The Development of Shakespearean Comedy and Romance*, New York and London: Columbia University Press, 1965, pp. 38, 39, 43。
④ Northrop Frye, *A Natural Perspective*: *The Development of Shakespearean Comedy and Romance*, New York and London: Columbia University Press, 1965, p. 22.

第五章 诺思罗普·弗莱：喜剧结构与绿色世界模式

政治成见并不很强。"① 莎士比亚的这种纯粹让他对所有的观众一视同仁，他不会对受教育程度更高的观众青眼有加，也没有任何想要通过戏剧创作来提高大众审美的想法。所以，弗莱才认为，除了戏剧的结构，人们在莎士比亚的戏剧中不会发现他本人任何的价值观、哲学观和生活原则。

从本质上说，弗莱对于莎士比亚剧本中运用上述技巧的论述，体现出他对于文学传统而非现实主义的强调。他认为，文学不是对于现实的模仿或评价，而是作为一面镜子反映现实。历史主义莎评的代表人物斯托尔的观点与弗莱不谋而合。斯托尔认为，剧作家若想在剧本中展现强烈的对比和冲突，从而激起观众的情感并达到吸引观众的目的，就必须借助艺术技巧。因此，巧合、情感的突转、魔法和超自然力等从现实主义的角度完全不可信的情节，对莎士比亚的创造而言却是至关重要的。所以，伊斯特曼才说："某种意义上，弗莱就是一个经过人类学复杂化了的斯托尔。"②

在探讨了文学传统这一问题后，弗莱又论述了他对于神话、仪式和原型的观点，试图说明这些传统进入文学的方式。在莎士比亚的戏剧中，有很多元素都可以与古代戏剧或现代戏剧相联系，这使得莎剧被纳入一种全人类的戏剧传统之中。弗莱认为，这种跨越时代的联系与戏剧的起源有关。综观人类发展的历史，戏剧产生于原始的仪式即将被融入神话传说的阶段。在这一阶段，原始仪式中的巫师被神话中的角色代替。之后，神话开始以戏剧的形式被表演，戏剧也就逐步代替了神话，并开始承担解释仪式的功能。正如弗莱

---

① 中国社会科学院外国文学研究所编：《莎士比亚评论汇编》（上），中国社会科学出版社1979年版，第195页。威廉·哈兹里特（1778—1830），英国散文家、批评家。其文评不少涉及莎士比亚戏剧作品，如《莎士比亚戏剧人物论》（1817）、《莎士比亚与本·琼生》（1819）等。

② Arthur M. Eastman, *A Short History of Shakespearean Criticism*, New York: Random House, 1968, p. 381.

所说:"戏剧诞生于对巫术的弃绝。"① 总的来说,文学传统大体来自神话。神话提供了最根本的故事脉络和最纯粹的人物身份,因此成为了"原型"。

第二节 高度程式化的喜剧结构——从身份阻碍到身份丢失再到身份发现

早从弗雷德里克·S. 博厄斯（Frederick S. Boas）② 起,不少评论家认为莎士比亚的《终成眷属》《量罪记》和《特洛伊罗斯与克瑞西达》属于"问题喜剧"。因为这些戏剧的气氛在欢快愉悦的喜剧和黑暗伤感的悲剧之间摇摆不定,很难清楚地区分它们为喜剧或是悲剧。比如,作为新古典主义时期英国杰出的莎评家,约翰·德莱顿（John Dryden）批评《量罪记》写得喜不喜,悲不悲,不能引起观众确定的情感。③

弗莱显然并不赞同问题喜剧的说法。在他的观点中,任何表现出喜剧结构的戏剧都应被视为喜剧,不论它的情节是如何安排,也不论观众观看它后是否会产生愉悦的情绪。尤其针对结局而言,喜剧的结局并不一定是圆满的,贯穿始终的喜剧结构使喜剧可以拥有其逻辑自洽的结局。"无论是伊丽莎白时代的观众还是现代观众,都不被允许将现实经验代入剧中进行思考。他们有权决定个人对于剧本的喜恶,但只要戏剧发展仍在继续,他们就无权对剧中事件的真实性提出异议,更不能将戏中事件与真实生活两相对比,对于二者的相符程度发

---

① Northrop Frye, *A Natural Perspective: The Development of Shakespearean Comedy and Romance*, New York and London: Columbia University Press, 1965, p. 59.
② 弗雷德里克·S. 博厄斯（1862—1957）,英国著名戏剧评论家,于1896年创造了术语"问题剧",用来形容莎士比亚的四部作品《量罪记》《特洛伊罗斯与克瑞西达》《终成眷属》和《哈姆莱特》,但目前莎学界公认的问题喜剧一般只包括上述的前三部。
③ 张泗洋、徐斌、张晓阳:《莎士比亚引论》（下）,中国戏剧出版社1989年版,第386页。约翰·德莱顿（1631—1700）,17世纪著名莎评家,莎评折中派代表人物。

第五章 诺思罗普·弗莱：喜剧结构与绿色世界模式

出质疑。"[1] 在《自然的视角》中，弗莱有关直接经验对文学批评的效力问题的论述，为正确看待莎士比亚的悲喜剧提供了一个启发性的角度。他认为，对于文学作品的评论不能单纯地依靠直接经验获得的情感体验。当读者在阅读小说或观看舞台剧时，他们心理状态是参与性和动态性的，他们产生的直接经验随着阅读的进行和舞台剧演出的发展而不断变化。因此，直接经验不能算作批评，它只能是一种预先的评判，属于对文学作品先入为主的判断。在作品阅读完成之前，直接经验并不能帮助读者做出客观专业的判断。比如，在阅读欧·亨利（O. Henry）式结尾的文学作品时，读者在阅读结束后会产生与预期大不相同的情感体验。而在对文学作品进行批评时，评论家们则去除了这种动态性，这时文学作品便成为一个整体，一个与其说有开头、中间和结尾不如说有内容和外壳的统一体。批评完全是以静态的或空间的方式处理文学，在进行批评之前辨别直接经验，是任何有价值的批评行为的基础。

区分批评前产生的直接经验与产生直接经验后才诞生的批评，适用于处理所有类型的文学作品。但是，直接经验对于批评行为的效力因文学体裁的不同而有所差异。对于着眼于悲剧和现实主义文学作品的评论家，在直接经验中能够接近实际的批评活动。而在处理有强烈的传统化倾向的喜剧和传奇剧时，批评行为更应排除直接经验的参与。举例来说，在观看易卜生（Ibsen）的现实主义戏剧《野鸭》时，观众将在现实生活中对见利忘义之人的厌恶，投射到对威利的态度上。当看到因为他的干涉而造成他人灾难性的后果时，观众凭借直接经验，感受到文学与现实生活强烈的关联性。而倘若人们采用直接经验批判喜剧，比如从现实主义的角度审视《第十二夜》，就会发现其情节的真实性是很难令人信服的：对于一位研习生物科学的医生来

---

[1] Northrop Frye, *A Natural Perspective: The Development of Shakespearean Comedy and Romance*, New York and London: Columbia University Press, 1965, p. 13.

形式主义莎评经典研究

说,他显然无法接受一对龙凤胎的长相像《第十二夜》中描述的那样相像。由此可见,戏剧的情节越接近现实,现实主义的直接经验就越接近真正的批评;反之,戏剧情节越远离现实,直接经验就越远离真正的批评。

弗莱认为,在莎士比亚的喜剧作品中普遍存在一些明显的反现实主义的特征,这些特征形成了我们必须接受的喜剧惯例。并且,莎士比亚重视情节高于重视人物的塑造,因此,为了提高情节的精彩程度从而达到吸引观众的目的,莎士比亚会让人物去做以直接经验看来很荒诞的事情。然而,正是这些令人困惑甚至受人诟病的荒诞,才得以将观众从现实世界中拉离,使他们脱离直接经验的桎梏,融入一个陌生而独立的戏剧世界。塞缪尔·约翰逊也为莎士比亚的悲喜剧正名:"莎士比亚的戏剧不是严格意义上的悲剧或喜剧,而是一种独特类型的作品;他的戏剧表现了人性的真实状态,有善有恶,有喜有悲,包含复杂内容和多种表现形式。"[1] 他认可了莎剧悲、喜剧杂糅的表现形式。从现实意义上来讲,人性是复杂的,既有善又有恶;人生是千变万化的,再幸福的人生也会有酸咸苦辣。所以,弗莱认为,莎士比亚的这种特殊类型的创作,反而比传统意义上纯粹的悲剧或喜剧更加贴近生活,也更能起到教导作用,收到更加良好的戏剧效果。

莎士比亚的喜剧是流行的,其情节设计是充满惯例的,更是原始的。弗莱认为,莎士比亚戏剧广传于世并经久不衰的真正原因是:莎士比亚从他的时代中脱离了出来,不拘泥于当时的流行元素,而选择揭示原始的戏剧结构,由于观众对原始的戏剧结构十分熟悉,因此容易对其共情并产生兴趣和感悟。[2] 在《自然的视角》中,弗莱概述了莎士比亚喜剧的典型结构。首先,喜剧的典型结构通常由一个阻碍喜

---

[1] Samuel Johnson, "Preface to the Plays of William Shakespeare", in Delphi Classics, *Complete Works of Samuel Johnson*, Hastings: Delphic Publishing Ltd., 2013, p. 4796.

[2] 参见 Northrop Frye, *A Natural Perspective: The Development of Shakespearean Comedy and Romance*, New York and London: Columbia University Press, 1965, p. 58。

第五章　诺思罗普·弗莱：喜剧结构与绿色世界模式

剧行动的反喜剧社会形式作为开头，这种阻碍一般由严苛而荒谬的法律来表达。《错误的喜剧》的第一幕第一场就描述了伊勤因做生意时违反了以弗所和叙拉古的规定而被判处死刑的情境：

  伊勤：索列纳斯，快给我下死刑的宣告，好让我一死之后，解脱一切烦恼！
  公爵：叙拉古的商人，你也不用多说。我没有力量变更我们的法律。最近你们的公爵对于我们这里去的规规矩矩的商民百般仇视，因为他们缴不出赎命的钱，就把他们滥加杀戮；这种残酷暴戾的敌对行为，已经使我们无法容忍下去。本来自从你们为非作乱的邦人和我们发生嫌隙以来，你我两邦已经各自制定庄严的法律，禁止两邦人民之间的一切来往；而且有谁在以弗所生长的，要是在叙拉古的市场上出现，或者在叙拉古生长的，涉足以弗所的港口，就要把他处死，他的钱财货物全部充公，悉听该地公爵的处分，除非他能够缴纳一千个马克，才可以放他回去。你的财物估计起来，最多也不过一百个马克，所以按照法律，必须把你处死。

在这里，莎士比亚以伊勤视死如归、请求索列纳斯判处死刑作为整部戏剧的开始。之后，由索列纳斯负责解释死刑的原因：以弗所和叙拉古实行严苛的法律，规定禁止两邦人民之间的一切来往，若有人违反法律，除非缴纳高昂的赎金，否则就将判处死刑。而通过后续剧情我们可以得知，伊勤历尽艰辛，走遍天涯海角，宁可冒杀头之罪也要涉足以弗所正是为了与失散多年的家人团聚，戏剧的结局正是一家人解除误会，终于团聚，其乐融融。所以，公爵判处伊勤死刑的行为切断了伊勤寻亲团圆之路，阻碍了喜剧行动的发展，相当于反喜剧的社会行为，而这种阻碍由荒诞畸形的法律来表达——两邦人若有来往即判处死刑。

在《仲夏夜之梦》的第一幕第一场，作者安排了女主人公赫米娅因反抗父亲安排的婚姻而受到强烈控诉的情节：

> 伊吉斯：我怀着满心的气恼，来控诉我的孩子，我的女儿赫米娅。走上前来，狄米特律斯。殿下，这个人，是我答应把我女儿嫁给他的。走上前来，拉山德。殿下，这个人引诱坏了我的孩子。你，你，拉山德，你写诗句给我的孩子，和她交换着爱情的纪念物；你在月夜到她的窗前用做作的声调歌唱着自作多情的诗篇；你用头发编成的腕环、戒指、虚华的饰物、琐碎的玩具、花束、糖果——这些可以强烈地骗诱一个稚嫩的少女之心的"信使"来偷得她的痴情；你用诡计盗取了她的心，煽惑她使她对我的顺从变成倔强的顽抗。殿下，假如她现在当着您的面仍旧不肯嫁给狄米特律斯，我就要要求雅典自古相传的权利，因为她是我的女儿，我可以随意处置她；按照我们的法律，遇到这样的情况，她要是不嫁给这位绅士，便应当立即处死。

赫米娅本与拉山德两情相悦，父亲伊吉斯却属意狄米特律斯，强迫赫米娅与其结婚。在伊吉斯眼中，拉山德与赫米娅之间忠贞不渝的爱情是侮辱家风的偷情，他怀着满心的气恼，控诉拉山德饱含情意的情诗是猥琐的引诱，月夜深情的情歌是自作多情的虚伪，亲手编制的定情信物是不怀好意的对少女痴情的盗取和诡计多端的对女儿倔强反抗的煽动。伊吉斯甚至放言，若赫米娅不顺从他的意愿嫁给狄米特律斯，那么就按照当时的法律，立即处死。在后续的情节里，赫米娅与拉山德选择坚守双方的爱情，一路出逃到城外的森林，戏剧圆满收场，赫米娅与拉山德这对有情人终成眷属。伊吉斯，这位推崇父权至上的父亲，试图阻挡女儿追求与相爱的人在一起的幸福之路，阻碍了喜剧行动的发展，属于反喜剧的社会行为，而他的阻碍也是由严苛荒谬的法律来执行——父亲的权威可以掌控女儿的婚姻，甚至决定她的

第五章　诺思罗普·弗莱：喜剧结构与绿色世界模式

生死。

同样，除了《错误的喜剧》和《仲夏夜之梦》，阻碍喜剧行动发展的反喜剧的社会在莎士比亚的其他剧本中也有体现。在《威尼斯商人》中，安东尼奥为了帮助巴萨尼奥，与犹太商人夏洛克签下契约。而夏洛克出于仇恨和报复，借签下的契约设下圈套，利用此机会要求割下安东尼奥的一磅肉，实际上是企图害得他性命不保。而威尼斯的法律却承认了夏洛克与安东尼奥之间荒唐契约的法律效力，并认可夏洛克行为的正确性。戏剧的最终结局是，夏洛克的阴谋未能达成，受到了应有的惩罚，而安东尼奥被女扮男装出庭的鲍西娅所救，避免了失去性命的噩运，也保护了二人之间真挚的友情。夏洛克企图危害安东尼奥的性命，对巴萨尼奥与安东尼奥之间的友情嗤之以鼻，他是阻碍喜剧行为的反喜剧的社会的代表，而那张经不起揣摩的荒唐契约和威尼斯不完善的法律，为夏洛克的反喜剧行为开辟了道路。在《量罪记》中，安哲鲁严厉执行法律，逮捕了让朱丽叶未婚先孕的克劳狄奥，并判处他死刑。事实上，克劳狄奥与朱丽叶两情相悦，早已互定终身，所以，未婚先孕只能视作道德的逾矩而不应当受到法律的制裁。安哲鲁滥用非正义的法律，妨碍男女主人公的爱情团圆，阻碍了喜剧行动的发展，属于反喜剧的社会人物。总的来说，无论是《错误的喜剧》中不合情理的以弗所和叙拉古法律，《仲夏夜之梦》中暗含父权至上糟粕思想的法律，《威尼斯商人》中明显不完善且非正义的法律，还是《量罪记》中安哲鲁制定和执行的严苛法律，这些法律都十分荒诞不经，与男女主人公的愿望背道而驰，而男女主人公的愿望是喜剧行动发展的重要动力，所以严苛荒谬的法律则成为阻碍喜剧行动的反喜剧的社会的表现形式。

除了荒唐的法律，弗莱还认为，反喜剧的社会行为还常常以多疑的暴君和严苛的父亲为特征。例如，《皆大欢喜》中的公爵弗莱德里克和《冬天的故事》中的国王列昂特斯。在《皆大欢喜》的情节中，弗莱德里克篡夺了哥哥的爵位，后又一厢情愿地认定自己的侄女罗瑟琳是背叛者。弗莱德里克在戏剧的第一幕第三场中，对罗瑟琳进行了冷酷无情的威胁：

　　弗莱德里克：你，侄女。在这十天之内，要是发现你在离我们宫廷二十里之内，你就得死。
　　……
　　罗瑟琳：但是您的不信任并不能把我变成叛徒，请告诉我您有什么证据？
　　弗莱德里克：你是你父亲的女儿。这就足够了。

　　在老公爵的爵位被弗莱德里克夺取之后，老公爵流放森林却毫无怨恨之心，过得逍遥自在，犹如闲云隐士，更衬得弗莱德里克无视手足情义又多疑成性，一贯的以小人之心度君子之腹的特质。罗瑟琳对叔父十分尊重，但却仅仅因为老公爵女儿的身份，便遭到了弗莱德里克毫无逻辑的怀疑。而弗莱德里克一点也听不进罗瑟琳的辩白，只强调自己"不能信任你"。罗瑟琳追问叔父的证据，表明叛逆不是遗传的，在父亲被夺爵后流放时，她没有忤逆，那么现在与今后更不会生出违逆叔父的念头。而作为一个独断专横的暴君，弗莱德里克表示，只要罗瑟琳是老公爵的女儿，那么叛徒的影子就永远与她分不清，甚至扬言，如若罗瑟琳不自行离开，那么凭着他的名誉和言出如山的命令，也要将罗瑟琳处以死刑。弗莱德里克在戏剧中蛮横多疑的暴君形象，违背了罗瑟琳的愿望，致使其不得不隐藏身份，女扮男装，逃往森林，阻碍了喜剧行动的发展，是典型的反喜剧的社会人物。

　　弗莱进一步指出，严苛父亲的形象在莎士比亚的多部戏剧中都有所表达。《暴风雨》中，女主人公米兰达的父亲普洛斯帕罗，他以"恐怕太不费力的获得会使人看不起他的追求对象"为借口，给情投意合的米兰达和弗迪南德创造了许多不近人情的障碍。他强迫米兰达认同弗迪南德"是个奸细"，威胁弗迪南德"我要把你的头颈和脚枷

第五章　诺思罗普·弗莱：喜剧结构与绿色世界模式

锁在一起，给你喝海水，把淡水河中的贝蛤、干枯的树根和橡果的皮壳给你做食物"（第一幕第二场）。当米兰达为弗迪南德求情时，普洛斯帕罗斥责女儿是"傻丫头"，命令她"不许说话！再多嘴我不恨你也要骂你了"（第一幕第二场）。类似地，在《泰尔亲王配瑞克里斯》中，泰莎的父亲西蒙尼第斯也扮演了严父形象。在泰莎的生辰之宴上，他提出泰莎应当具备上天的品德和为人伦的仪范，要求她解释每一个骑士所用标识的含义。对于女儿的终身大事，他十分审慎，不惜阻碍泰莎与配瑞克里斯情定终身。他先是佯言泰莎在一年之内不准备出嫁，谎称"她的理由只有她自己知道，我也没法子从她嘴里探问出来"，之后试探配瑞克里斯的勇气，以君王的威严恐吓他，说他是说谎的奸贼（第二幕第五场）。在《辛白林》中，国王辛白林对待女儿的态度更是严厉到冷漠的程度。辛白林受恶毒的王后蛊惑，对亲生女儿伊摩琴的心声充耳不闻，强迫其嫁给王后平庸无能的儿子克洛登，并要求她继承王位。而伊摩琴钟爱绅士普修默斯，拒绝了克洛登的追求，并表示对继承王位不感兴趣。辛白林因此怒骂女儿是"不孝的东西"，指责她"偏偏干出这种事来，加速我的衰老"，甚至诅咒她"每天失去一滴血"，让她"未老先衰，为了这件蠢事而死去吧"（第一幕第一场）。

情绪是反喜剧主题的表达方式之一，但弗莱认为，这种斥责的情绪并非莎士比亚所有喜剧的结构性元素。有些喜剧以一种深沉忧郁的气氛为开端。《第十二夜》的第一幕第一场中，奥西诺忧愁地自白对于心爱之人的情欲就像"凶暴残酷的猎犬一样，永远追逐着我"；第一幕第二场中，薇奥拉面对兄长的遇险，沉痛地哀悼，"唉，我的可怜的哥哥！"《威尼斯商人》的开端是安东尼奥向伙伴们倾诉自己愁闷抑郁的心声，"真的，我不知道我为什么这样忧郁。这真的叫我厌烦"（第一幕第一场）。《辛白林》的开头是二绅士对于目前王国郁郁氛围的议论，"您在这儿遇见的每个人都是愁眉苦脸的"（第一幕第一场）。《错误的喜剧》以伊勒"快给我下死刑的宣告，好让我一死

173

之后，解脱一切烦恼"（第一幕第一场）的话语开始。

弗莱认为，莎士比亚喜剧结构第二阶段的显著特征是主人公身份的暂时失去。这种身份的丧失一般通过女主人公的乔装改扮来实现。并且，身份的丧失经常伴随着性别身份的变化。当女主人公通过女扮男装模糊性别，进而完成某些推动喜剧结局产生的积极行动时，她将带来新社会的诞生或促进旧社会与新社会的和解，比如《威尼斯商人》中的女主人公鲍西娅。在安东尼奥与夏洛克有关"一磅肉之争"的案子进行到关键时刻时，乔装成律师的鲍西娅及时出现，据理力争，巧妙地运用了文字漏洞解救了心爱之人的朋友，使在场的所有人都为之敬佩。《皆大欢喜》中的罗瑟琳被独断专权的叔父放逐，不得已伪装成男性以保护自己，逃亡山林，在不经意之间促成了自己与心爱之人奥兰多的相遇。值得注意的是，在莎士比亚的喜剧中，用来表现主人公失去身份的形式是复杂且多样的，乔装改扮仅是其中一种较为常见的方式。在《驯悍记》中，女主人公凯萨琳娜经过丈夫的改造而性格大变，从泼辣率性的"悍女"到人人称赞的"贤妻"，她失去了自我，迷失在对丈夫期望的满足之中。在《仲夏夜之梦》中，由于顽劣精灵的恶作剧，使两对情侣错认伴侣也属于身份的丧失。在《辛白林》的情节中，身份的丧失体现在伊摩琴的误认中——她将穿着普修默斯衣服的克洛登的尸身认成了普修默斯本人。在《无事生非》中，希罗被误解为不贞也属于身份丧失的一种形式。

莎士比亚喜剧结构的最后阶段是身份的发现，在弗莱看来，"这种发现包含两个层面：一种是社会层面，具体指社会关系上的身份认同，表现为喜剧人物依附于新的群体；另一种是个体层面的身份认同，表现为人物思想的转变"[1]。在莎士比亚喜剧中，这两种层面上的身份发现时常同时发生。在《驯悍记》的最后阶段，即身份发现

---

[1] Northrop Frye, *A Natural Perspective*: *The Development of Shakespearean Comedy and Romance*, New York and London: Columbia University Press, 1965, p. 78.

第五章　诺思罗普·弗莱：喜剧结构与绿色世界模式

阶段，原本个性火暴泼辣、不受社会认同的凯萨琳娜，被丈夫成功"降伏"，变成了一个温柔贤惠的妻子，得到了社群的认可。在《无事生非》的结尾，原本固执高傲的培尼狄克和刻薄傲慢的贝特丽丝，因为一个善意的恶作剧而收敛了个性，停止重复挖苦他人的机械性行为，成为一对大众喜闻乐见的爱侣。弗莱认为，对于一个有鲜明性格特征，并且其行为习惯受其个性控制的人物，身份的发现会使该人物原本的个性瓦解。这类人物因其独特的个性而与当时的社会格格不入，使其行为显得滑稽可笑，这是喜剧使人发笑魔力的主要来源。[①]他的这种观点与柏格森（Bergson）不谋而合。柏格森曾研究笑与喜剧性的关联，他认为，个性不合社会的人物是喜剧引人发笑的主要原因："一般来说，引人发笑的的确是别人的缺点，然而我们还得补充一句，这些缺点之所以可笑，与其说是由于它们的不道德，不如说是它们的不合社会。"[②]弗莱分析道，《驯悍记》中，社会习俗要求妇女顺从贤淑，而凯萨琳娜却毫无淑女风范，她表现出的"不合社会"总令观众啼笑皆非。《无事生非》中培尼狄克与贝特丽丝二人，无视传统的绅士和淑女礼仪，总是运用反语进行尖刻的挖苦和讽刺，也令人忍俊不禁。所以弗莱写道："（他们的行为）就像守财奴穷年累月地寻找金子，又像精神病患者无休无止地渴望药物……这种幽默虽然不是莎士比亚喜剧的主要主题，但却是一个必不可少的补充元素。"[③]

当然，在莎士比亚喜剧的最后阶段，弗莱认为，身份的发现有时也会在个人层面和社会层面上单独发生。个人层面上的身份发现侧重于隐秘自我的发掘。《终成眷属》中的罗西昂伯爵贝特兰和《量罪记》中的安哲鲁。贝特兰对狄安娜千方百计地引诱，有一大部分的

[①] 参见 Northrop Frye, *A Natural Perspective: The Development of Shakespearean Comedy and Romance*, New York and London: Columbia University Press, 1965, pp. 78–79。

[②] ［法］柏格森：《笑》，徐继曾译，北京出版社出版集团、北京十月文艺出版社 2005 年版，第 93 页。

[③] Northrop Frye, *A Natural Perspective: The Development of Shakespearean Comedy and Romance*, New York and London: Columbia University Press, 1965, p. 79.

原因是帕洛的怂恿和挑唆。但他为了掩饰罪过，居然在大庭广众之下污蔑一个柔弱清白的女子是军营里一个人尽可夫的娼妓，充分地暴露了他是一个卑鄙丑恶、为欲望不择手段的利己主义者，他的堕落可以认定为一种自我发现的错误行为。而《量罪记》中的安哲鲁原本是一个禁欲主义者，他修心养德，令众人信任他道德清高，但他却对依莎贝拉动了邪念，无法摆脱欲念的掌控。这种被长期压抑的欲望的萌动，也可称为自我认知的发掘。在社会层面上，最常见的身份发现是通过婚姻实现的。在喜剧发展阶段，男女主人公的愿望因反喜剧人物的行动而受到阻碍，直至结尾阶段终于排除万难，喜结良缘，成为一个新的社会团体。正如《皆大欢喜》第五幕第四场中，许门为奥兰多与罗瑟琳所唱诵的祝福词"和合无嫌猜"那样，婚姻意味着两个灵魂的合二为一，男女双方都获得了新的社会身份。

在社会认同的主题上，弗莱认为，莎士比亚很少强调新社会对于旧社会的颠覆或破坏，他更多地突出了新旧社会在喜剧结尾所达成的和解。这一点与普劳图斯所创设的罗马喜剧惯例截然不同，更加符合喜剧的合法性原则。弗莱写道：

> 在普劳图斯的罗马喜剧中，所达成的新社会通常是由年轻男女组成的社会，旧社会的年长者一般会被战胜，具体表现为吝啬的父亲最终被敲诈，高傲的士兵被迫低头。而莎士比亚很少强调一个社会被另一个社会击溃，他主要落脚于和解上，这种和解保持了新婚夫妇与长辈间的联系，维持了新旧社会之间的连续性。①

所以，弗莱认为，《错误的喜剧》的中心主题在于上一辈人，即

---

① Northrop Frye, *A Natural Perspective: The Development of Shakespearean Comedy and Romance*, New York and London: Columbia University Press, 1965, p. 87.

第五章　诺思罗普·弗莱：喜剧结构与绿色世界模式

伊勒与妻子的团聚，而不在于年轻一辈，即安提福勒斯兄弟的再会。《终成眷属》的结局也体现了新社会与旧社会的和解，具体表现为贝特兰的最终妥协，他接受了"父母之命"，娶了海伦娜作为妻子。《泰尔亲王配瑞克里斯》中强调的是旧社会的代表人物，即泰莎与配瑞克里斯的重逢，而处于新社会的玛琳娜的婚姻，只占据了从属地位。《辛白林》的结局是辛白林终于与女儿达成和解，并与失去的两个儿子再度相会。莎士比亚对于新旧社会和解的强调，也许是站在了旧社会家长的立场上。旧社会的家长一般对喜剧结局的实现起着举足轻重的作用，特别是在父亲这一角色上。尽管有的父亲并不直接参与戏剧，但却对人物的行动产生了很大的影响。比如，鲍西娅之所以"选匣择夫"，实际上是受了"一个死了的父亲的遗嘱所钳制"（《威尼斯商人》第一幕第二场）。《终成眷属》中的海伦娜能够拥有治愈国王的本领，获得与贝特兰结婚的机会，是因为承袭了父亲的教养。《爱的徒劳》中，法国国王的死亡推迟了喜剧结局的实现，因为女主人公不得不暂时离开男主人公，回国安葬她的父亲。

性别身份在戏剧中往往扮演了很重要的角色，在弗莱看来，性别身份的重塑是喜剧根深蒂固的主题，也是身份发现最常见的形式。当女主人公卸下伪装，重新以女子的打扮露面时，性别认同就会出现。在《第十二夜》中，性别身份的发现与双胞胎的主题交织在一起，女主人公薇奥拉女扮男装成为公爵奥西诺最看重的侍童，并帮助公爵追求伯爵小姐奥丽维娅。在相处过程中，薇奥拉爱上了公爵，奥丽维娅也对薇奥拉倾心不已。几经波折之后，薇奥拉终于卸下伪装，恢复女性身份，与公爵结成良缘，而奥丽维娅也接受了与薇奥拉长相极为相似的哥哥西巴斯辛。有时，这种性别身份的发现还会与死亡与重生的主题相关。莎士比亚会在现实允许的情况下，让戏剧中的人物尽可能地接近死亡，而后经历重生。在《无事生非》中，希罗在婚礼上被克劳狄奥怒斥不贞，而希罗的父亲听信谗言，认为死是对希罗有辱门风的行为的最好遮掩。《威尼斯商人》中，暗含棺材的意象出现在

"选匣择夫"的情节中。鲍西娅按照父亲的遗嘱，将自己的照片放入金、银、铅三匣的其中之一，以此来检验追求者的诚意和能力。这种蕴含死亡气息的棺材意象，在《泰尔亲王配瑞克里斯》中展现得更加明显。配瑞克里斯放弃追求淫乱不堪的安提奥克国公主，与潘塔波里斯国的公主泰莎缔为夫妇，泰莎在无情的风浪之中死于产褥，水手们依照海上的规矩将她的遗体放入"一口钉好漆好的箱子"作为临时的棺材，投入海中。但在机缘巧合之下，承载着泰莎的箱子漂泊到了以弗所，医生塞利蒙发现泰莎仅仅是暂时陷入死亡状态，于是对她施以援手，泰莎因此重又延续了生命。《驯悍记》中的凯萨琳娜从"悍妇"到"淑女"的巨大转变，也可以称为一种死亡和重生。

喜剧在最后阶段，主人公对于身份发现的追求本质上是对于爱的追求。弗莱认为，喜剧对于爱的追求通常由一个厄洛斯（Eros）式的人物来表达，这种人物性别模糊，在某种意义上既是男性又是女性，普通的性别分类标准难以适用于他们。他们作为爱欲与性欲的化身，带来了喜剧的结局，并成为诞生新生命的原动力。[1] 弗莱分析道，在戏剧《仲夏夜之梦》中，小精灵迫克承担着厄洛斯式人物的职责。"迫克"在欧洲民间传说中被普遍认为是淘气、喜欢恶作剧的小妖精。莎士比亚沿用了这种传说，在剧作中将迫克塑造成了顽皮散漫的小精灵。迫克在剧中误点鸳鸯，将一众人等耍得团团转：昔日的闺中密友成为情敌，互相讥讽责骂；绅士们则争风吃醋，剑拔弩张。而迫克暗自欣赏自己一手造成的闹剧，直到所有人都筋疲力尽了才解除了花汁的魔力。但也正是迫克的恶作剧，让两对爱人认清了自己与对方的真实心意，成就了他们美好的姻缘，达成了喜剧结局。

弗莱还发现，莎士比亚喜剧中表达的爱与他那个时代的抒情诗中表达的爱有所不同。首先，抒情诗歌与莎士比亚喜剧所遵循的惯例不

---

[1] 参见 Northrop Frye, *A Natural Perspective*: *The Development of Shakespearean Comedy and Romance*, New York and London: Columbia University Press, 1965, p. 82。厄洛斯，古希腊神话中的爱神，被认为是一切爱欲和情欲的象征。

第五章 诺思罗普·弗莱：喜剧结构与绿色世界模式

同。总览莎士比亚时代的抒情诗歌，大部分是按照这样一种形式：一个男性情人不停地围绕着一个神秘的女性旋转。这位神秘的女性因为若即若离的态度而极具吸引力，她偶尔会向情人主动示好，使他欣喜若狂，有时却又对他冷漠或蔑视，使他夜不能眠、辗转反侧地猜测她的心意。托马斯·坎皮恩（Thomas Campion）[1]的诗歌《你已到了垂暮的年龄》中就描述了貌美动人的女主人公在一众追求者的簇拥之下，炫耀着她收割来的"爱情奴隶"。在《自然的视角》中，弗莱借用罗伯特·格雷夫斯（Robert Graves）[2]所创造的术语"白色女神"来将这种惯例命名为"白女神循环"。他认为，莎士比亚的喜剧形式与优雅抒情诗所遵循的"白女神循环"形成了对比，并表示"我们可以将这与'白女神循环'相反的运动称为'黑新娘循环'"[3]。在莎士比亚的喜剧中，人物的行动通常怀有结婚和最终占有对方的目的，具体表现为一个安德罗墨达（Andromeda）式的女主人公，围绕着心仪的男主人公循环旋转。安德罗墨达是古希腊神话中埃塞俄比亚国王之女，其母亲夸耀她的美貌，扬言她比任何一个海神都更加美丽动人。海洋女神因此动怒，时时抱怨。海神波塞冬听闻后，便将一只凶兽派去了埃塞俄比亚。按照神谕，只有将安德罗墨达献祭才能维持国家的平安。于是，安德罗墨达之父只好照办，将女儿锁在了海边的岩石上。类似地，莎士比亚戏剧中的女主人公常常处于贞洁受到威胁的危险境地，但为了追求爱情，她们不惜在黑暗中躲藏，在屈辱中忍耐，甚至接近死亡；她们必须消除诽谤、囚禁等障碍，才能达成身份的发现，抵达喜剧的结局。在《威尼斯商人》中，鲍西娅招婿时将

---

[1] 托马斯·坎皮恩（1567—1622），英国诗人，以其抒情诗的创作而流芳于世。

[2] 罗伯特·格雷夫斯（1895—1985），20世纪英国著名诗人、小说家、评论家。1939年格雷夫斯建立了自己独特的"白色女神"神话体系，灵感来自其对19世纪末期母系社会和女神崇拜的研究。

[3] Northrop Frye, *A Natural Perspective: The Development of Shakespearean Comedy and Romance*, New York and London: Columbia University Press, 1965, p. 85.

自己比作被当作祭品献给海怪的特洛伊公主赫西俄涅（Hesione）①，并感叹自己"站在这儿做牺牲"（第三幕第二场）。《无事生非》的女主角希罗因被误会不贞而选择假死消失，查明真相后又重新出现，勇敢地为自己向往的爱情而努力。《量罪记》中的依莎贝拉，被安哲鲁威逼利诱献出自己的处女贞洁，但她坚守自己的底线，敢于同安哲鲁进行对抗。《泰尔亲王配瑞克里斯》中的玛琳娜被恶毒的养母所害，沦落到妓院，依靠自己出色的才能和高尚的德行才得以保全清白，最后与自己的父亲和母亲团聚，并与心爱之人步入婚姻。《辛白林》中的伊摩琴为了意中人可以跨越等级的鸿沟，抵御来自各方的诱惑和压力。尽管男友听信谗言怀疑她不守贞操，但她依旧大胆而执着地追求爱情。《暴风雨》中的米兰达受到丑陋怪物卡列班的威胁，差点遭受玷污，后来不顾父亲的反对，勇敢坚定地选择对爱人忠贞不渝。

其次，抒情诗与莎士比亚喜剧对于男女之爱和友谊之爱的侧重不同。在文雅的抒情诗中，朋友之间的友谊之爱比男女之爱更受歌颂，因为友谊更加无私和纯洁，不受情欲和占有欲的控制。莎士比亚在十四行诗中曾赞美"比夏天更明媚"的美丽青年，正体现了爱情服从于友情的主题。而在莎士比亚的喜剧之中，明显地出现了爱情战胜友情的主题。在《无事生非》中，培尼狄克遵从了贝特丽丝的意愿，向克劳狄奥提出了决斗。在这个过程中，培尼狄克明显将爱情看得比友情更为重要。在《终成眷属》中，友情甚至成为阻碍喜剧结局达成的路障：当贝特兰表示他将不与海伦娜同居时，帕洛在旁煽风点火，怂恿其离开法国，促使贝特兰在新婚当天就抛弃了海伦娜。

总的来说，在《自然的视角》中，从弗莱的分析中，我们知道，莎士比亚的喜剧结构，或者说喜剧内部的形式发展，可以分为三个阶

---

① 有关赫西俄涅的神话故事与安德罗墨达十分相似。在古希腊神话中，波塞冬派海怪侵袭特洛伊城，赫西俄涅作为特洛伊公主，被当作祭品捆绑在了海中的一块岩石上。

第五章　诺思罗普·弗莱：喜剧结构与绿色世界模式

段，这三个阶段与原始的宗教仪式有着密不可分的关系。喜剧结构的开始阶段，即反喜剧社会形式，对应的是宗教仪式的准备阶段，以基督教的四旬节、降临节、犹太教的赎罪日和替罪羊仪式为代表。在这一阶段，企图从禁欲原则中解放出来的人被认为是罪恶的。喜剧结构的第二阶段，即身份失去阶段，对应的是宗教中的价值放纵与混乱时期，以狂欢节等其他纵欲性节日为代表。在泰伦斯（Terence）的经典喜剧《婆母》（Hecyra）中留下了这一印记：男主人几经波折才发现婚前与之偷欢的女子正是自己的妻子。喜剧的最后阶段，即身份发现阶段，对应的是宗教节日本身。古希腊农民在葡萄丰收的时节祭祀酒神纵情巡游，行者们装扮成鸟兽载歌载舞，称为 Komos，而 Komos 和 aeidein（意为唱歌）正是喜剧 comedy 一词的来源。[1]

通过弗莱在《自然的视角》中对莎剧的解读可以发现，弗莱关于莎士比亚批评理论的核心问题，就是莎士比亚喜剧结构的程式化问题。因此，若要研究莎士比亚的喜剧人物，必须从喜剧结构出发。本着这样的原则，弗莱在《莎士比亚喜剧中的人物塑造》一文中，提出了角色功能理论的基本主张："在戏剧中，角色的塑造依赖于戏剧的功能；人物的性质是由该人物在戏剧里的行为决定的；而戏剧的功能又依赖于戏剧的结构：人物之所以会做这些事，是因为该剧具有这种结构……而戏剧的结构又依赖于戏剧的种类：如果该剧是喜剧，那么它的结构就会要求戏剧中的事件得到喜剧性的解决，并且在大部分的时间里，戏剧要处在喜剧氛围之内。"[2] 在《自然的视角》中，弗莱就莎士比亚喜剧中小丑角色的功能进行了充分的论述。当喜剧最终以新社会的形成收场时，观众会对其产生认同感并融入欢乐的氛围中。他们对推动喜剧发展的角色交口称赞，对阻碍喜剧发展的人物骂声不绝。然而，就像一千个人眼中有一千个哈姆莱特，总会有不认同

---

[1] Word Origins Dictionary, https://www.quword.com/etym/s/comedy [2023-2-25].

[2] Northrop Frye, "Characterization in Shakespearian Comedy", *Shakespeare Quarterly*, No. 3, 1953, p. 271.

新社会的观众游离于喜剧氛围之外，一直保持着冷眼旁观的状态。试想一个信奉犹太教，并对基督教徒嗤之以鼻的观众，如何认同《威尼斯商人》的结尾中形成的新社会？从喜剧剧本内部来看，在参与喜剧发展的人物之中，有一个角色就充当了冷静的旁观者，他虽身在戏剧中，但实际上却与戏剧隔绝，并且在喜剧行动中保持着一种神秘的超然。在弗莱的观点中，这位冷静的旁观者就是剧中的小丑。

在弗莱看来，莎剧中的小丑大致可分为三种身份。第一种是宫廷小丑或弄人，比如《皆大欢喜》中的试金石和《第十二夜》中的费斯特。他们善于察言观色，会在适当的时机展现自己的幽默感。第二种是具有小丑特点的仆人，比如《错误的喜剧》中的大小德洛米奥和《维洛那二绅士》中的朗斯。这一类小丑经常模仿主人的行为，以达到幽默讽刺的喜剧效果。第三种是剧本中的傻瓜，比如《仲夏夜之梦》中的波顿和《无事生非》中的道格培里。他们大多昏聩无能，总是沦为他人的笑柄，为剧本增添喜剧氛围。上文已经提出，小丑总是保持着一种神秘的超然，作为旁观者的他们，经常通透地点醒深陷迷局的主人公。在《第十二夜》中，奥丽维娅迷失在失去哥哥的痛苦之中，装扮成尼姑的样子蒙面而行。当费斯特说她哥哥的灵魂坠入地狱时，奥丽维娅连忙反驳道："我知道他的灵魂是在天上。"这时，小丑"旁观者清"，幽默地点醒奥丽维娅："这就越显得你傻了，我的小姐；你哥哥的灵魂既然在天上，为什么要悲伤呢？"（第一幕第五场）在观看这部剧的过程中，一些观众会对奥丽维娅显然过头的悲伤而百思不得其解，这时，小丑则扮演起观众代言人的角色，他是连接台上演员与台下观众之间的桥梁，也是作家与观众之间的媒介。

有的小丑并非简单纯粹的个体，而是一面镜子，照映出他们所象征或隐藏的世界，为戏剧的视角提供了一个新的维度。弗莱举例说，《威尼斯商人》中的夏洛克被视为与正义对立的小丑，他视财如命，吝啬至极，又残忍不仁，企图从安东尼奥身上割下一磅肉。然而，我

第五章　诺思罗普·弗莱：喜剧结构与绿色世界模式

们知道，夏洛克对于当时社会环境下犹太教徒所遭受的不公平待遇的控诉是十分有力的："他的理由是什么？只因为我是一个犹太人。难道犹太人没有眼睛吗？难道犹太人没有五官四肢，没有知觉，没有感情，没有血气吗？他不是吃着同样的食物，同样的武器可以伤害他，同样的医药可以疗治他，冬天同样会冷，夏天同样会热，就像一个基督徒一样吗？你们要是用刀剑刺我们，我们不是也会出血的吗？你们要是搔我们的痒，我们不是也会笑起来的吗？你们要是用毒药谋害我们，我们不是也会死的吗？那么要是你们欺侮了我们，我们难道不会复仇吗？要是在别的地方我们都跟你们一样，那么在这一点上也是彼此相同的。"（第三幕第一场）所以，弗莱认为，这时，"夏洛克"并不仅仅是生活在威尼斯的一个吝啬的犹太商人，而是千千万万犹太教信徒的代名词，他代表群体为犹太人的处境申冤，反映了当时社会基督徒与犹太教徒之间的对立。同时，敏感的观众会意识到，作家将叙述的视角转换到了反面人物那方去，这就为观众看待戏剧提供了一个新的视角。

第三节　绿色世界模式

保罗·西格尔于1964编著出版的《约翰逊以来多元化的莎士比亚批评》一书中收录了弗莱的《喜剧的论证》一文，在该文中，弗莱提出了"绿色世界"的概念："我们可以称之为绿色世界戏剧，其主题是生命战胜荒野，是对曾经是神的人类每年死亡和重生的模仿。"[①] 他认为，莎士比亚的喜剧基本代表着春天，它是一个绿意盎然的世界，充满生机与欢乐，布满了田园和森林。绿色森林的场景在莎士比亚的作品中比比皆是，最典型的如《温莎的风流娘儿们》中

---

① Northrop Frye, "The Argument of Comedy", in Paul Siegel, ed. *His Infinite Variety: Major Shakespearean Criticism Since Johnson*, Philadelphia: J. B. Lippincott Company, 1964, p. 125.

的温莎丛林，《冬天的故事》中的波希米亚海滨，《仲夏夜之梦》中梦幻的林中仙境以及《皆大欢喜》中的亚登森林。此外，还有一些喜剧中包含绿色森林场景的变形。比如《威尼斯商人》中的贝尔蒙特，它被爱与生命、青春与欢乐包围，属于另一种形式的"绿色世界"。

弗莱发现，莎士比亚的喜剧基本遵循着这样一个模式：在"正常世界"中产生矛盾，在"绿色世界"中展开并解决矛盾，最后再回到"正常世界"中。在"绿色世界"里，喜剧行动飞速发展，为达成喜剧结局而付出的努力也有所结果，喜剧新社会开始形成。"绿色世界"所呈现出的社会与外界有着很大的区别，就像《皆大欢喜》中老公爵的宫廷与弗莱德里克的宫廷之间形成的强烈对比。在"正常世界"中，人们无法摆脱阴谋和暗算、猜忌与背叛带来的阴霾。但是，在"绿色世界"中，人们感受到的是自然的安抚、同胞间的互助与理解、纯洁忠贞的爱情、宽恕他人的美好人性，以及重生的光明希望。"绿色世界"通常由森林和仙境组成，大都因远离正常世界而不被荒谬的法律和虚伪的暴君干扰。因此，在莎士比亚的喜剧中，"绿色世界"是现实中不存在的理想场景。在《维洛那二绅士》中，男主人公伐伦泰因遭受朋友普洛丢斯的背叛，被米兰公爵驱逐出自己的家乡，在附近的丛林中成为了"绿林好汉"之王。他的爱人雪尔薇亚不顾父亲的反对，勇敢地来到丛林中追随他。在丛林中，他们双方互相表明了心意，揭发了普洛丢斯的虚伪行径，公爵也大发慈悲地宽恕了这对恋人，准许他们结为夫妻。而普洛丢斯也忏悔了自己的行为，最终得到了伐伦泰因的宽恕，并与之前的恋人裘丽亚重归于好。在这部戏剧中，绿色森林不仅是两对恋人收获爱情的场所，更是善良战胜邪恶、爱与宽恕和救赎的见证者。

在莎士比亚的作品中，绿色世界经常是展开喜剧行动的主人公的保护所。在《皆大欢喜》中，老公爵被弟弟篡夺爵位后，一直在森林里过着隐居的生活，感受着森林对人身心的净化，"我们的这种生

第五章　诺思罗普·弗莱：喜剧结构与绿色世界模式

活，虽然远离尘嚣，却可以聆听树木的谈话，溪中的流水便是大好的文章，顽石里面也有着谆谆古训。每一件事物中，都可以找到些益处"（第二幕第一场）。女主人公罗瑟琳也为了躲避叔父的迫害，逃往了亚登森林短暂蛰伏。也正是在森林里，罗瑟琳与奥兰多不期而遇，一见钟情，最终喜结良缘，皆大欢喜。在《辛白林》中，女主角伊摩琴为了摆脱父亲强加的婚姻，向被小人之言蒙蔽了双眼的爱人证明自己的清白和忠诚，潜入了威尔士的荒野之中，经历种种磨难后因祸得福。《暴风雨》中，米兰公爵遭受弟弟的背叛，携带着还在襁褓中的女儿米兰达逃到荒岛上避难。在岛上，他依靠魔法成为岛的主人，休养生息，保存实力，等待复仇的时机。《冬天的故事》里，被父亲误会血统不纯正的西西里公主帕笛塔被抛弃在海滨草原，得到好心的牧羊人的搭救。远离宫廷的虚伪和算计，帕笛塔得以在绿色牧场上无忧无虑地平安长大。

在《自然的视角》中，弗莱进一步发展了绿色世界理论，将"绿色世界"与"正常世界"之间的对抗提升至自然与命运之间的对抗。在莎士比亚的喜剧中，明显自然之力更胜一筹。在"绿色世界"里，一切都是简单而原始的：千姿百态的古木，蔓生纠缠的丛林，纵横交错的树根，野蛮生长的花草，无处不在的泥土碎石……这里没有琼楼玉宇，没有雕梁画栋，更没有碧瓦朱檐。所以，从社会地位的角度来看，"绿色世界"次于"正常世界"。但是，正如戏剧之中自然之力战胜命运之力，"绿色世界"实际上能赢过"正常世界"。《终成眷属》中的现实社会遵循着非常严格的等级秩序，导致贝特兰与海伦娜之间的爱情存在难以逾越的鸿沟。但是，就像戏剧中国王所说的那样："要是把人们的血液倾注在一起，那颜色、重量和热度都难以区别，偏偏在人间的关系上，会划分这样清楚的鸿沟，真是一件怪事……善恶的区别，在于行为的本身，不在于地位的有无。"（第二幕第三场）在这里，莎士比亚借助国王之口，对身份等级的划分进行了抨击，人的高低贵贱不应在于门第、血统、地位或贫富，而应在于人的品德是否高尚,人的德行是否无亏,以及人所能为社会贡献的价值。所以,在戏剧的最后,聪明机智的海伦娜还是凭借着自己的勇敢和无畏,打破了身份和地位的阻碍,反抗所谓的"天定命数",获得了自己想要的爱情。在这部剧中,自然战胜了命运,"绿色世界"的力量压倒了"正常世界"。

森林或绿色世界被弗莱认为是自然社会的象征,这里的"自然"并非指普通意义上的物质世界,而是指原始的人类社会,是一个人人都试图回到的"黄金世界"。在这里,弗莱借用了基督教的世界观,探索了莎士比亚喜剧结构中内蕴的基督教神话原型。《圣经》作为希伯来—基督教文化的首要经典,在本质上是一部由多个阶段性的悲剧组成的喜剧。人类背叛了创造万物的上帝,犯下了原罪,被逐出了伊甸园,在历尽艰辛与磨难之后,人类向上帝忏悔,并重新找回了自己的家园。弗莱总结,整部《圣经》的叙述都是遵循着"乐园—犯罪—受难—忏悔—最终得救"这一结构模式,而莎士比亚的大部分喜剧和传奇剧的结构与这一结构模式一致。勒兰德·莱肯(Leland Ryken)曾指出:"《圣经》包含了大量的西方文学作品中的各种原型。"[1]詹姆斯·布朗(James Brown)和 J. B. 塞尔克(J. B. Selkirk)在著作《圣经事实与莎士比亚戏剧的平行关系》中,将莎剧与圣经的平行文本划分为一百多个专题,进行了详细的考证后得出结论:莎士比亚的天才创作与圣经文本相沟通,甚至更新了后者的权威性。[2]鉴于后世西方文学视《圣经》为其创作源泉的传统,以及莎士比亚所处的基督教文化背景,可以确定,莎士比亚的创作受到了《圣经》的影响,在他的作品中能够发现许多《圣经》的原型。《威尼斯商人》中代表邪恶一方的夏洛克,他因为不是基督徒而被排斥,与基督徒们

---

[1] [美]勒兰德·莱肯:《圣经文学》,徐钟、刘振江、杨平译,春风文艺出版社1988年版,第13页。
[2] 参见 James Brown, J. B. Selkirk, *Bible Truths with Shakespearian Parallels*, Whitefish: Kessinger Publishing, 2010。

第五章　诺思罗普·弗莱：喜剧结构与绿色世界模式

签下关于一磅肉的契约。但是，夏洛克对于契约正义的坚持被鲍西娅为慈悲所做的呼吁打败，而落败的下场是上缴全部的财产，甚至险些失去生命，最终皈依了基督教后才被赦免。所以弗莱认为，《威尼斯商人》的情节重现了《圣经》中人类被流放、最终返回家园的故事脉络。在《维那洛二绅士》中，两位年轻绅士视彼此为莫逆之交，因为其中一人背叛了爱情和友情，使得他们的友谊几近破裂。但是，由于另外一人对于朋友的忠诚和宽宏大量，又使二人握手言和，重归于好。在戏剧的结尾，他们双双带着爱侣回到故乡。还有《无事生非》《皆大欢喜》《第十二夜》《暴风雨》《冬天的故事》等都体现了《圣经》的叙述模式。

死亡与复活的意象作为莎士比亚喜剧的中心元素，也是莎士比亚受基督教影响的一大证据。弗莱认为，一切神话的核心都是自然的循环——从生到死，又到再生。在戏剧中，悲剧、历史剧和纯粹的讽刺剧遵循着"因果报应"的规律，因此大多属于循环的前半段，即由生至死，由春至冬，由黎明至黑夜的阶段。在这个阶段中，"自然世界与理性世界紧密结合，自然运动依循理性秩序而发展，一切事物的兴衰轨迹都是可预见的"[1]。在历史剧中，命运的巨轮轰隆作响，决定着每个人物的盛衰荣辱，没人能逃脱宿命的掌控。相对于悲剧而言，喜剧则属于自然循环中的后半部分，即从死亡到重生，从冬天到春天，从黑暗到黎明的历程。《冬天的故事》明显地表现出喜剧的周期性意象。戏剧的开端笼罩在一片黑暗的气氛之中：当暴君列昂特斯差人将王后赫美温妮带去监禁时，赫美温妮正亲密地与儿子耳语。随后死亡的气息更加浓厚，安提贡纳斯在野熊贪婪的吞食下死去，赫美温妮刚出生的女儿帕笛塔也被遗弃在海边。十六年转瞬即逝，黑暗终将过去，黎明必将到来，以奥托力格斯赞颂水仙花的乐歌为开场，喜剧迎来了春

---

[1] Northrop Frye, *A Natural Perspective: The Development of Shakespearean Comedy and Romance*, New York and London: Columbia University Press, 1965, p. 119.

天和重生的意象。复活之力势不可当，推动着弗罗利泽与帕笛塔的结合，帕笛塔的身世最终被公之于众，赫美温妮从假死中苏醒，列昂特斯历经痛苦的忏悔也收获了与亲人的团聚。关于由冬天转向春天的意象，在《终成眷属》的主人公海伦娜的话中有直接的体现：

> 可是我还要劝你，转眼就是夏天了，野蔷薇快要绿叶满枝，遮掩了它周身的棘刺；你也应当在温柔之中，保留几分锋芒。我们可以出发了，车子已经预备好，疲劳的精神也已经养息过来。万事吉凶成败，须看后场结局；倘能如愿以偿，何患路途迂曲。
> （第四幕第四场）

磨难—死亡—复活这一程式，透露出浓厚的救赎与宽恕的宗教情结，折射出耶稣基督的受难—死亡—复活原型。在《圣经·新约》中，耶稣的受难、死亡以及复活在四部福音书中都有所体现。《辛白林》中的死亡意象集中在伊摩琴身上，因为普修默斯误信谗言，伊摩琴差点被普修默斯派去的仆人杀死。伊摩琴的"死"唤醒了他的忏悔，而忏悔才能得到救赎。得知真相之后的普修默斯悔过自责："神啊！要是你们早一些谴惩我的罪恶，我决不会活到现在，干下这样的行为；尊贵的伊摩琴也可以不至于惨死，让她有忏悔的机会；只有我这恶人才应该受你们雷霆的怒击……伊摩琴啊！我要为你而死，虽然你已经使我的生命的每一次呼吸等于一次死亡……"（第五幕第一场）伊摩琴的"复活"洗刷了人们内心的罪恶，让人的心灵得到了升华与重生，而宽恕和爱正是基督教的最高境界，不仅要爱自己、亲人、邻人，还要爱罪人和敌人。在伊摩琴"复活"之后，普修默斯领悟到爱和宽恕的重要性，他不仅能做到忏悔自己的过错，也开始原谅他人的罪过。在第五幕第五场中，他宽恕了使他陷入家破人亡局面的埃契摩："不要向我下跪。我在你身上所有的权力，就是赦免你；宽恕你是我对你唯一的报复。活着吧，愿你再不要用同样的手段对待别人。"同样，无论是

第五章 诺思罗普·弗莱：喜剧结构与绿色世界模式

《冬天的故事》中的赫美温妮，《暴风雨》中的米兰达，还是《泰尔亲王配瑞克里斯》中的泰莎，他们都经历了多次的磨难，被放逐或被谋杀和被认为死亡。他们无一不跌落至人生的谷底，沉寂了较长的"死亡"一般的时间之后，又得以重生。在这些喜剧中，肉体的死亡意象成为精神升华的一个隐喻，体现的是莎士比亚对于爱与宽恕的思考。在《圣经》之中，耶稣从死亡到复活经历了三天的时间。信徒们在这三天之内深刻忏悔，耶稣及时复活以拯救迷途的羔羊。而莎士比亚却将他剧本中的"复活"时间延伸至十年甚至是几十年。他让剧本中的角色拥有足够的时间来净化自己的罪恶，放下内心的仇恨，宽恕他人的过错，这也为剧本中增添了一种时间维度上的厚度和深度。

除了从冬天到春天，从死亡到复生，弗莱还认为，莎士比亚的戏剧还经常出现有关大海和海怪的意象，这一意象也与基督教神话有关。在《圣经》中，利维坦是一只经常出现的海中巨兽，象征着一种人类无法匹敌的自然力量，只有无所不能的上帝才能够降服。在《维洛那二绅士》中，莎士比亚对于利维坦神话的用典，出现在普洛丢斯对于如何获得淑女芳心的论述中：

> 普洛丢斯：因为俄耳甫斯的琴弦是用诗人的心肠做成的，它的点金术足以使铁石为之软化，猛虎听见了也会帖耳驯服，巨大的海怪①会离开深不可测的海底，在沙滩上应声起舞。
>
> （第三幕第二场）

事实上，利维坦不仅是怪兽，还是暴政的隐喻，这一点在托马斯·霍布斯（Thomas Hobbes）的同名著作《利维坦》中有深刻的体现。霍布斯赋予"利维坦"以政治意义，他认为，要停止战争、制止人类之间的攻击和侵犯，同时使人们真正合作来共同抵御来自外部的威胁，

---

① 这里，朱生豪将 leviathan（利维坦）译为"巨大的海怪"。

甚至使人人都能安全、富足地生活，达到柏拉图所主张的"各安其职"，实现亚里士多德所倡导的"比例和谐"，就只有让所有人的权利、意志和欲望都集中到某一个人或某一个集体的手中。他将这种集中看作"伟大的利维坦的诞生"，认为"这就是一大群人相互订立信约，每个人都对它的行为授权，以便使它能成为按其认为有利于大家和平与共同防卫的方式运用全体力量和手段的一个人格"①。于是，利维坦意味着至高无上的权力，而权力也就意味着国家。《暴风雨》的第一幕第一场描述了一幅暴雨交加、雷电轰鸣的场景。国王安东尼奥携众臣在船上痛苦地悲号着，"喊得这么响"，以至于水手长讽刺道，"连风暴的声音和我们的号令都被压得听不见了"。在第一幕第二场中，普洛斯帕罗向其女讲述过去的遭遇时，也出现了关于狂怒之海的意象。普洛斯帕罗被安东尼奥背叛后，带着独女米兰达逃亡，他们被蓄意安排在一艘破败不堪的船上，岸上的人"听着我们向周围的怒海呼号，望着迎面的狂风悲叹"。实际上，安东尼奥与其追随者所遭遇的暴风雨是普洛斯帕罗为报仇而为，而这场海上风暴导致了安东尼奥与其儿子的失散，并让他误以为自己的儿子已经惨死在海中，从而伤心疾首，痛苦万分。从这个角度来说，这场风暴折射出的是普洛斯帕罗的暴政，可以说他"有着至高无上的权力"。他在这场复仇之中处于暗处，能够号令一众精灵为自己带来一场压倒性的胜利，安东尼奥一众人只能被耍得乱作一团，毫无办法地承受着"海神的怒火"。而在普洛斯帕罗和米兰达所遭遇的风浪背后，隐藏的是安东尼奥的暴行。他作为弟弟不尊重兄长，作为臣下不忠于君上，篡权夺位，不仁不义。普洛斯帕罗所乘的船不堪一击，完全无法进行海上航行，更不可能承受呼啸的海风和狂烈的雷雨，这样的阴谋诡计试图神不知鬼不觉地杀害二人的性命，大概率也是安东尼奥的手笔。所以，这场暴雨实际上意指安东尼奥的暴政。

---

① ［英］霍布斯：《利维坦》，黎思复、黎廷弼译，杨昌裕校，商务印书馆1985年版，第132页。

第五章 诺思罗普·弗莱：喜剧结构与绿色世界模式

弗莱的辩证分析，指出了《暴风雨》背后隐藏的神话原型。

关于利维坦的神话在近东文化中也有类似的版本。在《惊奇与怪异：域外世界怪物志》中，作者罗列了近东诸多关于神祇驯服海上巨兽的传说：军神尼努尔塔打败七头蛇，乌加里特神话中巴力·哈达德制服海怪洛坦，马杜克战胜混沌母神提亚马特。① 若放眼全世界，天神或圣人制服海中怪兽的神话屡见不鲜。比如，在希腊神话中，宙斯打败提丰；在埃及神话中，太阳神拉与混沌之神阿佩普之间的斗争；在印度神话中，因陀罗战胜邪恶之龙弗栗多；在中国神话中，大禹诛杀相柳；在北欧神话中，索尔歼灭耶梦加得；等等。可以说，利维坦神话是一种可以分化为多种变体的"原型"，这也印证了我们之前所说的，莎士比亚戏剧广传于世并经久不衰的真正原因是，他选择揭示原始的戏剧结构，运用原始仪式和神话为剧本增添色彩，由于观众对原始结构和神话十分熟悉，因此容易对其产生兴趣并有所共鸣。

悲剧强调的是虚幻的真实性，情节虽然并未发生，但是根据现实经验和法则，观众能推测到其的确存在发生之可能。而喜剧则强调真实的虚幻性，具体表现为本不可能发生的事情，在喜剧情节中确实发生了。就像从死亡向新生的过渡，虽然这种重生是伴随着情节的展开进行的，但其中也蕴含了一些不尽合理的成分——自然运动已经不按照理性秩序进行了。在自然界，死是生命必然的终点，而新生并非死的必然。更准确地说，生命从死亡到重生的过程实际上完全超出了自然规律。在莎士比亚喜剧中，除了超越自然规律的重生，我们还能发现很多貌似真实发生，但极其虚幻的情节。这些情节包括事件的突转、无端的巧合、某些角色令人意想不到的心理变化等。在《皆大欢喜》中，篡位者弗莱德里克受隐士点拨后的幡然醒悟，和残暴的奥列弗突如其来的良心发现，都令人难以置信。

上文我们已经讨论过弗莱分析的喜剧的基本结构范式，明确了喜

---

① 刘星：《惊奇与怪异：域外世界怪物志》，九州出版社2017年版，第120页。

剧常以反喜剧的社会形式作为开端，而荒谬的法律是反喜剧的社会的一种表现形式。在喜剧内在动力的助推之下，这种法律往往随着情节的发展而被废除。比如，在《错误的喜剧》的开头，公爵一再重申，如果不能上缴足数的赎金，那么法律就不能赋予他赦免伊勤的权力。然而，在喜剧结尾即将达成时，公爵对小安提福勒斯表示，后者不必再上缴赎金，并承诺"我已经豁免了你父亲的死罪"。在《仲夏夜之梦》第一幕第一场中，忒修斯作为雅典的公爵，曾维护父权至上的法律。他劝解赫米娅"丢开你的情思，依从你父亲的意志，否则雅典的法律将要把你处死，或者使你宣誓独身"，并坚定地直言"我们没有法子变更这条法律"。但是，在第四幕第一场中，忒修斯违背了这种"不易之典"，并要求赫米娅的父亲"屈服一下自己的意志"，甚至为两对自由恋爱的情侣大张盛宴。若考虑到现实的原则，这种依据个人意志而导致的法律的废除，实际上意味着法治的倒退；但在弗莱看来，在喜剧之中，这种非理性因素的存在，正是达成喜剧结局的动力源泉。

神授天意这种明显违背现实的情节，也会在莎士比亚的剧本中出现。《泰尔亲王配瑞克里斯》中的狄安娜女神，在梦中指引配瑞克里斯前往以弗所与妻子团聚；《辛白林》中的朱庇特在电闪雷鸣中降临，宣布普修默斯的好运气即将来临；《冬天的故事》第三幕第二场中，阿波罗降下神谕，为清白者申冤，劝暴戾者扶正德行："赫美温妮洁白无辜；波力克希尼斯德行无缺；卡密罗忠诚不贰；列昂特斯为多疑之暴君；无罪之婴孩乃其亲生；倘已失者不能重得，王将绝嗣。"

弗莱认为，在莎剧中，反喜剧的社会与喜剧行动之间矛盾的淡化也令人觉得十分虚幻。如果喜剧以一个皆大欢喜的庆祝活动为结局，这意味着之前一切的矛盾和冲突都已经得到了宽恕和遗忘。如果从现实的角度来看，这样的遗忘和原谅是不符合情理的。正如弗莱所说，"我们经常不得不将反喜剧的社会阻碍喜剧发展的行为视为'一夜的错误'。反喜剧的社会的存在就像一场噩梦，喜剧新社会的达成就像从噩

第五章　诺思罗普·弗莱：喜剧结构与绿色世界模式

梦中惊醒，醒来之后梦中发生的一切都是虚幻而可以遗忘的"[1]。这种大梦初醒的感觉弥漫在莎士比亚的很多喜剧之中。《无事生非》中，克劳狄奥听信谣言，认为希罗是不贞洁的女子而当面用言语羞辱，甚至差点置她于死地。而希罗查出真相之后揭穿骗局，原谅了克劳狄奥，与他重归于好。希罗对于爱人的大度和宽恕在许多观众看来是难以接受的。类似的情节在《辛白林》中的伊摩琴和普修默斯之间也有体现。弗莱认为，如果喜剧与悲剧一样恪守着反映现实的原则，让事件遵照着现实逻辑发展下去，那么喜剧就没有存在的意义了。因此，我们应当将这种梦醒一般的和解看作一种"觉醒"，并接受主人公对于不快之事的原谅和遗忘，就像《仲夏夜之梦》中希波吕忒说的那样："但他们所说的一夜间全部的经历，以及他们大家心理上都受到同样影响的事实，可以证明那不会是幻想。虽然那故事是怪异而惊人的，却并不令人不能置信。"（第五幕第一场）

弗莱认为，这些虚幻的情节在莎士比亚的剧本创作之中，占据了十分重要的地位。甚至可以说，莎士比亚是刻意选择了这些难以置信的情节，打破了事件自然发展的轨迹，改变了人物的习惯或个性，甚至违反了观众的期待，以夸大达成喜剧结局的动力。"（这一重生的概念）在莎士比亚喜剧中是如此的重要，正如泰莎从棺材中复活，赫美温妮从雕塑中苏醒，这些情节正是喜剧的核心。"[2] 在弗洛伊德的释梦理论中，实现现实中被压制愿望的方式就是做梦。而在莎士比亚的喜剧之中，这股驱动着愿望实现的力量并不是消极无助的，更不是纯粹的"白日做梦"。正如弗莱所说："它是一种根植于自然和现实世界的力量。"[3]

---

[1] Northrop Frye, *A Natural Perspective*: *The Development of Shakespearean Comedy and Romance*, New York and London: Columbia University Press, 1965, p. 128.

[2] Northrop Frye, *A Natural Perspective*: *The Development of Shakespearean Comedy and Romance*, New York and London: Columbia University Press, 1965, p. 122.

[3] Northrop Frye, *A Natural Perspective*: *The Development of Shakespearean Comedy and Romance*, New York and London: Columbia University Press, 1965, p. 123.

形式主义莎评经典研究

在《自然的视角》中，弗莱指出了莎士比亚戏剧中常出现的两种象征：莎士比亚常常以音乐和女性的贞洁来象征更高级的世界，而以海上的风暴来象征混沌世界。对于莎剧中对关于女性贞洁的重视，朱丽叶特·杜辛贝尔（Juliet Dusinberre）曾分析道："在中世纪的教会，女人的贞洁是重要的美德。教会强调为了宗教献身而保持童贞，远离诱惑。而莎剧中的贞洁有明显不同的含义，保持贞洁与和谐的婚姻关系密不可分。"①在前文弗莱的分析中，我们知道，莎士比亚喜剧结构的最后阶段是身份的发现，在社会层面上，最常见的身份发现是通过婚姻实现的。婚姻的达成意味着男女主人公都各自拥有了新的社会身份，并且，喜剧新社会的形成也通常由盛大的婚礼来表达。而要顺利完成"婚姻"这一喜剧动作，对于女性贞洁的要求是必不可少的。因此，女性的贞洁通常象征着更高级的世界。

弗莱发现，在莎士比亚的剧本中，音乐的力量是巨大的，有时包含新生与更新的意象，推动喜剧动作的展开。在《泰尔亲王配瑞克里斯》中，名医塞利蒙深信音乐能够振奋人的精神，因此，在救助濒死的泰莎时，他嘱咐手下"把那粗浊而忧郁的音乐奏起来；不要忘了那六弦提琴"（第三幕第二场）。在他魔法一般的医术和众人齐心协力的奏乐之下，泰莎果真苏醒过来。在这部剧中，音乐不只救活了泰莎，还为喜剧社会的发展增添了生机，泰莎的苏醒为她与配瑞克里斯的重聚提供了根本保证，也为皆大欢喜的结局做了铺垫。弗莱还发现，莎士比亚经常用两首音乐来表现自然循环中"死"与"生"的两极。比如，在《暴风雨》第一幕第二场中，爱丽儿在音乐中加入看门狗儿的叫声和雄鸡的鸣叫，与一众精灵共同演唱象征着"生"的欢快歌曲："……可爱的精灵，伴我歌唱。/听！听！/汪汪汪！看门狗儿的叫声，/汪！汪！汪！/听！听！我听见雄鸡/昂起了颈儿长啼，/喔喔

---

① Juliet Dusinberre, *Shakespeare and the Nature of Women*, New York: St. Martin's Press, 1996, p. 30.

第五章　诺思罗普·弗莱：喜剧结构与绿色世界模式

喔!"紧接着,当爱丽儿演唱起弗迪南德的父亲溺毙的场景时,乐曲则充满了死亡的意象:"五㖊的水深处躺着你的父亲,/他的骨骼已化成珊瑚;/他的眼睛是耀眼的明珠;/……海的女神时时摇起他的丧钟,/叮!咚!"乐曲与自然循环的互相联系,在《爱的徒劳》和《冬天的故事》中也有体现。《爱的徒劳》中自然循环的意象展现得十分明显:亚马多演唱《冬之歌》与《春之歌》(第五幕第二场)。而自然的循环在《冬天的故事》中的表现则较为隐晦:歌颂"水仙花"的乐曲代表着生,而死亡的意象则通过迈密勒斯讲述的故事来体现,"从前有一个人……住在墓园的旁边"(第二幕第一场)。

结　语

如果将从17世纪已然兴起并盛行至今的莎士比亚批评视为一道银河,那么弗莱的批评必然是点缀其中的一颗闪耀明星。他将莎士比亚的戏剧传统纳入一个以神话原型为基础的、包含结构主义色彩的理论体系。在传统的文学中,喜剧由于不够深刻而远不如悲剧受到评论家们的重视,这种情况在莎评领域中也不例外。但是,在20世纪的莎评史中,正是由于弗莱等人的独创性研究,莎士比亚喜剧才得以彰显出它们的价值。在《自然的视角》中,弗莱首先强调了相较现实主义而言,文学传统具有崇高地位。他根据对于文学作品关注点的不同,将评论家们分为奥德赛式和伊利亚特式两种,并直言不讳地承认自己是一个奥德赛式的批评家,更多地着眼于文学的传统技巧和文学本身。经过分析莎士比亚剧本中对重复、突转和时代错误的运用,弗莱发现,莎士比亚是最纯粹的作家,他写作的唯一目的就是赚钱。之后,他详细地阐释了莎士比亚的喜剧结构问题,论证了喜剧是高度程式化的艺术形式。莎士比亚的喜剧结构包括三个阶段:反喜剧社会形式作为开端,身份丧失作为发展阶段,身份发现作为结局。并且,这三个阶段都可以在原始的宗教仪式中找到对应,印证了弗莱对于戏剧来源的观点：戏剧诞生于对巫术的弃绝。最后，他继续发展了之前的"绿色世界"理论，探索了莎士比亚喜剧借用的基督教世界观，证明了莎士比亚戏剧经久不衰的真正原因——莎士比亚从他当时的时代中脱离了出来，选择揭示原始的戏剧结构，由于观众对原始的戏剧结构十分熟悉，因此容易对其产生共情，并产生兴趣和感悟。

弗莱采用归纳的方法对莎士比亚喜剧和传奇剧进行了考察，他的批评不仅关注作品的叙述和意象之下的原型结构，而且揭示出作品与作品之间相互联系的原型模式。这种批评的角度，不仅超越了历史主义批评，也发展了形式主义批评。形式主义下的新批评往往忽略文学作品之间的关联性，将文学批评禁锢在狭窄的、对于某个孤立个别作品的细读模式，因而很难发掘文学艺术的普遍规律。而弗莱采用更宏观的视野去看待文学，寻求文学艺术的总体形式，探究隐藏在文学作品之中的人类的普遍文学经验，对当代西方文论界做出了巨大的贡献。

第六章　诺曼·拉普金：莎剧意义的颠覆与重构

诺曼·拉普金于1930年生于美国，1959年毕业于哈佛大学，获得博士学位，之后于加利福尼亚大学任教，在1982—1983年，曾任美国莎士比亚协会会长。拉普金一生致力于莎士比亚研究，曾发表多篇莎士比亚研究的论文。他进入文学研究领域的时候，正值文学批评学派百家争鸣，解构主义理论盛行，于是他将解构主义理论比较好地运用到了莎士比亚作品的研究上。

拉普金所著的《莎士比亚与共同理解》（1967）和《莎士比亚和意义问题》（1981）对莎士比亚研究具有重要影响。《莎士比亚和意义问题》相较于另一部，出版时间更晚，内容更为成熟。拉普金在书中展示了他跨学科的眼光，纵观古今、旁征博引，充分探讨了莎剧的多义性，是解构主义莎评的代表作。《莎士比亚和意义问题》新颖的视角，对后来众多莎评家具有启发性，彼得·普莱特在《莎士比亚与悖论文化》[1]中充分肯定了拉普金对莎剧中的悖论的重视，哈比

---

[1] Peter G. Platt, *Shakespeare and the Culture of Paradox*, Aldershot: Ashgate Publishing Ltd., 2009.

卜[1]在拉普金提出的多义性的基础上，深入研究了莎剧中具体角色的多元性。《莎士比亚和意义问题》是对以往追求意义完整性莎评的反驳，标志着莎评从形式主义向以读者和意识形态为视角的过渡。

第一节　时代更迭下的意义流变

　　意义问题在两次世界大战后，已成为西方学术界关注的重要问题。两次世界大战导致西方世界质疑理性。在此大背景下，在文学创作和文学批评界，可以发现，创作、阅读、批评文学作品，尤其是后现代作品，似乎变得越来越困难，作家难以回答自己写的是什么，读者不明白自己读到了什么，批评家也很难再统一地概括出作品主旨，文学批评呈现出百家争鸣的局面，批评流派不胜枚举，批评家的观点自成体系。面对这一新现象带来的迷惘，这个时代的批评家们迫切地想要弄清问题的根源，很多批评家及其倡导的批评理论都关注意义问题。"倡导读者反应批评理论的批评家，诸如斯坦利·费什（Stanley Fish）、诺曼·霍兰德（Norman Holland）以多种方式提出疑问，质疑虚构作品是否能诱导它的读者产生统一的反应；雅克·德里达和他的解构主义盟友们认为，语言和艺术如此自反且难以捉摸，以至于要弄清它们的意义是不可能的；哈罗德·布鲁姆（Harold Bloom）认为，一切阅读皆为误读，上乘的读者读到镜中的自己。"[2]

　　无论批评流派对意义的看法如何，他们都没有给文学的意义下定义。关于意义问题，他们关注的是意义如何生成、意义能否被认识、意义的时代变迁、后现代意义观的整体特征等问题，拉普金也不例外。批评家拒绝回答意义的本质，这并非意味着文学失去了意义，而

---

[1] I. H. Habib, *Shakespeare's Pluralistic Concepts of Character: A Study in Dramatic Anamorphism*, Plainsboro: Susquehanna University Press, 1993.
[2] Norman Rabkin, *Shakespeare and the Problem of Meaning*, Chicago: The University of Chicago Press, 1981, p. 1.

第六章　诺曼·拉普金：莎剧意义的颠覆与重构

是意义的内涵瞬息万变，因人而异。以往千百年来，无论处于哪个年代，无论时代将什么视作有意义的，意义的内核总是确定的、具有共识性的。总有一个统一的标准存在于所有人心中。例如，拉普金在读约翰·德莱顿的《一切为了爱》时，产生了以下感受："无论他们（剧中角色）是充满激情，还是排斥激情，德莱顿笔下的所有人物都确切地知道，别人（乃至他们自己）可以用理性来谴责激情。"[①] 理性至上是剧中所有人都能共享的思维模式，也是那个时代与后现代不同的地方。然而到了后现代，确定性的共识已荡然无存。意义的定义不具有普遍性，因而不在批评家的讨论范围之内。批评家不再像以往那样，商量出一个统一的、标准的、确定的答案供人照搬。意义的主观性强于客观性。在当下要想弄清楚意义是什么，只能从自身内部总结答案。大到宏观的文学的意义，小到某一具体文学作品的意义，都需要提问者自己去解答，读者的阅读体验即意义。

结合文学作品看，约翰·福尔斯（John Fowles）的《法国中尉的女人》完美地呈现了时代的更迭下意义内核的变换。《法国中尉的女人》戏仿了维多利亚时期的社会内核与写作方式，福尔斯熟知那个时代的女性的典型特征，塑造出的欧内斯蒂娜，竭力保持淑女形象，困于爱情和婚姻的藩篱，活脱脱一个维多利亚时期的女性。这给读者造成一种错觉，以为自己阅读的是那个时代的作品。维多利亚时期，文学作品有相对统一的标准，因此才能达成这种阅读效果。之后，福尔斯又回到自己所处的20世纪，他在该小说第十三章开头以作者的身份闯入故事中间，提醒读者："我正在讲的故事完全是想象的。"[②] 这种叙述方式将读者拉回到后现代。他笔下的另一位女性萨拉，行为举止充满反叛精神，令人捉摸不定，引起很多后现代读者的共鸣。两个时代同时出现于《法国中尉的女人》中，从文本内部对比这两个

---

① Norman Rabkin, *Shakespeare and the Problem of Meaning*, Chicago: The University of Chicago Press, 1981, p. 70.
② ［英］约翰·福尔斯：《法国中尉的女人》，上海译文出版社2002年版，第101页。

时代，可以看出不同时代写作方式与价值取向发生了变化。跳出文本从整体上看，福尔斯从多个视角描写不同人眼中不同的萨拉，为小说设置多重结尾和复杂多变的小说形式，都是作者在刻意营造不确定性。后现代作家对于不确定性的态度与后现代批评家相一致，作者与批评者站在同一个立场上，反对确定的、标准化的意义，主张由读者自己去体验、去构建意义。

拉普金的意义观与解构主义理论暗合。解构主义的内涵十分丰富，其玄妙之处就在于无法用简单的字句去定义。解构主义对意义最直接的发难，莫过于其领军人物德里达提出的延异的概念，延异即延宕加差异，它强调意义处于不断扩散与延迟的过程中，读者无法将其抓住。延异是德里达观点的核心，由延异引申出的在场、缺场、补充等概念，也间接解答了意义问题。作为一种文学批评方法，解构主义致力于打破文学作品中一切已经建构成型的概念，反对本质主义，将注意力放在文本的二元结构上。拉普金在解构主义理论的基础上，对莎剧进行阐释，但他不沉溺于解构本身。解构与建构相伴而生，他承认意义被解构了，但他认为解构之后必然迎来意义的重新建构，他着眼于解构之后的再建构，对于文学作品的意义始终保持积极乐观的态度。

后现代批评观往往对应着后现代文学作品，批评家多以同时期的文学作品为载体，探讨文学作品的意义。然而，拉普金另辟蹊径，选取文艺复兴时期的莎士比亚戏剧作为探讨意义的载体。在解构主义意义观的指导下，拉普金探寻了莎剧的意义，这是拉普金的独到之处。这一方面是因为莎士比亚的经典性，另一方面是莎氏所处时代的特殊性。基恩·霍华德提到，

> 文艺复兴因略有不同而被挪用：它既不是现代的，也不是中世纪的，而是这两个相对更统一的时代之间的夹缝或中介空间。在这个时代，人们可以看到范式和意识形态的冲突、意义系统的

第六章　诺曼·拉普金：莎剧意义的颠覆与重构

游戏，以及对人类身份的脆弱与稳固的自我反思、自我意识，这与后现代文化的一些主导元素产生了共鸣。简而言之，我认为文艺复兴被视为前工业时代人类最后的避难所，后工业时代的学者对它如此感兴趣，是因为这些学者解释这一时期时，感受到他们自己生活在历史夹缝中的兴奋与恐惧。这一时期，过去构建的范式摇摇欲坠，而新范式尚未确定……这些关于不连续性和矛盾性的叙述，很大程度上来源于20世纪晚期人们对自己所处历史状况的解释。[1]

从历史的角度看，文艺复兴时期与后现代同属历史的转折期，不确定性是转折期的特色。转折期的困惑与阵痛，促使后现代民众回看文艺复兴时期，从中寻求共鸣，向其吸取经验。

时代的共通性造就了莎剧的跨时代性，这是时代的作用，反过来说，莎氏从时代中脱颖而出，是时代的佼佼者。哈罗德·布鲁姆在《西方正典》中，给予了莎士比亚至高的评价，他认为莎氏与但丁齐名，"莎士比亚和但丁是西方经典的中心，因为他们在认知敏锐性、语言活力和创作天赋方面超过了所有其他西方作家"[2]。莎氏的作品承前启后，为后来者开辟了道路，它们经受住了时间的检验，是永世流芳的无价之宝。他的作品囊括了任何一个时代要求文学作品具有的特质，浪漫主义者从中感受到浪漫主义色彩，理性主义者看到道德在剧中扮演的角色，唯美主义者从中感受到美，而这种多义性、复杂性、不确定性恰好符合解构主义者对意义一词的诠释，从而在新的时代，又为莎士比亚增添了一抹光辉。后人无数次改编莎剧，但在拉普金看来，无论如何改编，改编后的莎剧意义都是明确的，而莎剧本身却具有后现代主义文学所特有的色彩；莎剧的不确定性是其后的改编

---

[1] Jean Howard, "The New Historicism in Renaissance Studies", *English Literary Renaissance*, No.1, 1986, pp.16-77.

[2] Harold Bloom, *The Western Canon*, New York: Harcourt Brace, 1994, p.46.

者所无法还原的。从莎氏的作品中探寻意义如同探本穷源，从根本上求解；反过来看，从意义的角度品鉴莎氏的作品，进一步丰富了莎评，有助于为未来的读者呈现当前社会的精神内核。

在《莎士比亚和意义问题》一书中，拉普金抓住了莎剧与意义的辩证关系，站在后现代的历史节点上，留下了他的思考。拉普金立足于解构主义意义观，向三个不同的方向延伸，阐释莎剧的解构主义特质。拉普金首先纵向追溯了文学批评家对文学语言标准的颠覆，发掘解构主义理论与新批评理论的渊源。在新批评派产生以前，含混多义的表达方式在很长一段时间被公认为一种缺陷，歧义被当作语病看待。I. A. 瑞恰慈首先将文学语言与科学语言做了区分，提出语义的不确定在文学作品中是正当必要的，自此拉开了解构语言确定性的序幕。新批评派产生于20世纪初，而莎士比亚早在16世纪就已在作品中大量运用了具有歧义的表达方式。拉普金套用新批评派的术语分析了莎氏的语言特色，其中，克林斯·布鲁克斯提出的悖论与燕卜荪提出的含混得到了拉普金的青睐，拉普金将其与莎剧相结合，把理论与文本相结合落到了实处。除了纵向追溯批评流派对文学语言的意义解构外，拉普金还扩大了莎剧和莎评的外延，以跨学科视野，将格式塔心理学中的鸭兔错觉图、尼采哲学中的"永恒轮回说"与莎剧结合到一起：阐释莎剧如同描述鸭兔错觉图，结果永远是不准确的，其中永远掺杂着观者或读者的个人经验，原作本身的意义无法被完全理解；莎剧中所描绘的王室的更迭、人的传承则印证了尼采的"永恒轮回说"，轮回是一个圆，圆上找不到起点和终点。拉普金做出的这两种跨学科延伸虽然方向不同，但是共同印证了意义的无本质性。最后，拉普金还从20世纪回到16—17世纪，比较复辟时期的改编版莎剧与莎士比亚创作的原版莎剧，回到文学作品中，探究原剧与改编剧的差异：莎剧追求复杂性和矛盾性，而改编剧追求简单明确；改编剧中的角色以理性为底色，而莎剧中的角色尚未完全成为理性的信徒。文艺复兴时期和第二次世界大战后的后现代时期，分别代表着前理性

第六章　诺曼·拉普金：莎剧意义的颠覆与重构

时代和后理性时代，莎剧对于理性的态度与后现代相通，莎剧的创作时间虽然与复辟时期相距更近，但是莎剧中的人物更像是生活在后现代。除了从以上三个方面阐释莎剧意义的复杂性外，拉普金还着眼于文学创作和文学批评本身，直面文学批评受到的意义问题的困扰，从元戏剧和元批评的角度展开了一系列思考。

第二节　从新批评到解构主义莎评

布鲁姆从认知、语言、创造力三个方面对莎士比亚做出评价，语言是其中之一。拉普金对莎剧的解构首先是对语言的解构。语言在文学创作中起着至关重要的作用，莎士比亚运用语言艺术为人物蒙上面纱。莎士比亚的语言千变万化，远远超出其表面所指，按照维特根斯坦（Wittgenstein）的说法，语言是一种游戏，莎士比亚似乎早在几百年前就看透了这一点，并通过操纵语言来达成想要的效果。莎士比亚对于语言的态度，与新批评派和解构主义的理论有共通之处。拉杰纳特曾将新批评和解构主义批评相对比，并称："当我们在下一节讨论德里达的语言观时，我们将发现他的结论与我们从瑞恰慈对语言的思考中得出的结论惊人地相似。德里达和瑞恰慈之间的区别在于前者明确了后者所暗示的东西。"[1] 这两个批评流派都重视文学语言，且都认为文学语言具有非指称性、不确定性。瑞恰慈提出情感语言的概念，将情感语言区别于认知语言，试图表明语义不确定在文学中是正当的、具有积极意义的；新批评派倡导的各种修辞手法，诸如悖论、反讽、含混、张力，都指向语义的不确定性。解构主义顺着新批评的语言观，将语言的不确定性推演到极致，其代表人物德里达将语言看作自由游戏，他认为语义中不包含任何本质性的东西，语言所表达的

---

[1] Rajnath, "The New Criticism and Deconstruction: Attitudes to Language and Literature", in M. H. Abrams, Jonathan Culler, et al., *Deconstruction: A Critique*, London: Palgrave Macmillan, 1989, p. 72.

意思都是约定俗成和自我指涉的。在此理论基础上，拉普金对莎剧语言进行了剖析。拉普金选取了新批评派的悖论、含混两大术语，来分析莎剧的语言魅力，他不局限于词句，通过举证大量莎评家对于莎剧相悖的观点，展示莎剧意义的矛盾与复杂。

悖论是莎剧与后现代作品共通的语言形式之一。悖论这种语言形式如今为后现代文学批评所看重，但其早在西方文艺复兴时期，甚至更早，便已屡见不鲜。普莱特在《莎士比亚与悖论文化》中详细解说了文艺复兴时期的悖论文化，他提到了以翻译西塞罗（Cicero）与托马斯·莫尔（Thomas More）的作品而闻名的兰多，是他将悖论这一文学形式带入文艺复兴时期的意大利。在兰多所探讨的悖论中，有的声称贫穷比富有好，丑陋比美丽好，无知比聪明好，醉比醒好，胆怯比大胆好。威克斯（Vickers）认为，《李尔王》中，埃德蒙关于私生子的独白，基于兰多的悖论——私生子比合法的孩子更值得尊重；对于全剧至关重要的葛罗斯特关于盲与明的议论，也与兰多探讨的悖论问题相关。在兰多之后，约翰·邓恩（John Donne）曾写过一本悖论合集，并在他死后的1633年出版，命名为《悖论与问题》，邓恩说，"只有胆小鬼才敢去死"，"智者是在众多嘲笑中出名的"……可见，悖论在文艺复兴时期是一种受欢迎的文学表达方式。普莱特认为，"莎评家没有充分认识到悖论的力量——莎士比亚不光以悖论的方式玩弄矛盾，还用以延展、挑战甚至拆解助力于构建莎剧的个人和社会信仰体系"[①]。

时隔几百年，悖论这一术语又常见于20世纪的批评论述中，克林斯·布鲁克斯宣称："从某种意义上说，悖论适用于诗歌，是诗歌不可避免的语言。科学家的真理需要一种消除任何悖论痕迹的语言；

[①] Peter G. Platt, *Shakespeare and the Culture of Paradox*, Aldershot: Ashgate Publishing Ltd., 2009.

第六章　诺曼·拉普金：莎剧意义的颠覆与重构

显然，诗人阐明真理只能依赖悖论性的语言。"[1] 由此可见，悖论是达成不确定性效果的首要途径，"后现代主义小说形象的不确定性，使得每一句话都没有固定的标准，后一句话推翻前一句话，后一个行动否定前一个行动，形成一种不可名状的自我消解形态"[2]。莎剧中的悖论数不胜数，但很少有人将莎剧中的悖论与后现代文学批评结合起来，拉普金在这方面具有开创性。

以莎士比亚饱受争议的《威尼斯商人》为例，《威尼斯商人》中，每一个人物的形象都无法一言以蔽之。以夏洛克为首，剧中多处出现众人责骂夏洛克的场景，夏洛克吝啬、恶毒、冷血的形象早已深入人心，这部剧也因夏洛克受到惩罚而被称为喜剧。夏洛克的话语充斥着抱怨、咒骂。他咒骂自己的女儿："她干出这种不要脸的事来，死了一定要下地狱。"（第三幕第一场）他贬低自己的仆人："这蠢材心肠倒还好，就是食量太大；做起事来，慢吞吞像条蜗牛一般；白天睡觉的本领，比野猫还胜过几分。"（第二幕第五场）这些话使夏洛克的形象大打折扣。然而，对一枚小小的戒指的态度，反映出夏洛克形象的复杂性。当夏洛克的女儿偷走了他的婚戒时，夏洛克痛心疾首，高呼"那是我的绿玉指环，是我的妻子莉萨在我们没有结婚的时候送给我的。即使人家把一大群猴子来向我交换，我也不愿把它给人"（第三幕第一场）。夏洛克爱逞口舌之快、对仆人吝啬，看似是邪恶的化身，但他对婚姻秉持着忠贞不渝的态度，重情重义，这前后的矛盾，引人深思。对夏洛克的负面评价主要来自安东尼奥无力偿还欠款时，他坚决按约执行，非割下安东尼奥的一磅肉不可，这样做使夏洛克被视为冷漠无情、伺机报复的魔鬼。但回顾事件的起因，夏洛克在对手危难之时，慷慨解囊，借给他三千磅，况且在当时，以一磅

---

[1] Cleanth Brooks, *The Well-Wrought Urn: Studies in the Structure of Poetry*, London: Dennis Dobson Ltd, 1960, p. 3.
[2] 陈世丹：《论后现代主义不确定性写作原则》，《河南师范大学学报》（哲学社会科学版）2001年第2期，第66页。

形式主义莎评经典研究

肉作为筹码签订协议是符合法律的,且签订协议时夏洛克无从得知后续发展。库伯在《夏洛克的人性》中说:"虽然他对基督徒表现出强烈的愤慨,但至少在一定程度上是因为他遭到了羞辱。虽然他为高利贷辩护,伊丽莎白时代,放高利贷使他被打为恶棍,但他借钱显然是在行善。"[1] 夏洛克是善是恶,他与安东尼奥孰是孰非,读者莫衷一是。如拉普金所说:

> 偶尔,乃至每时每刻,我们都能感受到夏洛克是一个受伤的父亲,感受到他承担父亲这一角色的不容易,感受到微不足道的萨拉里诺和萨莱尼奥漫不经心地联手虐待了他,感受到他的恶毫无动机。他蔑视安东尼奥,原因只有他自己知道,对此,我们不愿多想,试图浅显地解读为他的个人态度,他兼怀慷慨、不主动出击、敏感、反仇恨的特质,这些特质已让我们感到五味杂陈。[2]

在《李尔王》中,莎士比亚更是将悖论艺术发挥到了极致。威克斯曾言:"《李尔王》中矛盾、谜语、矛盾元素的重要性得到了充分的认识:从弄人简单的谜语——'北斗七星为什么只有七颗星''蜗牛为什么背着一个房子'——延伸到更大的戏剧场景,从'当我能够看见的时候,我也会失足颠扑'到'那两个有口无心的女儿,她们的柔和的低声反映不出她们内心的空虚',这些显而易见的矛盾,到显而易见的重复,'没有只能换到没有'。"[3] 其中,弄人与李尔的对话矛盾性最为突出:

---

[1] John R. Cooper, "Shylock's Humanity", *Shakespeare Quarterly*, No. 2, 1970, p. 119.
[2] Norman Rabkin, *Shakespeare and the Problem of Meaning*, Chicago: The University of Chicago Press, 1981, p. 6.
[3] Brian Vickers, "King Lear and Renaissance Paradoxes", *The Modern Language Review*, No. 2, 1968, p. 305.

第六章　诺曼·拉普金：莎剧意义的颠覆与重构

弄人：（向肯特）请你告诉他，他的土地得的租金最终也只等于没有；弄人嘴里的话他是不相信的。

李尔：好挖苦的弄人！

弄人：我的孩子，你知道苦弄人和甜弄人之间的区别吗？

李尔：不，孩子，告诉我。

弄人：哪个爵爷劝告你

把你的土地全给光；

叫他站在我身边，

你自己站这旁：

一个傻瓜甜，

一个傻瓜苦；

甜的穿彩衣，

苦的丢掉王权无处诉。

李尔：你叫我傻瓜吗，孩子？

弄人：你把你所有的尊号都送了别人；只有这一个名字是你娘胎里带来的。

（第一幕第四场）

弄人与李尔这番对话涉及智与愚、疯癫与文明的悖论。李尔将土地全送给了忘恩负义的两个女儿，到头来，自己落了个无人问津、有家难回的下场，他因此遭到了弄人的耻笑。而所谓弄人原本是疯癫的代名词，弄人的言行举止与大众有别，因而被称作弄人，地位也低人一等。在这段对话中，弄人的话语充满智慧，他将贵为君王的李尔称作傻瓜，让观众一时分不清何谓智、何谓愚。

弄人的这段顺口溜与中国古典名著《红楼梦》中的《好了歌》毫无二致。《好了歌》的作者的身份与弄人相似，是一位"疯癫落拓""麻屣鹑衣"的跛足道人，他风餐露宿，逢人便唱：

> 世人都晓神仙好，唯有功名忘不了！
> 古今将相在何方？荒冢一堆草没了。
> 世人都晓神仙好，只有金银忘不了！
> 终朝只恨聚无多，及到多时眼闭了。
> 世人都晓神仙好，只有娇妻忘不了！
> 君生日日说恩情，君死又随人去了。
> 世人都晓神仙好，只有儿孙忘不了！
> 痴心父母古来多，孝顺儿孙谁见了？

这首《好了歌》在《红楼梦》中多次出现，每次出现都令听者唏嘘。《好了歌》正是利用悖论激发读者思考。莎士比亚与曹雪芹处于不同时代、不同文明，但都善用悖论，可见悖论对于文学经典塑造的重要作用。

对于悖论，威克斯称，"我们可以看出，文艺复兴时期的悖论的读者所看到的，是一种极受欢迎的文学形式，它更多地与深奥的道德哲学联系在一起，而不单单是娱乐之作的'机智独创'"[1]。诚如他所言，悖论的作用并不仅仅在于让读者会心一笑，它不仅仅是一种修辞手法，更是一种逻辑架构。从《威尼斯商人》到《李尔王》，悖论让读者感到五味杂陈，继而陷入深思。本质上，悖论反映了二元对立的建构与解构。将悖论渗透于戏剧之中，以悖论的形式展开对话，能够翻转或消解文学作品中的二元对立。夏洛克的悖论根植于对善与恶的思考；李尔与弄人的对话，反映出智与愚的转化；葛罗斯特被戳瞎双眼前后，体现了心盲与眼盲的转化；李尔三个女儿的做派，建立在言与行的对立之上。悖论以二元为前提，二者不容为悖，从悖论中可以看出二元结构的雏形，悖论这一文学形式的出现预示着秩序的产生；

---

[1] Brian Vickers, "King Lear and Renaissance Paradoxes", *The Modern Language Review*, No. 2, 1968, p. 309.

第六章 诺曼·拉普金：莎剧意义的颠覆与重构

同时，悖论颠覆了二元，它打碎了二者之间的对立，让读者无法赋予善与恶、智与愚确定性的意义，带领读者重新思考，甚至推翻一切确定的概念。

解构二元对立是德里达思想的重要组成部分，德里达在《多重立场》中明确提到："我一直强调这个翻转阶段的必要性，而人们也许太急于不相信它了。要公正地对待这个必要性，就要认识到在古典哲学的对立中，我们所处理的不是面对面的和平共处，而是一个强暴的等级制。在两个术语中，一个支配着另一个（在价值观上，在逻辑上，等等），或者有着高高在上的权威。要消解对立，首先必须在一定时机推翻等级制。"[1] 德里达认为一切概念都是凭借差异建立的，这种差异最大化时就成了对立，在传统的二元对立中，两方的地位不是平等的，一方总是凌驾于另一方之上，比如善与恶、智与愚，且这种不平等并非事物的本质，只是语言生成意义的一种必要手段，本不存在高下之分。他的解构主义体现在形式主义批评中，就是消解文本中的二元对立。

拉普金聚焦于莎剧中的悖论手法，用大量的篇幅阐述莎剧中的悖论，认为在《威尼斯商人》中，几乎每一个人都是矛盾结合体。他将悖论看作莎剧的一大特色，悖论使莎剧的意义变得模糊、复杂。拉普金虽未直接指明其理论预设与解构主义的关联，但他的阐释与解构主义理论相符。

与悖论相近的另一个术语是含混。悖论强调反义，含混强调多义，二者都为新批评派所倡导。更重要的是，悖论与含混都否认意义的单一性，这一点为后来的解构主义批评奠定了基础。悖论与含混都被拉普金用来为莎剧做辩护。拉普金在编写《莎士比亚和意义问题》时，特地增加了对含混问题的探讨。[2]

---

[1] Jacques Derrida, *Positions*, Chicago: University of Chicago Press, 1981, p. 41.
[2] 《莎士比亚和意义问题》的大部分章节曾以文章的形式发表，后经修改而编订成书，与含混的关联即为修改时所加。

形式主义莎评经典研究

含混，出自燕卜荪的《含混七型》。燕卜荪的老师瑞恰慈曾言，"旧的修辞学认为含混是语言里的一种错误，希望限制它，消除它；新的修辞学认为它是语言力量的必然结果，是我们大多数重要话语必不可少的方式——在诗和宗教里尤其如此"[1]。科学语言中，含混被解作歧义，被当作一种语病加以限制；但在诗歌语言中，含混又显现出它独特的魅力。如中国古诗中"青青子衿，悠悠我心"一句，"青衿"用于指代有学识的人。这句诗源自《诗经》，后经曹操引用，既可用来描写姑娘思念情人，又可用来表示君王渴慕贤才，有多重含义。再者，如李商隐《锦瑟》一诗，这首诗借用众多典故，内涵丰富。有人将其解作悼亡之作，有人将其作为爱情诗，还有将其当作客中思家的、吟咏乐器锦瑟的、自感自伤的作品，莫衷一是。在西方，燕卜荪的《含混七型》一经出版，便引来了诸多学者探究莎士比亚作品中的含混。譬如，在莎士比亚的爱情剧《罗密欧与朱丽叶》中，当罗密欧杀死了朱丽叶的表兄，朱丽叶的母亲发誓要向罗密欧复仇时，朱丽叶当着母亲的面说："真的，我心里永远不会感到满足，除非我看见罗密欧在我的面前——死去。"（第三幕第五场）马里恩·史密斯认为，这样一句话包含了多重意思[2]。首先，这句话是为了表示对母亲的顺从而假意说出的；其次，史密斯认为，"满足"与"死亡"暗含性方面的指涉；再次，这句话与后文的情节相呼应，第五幕中，死去的罗密欧躺在朱丽叶的怀里；最后，这句话还与前文相呼应，在第三幕第五场中，朱丽叶形容罗密欧脸色苍白时说道，"上帝啊！我有一颗预感不祥的灵魂；你现在站在下面，我仿佛望见你像一具坟墓底下的尸骸"。朱丽叶两次提到死亡，相互呼应，为后文做铺垫。一句话看似简单，含义却复杂深刻，这样的例子在莎士比亚的作品中数不胜数。获取文本的深意需要读者反复阅读和揣摩，燕卜荪的《含混七

---

[1] I. A. Richards, *The Philosophy of Rhetoric*, New York: Oxford University Press, 1965, p. 40.

[2] Marion Smith, *Dualities in Shakespeare*, Toronto: Toronto University Press, 1966, p. 84.

第六章　诺曼·拉普金：莎剧意义的颠覆与重构

型》正是通过细读文本的方式，一一举例，阐释西方文学作品中的含混用法。

拉普金对莎剧中的含混的理解，与以往其他学者不同，他拒绝将剧中的含混单纯地理解为文学创作的一种手法。他认同含混在文学作品中具有重要地位，但相较于细读，他更倾向于从整体上进行剖析。以《亨利五世》为例，亨利五世既是一代君王，又是一个有血有肉的普通人，君王的身份要求亨利五世善弄权术，有勇有谋，为国奉献；但作为一个普通人，人性中的七情六欲，亨利五世一样都不少。拉普金提到亨利五世的矛盾性，我们在《亨利四世》中也能感受到：在《亨利四世》下篇第四幕第五场中，亨利四世病重，亨利五世作为儿子，想守在床前尽孝，但政治方面的原因阻止了他，最终只能装作漠不关心，他为此感到痛苦不已，称王冠是"光华煜煜的烦恼""黄金铸就的忧患"。拉普金认为，在《亨利五世》中，亨利五世面临着心理自我与社会自我的矛盾，他心理上的矛盾是含混的深层原因，并宣称这种矛盾是每个人都必须面对的。拉普金字里行间透露出，含混是人在解释世界时，必须面对的难题。

依照拉普金的观点，《亨利五世》中的含混，符合燕卜荪七种含混类型中的第七种，即含混程度最高的一种。燕卜荪这样描述第七类含混：

> 第七种类型的含混，或者说这个含混系列上的最后一类（它是所能设想的意义最含混的一类），发生于以下情况中：一个词的两种意义，不仅含混不清，而且是由上下文明确规定了的两个对立意义，因而整个效果显示出作者心中并无一个统一的观念。……这最后一类含混的标准是心理学的而不是逻辑学的，因为定义的关键点已变成上下文的思想，以及个人对那个上下文的态度。[①]

---

① William Empson, *Seven Types of Ambiguity*, London: Chatto and Windus, 1930, p.192.

这种说法将含混的根源转移到了语境和作者上。拉普金甚至将《亨利五世》的含混归结于莎士比亚精神上的含混,他从历史角度追溯了莎士比亚的含混。他说:"莎士比亚最浪漫、最富有喜剧色彩的历史剧创作于他准备放弃浪漫喜剧奔向伟大悲剧的时刻……《亨利五世》两可的世界观之间的冲突表明了莎士比亚的精神斗争,精神斗争贯穿于他剩余的职业生涯。"① 拉普金提出的这样一种观点,与精神分析的观点颇为相似。

含混是修辞学中的术语,单论含混在文学作品中的地位和效果,属于修辞学的范畴,与意义问题关联不密切,但要追溯含混的源头,便与意义研究脱离不了干系。含混根源于语境,语境是造成意义含混的深层原因。瑞恰慈提出的语境理论,让修辞学贴近意义研究,他在《修辞哲学》中将传统对于文学语言的意义的看法归结为"词义确定迷信","词义确定迷信"认为词具有独立的,甚至是单一的意义,瑞恰慈否定了这种说法,并说道:"这是一种迷信,它习惯性地忘记一个词的意义的稳定性来自赋予它意义的语境的稳定性,词的稳定性意义并非实证性的,往往是解释性的。"② 意义的解释性特征决定了词义随着语境而变化,具有不稳定性。语境影响语义,这一点被德里达充分利用,德里达延伸了瑞恰慈的语境理论,他不光看到了语境对词义确定性的影响,还进一步提出,语境是无止境的、永不饱和的,因此意义永远是流动的、不确定的,文本可能产生无限的语义效果。

悖论和含混,都曾被认为是贬义的,新批评为其正名,揭示了它们在文学作品中的积极作用。新批评派的支持为解构主义对它们的继承和发展打下了基础。悖论最终指向德里达对二元对立的解构,含混

---

① Norman Rabkin, *Shakespeare and the Problem of Meaning*, Chicago: The University of Chicago Press, 1981, pp. 61 – 62.
② I. A. Richards, *The Philosophy of Rhetoric*, New York: Oxford University Press, 1965, p. 11.

第六章 诺曼·拉普金：莎剧意义的颠覆与重构

指向德里达的语境观，二者都与解构主义理论息息相关。追溯其中的相关性会发现，文学中的修辞常常被解构主义者作为铺陈其理论的载体，正如保罗·德曼所说："修辞从根本上终止了逻辑，让指涉偏差的不稳定性成为可能。"① 悖论和含混都是修辞手法，都是解构性的语言。拉普金对莎剧中的悖论、含混现象的阐释，与解构主义理论浑然一体。

第三节 莎剧意义的跨学科解读

弗莱在《批评的剖析》中将文学批评与美术批评相比较，他说："当我们观看一幅画时，可以站得更近一点，分析它的笔触和配色方案的细节。这基本和文学中新批评的修辞分析类似。如果我们后退一定的距离，我们可以更清楚地看到整个构图，也就是说可以观看绘画中呈现的内容了。……如果再后退一点距离，我们将更清楚地了解画面的布局。……在文学批评中，我们还需要经常与一首诗保持一点距离，以便更好地看到它的原型结构。"② 新批评活跃于20世纪上半叶，五六十年代逐渐式微。拉普金批判继承了新批评有关悖论与含混的论述，但他始终对新批评派持保留态度。他多次提到，新批评派过于局限于文本，细读词句的方法，固然在解读简短的诗词上建立了优势，但面对其他体裁的文学作品时，或从更宏观的视角看待作品时，则显得捉襟见肘。拉普金跳出了新批评派的局限，秉持跨学科的态度，其宽阔的眼界将莎剧的意义与其他学科的理论巧妙地结合到一起。

---

① Paul de Man, *Allegories of Reading*, New Haven & London: Yale University Press, 1979, p. 10.
② Northrop Frye, *Anatomy of Criticism: Four Essays*, Princeton: Princeton University Press, 2000, p. 140.

形式主义莎评经典研究

对于"亨利四部曲"①，拉普金的理解与格式塔心理学挂钩。心理学家约瑟夫·贾斯特罗（Joseph Jastrow）在他的《心理学中的真实与虚构》中，画过一个模糊的图形，这个图形既像鸭子的头，又像兔子的头，如图 6-1：

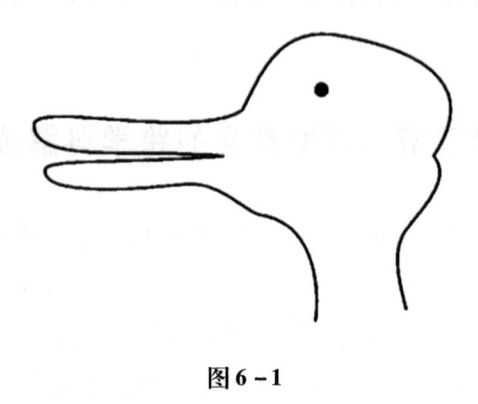

图 6-1

随后，英国艺术心理学家贡布里希在《艺术与幻觉》的导言中，提到了这幅著名的鸭兔错觉图，他是这样说的：

> 这幅画看起来既像兔子又像鸭子，这两种印象都是可以理解的。然而，当我们从一种解释转向另一种解释时，要准确地描述发生的变化并没有那么容易。毫无疑问，当面对"真正的"鸭子或兔子时，我们不会有这样的幻觉。严格地说，纸上画的图形并不像这两种动物。然而，显而易见的是，当鸭嘴看成兔子的耳朵，而另一个被忽视的区域被突出显示成兔子的嘴时，这个图形会以某种方式发生微妙的变化。……事实上，我们能够比较快地从一种解释转换到另一种解释；当我们看到鸭子时，我们同时也

---

① 莎士比亚的九部历史剧，除去《约翰王》，另外八部构成了两个四部曲。"亨利四部曲"指莎士比亚的第二个四部曲，其中包括《理查二世》、《亨利四世》（上、下）、《亨利五世》。

第六章　诺曼·拉普金：莎剧意义的颠覆与重构

会"看到"兔子。但是，我们越是关注自身，就越确信我们不能同时做出两种选择性的解释。①

拉普金认为，"亨利四部曲"与鸭兔错觉图如出一辙，图像本身没有发生任何变化，但观众心目中所偏向的对象摇摆不定。"亨利四部曲"以三代君王为主角，从理查二世开始，他在位时昏聩无能，波令勃洛克趁他不备，趁机造势，谋权篡位，将他废黜。有时候，理查二世在观众心目中是暴虐的国王，冈特离世后，他将本该由波令勃洛克继承的土地和财产据为己有，不听约克公爵的劝诫，致使民心倒向了波令勃洛克，认为波令勃洛克是更适合的国王人选；有时候，观众认为他被篡位幽禁显得楚楚可怜，理查二世退位后，波令勃洛克继位。《亨利四世》上篇一开场，便描述了波令勃洛克战败，受到珀西威慑的场景。波令勃洛克即位后，他治国的弊端显现了出来，臣子渐渐对他产生不满，出兵讨伐，但他年迈多病，受战争侵扰和良心谴责，使观众燃起了对他的同情。他临死前的独白打动了观众："我的王业在我身上似乎是巧取豪夺所得的荣誉。有许多活着的人还在斥责我借助他们取得了它，这类斥责每天每日都在发展成为争执和流血，伤害着仿佛存的和平。你看到我用惊险的手段回答了这些大胆的威胁，因为我的整个统治扮演的也就是这个故事。现在我死了，这场戏的情调也就变了。"(《亨利四世》下篇第四幕第五场）如他所言，随着一代君王的离世，他生前的功与过都变得悲壮动人起来，观众对他的评价也随之改变。理查二世和亨利四世给观众的印象是左右摇摆的。从结构上看，这两位君王的故事的布局与鸭兔图类似，两代君王都经历了民心的得与失。对于他们而言，有的读者看到的是明君，相反，有的则看到的是昏君。依拉普金之言，"初演结束离开剧场时，

---

① E. H. Gombrich, *Art and Illusion: A Study of the Psychology of Pictorial Representation*, New York: Pantheon Books, 1960, p. 6.

一些观众知道他们看到了一只兔子，另一些观众知道他们看到了一只鸭子。还有一些人，他们为自己的答案惴惴不安，他们不知道该怎么想，我认为他们是莎士比亚最好的观众"①。

到了亨利五世时代，情况变得更为复杂。《亨利四世》记录了波令勃洛克的一生，也记录了亨利五世哈尔继位前的生活。《亨利四世》描绘了哈尔与福斯塔夫之间的诸多趣事，福斯塔夫滑稽、好吹嘘、直言不讳、爱捉弄人、巧舌如簧，哈尔与他的经历为《亨利四世》增添了喜剧色彩，福斯塔夫是哈尔生活化的一面。另一个人物与福斯塔夫截然不同，那就是诺森伯兰之子珀西。珀西骁勇善战，一心想要在战争中夺取荣誉，最终却在与哈尔交战的过程中，为哈尔所杀。拉普金认为，这两个人物共同构成了哈尔的自我。此外，哈尔即位后，一改往日的作风，表现出了明君所具有的一切特质。他善辨忠奸，任人唯贤，英勇善战，体贴下士，是莎士比亚所有历史剧中最完美最理想的君主。拉普金在《莎士比亚与共同理解》中评判道："显然，亨利五世代表着君王的典范，理查二世和亨利四世都不及他，他兼具理查二世的本性、场合意识和亨利四世的实力，以及两人都没有的宽宏大量和人文主义特性。"② 他身上承载着莎士比亚对君王的美好想象，即贤君的特质与平民的特性在君王身上得到了完美调和。然而，这样一位君王，他的善战也是残暴的表现，他发动炮攻，不将敌国夷为平地誓不罢休。他面对战火宣称："这跟我有什么相干，如果邪恶的战争之神，像魔鬼之王那样身披着火焰，露出他那被硝烟熏黑的面孔，干尽一切破坏蹂躏的暴行？如果你们咎由自取，害得你们的大闺女落在淫欲炽烧的大兵手中，被他们强奸，这跟我又有何干？"（《亨利五世》第三幕第三场）

---

① Norman Rabkin, *Shakespeare and the Problem of Meaning*, Chicago: The University of Chicago Press, 1981, p. 44.
② Norman Rabkin, *Shakespeare and the Common Understanding*, New York: The Free Press, 1967, p. 98.

第六章 诺曼·拉普金：莎剧意义的颠覆与重构

拉普金的鸭兔图式的解读不仅意在为《亨利五世》提供一个新的阐释角度。他将不同的观点并置，意在表明，无论图像如何变换，人一次只能看到一个清晰完整的画面，而观众眼中的完整性实际上是虚构的，是将不符的部分强行抹去后得到的。以图为例，如果将其看作鸭子，那么就一定会忽视兔子的嘴所在的部分。这种情况同样适用于文学批评，文学作品的意义往往并非单一的、完整的，如果硬要将不规则的文学作品看作规则的，就必然要用幻想削去突出的部分，填补缺失的部分，必然会令其失去本来面目。

维特根斯坦将鸭兔图带入哲学领域，在他的著作《哲学研究》中，有很大篇幅都在解释鸭兔错觉图的玄妙之处。[①] 维特根斯坦发现，客观上，这幅图是固定不变的，是由颜色和形状构成的；然而，它在视觉上呈现出来的是一幅不断运动的画面。画面的运动客观上并不存在，是脑内的一种幻觉，是人的思维对视觉印象的"组织"。这种"组织"与个人经验相关，通俗地说，熟悉鸭子的人，更倾向于将其认作鸭子，反之亦然。每个人的经验各不相同，因此对图的反应也不尽相同。将维特根斯坦对于鸭兔错觉图的分析，带入对莎剧的阐释中可知，读者从"亨利四部曲"中看到的人物变化，都是读者在自己已有经验的基础上，对人物的主观建构，艺术批评就是个体将感官体验按照个人经验概念化的过程。

维特根斯坦的观点带有反本质主义的色彩，内容上与解构主义相通。亨利·斯坦顿曾将维特根斯坦与德里达做横向对比，在解构主义与语言哲学之间架起了桥梁，他说："维特根斯坦的《哲学研究》的风格，重点涉及将语言从意义支配中解放出来，不再将语言作为物质本体，这与现代诗学相联系：关注词汇的视觉和听觉特征，关注词与词之间发音的似乎偶然的联系，以及把隐喻作为一种不可简化的表达

---

① ［奥］维特根斯坦：《哲学研究》，李步楼译，陈维杭校，商务印书馆1996年版。

方式。"① 维特根斯坦和德里达都否认符号有客观意义，维特根斯坦主张用途即意义，语言的意义在于使用，他在《哲学研究》中提出了语言游戏说，他称"我们称之为'符号'、'词'、'语句'的东西有无数种不同的用途。而这种多样性并不是什么固定的、一劳永逸地给定了的东西；可以说新的类型的语言，新的语言游戏，产生了，而另外一些则逐渐变得过时并被遗忘"②。维特根斯坦关于语言不确定性的哲学研究，在文学领域同样适用，拉普金所具有的跨学科的眼光，扩大了解构主义莎评的外延。

如果说维特根斯坦与解构主义之间形成了横向对比，那么尼采与解构主义具有纵向可比性。19世纪，尼采横空出世，成为20世纪西方思想界的指路人。尼采的影响广泛而深远，维特根斯坦与解构主义学派都在其影响之下。与后期维特根斯坦相似，尼采对德里达的启发同样体现在对语言的重视上，尼采率先指出语言与形而上学密不可分，周国平在《尼采与形而上学》中提到："在语言问题上，尼采对于当代哲学家的启示主要在于揭露了语言对于传统哲学思维的支配力量和语言在欧洲形而上学形成中的关键作用。因此，要使欧洲哲学摆脱形而上学传统，就决不能回避对语言的研究了。在这一点上，尼采是一个伟大的提问者，他把语言置于问题的领域，使之成为哲学注意的焦点。"③ 语言是尼采颠覆形而上学的依据，颠覆形而上学是尼采的最终目的。德里达对二元对立的颠覆，与尼采对形而上学的颠覆相对应。德里达曾作《马刺：尼采的风格》一书，论述他对尼采思想的解读，学界也多从解构主义角度解读尼采。周国平提出：

---

① Henry Staten, *Wittgenstein and Derrida*, Lincoln & London: University of Nebraska Press, 1984, p. 88.
② [奥]维特根斯坦:《哲学研究》，李步楼译，陈维杭校，商务印书馆1996年版，第17页。
③ 周国平:《尼采与形而上学》，译林出版社2012年版，第153页。

第六章　诺曼·拉普金：莎剧意义的颠覆与重构

在突破概念化、逻辑化语言之网方面，尼采本人是颇下了一番功夫的。这不仅表现在他反对构造体系，他的哲学保持了最大限度的开放性，从不标榜揭示了终极真理，决不容忍任何独一无二的权威解释；而且表现在他所使用的概念（词），不论是传统意义上具有精确含义的概念，如"真"、"善"、"美"，还是他自己创造的概念，如"强力意志"、"超人"，他都赋予了多义性，不确定性。他竭力瓦解同一律，把语言带入不确定之中。①

拉普金在剖析莎剧时，无疑受到了尼采学说的影响，他将目光看向尼采，将王室的更迭与尼采的永恒轮回说相联系，将终极意义的荒诞性从语言延伸到存在本身。《亨利四世》与《亨利五世》自成一体，书写了英格兰两代君王的命运，见证了亨利五世的成长与蜕变。拉普金回顾了两位君王的一生，他写道：

> 亨利四世虽然不尽如人意，但他是时代轮回的受害者，当他儿子潜意识的野心加速了他的死亡时，我们对他的态度发生了转变，我们同情他，正如我们最后看待不幸的理查那样。但亨利五世是掌控时间的主人，在循环的末尾，他沉浸在毁灭感中。他给自己国家造成的打击比任何敌人都要严重得多，在他当政的那些年，他给流着鲜血的人民带去的只有仪式上的荣光，那种东西他自己早年间不屑一顾。②

亨利四世当政期间，以防御为主，他背负着谋权篡位的骂名，未能权衡好君臣关系，时常受到战争的侵扰，被迫迎战；他的儿子，亨利五世，堪称君王的典范，他在位时英格兰的军事实力倍增，他主动

---

① 周国平：《尼采与形而上学》，译林出版社2012年版，第136页。
② Norman Rabkin, *Shakespeare and the Problem of Meaning*, Chicago: The University of Chicago Press, 1981, p. 58.

向法兰西发起进攻，并赢取阿金库尔战役的胜利。然而，战争本质上是披着华丽外衣的无情杀戮，其结果也并非一劳永逸，获胜的果实除了虚浮不实的荣誉，别无他物，而其代价却是惨重无比的，即使对战胜国而言亦是如此。拉普金甚至将一代明君亨利五世比作《李尔王》中恶贯满盈的埃德蒙，认为二人共同具有贪婪的本性，善于图谋。从亨利五世的对手，法兰西王国的角度看，法兰西王国被动承受战争的侵害，其立场恰如亨利四世。王室在兴衰、攻守、战争与和平中更替，历史在这样的循环中前进。这与尼采《查拉图斯特拉如是说》中的内容遥相呼应："'一切成直线都荒谬的，'侏儒轻蔑地喃喃自语，'所有的真理都是弯曲的，时间本身就是一个圆圈。'……'难道所有能走的东西都不应该在这条路上走过一次吗？难道所有可能发生的事情不是都已经发生过、完成过、曾在此路上走过吗？'"① 拉普金相信尼采提出的时间循环，并借用时间循环解读莎氏的历史剧，揭示其中蕴含的哲理。

详细阐述完"亨利四部曲"中的历史轮回之后，拉普金在解读《冬天的故事》时再一次提到永恒轮回。列昂特斯、波力克希尼斯与弗罗利泽、帕笛塔构成了两代人，面对后一代，前一代的人回想起自己也是如此走过来的："列昂特斯与波力克希尼斯度过的童年和弗罗利泽与帕笛塔相似，'我们就像是在阳光中欢悦的一对孪生的羔羊，彼此交换着咩咩的叫唤'，然后我们开始意识到，在这个世界，时间是一个永恒更新的过程，呈圆周式运动。"② 凭借每代人都适用的经验，先出生的人成为"过来人"，一代代人的交替，在拉普金看来，同样具有轮回的色彩。

将漫长的历史凝缩到两代人身上，便足以窥见时间的循环，再继

---

① Nietzsche, *Thus Spoke Zarathustra: A Book for All and None*, New York: Penguin Books, 1978, p. 176.
② Norman Rabkin, *Shakespeare and the Problem of Meaning*, Chicago: The University of Chicago Press, 1981, p. 118.

第六章　诺曼·拉普金：莎剧意义的颠覆与重构

续凝缩为单独的个体，则会发现，在永恒轮回中，每个人都是西西弗（Sisyphus），永不停歇地向山顶推巨石。希腊神话中的西西弗被加缪这样描写：

> 一个紧张的身体千百次地重复一个动作：搬动巨石，滚动它并把它推至山顶；我们看到的是一张痛苦扭曲的脸，看到的是紧贴在巨石上的面颊，那落满泥土、抖动的肩膀，沾满泥土的双脚，完全僵直的胳膊，以及那坚实的满是泥土的人的双手。经过被渺渺空间和永恒时间限制的努力之后，目的就达到了。西西弗于是看到巨石在几秒钟内又向着下面的世界滚下，而他则必须把这巨石重新推向山顶。他于是又向山下走去。①

个体推着巨石重复地上山下山，看不到终点，自然谈不上终极意义。"永恒轮回"从侧面验证出终极意义属无稽之谈，在无尽的轮回之中，只有过程，没有结果。

解构主义的横空出世，在一定程度上改变了哲学与文学的关系，模糊了哲学与文学的界限。传统哲学是形而上学最主要的载体，哲学长期以真理的揭示者自居，尼采、维特根斯坦与德里达合力对形而上学的颠覆，从另一个角度来说，也是对传统哲学的解构。文学是诗意化的哲学，拉普金对莎剧的解读，超出了对艺术的鉴赏，在拉普金眼中，莎剧堪称富于文学色彩的哲学著作。

第四节　莎士比亚悲剧的不确定性及其改编

改编介于创作与批评之间，它与批评一样依托于原作品，都在原作品的基础上，对原作品的意义进行再加工、再转换，改编的作品中

---

① ［法］加缪：《西西弗神话》，杜小真译，人民文学出版社2012年版，第148—149页。

形式主义莎评经典研究

蕴含着对原作品的批评，但改编又不同于批评，它以文学语言在原作上直接涂改，创造出的是新的文学作品。拉普金偏向于把改编当作一种特殊的批评，用德里达的话说，改编与批评一样，是将在场变为缺场的过程，改编版对于原版的增删之处，反映出改编者对于原版的思想态度。拿莎剧来说，改编版至今无法超越原版，证明改编者改动或删去的，正是莎剧的点睛之处。通过比较莎士比亚的原创与后人的改编，能凸显出原版莎剧的独特性。在将改编视为批评的前提下，拉普金选取了英国复辟时期对莎士比亚悲剧的五个改编版本，通过归纳这五个改编版本之间的相似性，以及它们与莎剧的差异性，来探寻莎士比亚悲剧的精髓。

五部复辟时期的改编作品都是对悲剧的改编，涉及的作品有《安东尼与克莉奥佩特拉》《理查二世》《李尔王》《雅典的泰门》《麦克白》《哈姆莱特》《奥瑟罗》《裘利斯·凯撒》《理查三世》。人们普遍认为悲剧是莎剧的精华，但是，严格意义上，莎剧的分类历来存在争议，莎剧的复杂性导致莎士比亚的某些剧作很难归类。莎士比亚所创作的三十多部戏剧中，以核心人物死亡为结尾的，占了几乎一半，但仅凭死亡结局来划分悲剧和喜剧是不充分的，塞缪尔·约翰逊曾言：

> 莎士比亚的戏剧不是严格意义上的悲剧或喜剧，而是一种独特类型的作品。他的戏剧表现了人性的真实状态，有善有恶，有喜有悲，包含复杂内容和多种表现形式；也表现复杂世态，一个的损失就是另一个的收获；往往同一时刻，狂欢的人在喝酒，哀悼的人在埋葬他的朋友；往往一个人的恶意会被另一个人的嬉戏打败；并且人们常常在无意之中，完成或者阻碍了许多错误之事或者正确之事。[①]

[①] Samuel Johnson, "Preface to the Plays of William Shakespeare", in Delphi Classics, *Complete Works of Samuel Johnson*, Hastings: Delphic Publishing Ltd., 2013, p. 4796.

第六章　诺曼·拉普金：莎剧意义的颠覆与重构

约翰逊所说的人性的亦善亦恶、亦喜亦悲、错综复杂、变化无穷，与拉普金的"互补性"的概念有异曲同工之妙。人物同时被两股相反的力拉扯，无所适从，这种特性存在于所有莎剧中，但在悲剧中更加明显。拉普金认为，在所有的文学形式中，悲剧最依赖于"互补性"，而喜剧对于"互补性"，要么逃避，要么稀释。

内厄姆·塔特（Nahum Tate）对于《李尔王》的改编是喜剧冲淡"互补性"的最好例证。《李尔王》本是莎士比亚四大悲剧之一，李尔轻信甜言蜜语落得无家可归，科迪利娅不善表达，遭受误解，被父驱逐，剧中的科迪利娅与李尔，在正义即将迎来胜利的曙光时，相继离世，令人叹惋，但是塔特为了传达邪不胜正的观点，将《李尔王》改编为喜剧。喜剧改变了李尔与科迪利娅死亡的命运，将死亡改为团聚，作为改编剧中正义的化身的科迪利娅与埃德加，最终成就了一段美满的姻缘。塔特删去了剧中所有模糊之处。在塔特的改编下，反面人物绝对邪恶，正面人物绝对善良，魔高一尺道高一丈，无论黑暗的力量对正义造成多大的威胁，正义最终都会战胜邪恶。拉普金提到：

> 塔特所做的每个决定都强调着他意在扫除悲剧中的所有模糊之处。戈纳瑞、里甘、埃德蒙既有独特的逻辑，又有敏锐的洞察力，而这些掩盖了他们恐怖的真实动机的特质被（塔特）剥夺了，埃德蒙变成了舞台上的暴君，渴望残暴而独裁的统治；该剧的反面人物从而变得传统、动机明确、不得人心。塔特通过巧妙地设定爱情故事，为主要的正面人物的古怪行为进行了合理化，正如他在前言中所说的那样，这种改编使科迪利娅的沉默和埃德加的伪装状态下几乎令人费解的残忍变得合理。[①]

[①] Norman Rabkin, *Shakespeare and the Problem of Meaning*, Chicago: The University of Chicago Press, 1981, p. 82.

所以，拉普金认为塔特改变了《李尔王》的戏剧形式，削弱了《李尔王》的不确定性。

  德莱顿的《一切为了爱情》(All for Love)仍保留着悲剧的形式，但是拉普金认为，德莱顿通过为原剧注入理性，使其简化了。《一切为了爱情》改编自莎剧《安东尼与克莉奥佩特拉》，改编本略去了安东尼在战场上的丰功伟绩，重点放在安东尼与克莉奥佩特拉的爱情上。但是，同样是描写安东尼对爱情的态度，原版和改编版却大不相同。原剧以安东尼部下的议论开头，将"江山"与"美人"并列，指明安东尼的兴趣从前者转向了后者："从前他指挥大军的时候，他的英勇的眼睛像全身披挂的战神一样发出棱棱的威光，现在却如醉如痴地尽是盯在一张黄褐色的脸上。"(《安东尼与克莉奥佩特拉》第一幕第一场）而改编本的开头变成了神的预言，神殿的祭司说："昨晚，在十二点至一点之间，我正走在神殿里一条人迹罕至的走廊上，突然之间，一阵狂风骤起，撼动了所有穹顶；我周围的门都啪啪作响；保护托勒密王室陵寝的铁门猛然打开，露出其中伟大的死者。从排列整齐的每座墓碑中都走出一名武装的亡灵；少年国王最后昂起他那不光彩的头颅。随后传来一阵呻吟，一个哀伤的声音哭诉道：埃及完了！"[1]对比原版与改编版的开头：原版中，部下抱怨安东尼沉迷女色，反映的只是部下的态度，其他人物的不同态度，可以轻易地遮盖部下的态度，扭转观众对安东尼的印象；但在改编本中，神殿祭司的预言"埃及完了"，反映了神明对安东尼沉浸爱情的不支持，暗示他的行为会造成严重的后果。改编本背后的逻辑是，爱情虽然动人，但容易吞噬人的理智，带来毁灭性的打击。这是德莱顿本人的立场和态度，他将其带入剧中，而这些在莎士比亚剧中并不存在。德莱顿的剧

---

[1] [英]约翰·德莱顿：《一切为了爱情》，陈宇、焦丹译，参见"微信读书"，https：//weread. qq. com/book-detail? type = 1&senderVid = 250084647&v = 29f322a05a1b3329fd6c671&wtheme = white&wfrom = app&wvid = 250084647&scene = bottomSheetShare［2022 - 08 - 02］。

第六章 诺曼·拉普金：莎剧意义的颠覆与重构

本中，处处有理性的影子："但我失去了理性，轻易无耻地玷污了军人之名"，"召唤理智来帮助你吧"，"夫人，我怕你因太过伤心而失去理智"。在德莱顿的改编本中能看出对理性的崇尚，他认为悲剧来自对理性的违背；但在莎士比亚的版本中，寥寥几句对于理性的看法之中，矛盾丛生。一会儿说"看来人们的理智也是他们命运中的一部分，一个人倒了霉，他的头脑也就跟着糊涂了"，"吓坏了的鸽子敢于向老鹰扑去。咱们的统帅，我看，把理智丢了，才振作起勇气"，一会儿说"不顾一切的莽撞压倒了理性，那把拼杀的剑还有什么用呢"。（第三幕第十三场）理性的价值在原剧中是不确定的。拉普金认为："对与错不是读者能从莎士比亚的悲剧宇宙中期待得出的答案。在《一切为了爱情》中，情况并非如此。德莱顿坚持认为，我们同情主人公的困境，在一个个场景中落泪是正常的反应，但是，至于如何评判（主人公的）行为，他从不让观众留下疑问。"[1] 德莱顿将《安东尼与克莉奥佩特拉》改编得更加是非分明，创造了一个理性至上的世界，而原剧的观众却无法从单一的角度定义理性，更不要说统一地产生理性崇拜。

与《一切为了爱情》的黑白分明不同，托马斯·奥特威（Thomas Otway）仿照莎剧所创作的《威尼斯得免于难》，则有意制造一种模糊效果。它试图模仿莎剧的复杂性，剧中人物几乎都是复杂的、有苦衷的。但是拉普金认为，奥特威剧中的矛盾性脱离了现实，将矛盾斗争的舞台从观众脑中，转移到主人公身上，无法引起观众的共鸣，不具有普遍性。他认为，奥特威与复辟时期的其他剧作家一样，改变了观众的地位，使观众不再是戏剧的参与者，而仅仅是旁观者。

《威尼斯得免于难》是一部政治剧，主人公贾费尔受到朋友皮埃尔的煽动，意图推翻政府，他向其他反动者举荐自己，反动者同盟要

---

[1] Norman Rabkin, *Shakespeare and the Problem of Meaning*, Chicago: The University of Chicago Press, 1981, p. 67.

求他将妻子贝尔维德作为人质，以换取他们对他的信任，贾费尔同意了，但没想到的是，贝尔维德做人质时，谋反者的首领雷诺试图强奸她，贝尔维德逃了出来，将实情告知丈夫，并建议丈夫停止谋反行为，向政府自首，与政府协商以赦免他的朋友皮埃尔为条件，供出其他谋反者。贾费尔听完采纳了妻子的建议，但腐败的参议院与贾费尔达成一致后出尔反尔，拒绝赦免皮埃尔，要将他绞死。贾费尔因朋友的死亡而愧疚万分，选择了自尽，妻子贝尔维德得知丈夫去世的消息后发了疯。《威尼斯得免于难》中糅合了莎士比亚的多部悲剧，对莎士比亚悲剧的摹仿是这部剧的一大特色。拉普金认为："普里乌利在参议院讲的话，几乎借用了理查二世哀叹自己命运的话语；贾费尔像李尔和泰门那样咒骂；贝尔维德的独白是按照《麦克白》的结尾的风格开头的，她在疯癫的场景中进行独白，而疯癫的场景无疑让人想起奥菲利娅。"① 除此之外，这部剧还与《奥瑟罗》《裘利斯·凯撒》相关联，在剧情设定上，它最主要模仿的是《裘利斯·凯撒》。拿剧中的谋反者来说，《裘利斯·凯撒》与《威尼斯得免于难》都描写了政治反动势力试图推翻统治者、重建政权，但以失败告终的剧情。在《裘利斯·凯撒》中，勃鲁托斯和凯歇斯虽为代表邪恶的反动派，但莎士比亚写出了他们的爱国主义精神和理想主义情怀，他们摆脱了道德的束缚，让观众反过来思考造反的道德性，乃至暗杀的道德性。安东尼在剧的结尾，反过来称赞勃鲁托斯："在他们那一群中间，他是一个最高贵的罗马人；除了他一个人以外，所有的叛徒们都是因为妒忌凯撒而下毒手的；只有他才是基于正义的思想，为了大众的利益，而去参加他们的阵线。他一生良善，交织在他身上的各种美德，可以使造物肃然起立，向全世界宣告，'这是一个汉子！'"（第五幕第五场）而在《威尼斯得免于难》中，贾费尔和皮埃尔作为谋反者，虽

---

① Norman Rabkin, *Shakespeare and the Problem of Meaning*, Chicago: The University of Chicago Press, 1981, p. 74.

第六章 诺曼·拉普金：莎剧意义的颠覆与重构

然其结局也令人同情和叹惋，但他们的政治抱负不堪一击，他们的悲剧属于咎由自取，无法引发普遍的政治思考。拉普金说："他们谈论自由、卑鄙的压迫和对正义的背叛，但他们的抗议典型地从完全抽象的概念转向了他们对自己私生活遭遇的私人愤慨。"[1] 贾费尔因为妻子差点遭受强暴而改变政治立场；皮埃尔因为自己的情人阿奎丽娜与安东尼奥有私情，以及参议院偏向安东尼奥，而选择背叛参议院；谋反者的首领雷诺，在贝尔维德做人质期间，意图实施不轨行为，最终导致了反动势力的覆灭。这一桩桩一件件，将《威尼斯得免于难》非政治化了，仿佛人物的政治抱负都是虚伪的，只关乎私欲。在奥特威的改编下，人物虽然也充满矛盾，面临艰难的抉择，但改编本所呈现的更像是个人的爱恨情仇，不具有普遍性的意义，也偏离了政治。

对于另外两个改编本，即西伯（Cibber）改编的《理查三世》和达文南特（Davenant）改编的《麦克白》，拉普金先聚焦于莎士比亚创作的原剧比较了这两部作品的相似性：《理查三世》和《麦克白》的主人公都是传统意义上的反面人物，理查三世和麦克白都为了夺取王冠，残杀了众多妨碍他们坐上王位的人，短暂地摘取了王冠，最终走向灭亡；在拉普金看来，更为相似的是，"和《理查三世》一样，《麦克白》中找不到哪怕一个瞬间，主人公能对他们早期攫取到的王冠——这一甜蜜的果实，感到乐在其中。……如果说理查三世至少还享受操控和谋杀的过程，这些让他成为不想成为的人，那么麦克白对于自己行为的反应则始终是惊恐的"[2]。在莎士比亚的剧本中，至少在一定程度上，理查三世和麦克白是被无法摆脱的力量推动着走上夺权道路的，理查三世困于王室身份，麦克白困于麦克白夫人的怂恿，王冠对他们来说并不意味着成功或快乐，他们明知走在自我毁灭的道

---

[1] Norman Rabkin, *Shakespeare and the Problem of Meaning*, Chicago: The University of Chicago Press, 1981, p.76.

[2] Norman Rabkin, *Shakespeare and the Problem of Meaning*, Chicago: The University of Chicago Press, 1981, p.102.

路上，却仍拖着脚步继续向毁灭迈进。对比改编后的《理查三世》和《麦克白》，西伯和达文南特将理查三世和麦克白的动机明确为野心，将他们的矛盾心理简化为野心与良心的矛盾，这样一来，王冠成了值得追寻的成功的象征，人生有了成功一说，仿佛遵从理性的规训便可以摘取王冠，而一旦摘取王冠便能摆脱烦恼。所以拉普金认为，"在西伯眼里，如果理查三世的目标更清晰，更切合实际，不是自我毁灭性的，那么理查三世会更让人欣赏"[①]。在改编本中，成功是有意义的，是终点，但在莎士比亚创作的剧中，没有成功，没有终点，没有意义。正如莎士比亚借麦克白之口所说的那样："人生不过是一个行走的影子，一个在舞台上指手画脚的拙劣的伶人，登场片刻，就在无声无息中悄然退下；它是一个愚人所讲的故事，充满着喧哗和骚动，却找不到一点儿意义。"（第五幕第五场）

　　五部改编本对莎剧的改编具有相似性，拉普金把五部改编本当作一个整体，总结了改编本与原版本的三个差异。从表面上看，改编本和原版本对于不确定性的态度不同：改编本要么去除矛盾，要么将矛盾简单化、清晰化、确定化；而莎士比亚不回避矛盾，反而对矛盾性进行了着重而深入的描绘。前者与后者之所以有这种差异，本质上是因为莎士比亚认识到人性本身是矛盾的，他通过悖论、含混、反讽等语言形式，雕刻出人性矛盾的特质。拉普金对人性的分析与哈罗德·布鲁姆在《莎士比亚：人的创造》中说的人性的复杂是一致的，布鲁姆曾写道："他（莎士比亚）的一些同伴——荷马、崇拜耶和华者、但丁、乔叟、塞万提斯、托尔斯泰，可能还有狄更斯——提醒着我们，无论是在戏剧、诗歌，还是在小说中，对人性和个性的表现始终是文学最高的价值。"[②] 拉普金认为莎剧反映人性，这是拉普金对

---

① Norman Rabkin, *Shakespeare and the Problem of Meaning*, Chicago: The University of Chicago Press, 1981, p. 100.
② Harold Bloom, *Shakespeare: The Invention of the Human*, New York: Riverhead Books, 1998, pp. 3 – 4.

第六章 诺曼·拉普金：莎剧意义的颠覆与重构

莎剧意义的建构。莎剧包罗万象，后世的文学都从莎士比亚作品中汲取营养，弗洛伊德套用了恋母情结解读哈姆莱特，而哈罗德·布鲁姆却认为，"哈姆莱特从来没有俄狄浦斯情结，而弗洛伊德显然有哈姆莱特情结，也许他的精神分析理论就是某种莎士比亚情结"[1]。布鲁姆认为，莎士比亚对于人性的理解是富有开创性的，在某种意义上，莎士比亚构建了人性。后世人们将莎士比亚的作品内化于心，带入生活，又从生活中重新提炼出来，凝结为新的艺术。文学是表现人性的学科，对于人性入木三分的揭示是无数经典作品的共同之处。复辟时期的这些作者，意在告知读者人应该是什么样的，强调的是文学的教育价值，而文学的教育价值是规定性的；与他们不同，莎士比亚直白地向读者展示，人本身是什么样的。

除了莎士比亚对人性的独到刻画外，拉普金还从历史的角度阐释了原版本与改编本的差异，以及产生差异的原因。他提到："文艺复兴文学中启发性的矛盾可能反映了托马斯·库恩（Thomas Kuhn）所描述的科学革命之前的那种骚动；科学革命之前，一个阶段的精神生活在于试图调和颠覆性的新知识与确立已久的思想，旧思想不再被理解，但仍无法被抛弃。"[2] 在历史节点上，文艺复兴时期处于中世纪与近代之间，是社会转型期，各种矛盾观点共存，争奇斗艳；虽然经历了短暂的复辟，但封建统治大势已去，资产阶级思想逐渐扎根并稳固起来，社会相对统一。改编本的清晰明了背后是资产阶级社会在倡导理性和秩序，理性是五位复辟时期的改编者共同添加的元素；时代用理性规训作者，作者再将理性带入作品中，塑造角色。时代背景投射到文学创作上，造成莎剧与复辟时期的改编剧侧重点不同。最后，拉普金认为，不同时期的观众对戏剧的不同态度，对戏剧创作的取向

---

[1] Harold Bloom, *Shakespeare: The Invention of the Human*, New York: Riverhead Books, 1998, p. 376.

[2] Norman Rabkin, *Shakespeare and the Problem of Meaning*, Chicago: The University of Chicago Press, 1981, p. 116.

产生了不可估量的影响。塔特将《李尔王》改编成喜剧在复辟时期广受欢迎，说明这种戏剧形式更符合观众的期待。悲剧强调矛盾的不可调和性，而喜剧中的矛盾总是和缓的，能得到妥善解决。复辟时期，观众的生活稳定了下来，矛盾心理得到了一定的调和，悲剧不再是观众最喜闻乐见的戏剧形式。拉普金分析的改编本与原版本的三点差异中，后两点强调的是差异产生的原因，在拉普金看来，只有注重人性的刻画，才是改编时应该参照的原则，不然改编版本不能反映出莎剧的精华。

第五节 文学之"元"

文学作品中作者的自我意识受到众多 20 世纪批评家的关注。拉普金写道：

> 近年来，越来越流行强调后一种说法，即传奇的"元戏剧"特征或自反性，借此将戏剧看作关于戏剧创作的戏剧。许多评论家关注到这些信号，把"传奇"当作自传式的，或当作所谓的对戏剧之反思。另一批人则对此置之不理，不采用元戏剧的说法，从戏剧的角度有益地分析剧中的虚幻世界，"戏剧"一说对他们来说同样重要。[①]

"元戏剧"的说法是在"元小说"发展的影响下产生的。文学创作方面的"元"特性在小说方面发展最充分。元小说从本体论和认识论的角度反思小说的虚构性与现实性，作者主动介入文本，告知读者文本是虚构的，就真实与虚构、文学与现实问题提出疑问："如果

[①] Norman Rabkin, *Shakespeare and the Problem of Meaning*, Chicago: The University of Chicago Press, 1981, p.119.

第六章 诺曼·拉普金：莎剧意义的颠覆与重构

作为个体，我们眼下充当的是'角色'而不是'自我'，那么研究小说角色，也许能为理解小说之外的世界的主体性建构，提供一个有用的模型。如果我们当下认为语言是认识这个世界的中介，那么小说（完全由语言构建的世界）就成了理解'现实'构建的有用的模型。"[1] 虚与实的界限在元小说理论中得到重视。另外，作为关于小说的小说，作者常常将自我观察、自我意识写进小说中，激发读者的自我意识，例如，在小说中暴露小说的写法，采用情节嵌套的方式，迫使读者思考小说本身。

在文学创作中，作者在文本中透露自己对文学创作的思考，这样的写法，并非后现代特有，帕特里夏·沃提出："仅从当代小说中取材会让人误解，因为尽管'元小说'这个词可能是新的，但这种写法与小说本身一样历史悠久（或者比小说的历史更悠久）。"[2] 同样，这一写法也并非小说这一体裁特有，就戏剧而言，元戏剧特征可见于诸多戏剧作品中，莎士比亚的《哈姆莱特》是其中的典型代表。剧中哈姆莱特将克劳狄斯弑其父的事件穿插于举办的演出中，构成了一出戏中戏，他说："我要叫这班伶人在我的叔父面前表演一本跟我的父亲惨死的情节相仿的戏剧，我就在一旁窥察他的神色；我要探视到他的灵魂的深处，要是他稍露惊骇不安之态，我就知道我应该怎么办。"（第二幕第二场）哈姆莱特认为，虚构的戏能探视到灵魂深处，对现实产生莫大的影响，而这场戏演出时，克劳狄斯作为戏中戏的观众，见现实的罪行以戏剧的形式在眼前重现，果然在台下如坐针毡，惶惶不安。另外，莎士比亚还借哈姆莱特之口教导他人如何写剧本，伶人上台前，哈姆莱特悉心指导他："特别要注意到这一点：你不能越过人情的常道；因为不近情理的过分描写，是和演剧的原意相反

---

[1] Patricia Waugh, *Metafiction: The Theory and Practice of Self-Conscious Fiction*, London: Routledge, 2001, p. 3.

[2] Patricia Waugh, *Metafiction: The Theory and Practice of Self-Conscious Fiction*, London: Routledge, 2001, p. 5.

的，自有戏剧以来，它的目的始终是反映人生，显示善恶的本来面目，给它的时代看一看它自己演变发展的模型。"（第三幕第二场）这既是哈姆莱特对伶人的指导，也是莎士比亚对观众的指导。可见在文艺复兴时期，戏剧的自反性和自我指涉已有所体现。

莎士比亚的多部戏剧均体现了他对戏剧的思考，拉普金主要将目光集中于莎士比亚晚期的传奇剧，关注《暴风雨》与现实的关系。在《暴风雨》中，普洛斯帕罗拥有呼风唤雨的能力，既是掌控者，又是局中人，他是剧里的上帝，主宰剧中人的命运，岛上发生的故事部分是他预先安排的。他在剧里操纵现实，而他本人又受莎士比亚操控，剧中的现实是经莎士比亚之手虚构而成的。普洛斯帕罗是剧中其他人物的上帝，而莎士比亚是他的上帝，他们都扮演着上帝的角色。拉普金认为，上帝把我们的宇宙创造为一件艺术品，传奇剧是为了娱乐上帝：

> 不足为奇，莎士比亚在传奇中煞费苦心地告诉我们，我们观赏的既是生活，也是艺术，既是现实，也是梦境。我们也不该再为普洛斯帕罗的自传式的暗示感到尴尬。因为莎士比亚的目的就在于创造出一个既是剧作者，又是剧中人的角色，明明白白地告诉我们，他的职责不是让观众想起他，而是让观众明白，艺术家本人最能展现作品中描绘的人类状态。这类艺术的观众应该会发现，很难条分缕析，想艺术时只想艺术，想现实时只想现实。[①]

《暴风雨》的结尾验证了艺术与生活的一体性。《暴风雨》是莎士比亚的最后一部剧，普洛斯帕罗在剧末致辞，声明将放弃魔法，恰如莎士比亚宣布自己将告别剧作生涯，剧情可能是对现实的影射，思

---

① Norman Rabkin, *Shakespeare and the Problem of Meaning*, Chicago: The University of Chicago Press, 1981, p.133.

第六章　诺曼·拉普金：莎剧意义的颠覆与重构

及此，无数读者为之落泪，却不知是为虚幻的普洛斯帕罗动容，还是为现实的莎士比亚动容。

一般而言，戏剧是戏剧家展开"元"思考的主要阵地，而以文学作者和文学作品为观察对象的批评家，则以批评语言为阵地，检视戏剧之"元"。拉普金有意加入批评界对元戏剧的讨论，积极反思剧作家的自我指涉性，回望文艺复兴时期，观察莎士比亚对戏剧的思考。拉普金将批评家对传奇与现实的讨论划分为两个对立的阵营，并将弗莱与克默德（Kermode）作为两派的代表。弗莱将传奇中的现实看作虚幻的、不现实的，只存在于文学作品中。他将传奇与写实类作品区分开，认为传奇与现实的关联程度，介于神话与写实类作品之间，具体地说，"如果主人公在一定程度上超越了其他人和他们所处的环境，那么他就是传说中的典型人物；尽管他的行为是杰出的，但他仍然被认为是人类的一员。在传说中的主人公出没的世界里，自然的一般规律必须暂时让位；在我们普通人看来不可思议的非凡勇气和耐心，对于传奇英雄来说是非常自然的"[1]。现实中，人无法突破自然规律，呼风唤雨；而克默德认为，传奇中的现实是从繁杂琐碎的现实中抽象出来的精华，是具有普遍性的现实，比现实更真实。针对这两种不同的立场，拉普金写道：

> 弗莱和克默德值得引用，不是因为他们错了，恰恰是因为他们对这些戏剧的看法总体上非常正确。艺术和现实的对立在《泰尔亲王配瑞克里斯》《辛白林》《冬天的故事》和《暴风雨》中得到了丰富的体现，以至于每一部戏剧都能得到充分连贯的解释，表明莎士比亚只关注艺术的现实或现实的艺术。但是，我们在讨论前期的戏剧时已看到，解释越简单，越容易将戏剧简化为

---

[1] Northrop Frye, *Anatomy of Criticism: Four Essays*, Princeton: Princeton University Press, 2000, p. 33.

模式。更全面地阅读这些戏剧，就必须承认艺术与现实都很重要。①

拉普金探讨元戏剧时，采取了他一贯的立场，主张不确定性和多义性。从主体的客观实在性方面考虑，文学作品偏于虚幻，从语言符号的差异之说、语言的建构性方面考虑，文学即现实。

"'元政治学''元修辞学'和'元戏剧'等术语提醒我们，自20世纪60年代以来，人们对人类如何反映、构建和理解他们对世界的经验这个问题，产生了更普遍的文化兴趣。"② 随着自我意识的产生和对自我意识的重视，借助于 meta-（元）前缀而形成的新概念和新术语不断涌现，如元语言、元小说、元戏剧、元绘画等，这类术语涌现的背后，是人类对自己建造的世界的观察和反思。

在《莎士比亚和意义问题》一书中，拉普金关注的不光是莎士比亚等文学创作者的自我意识，更是他自己的自我意识。他的自我意识指引他从元戏剧的角度关注文学创作的构建，关注莎士比亚的自我意识，以及莎士比亚的自我意识在莎剧中的体现，然而，这只是一个方面，作品是批评的对象，批评本身才是批评家的主阵地。拉普金作为后现代批评家，表现出对元批评的强烈兴趣，他关注批评的构建和实践，关注文学批评的内在机制与外部关涉。《莎士比亚和意义问题》的第一句便宣称，"文学批评陷入了一场危机"，随后，他进一步思考所谓的批评危机，指出文学体验的差异性、意义的建构性，要求革新批评：

我一直认为，批评面临的挑战，是带着自我意识，重新审视

---

① Norman Rabkin, *Shakespeare and the Problem of Meaning*, Chicago: The University of Chicago Press, 1981, p. 121.
② Patricia Waugh, *Metafiction: The Theory and Practice of Self-Conscious Fiction*, London: Routledge, 2001, p. 3.

第六章　诺曼·拉普金：莎剧意义的颠覆与重构

那些科技使我们得以探究的现象，把戏剧看作艺术家与观众之间的动态互动，学着去谈论我们的体验过程，不再谈美学运动后考虑过的观点。一出戏的结局和它无法言喻的连贯统一以及清晰明了的感觉，让我们知道，我们共享了一次具有个人意义的体验，解释这些靠的是概念，不是意义。①

批评陷入危机，首先是因为文学批评学科介于科学与艺术之间。批评研究作为一门现代学科，偏重成果，依照学科评价体系，没有成果的过程是没有意义的，正如拉普金所说，现代学科体系下，"通过独立论证可以得出令人满意的结论的观点才值得探讨，对观点没有帮助的阅读体验就得忽视"②。然而，依照解构主义者的观点，文学作品中不存在统一的、确定的真相，只有过程本身才具有意义。文学批评在解构主义浪潮下，面临着过程与结果的冲突带来的危机，这种危机来源于制度的约束，除了评价体系外，制度的等级体系、竞争机制都在一定程度上限制了文学批评。另外，为了保证研究的可重复性和客观性，科学的研究要求研究者在批评过程中，不受个人情感因素干扰，只从作品中提取事实，但这对于文学批评来说，几乎是不可能的。拉普金表示，"没有哪两个戏剧评论家的观点是真正一致的，没有哪两场剧的阐释是完全一致的，或能引发观众产生一致的反应，我们所有人再读一遍自己熟知的戏剧，都会发现我们产生了全新的反应"③。顺着解构主义的观点继续延伸，文学研究的过程和结论因人而异，无法复刻，而科学中的结论无论经过多少次验证，都会得出相同的答案。按照劳伦斯的观点，"批评永远不可能是一门科学：首

---

① Norman Rabkin, *Shakespeare and the Problem of Meaning*, Chicago: The University of Chicago Press, 1981, p. 27.
② Norman Rabkin, *Shakespeare and the Problem of Meaning*, Chicago: The University of Chicago Press, 1981, p. 20.
③ Norman Rabkin, *Shakespeare and the Problem of Meaning*, Chicago: The University of Chicago Press, 1981, p. 21.

先，它过于个人化；其次，它关注的是科学忽视的价值观。批评注重的是情感，而不是理智"①。戴维·洛奇在《意识与小说》中也提到，"由于批评所追求的是科学的至少是系统的学科知识，因此批评本身可以被视作文学创作的敌人"②。由此看来，文学批评如同一艘无法靠岸的船，徘徊在科学与艺术中间。困在这艘船上的人——漂泊的批评家们，陷入了无形的陷阱。

另外，解构主义瓦解了文学作品的核心，推翻了批评家阐释的基础，颠覆了以往的批评逻辑。拉普金注意到文学批评界的一大现象："一方面，戏剧的效果在很大程度上依赖于复杂性，这种复杂性不接受阐释简化；另一方面，批评方法往往倾向于简化，人们必须承认，简化的冲动，是戏剧作用于观众的一个方面，是真实的。"③ 根据德里达所说：

> 当我们不能把握、不能表示一个事物的时候，不能陈述在场的和此在在场的事物的时候，当在场的事物不能被表现的时候，我们就利用符号，我们就采取符号的绕弯方式来予以表现。……根据这种传统符号学，符号代替事物本身是次要和暂时的：之所以次要是因为有原初的和消失了的在场，那是符号的本源；之所以暂时是因为符号在此意义上只是一种中介行动，指向最终的和迷失的在场。④

根据德里达的观点，文学作品本身是符号的本源，是无法进一步

---

① D. H. Lawrence, *Selected Literary Criticism*, ed. Anthony Beal, New York: The Viking Press, 1956, p. 118.
② David Lodge, *Consciousness and the Novel*, London: Secker & Warburg, 2002, p. 67.
③ Norman Rabkin, *Shakespeare and the Problem of Meaning*, Chicago: The University of Chicago Press, 1981, p. 63.
④ [法] 雅克·德里达：《延异论》，载朱刚编著《二十世纪西方文论》，北京大学出版社2006年版，第315页。

第六章　诺曼·拉普金：莎剧意义的颠覆与重构

阐释的在场。文学批评之于相应的文学作品，恰如绕弯的符号，绕弯是为了简化，正如批评家为了解释文学作品中的一句话，延伸出许多同它相近的话语，但是德里达认为，这种延伸和改变是次要的、暂时的，或者说是新的在场，文学作品本身无法被表现。

拉普金指出，批评家总是企图钻进作者的潜意识，认为自己已经到达了作者的潜意识，并在此基础上阐释文学作品，甚至作家自己也承认，在他们进行文学创作时，批评家的某些观点很有可能萦绕于他们的潜意识。以莎评为例，对哈姆莱特的俄狄浦斯情节的解读伴随着弗洛伊德人格结构理论而诞生，麦克白夫人常被认为是麦克白潜意识的化身。在拉普金看来，分析潜意识的倾向犹如建造空中楼阁，是十分虚妄的。弗洛伊德提出的潜意识只是一种假说，未被科学证实或证伪，潜意识的概念是纯粹抽象的，在此基础上产生的推论带有批评者本人强烈的主观色彩，不具有普遍性。批评家企图钻进作者的潜意识，他们产生这种愿望，反映了他们相信经过一步步抽丝剥茧，必将抵达文学作品的源头与核心，但德里达提出的延异的概念，否认了文学作品中存在所谓的核心。

解构主义理论的出现，不仅为批评家的阐释泼了一大瓢冷水，也让批评学科的大厦摇摇欲坠。批评之所以简化作品，是批评制度的需要，制度要求批评简单明了、通俗易懂。给批评建立标准，强化了批评追求简化与作品追求复杂化之间的矛盾。拉普金以莎评为案例，深入剖析了批评的困境。

拉普金对文学批评的思考，还暗含着对理性的怀疑。将文学批评的发展放置于历史背景中，可见理性对批评的侵扰。理性是现代性的核心，渗透于整个西方社会，文学批评成为西方现代社会的一门学科以来，以理性为依托，追求文学作品中的终极意义：

  我们偏爱理性并不奇怪。写出有逻辑的、连贯的、站得住脚的、可记录的文章，完全符合我们对文明的向往，符合我们内在和外在的需求……但是，现在是时候想起，所有观念都是不完整的，一个思维系统越倾向于具有内部一致性和普适性——如同牛顿力学——它的偏见、它价值的有限性、它的排他性就越明显。对于意义的准确批评，揭露了批评一贯压制审美体验的本质，我所囊括的不仅仅是肤浅的、残缺的批评，还有相对复杂的批评，它们反对对手观点的说辞极具说服力，然而仍是紧扣主题归纳式的论述。①

理性与文明画上了等号。人性向往文明，所以崇尚理性。长久以来，理性凌驾于作品之上，纵观古今，文学作品的意义表现为兼具审美价值和教育价值。尤其是自启蒙运动以来，理性被奉为至宝，伟大的文学作品必须是崇尚理性的、逻辑连贯的、有教育和警示作用的。但是，随着理性的价值被重估，在倡导多元性的后现代，文学作品是否以理性为基调，不再是衡量它好坏的尺度。拉普金针对文学提出反问：

倘若承继空想，倘若骨子里认为一首诗、一部戏剧或小说是完整的；倘若存在一种清教徒式的偏见，认为文学具有道德价值，认为文学教授如同传教士，能精准地表达出文学作品的蕴意；倘若存在一个长期的历史假设，认为艺术的价值至少有一半来自它的教育意义；倘若就因为文学是语言艺术，几乎所有的模式、排比、并置结构、意象组合、反讽、重复、变体和通用惯例，只要能被批评家发现，就能以另一种方式诠释的话，偏颇的批评，机械的、互相分离的观点，在意义研究中不就成为不可避

---

① Norman Rabkin, *Shakespeare and the Problem of Meaning*, Chicago: The University of Chicago Press, 1981, pp. 20–21.

第六章 诺曼·拉普金：莎剧意义的颠覆与重构

免的了吗？①

拉普金的反问直抵真相，随着历史的推进，第二次世界大战后文明的危机引起了人的反思，相应地，理性对于文学批评的限制成为新的议题。拿批评观点来说，每一个批评家都只能从某一个角度解读文学作品，他们的观点都是碎片化的。以《威尼斯商人》为例，有些批评文章倾向于认为夏洛克贪婪、吝啬、狠毒，围绕这个观点，文章的作者会找出尽可能多的论据做支撑，那么，他只好对夏洛克的难处视而不见，或在文章中闭口不提，或是一笔带过。这样断章摘句，无形中将归纳的过程和最终结论凌驾于阅读体验之上，造成了对阅读体验的轻视。

以第二次世界大战为节点，持续至第二次世界大战前，西方社会始终沉浸在文明的泡沫之中，把现代性当作历史的最终形态，以为已经到达文明的彼岸，成功建造了乌托邦。直到希特勒以理性为旗帜、以建造理想社会为口号，发动了第二次世界大战，才彻底让民众认清了现实。这场理性指导下的灾难，让民众开始质疑理性，质疑是否存在乌托邦。反映到知识分子身上，现代性支配下的社会，知识代表权力，民众希冀知识分子带领他们走向乌托邦；社会秩序井然，普通民众与知识分子之间界限分明，有高下之别，知识分子身上笼罩着一层神秘的面纱。鲍曼将这个阶段的知识分子比作"立法者"，他随即提出：

> 在当今社会，知识分子不再适合当立法者。在我们的意识中表现为文明化的危机，或这一特定历史阶段中失败的东西，才是作为特殊角色的知识分子的真正危机……知识分子被剥夺了他们

---

① Norman Rabkin, *Shakespeare and the Problem of Meaning*, Chicago: The University of Chicago Press, 1981, p. 20.

239

生来就认为是自己的职能和资格。①

随着现代性观念支配下的理性主义乌托邦受到怀疑，后现代主义逐渐崛起：

> 它宣布，将不再追求人类世界或人类经验的终极真理，不再有艺术的政治或福音式的野心，不再追求美学中占主导地位的艺术风格、经典和品位（美学是艺术自信和客观边界的基础）。基础已经不复存在，试图界定艺术风格和范畴是徒劳的；不可能建立一个法则来区分真正的艺术与非艺术或劣艺术。②

这一论断彻底打破了知识分子前进的基础，后现代无辜的知识分子需要适应新的身份，然而，新的身份的模型仍然处于设想之中，尚未成型。

拉普金梳理批评的现状，关切批评的未来，他对元戏剧、元批评，乃至意义问题的思考，都具有浓厚的相对主义倾向。德曼指出，批评的危机实质上是相对主义的危机，这个危机自古以来一直存在，并非后现代才产生，只是在后现代被发现和重视，且这场"危机"并非独属于文学批评，而是整个社会科学领域共同面临的——一切结构性的概念都是相对的。③ 引而申之，虽然现代性所建立的体系，被后现代性强调为相对的，但后现代性也无法完全取代结构和秩序。鲍曼在阐述知识分子的地位变迁时，也提到："毫无疑问，'现代'和'后现代'这两种实践模式是有区别的，但也是和谐共存于每个历史

---

① Zygmunt Bauman, *Legislators and Interpreters: On Modernity, Post-modernity, and Intellectuals*, Cambridge: Polity Press, 1987, pp. 122–123.
② Zygmunt Bauman, *Legislators and Interpreters: On Modernity, Post-modernity, and Intellectuals*, Cambridge: Polity Press, 1987, p. 118.
③ Paul de Man, *Blindness and Insight: Essays in the Rhetoric of Contemporary Criticism*, New York: Oxford University Press, 1971, pp. 6–12.

第六章 诺曼·拉普金：莎剧意义的颠覆与重构

时期。当然，在一定的历史时期，某种模式占主导地位，成为主流。"[1] 莎士比亚所处的文艺复兴时期，与第二次世界大战后的20世纪下半叶，对于西方世界来说，都属于旧秩序崩坏而新秩序尚未完全建立的时期，在这两个历史时期，相对主义更加凸显。

解构主义理论本身就是一种相对主义，保罗·博格西安（Paul A. Boghossian）指出，解构主义"试图避免承认任一层面上、任一绝对的认知真理"，对相互冲突的正确主张、概念、道德和伦理标准、文化习惯等，持"同等有效说"；[2] 哈贝马斯（Habermas）认为福柯（Foucault）将正确的主张归为权力的作用，从而导致了一种悖论式的相对主义，真理被限制在真理产生的话语中。[3] 相对主义并非解构主义想强调的，但的确是解构主义难以摆脱的。拉普金采用了德里达的"延异"理论，并在此基础上展开了一系列论述，他的"元"思考，同样带有浓厚的相对主义的倾向。就元戏剧和对元戏剧的批评而言，他观点中立，避免取舍，声称作品既是艺术，也是现实；就批评的批评而言，他沿用了解构主义的文本差异论，拒绝确定性的批评，以批评的相对性为由，驳斥批评学科大厦的构建。拉普金与解构主义者可谓是同气连枝，正是秉持了解构主义观点，拉普金才认为莎剧意义是不确定的，并对莎剧的意义进行了多角度的分析。

结　语

拉普金对意义问题的解读，处处彰显着后现代所说的不确定

---

[1] Zygmunt Bauman, *Legislators and Interpreters: On Modernity, Post-modernity, and Intellectuals*, Cambridge: Polity Press, 1987, p. 3.

[2] Paul A. Boghossian, *Fear of Knowledge: Against Relativism and Constructivism*, Oxford: Clarendon Press, 2006, p. 94.

[3] J. Habermas, *The Philosophical Discourse of Modernity: Twelve Lectures*, trans. F. Lawrence, Cambridge, MA: MIT Press, 1987, pp. 276 - 279.

性。莎剧中的所有人物都是复杂多面的,仁者见仁,智者见智。拉普金细数《威尼斯商人》中的夏洛克,历史剧中的理查二世、亨利四世、亨利五世等角色的复杂性和多面性。将作品的多重性,一方面归功于莎士比亚对悖论、含混等手法的把控,惊叹于莎士比亚人物塑造的功底;另一方面归功于读者,强调读者的"格式塔"对作品的塑造和整合,读者的经验对他们的阅读体验和认知的影响。拉普金认为,文学是对存在的模仿,存在不具有终极意义,处于永恒轮回中,因而作品也不可能揭示存在的意义。文学作品的阅读和批评是一个过程、一种体验,因读者不同而具有差异性,对差异的重视和塑造正是莎士比亚从众多文学家中脱颖而出,也是其作品成为经典的重要原因。拉普金认为,莎士比亚的作品不将任何观点作为标准,注重矛盾性和多义性,将建立标准的任务留给读者,注重读者的参与感;而复辟时期对莎剧的改编,都将理性作为最高的价值标准,借文学作品宣扬时代的道德标准,将文学作为教育的工具,最终随时代的变化而失去其价值。拉普金吸取改编者的教训,肯定莎士比亚创作中含混多义的意义,将不确定的态度贯穿于他对戏剧和批评的思考中。

  拉普金对确定性的警惕来自解构主义学说的反本质主义,文本只有差异,没有终极意义的观点对拉普金影响颇深,他的观点来源于解构主义,同时也深化了解构主义。拉普金在解构主义理论的影响下解读莎剧,但不局限于解构主义理论,在他对悖论的赞赏中透露出对二元结构的翻转;他提倡含混,跟随瑞恰慈破除词义确定的迷信;借助鸭兔错觉图,让人直观地感受到确定性往往是一种错觉或简化;以改编剧作为例,声明将不确定变为确定,最终难逃历史车轮的碾压。在理论方面,他与其他理论流派相联系;在作品方面,他积极探索改编作品与原作和批评的关系;以文学学科作为整体而观照,他打破了学科的边界,从其他学科中汲取营养,既丰富了文学,也为其他学科提供了养料。拉普金具有优秀的触类旁通的

第六章　诺曼·拉普金：莎剧意义的颠覆与重构

能力，多元、联系的批评方式贴合时代的要求，符合多元现代性。他在莎士比亚所处的时代与20世纪之间来回穿梭，在两个时代之间架起了桥梁，拉近了莎士比亚作品与当代读者的距离，在莎评中留下了浓墨重彩的一笔。

当然，拉普金即使认识到意义无法被充分阐释，仍然仔细研究文学作品如何产生意义。对于他来说，建构文学作品的意义是必要的，无论对文学作品的阐释，还是文学批评本身，都需要建构，需要一定程度的确定性。《莎士比亚和意义问题》是解构主义莎评的一部经典之作，解构主义莎评是阐释莎士比亚作品的一个角度，是莎士比亚作品的众多注脚之一，肖锦龙恰如其分地评说过解构主义莎评的创新点与价值，他说："以麦克道纳德和考尔德伍德为代表的解构主义莎剧评论家一反这种中心主义的理念和方法，认为莎翁的剧作是由无数相互关联又各自不同的能指符号构成的，其中没有统一的所指对象，没有中心点，没有统一的主题，是一个多元的流动的开放的系统，有无尽的蕴涵，其中的每一个因素如艺术方式、人物形象、文学境界等都是二重的、矛盾自反的、复杂多样的，因而将研究焦点主要集中在揭示莎翁作品的无限丰富性和生动开放性上。他们的论著彻底颠覆了传统莎剧评论的思想方法，开辟了一条全新的批评路线，深刻展示了莎剧动态多样、斑斓多彩的本真面貌，在莎士比亚批评史上堪称具有去旧迎新的开创价值。"[1] 然而，从建构到解构，也是从确定到不确定，齐格蒙特·鲍曼在《现代性与矛盾性》中曾明确指出人性对于不确定性的恐惧："从最好的方面说，不确定性具有混乱的性质，给人以不舒服的感觉。而从最坏的方面说，它给人以危险感。"[2] 从这个角度看，解构主义使文学作品失去了衡量尺度，陷入不确定的恐慌之中；如果遵照解构主义

---

[1] 肖锦龙：《20世纪后期西方莎剧评论的新动向》，《文艺研究》2008年第5期。
[2] Zygmunt Bauman, *Modernity and Ambivalence*, Cambridge: Polity Press, 1991, p.57.

的文学批评观，那么文学批评将始终与不确定性共存，与恐惧共存。这也是解构批评给我们带来的启示和困惑。所以，拉普金对莎剧的解构主义解读，展示了莎剧的丰富性、多元性、经典性，同时也引发了对解构主义莎评的再思考。

第七章　哈罗德·威廉·佛克纳：麦克白悲剧命运之解构

　　哈罗德·威廉·佛克纳1946年出生于美国，现于瑞典斯德哥尔摩大学任教。他在1990年首次出版的著作《解构〈麦克白〉：超本体论观》引起了广泛关注。在这部著作中，他运用解构主义来分析《麦克白》，认为《麦克白》是一部本身就展示出很大自我解构可能性的戏剧；佛克纳采用了德里达的"在场的形而上学"的观点，借助一些哲学概念和理论，包括黑格尔（Hegel）的"掌控"、亚历山大·科耶夫（Alexandre Kojève）的"欲望"、尼采（Nietzsche）的"奴役"、乔治·巴塔耶（Georges Bataille）的"主权"以及德里达的"增补物"等，详细分析了麦克白是如何走向悲剧命运的，并且对麦克的恐惧心理和其他一些人物的身份进行解构。佛克纳根据他对形而上学的确定性的理解和相关意识形态的概念来审视麦克白的心理。他认为，麦克白一生都在追求一种形而上学的确定性，这也跟他由英雄地位到后英雄地位的转变相关联。在运用这些概念时，佛克纳提出了一个可以得到充分论证的观点，即麦克白对自己身份的了解最终导致了他的死亡。佛克纳认为，他使用的解构的方法并不是"真正的"解构，他只是根据各种相互冲突的意识形态评价对《麦克白》进行研究。① 在进行解构的过程中，深入挖掘戏剧中一些未知的因素。在佛克纳看来，《麦克白》中存在某种神秘暗示的力量，而这源于戏剧本身所处的"未知"领域。在他看来，这个"未知"领域并不属于文本的任何部分，却又无处不在。斯蒂芬·布思说，"类别是无法定义的词语，人们会定期思考它符号的含义，因此是无法定义的"②。词语、句子和讲演的真实性也适用于《麦克白》中的字符，它们也不会停留在限制的范围之内。没有任何一种封闭的范畴会围绕任何物体（实体）保持封闭，而且这一普遍主张的有效性几乎可以从剧中的任一场景的细节中得到证明。

20世纪八九十年代解构主义盛极一时，佛克纳对于解构主义的关注全然体现在这本著作之中。他的分析在很大程度上都是基于解构主义理论，书中也引用了很多解构主义批评家的观点，对受到普遍关注的莎士比亚剧作《麦克白》中"身份认知"等问题提出了自己的看法。这本书对于《麦克白》角色命运的研究者来说无疑是非常有益的。

第一节 《麦克白》的本体和超本体世界

在《解构〈麦克白〉：超本体论观》中，佛克纳将《麦克白》分成了两个大的区域：一个是由邓肯、麦克白夫人等人控制的本体区域，另一个则是由女巫操控的超本体区域。麦克白本人则根据他所处的不同阶段在本体区域和超本体区域之间来回移动。在整部剧中，本体区域和超本体区域之间存在着戏剧张力。前者加强对存在感和自我存在感的认同，而后者促发了自我存在的失衡以及人们对存在的质

---

① H. W. Fawkner, *Deconstructing Macbeth: The Heperontological View*, London and Toronto: Associated University Presses, 1990, p. 26.

② Stephen Booth, *King Lear, Macbeth, Indefinition, and Tragedy*, New Haven and London: Yale University Press, 1983, p. 97.

第七章　哈罗德·威廉·佛克纳：麦克白悲剧命运之解构

疑。在佛克纳看来，女巫三姐妹主导着整个超本体世界，她们说着含混的语言。而麦克白在与女巫接触过后也立马呈现出一种超本体的状态，他开始对自身的身份失去控制，这一点需要穿透语言本身去发现。佛克纳运用德里达的"在场的形而上学"这个概念对文本进行解构，他认为，关注《麦克白》中的在场问题，以及解构在场的问题，不仅仅要在莎士比亚的在场语言中找到"缺席"点，也应该关注《麦克白》中存在本身的问题。语言自身也可以促进在场的解构，因为语言符号可以受语境影响突然丧失掉它自身的自我存在性。[1] 文本自身也不可能成为完全的自我在场，因为它所呈现出来的意义是无限的。换言之，只是简单地从《麦克白》文本本身呈现出来的语言中挖掘麦克白的存在是远远不够的，在关注主人公麦克白以及他身边的人物的身份存在时，人们应该尽量在其"不可能的层面上思考"[2]。也即是说，想要识别《麦克白》中的超本体区域，就要穿过语言这个屏障找到其核心的意义。

《麦克白》一剧中，三个女巫一直是评论家关注的焦点，一些人把女巫当作"邪恶"的象征，有一些人则关注她们身上的超自然因素。佛克纳同样认可女巫在剧中所发挥的重要作用，但是他解释道："从戏剧的整体来看，她们散布着含混的命运安排；从主人公的角度来看，她们操纵着真理。"[3] 人们根本无法确定女巫的作用或含义，因为在大众意识和科学意识中，女巫的地位并不是稳定和确定的。她们在《麦克白》中就是不确定的代理人。想要分析女巫，不能简单地把她们和戏剧之外的人或者精神性存在做比较，因为这样会消解掉

---

[1] H. W. Fawkner, *Deconstructing Macbeth: The Heperontological View*. London and Toronto: Associated University Presses, 1990, pp. 28–29.

[2] Jacques Derrida, *Memoires for Paul de Man*, New York: Columbia University Press, 1986, p. 135.

[3] H. W. Fawkner, *Deconstructing Macbeth: The Heperontological View*, London and Toronto: Associated University Presses, 1990, p. 52. 这里的真理，可以理解为一种控制的力量，一种解释含混意义的权力。

她们在戏剧中的不确定性。她们要与自己相比，在戏剧中获得自身的价值。这样的事实就让"女巫"变得难以捕捉，使得评论家和麦克白一样，对她们的飘忽不定感到困惑。

史蒂芬·布斯对《麦克白》中彻底的和不可复原的不确定性进行了分类，他表明，《麦克白》中很多实体和类目总是不断偏离明确的结局和确定的轮廓。在某种意义上，是女巫掌控着这个无法决定的命运。戏剧性的怪诞，再加上语言的不确定性影响了《麦克白》整个剧本的意义问题。女巫不仅掌控着离奇的时间和空间，而且还影响了正常世界中的时间和空间。但并不是她们怪异的语言对正常的时间和空间产生了影响，而是她们本身对正常时间和空间的回避使得语言变得无效。就像罗宾·格鲁夫（Robin Grove）所说的，"在《麦克白》中，身份本身受到了围攻"①，事实上，在整个戏剧中也是如此：

> 这场谋杀的来龙去脉，正如戏剧所显示的，就是一些含混和不负责任，这不仅对于麦克白本人来说是这样，而且（更糟糕的是）如果我们瞥见了事情的核心也会这样认为。这使我们超越了过去对英雄致命缺陷的思考。而且无论如何，一个伟人受到极大诱惑的悲剧会比我们实际发现的悲剧更容易处理，在我们发现的这个悲剧中，良知陷入了怀疑或自我毁灭的状态，在这种状态下，以前的确定性已经丧失，没有什么能像过去那样在某个地方保持住。除了麦克白个人的痛苦之外，这种可能性对于世界本身也很普遍，世界本身也充满了含混。②

识别含混的关键在于，要意识到莎士比亚的戏剧并不能简化为构

---

① John Russell Brown, ed., *Focus on Macbeth*. London, Boston, and Henley: Routledge & Kegan Paul, 1982, p. 122.
② John Russell Brown, ed., *Focus on Macbeth*, London, Boston, and Henley: Routledge & Kegan Paul, 1982, pp. 119–120.

第七章　哈罗德·威廉·佛克纳：麦克白悲剧命运之解构

成其经验现实或理想主义真理的道德问题。佛克纳认为，为了避免这种陈腐的解释，评论家必须直视《麦克白》中出现的明显的身份置疑问题。在伊丽莎白时代，巫师会使人的身份发生动摇。巫师被认为是经常处在一种歇斯底里状态之中的人，会呈现出缓慢的出神并且像着魔一样的状态。这里的"出神"是指一种游离在自我或者自我本体之外的状态。但有意思的是，在《麦克白》中，这些本来该是女巫呈现的出神状态转到了麦克白身上。当女巫出现在他面前或者为他呈现一些东西的时候，麦克白就会触发女巫的出神（着魔）机制，随即他也会进入这种状态。从某种意义上来说，麦克白确认了这种"出神"的状态，而且这种确认表明了他在某种程度上在尽力控制着自己的失控。这不仅预演了莎士比亚时代"着魔"的女性所表现出的那种受控制的失控的状态，还向我们表明了人的身份的失衡并不是一个完全被动的过程，以及对自我存在的身份质疑的过程。亨利·保罗沿用了希腊人的叫法，将伊丽莎白一世时代的这种出神的状态称为"狂喜"：

> 有这种想象力的人有时会忘乎所以，精神会离开他的身体并观察他。希腊人称之为"狂喜"，拉丁人称之"分裂"。麦克白在第一次见到女巫之后就"出了神"（《麦克白》第一幕第三场）。这种出神持续了一段时间，直到班柯惊呼："瞧，我们的同伴想得多么出神。"（《麦克白》第一幕第三场）麦克白自己也知道这些出神的时刻。他给他的妻子写他对女巫的神奇感到"惊奇"（《麦克白》第一幕第五场）。但是这种分裂的感觉是自主的，他可以在自己想控制这种出神的时候去控制它们。[①]

麦克白自身其实是为女巫的含混感到忧心的，他一边清醒地看着

---

① Henry Paul, *The Royal Play of Macbeth*, New York: Macmillan, 1950, p. 67.

形式主义莎评经典研究

自己的身份开始丧失同一性和完整性,另一边也被巨大的精神疲劳所束缚。

佛克纳认为,女巫控制的超本体区域是一个"充满怪异气氛的区域"①,而且这个区域不断扩散直至覆盖整部剧作,也可以叫它"放射性的区域"。说它是放射性的是因为如果居住在里面是有一定程度的危险的,而且因为根据尚未确定的原则,在其管辖范围内降落到各处的放射性尘埃是看不见的,因而其影响也无法完全预见。如果说女巫以及她们特殊指向的区域向人们展现了戏剧中的超本体因素,那么第一幕中战斗英雄麦克白用使自己从确定的中心消失的方式将自己和女巫所呈现的方式保持一致,因而这样以消失之名战斗的英雄麦克白也掌控了一部分的超本体区域。例如,《麦克白》第一幕第二场在描写麦克白在战场上英勇杀敌的情境时就突出了消失(而不是确定的存在):

> 因为英勇的麦克白不以命运的喜怒为意;挥舞着他的血腥的宝剑,一路砍杀过去,直到了那奴才的面前,也不打一句话,就挺剑从他的肚脐上刺了进去,把他的胸膛划破,一直划到下巴上;他的头已经割下来挂在我们的城楼上了。

在这里,佛克纳主要关注的是莎士比亚用暗示修辞的能力来创造出本体或超本体的深刻感受的方式。②"直到了那奴才面前,也不打一句话,就挺剑从他的肚脐上刺了进去",这句话推动了奴才的"消失",同时间也消除了他的在场和自我存在。这种感觉是通过出现和

---

① H. W. Fawkner, *Deconstructing Macbeth: The Heperontological View*, London and Toronto: Associated University Presses, 1990, p. 64.
② 根据佛克纳的区分,超本体论领域是与强调确定性和存在感相对应的概念。在超本体论领域,本体论的东西并不是简单地"消失"了;相反,它受到了如此大的压力,以至于不再可能谈论"本体论"或"非本体论"。

第七章 哈罗德·威廉·佛克纳：麦克白悲剧命运之解构

出现的问题化而产生的。存在为了呈现出它的出场或者短暂的自我存在物的状态，必须要完成出场这个行为；但是这一行为在《麦克白》中正是有所保留的。出场被打断了或者过早地被消除了，让在场根本没有时间完成它的出场，成为一个有实体的存在物，佛克纳称之为"终止的出现"①。终止的出现带来了消失的可能性。一个事物想要完整出场是要有头有尾的，在空间和视觉的角度，这意味着它是要有一个清晰的轮廓——一个明确的形状和形象，在时间角度，它也要有一个确定的第一次出现和最终结束的时刻。但是在《麦克白》中的很多地方，应该出现的时刻之前或之后都模糊了这种轮廓。"直到了那奴才面前，也不打一句话，就挺剑从他的肚脐上刺了进去"，这句话表面来看好像并没有什么特殊之处，只不过描写了一副残忍的景象：战败的敌人在一瞬间就被消灭，这是一次突然袭击，以至于在战斗前后没有时间进行交流。然而，应该看到莎士比亚在《麦克白》中的语言暗示的力量，这在戏剧中多次出现。人们会感受到那个"奴才"的出现就是他的消失，或者说他真正的出现就是使他消失的那个动作（被麦克白刺或者被歼灭的那个动作）。于是，在这场军事行为的消失速度中，严格来说，真正的出场是不可能的。在那场战斗中与麦克白在一起，会有一种特殊的感觉，即事物以一种特殊的速度和强度移动，从而消除了正常出场的可能性。

《麦克白》这部剧中由女巫三姐妹或者麦克白触发的消失是以"碎片"②的形式来体现的。在佛克纳看来，戏剧中无论是与女巫相关的碎片还是与麦克白相关的碎片都可以带来一种消失的感觉，从而加强人们对于麦克白和女巫在剧中有着同样超本体指示作用的感知。③ 在这个

---

① H. W. Fawkner, *Deconstructing Macbeth*: *The Heperontological View*, London and Toronto: Associated University Presses, 1990, p. 59.
② H. W. Fawkner, *Deconstructing Macbeth*: *The Heperontological View*, London and Toronto: Associated University Presses, 1990, p. 70.
③ H. W. Fawkner, *Deconstructing Macbeth*: *The Heperontological View*, London and Toronto: Associated University Presses, 1990, p. 70.

形式主义莎评经典研究

超本体区域,是事物(人物)的消失而不是存在统治着整个文本结构,因为女巫似乎在许多方面危及存在。她们以真理的不可能性来呈现真理的可能性,预言的承诺似乎消失在荒谬和神谕的神秘之中。当然,女巫的神秘存在本身就是一种不存在的暗示:在她们"存在"的顶峰时刻消失了,让人们怀疑她们是否能够以超本体存在方式而存在。有一些学者提出了《麦克白》是一部被切割成碎片的戏剧的观点。莎士比亚的重要学者约翰·威尔逊(John Dover Wilson)认为,《麦克白》是一部被严重损毁的戏剧,内容是由碎片组成的。[1] 他甚至也提出了自己理想的《麦克白》的原始剧本,认为正是因为它曾经历大量的删减,才形成了现在这样充满了碎片的剧本。在某种意义上,佛克纳同意威尔逊的观点,认为碎片性是这部戏剧显著的特征,但他并不认同在它完成之后作者在外部对它进行了切割的观点。人们可以在第一幕麦克白的行动中看到这种碎片:"他一路砍杀过去"以及"瞬间将奴才歼灭"(《麦克白》第一幕第二场)。佛克纳认为,以这种方式,麦克白以"消失"的方式靠近由女巫所控制的超本体区域。在这个区域中,存在根本没有时间将其稳定为自我存在:在敌人真正出现之前,他们已经消失了,被麦克白的狂砍所歼灭;麦克白也"消失"了,消失在敌人下一次的抵抗中。然而,佛克纳指出,这种快速性使得恐惧作为一种存在形式在军事领域并不可能真正地消失:"不因为你自己亲手造成的死亡的惨象而感到些微的恐惧。"(《麦克白》第一幕第三场)在这个世界中,每一个新的恐惧只要萌生出来都会立即消失,因为它会被另一个更深的恐惧取代,这样恐惧就被彻底切断了。在经验存在的世界中,恐惧被不断地切断并远离它的本体存在,同时它出现的可能性和初生的意愿也被切断了。莎士比亚让人们觉得麦克白抹杀了他所制造的恐惧,佛克纳说:"他切割了一个可怕的伤

---

[1] H. W. Fawkner, *Deconstructing Macbeth*: *The Heperontological View*, London and Toronto: Associated University Presses, 1990, p. 68.

第七章　哈罗德·威廉·佛克纳：麦克白悲剧命运之解构

口，但随后他又把伤口割掉了。"①"不因为你自己亲手造成的死亡的惨象而感到些微的恐惧"是麦克白消除了他砍杀的恐惧；但如果这部作品以某种方式围绕着麦克白自己的努力和积极的欲望来组织，那么恐惧也是可以忍受的。如果可以被"我"控制着，恐惧的确是可以容忍的，从某种意义上说，它甚至不是恐惧。因此，真正可怕的是恐惧转移到自我之外的领域并且脱离了"我"掌控的那一部分，而这一部分是由女巫所控制的，并且使得麦克白最终萌生了"谋杀"的想法。

佛克纳认为，前几幕中麦克白的消失与他后来的状况形成了结构性对比：与他受形而上学的奴役所引发的两种主要情绪形成对比。在这种内省的状态下，一方面，他会极度渴望一个绝对的（形而上学的）自我存在的世界；另一方面，他会因为这种自我存在从未完全实现而陷入一种眩晕的状态。这两种受奴役情绪的特点分别是通过否定消失和加深消失来体现的。后来，麦克白在被奴役期间所感受到的这些对立的"感觉"是通过与女巫的接触而达成的："当我燃烧着热烈的欲望，想要向她们询问的时候，她们已经化为一阵风不见了。"（《麦克白》第一幕第五场）在这里，人们可以看到的并不只是女巫可以像风一样消失这个事实，而且还可以感知到她们本身就处在这样一个用消失来取代存在的领域中。一旦处于奴役的状态（形而上的痛苦），麦克白就不害怕女巫的消失了，而是害怕这种消失会成为一种永远推迟在场情况的象征。因此，佛克纳认为，"麦克白最初所体现的军事地位和英雄形象的消失与后来因恐惧而展现出来的形而上的奴役的消失密切相关：在女巫的劝说下，他从一个绝对无畏的人转向一个绝对恐惧的人，消失作为感觉从外部转移到内部来组织整个反

---

① H. W. Fawkner, *Deconstructing Macbeth: The Heperontological View*, London and Toronto: Associated University Presses, 1990, p. 69.

转"①。

在佛克纳看来,不论麦克白是处在战斗中还是在形而上学的奴役中,消失与理智的概念都不无关系。麦克白并不渴望拥有,他不需要权力,他渴望问题和答案,渴望一种内心的确定性。他意识到理智可以阻止消失,只有确定的答案才能使他获得内心的安宁,这种理智可以阻止消失和形而上学恐慌的加剧。莎士比亚从一开始就将他的主人公置于一个行动领域(以及后来的思考领域),在这个领域中,世界是以松散的固定性和颠覆性的方式来构建自己的,所有的事物好像都在匆忙地战斗。佛克纳说,"在戏剧中,我们不会首先感知到一个叫作麦克白的人的存在,然后从这个人身上再生发行动;相反,我们会觉得麦克白本身就代表行动,同时也是消失本身"②。但就麦克白(作为一名战斗者)而言,存在和行动是无缝衔接的。在这里,消失不是一种简单的被动的属性,而是一种"品质":由英雄本人实施然后辐射到环境中去的动作。

由女巫三姐妹和麦克白(第一幕)控制的超本体区域是呈扩散状的。在这个特殊的区域中,是事物(人物)的消失而不是存在统治着整个文本,语言失去了它本身的价值,变成了意义的核心所在。与此同时,佛克纳还识别出莎士比亚在戏剧中部署的本体区域,认为它的存在是为了平衡超本体元素的辐射性。佛克纳认为,"消失"对某些戏剧维度进行了积极的组织,但对其他的戏剧维度也进行了消极的组织。作为比消失更"弱"的存在,会暂时掌握并定义戏剧感觉的总体轮廓,而邓肯这个人物就是以存在而不是消失的形象呈现在戏剧中的。与麦克白不同,人们会在戏剧中首先感受到邓肯这个人的存在,然后才会关注这个存在的"作用"。佛克纳认为,"麦克白和邓

---

① H. W. Fawkner, *Deconstructing Macbeth: The Heperontological View*, London and Toronto: Associated University Presses, 1990, p. 61.
② H. W. Fawkner, *Deconstructing Macbeth: The Heperontological View*, London and Toronto: Associated University Presses, 1990, p. 62.

第七章 哈罗德·威廉·佛克纳：麦克白悲剧命运之解构

肯之间存在着一种重要而又明显的紧张关系，因为他们一个属于英雄主义的消失，而另一个属于英雄主义的存在"[1]。佛克纳并不认同其他评论家将邓肯视为好人的缩影或是口是心非的政客的看法，他认为，人们感受到邓肯的"不对劲"和邓肯是一个善良无辜的人之间并不矛盾。一方面，人们之所以会意识到邓肯有一些"不对劲"，是因为人们已经习惯了戏剧开始为他们呈现的超本体学的怪异现象："消失"与存在相对，就像女巫和她们"放射性"影响区所呈现的那样。而邓肯（以及他的语言）似乎是一个没有原始意义的中心。正因为他看起来是如此稳定、真实、可靠，而且不自相矛盾，会让人对他的出现感到些许不安。邓肯这个角色缺乏完整的"内在的自我"，这在佛克纳看来是源于莎士比亚戏剧的要求。他为邓肯设定了一种肤浅的性格，他的这种"肤浅"也使得他在剧中代表存在（而不是"消失"）。邓肯作为一个平淡而沉闷的角色，对现实的感知并不敏感，这体现在邓肯虽知道人会背信弃义（前考特爵士就是这样的），但他无法觉察到人类背信弃义的极端性。而另一方面，佛克纳认为，根据霍林舍德（Holinshed）的暗示，可认定邓肯是一个因纽特人，一个无能而年老的统治者。[2] 麦克白清楚地意识到邓肯无可挑剔的性格和政绩（《麦克白》第一幕第七场），认为他不仅温顺而且仁慈（《麦克白》第一幕第七场），他在王室的行为也没有出现过重大错误。所以，佛克纳得出结论，玷污邓肯并将其君主完美边缘化的批判行为，是因为实证主义批评认为，邓肯在场所造成的不安和混乱引发了一系列行为。因为这种不安是邓肯的出现引起的，所以这种批评看似得出了"合乎逻辑"的结论，即它必定来自邓肯本人。但真正的邓肯是一个原型：善的形象并代表着统治者的美德。因此，在佛克纳

---

[1] H. W. Fawkner, *Deconstructing Macbeth: The Heperontological View*, London and Toronto: Associated University Presses, 1990, p. 131.

[2] H. W. Fawkner, *Deconstructing Macbeth: The Heperontological View*, London and Toronto: Associated University Presses, 1990, p. 135.

看来,"只有当邓肯被个体戏剧性地视为存在的化身和对超本体消失的否定时,他独特的消极性才能被认识,而无需依靠对政治智慧的幻想推测"①。

佛克纳肯定了莎士比亚的语言在构筑两个区域中的作用。人们其实根本不必假设真正的邓肯是什么样子的,也能够感受到麦克白和邓肯之间的紧张感,而这是由莎士比亚运用的语言冲突带来的。佛克纳认为麦克白的语言更"接近"语言本身。"接近"意味着语言愿意与自己接触——侵犯自己,攻击自己,撕裂自己,从而在自己身上找到一些新的东西,绝对创新和前所未有的语言便随即出现。海德格尔认为语言并不是一个"所有人都可以使用的符号系统"②,而是一个不断被发现和毫不掩饰的空间,麦克白的语言正体现了这一点。至于邓肯的语言,佛克纳则认为它"有点无聊"③。从邓肯对麦克白的归来而发表的言论中可以看出,他在用一种本体语言来包装他礼貌而柔弱的赞美,此时的语言识别出它的自我存在中心,并在它前进的过程中占领意义的领地,而语言的真正来源被抑制住了,也并没有给自己任何冲破桎梏的机会,所以此时的语言也变得更加容易识别。因此,佛克纳指出,其实《麦克白》中一直在绘制的"两个区域"不仅展现出戏剧的冲突,也展现出语言的冲突:语言在莎士比亚对麦克白的超本体论呈现中全速运转,而在莎士比亚对邓肯的本体论呈现中并没有全速运转。

在本体世界中,麦克白夫人也是一个重要的人物。《麦克白》这部剧出现在英国女王统治持续近半个世纪之后的一个充满不确定性的时期。在佛克纳看来,伊丽莎白对待男人的态度是古怪的,而这也是

---

① H. W. Fawkner, *Deconstructing Macbeth: The Heperontological View*, London and Toronto: Associated University Presses, 1990, p. 136.

② Heideggar, *What is Called Thinking*, trans. J. Glenn Gray, New York: Harper & Row, 1968, p. 191.

③ H. W. Fawkner, *Deconstructing Macbeth: The Heperontological View*, London and Toronto: Associated University Presses, 1990, p. 132.

第七章　哈罗德·威廉·佛克纳：麦克白悲剧命运之解构

众所周知的。"男人"这个问题（在历史中以及在这部剧中）在一定程度上与这个词的主要含义——男人是人类，男人是男性而不是女性相矛盾。在《麦克白》中，女性的角色是压倒性的，她们完整地呈现，又完整地离席，麦克白夫人就是这样一个具有压倒性的人物角色。佛克纳指出，"麦克白夫人变得对麦克白很有权势"[①]。这个理解与开场白中麦克白的形象相冲突。在那里，作为一名伟大的战士，他自己也非常强大，但麦克白夫人并不真的想否定这种"运动"和社会政治上的力量；相反地，她想把它适当化、驯化它、让它呈现出来。麦克白在后面的几幕中都待在室内，在由女性统治的家庭中，被强迫退缩。在佛克纳看来，麦克白夫人真正具有辩证和理想化的力量，是为了在场和自我在场：她通过推进女巫启动的以真理（预言）为导向的计划，完成了向形而上学奴役的过渡。麦克白夫人对本体化的想象明显地体现在她对麦克白的谋杀操纵中。麦克白夫人欲望中体现着强烈的自我中心，具体表现在好几个场合："我的调度"（《麦克白》第一幕第五场）、"剩下的都交给我"（《麦克白》第一幕第五场）等。但是，尽管麦克白夫人的欲望总是通过经验的渠道，朝着经验方向的目标发展，它的专用推力本身并不是经验性的。她不仅将谋杀作为一种经验可能性，而且还将其作为一种本体诉求。事实上，她认为一切都是本体化的，而她的这种本体论欲望是通过她对经验场景的搬运，佛克纳称之为"无所不能的强大的挪用感"[②] 展现出来的。麦克白夫人所说的"我的锋利的刀子"（《麦克白》第一幕第五场）并不是说她想要真正去参与谋杀，而只是想要拥有谋杀的感觉。在这个大背景下，麦克白是一个被动的人物，几乎是麦克白夫人为了完成特定任务而操纵的工具。就在麦克白从邓肯的房间里出来的几秒

[①] H. W. Fawkner, *Deconstructing Macbeth: The Heperontological View*, London and Toronto: Associated University Presses, 1990, p. 143.

[②] H. W. Fawkner, *Deconstructing Macbeth: The Heperontological View*, London and Toronto: Associated University Presses, 1990, p. 145.

钟前，人们就可以感觉到这种手段在起作用。在此，人们感觉到麦克白夫人不仅策划了整个谋杀计划，而且还将麦克白参与的这场行动视为一个现成项目的被动完成，"事实上，她所要做的就是按下按钮：其余的人会自动跟随，因为她已经考虑了所有的事情，并有周密计划"①。此外，佛克纳还向我们解释了另一个问题，即为什么麦克白夫人不亲自实施谋杀。他认为，谋杀案本身并不能满足麦克白夫人计划背后的欲望，她的整个权力意志贯穿麦克白。她不可能被一个男人取代，更不可能被她自己取代。如果莎士比亚没有强调妻子对丈夫的这种权力，那么麦克白下一步的行动根本不起作用，因为这一行动显示了这种权力的绝对空虚，这也是悲剧的关键。在后续麦克白谋杀之后展现出来的古怪行为（无限复杂的心灵）的折磨之下，麦克白夫人也变得越来越焦虑，在佛克纳看来，她的这种焦虑并不能归结为内疚，也不能简单地说是担心她丈夫的古怪行为。让她迅速掏空、失去自信的是，"她越来越意识到，她对事件的本体化与她丈夫对事件的完全不同的体验是脱节的"②。

麦克白在开场中也短暂存在过，然而，这是一种英雄式的存在，与莎士比亚很快为人们呈现出的一个因陷入形而上学奴役而感到痛苦眩晕的英雄展现出的形而上学的存在截然不同。通过第一幕对战场上的麦克白的描述，可以感受到出现的所有个体都具有一种"稳定的同一性"③。每个存在都是存在的一部分，而且每个存在都与他的身份保持着一致性。正如《麦克白》中一位军曹对于敌人的描述：

那残酷的麦克唐华德不愧为一个叛徒，因为无数奸恶的天性

---

① H. W. Fawkner, *Deconstructing Macbeth*: *The Heperontological View*, London and Toronto: Associated University Presses, 1990, p. 145.

② H. W. Fawkner, *Deconstructing Macbeth*: *The Heperontological View*, London and Toronto: Associated University Presses, 1990, p. 147.

③ H. W. Fawkner, *Deconstructing Macbeth*: *The Heperontological View*, London and Toronto: Associated University Presses, 1990, p. 65.

第七章　哈罗德·威廉·佛克纳：麦克白悲剧命运之解构

都集于他的一身；他已经征调了西方各岛上的轻重步兵，命运也好像一个娼妓一样，有意向叛徒卖弄风情，助长他的罪恶的气焰。

（第一幕第二场）

　　严格来说，所有的叛徒都是"没有价值"的（因为从反叛目标的角度来看，他们已经不配了），但通过"不愧为一个叛徒"的语言表述来看，叛徒并非完全没有价值。他是个不折不扣的反叛者。叛徒将自己与自己的价值联系在一起：他完全符合柏拉图式的"叛徒"范畴。在佛克纳看来，他所获得的价值（作为一种语言和戏剧的感觉）在这里严格来说不是一种道德品质，而是一种本体的品质。身份和存在的一致性是前所未见的：不是个人或社会认同，而是内在和谐意义上的认同。（正如人们将看到的那样，这种内在的一致性是戏剧中几种总体化的戏剧性部署中的一个重要特征：麦克白夫人将自己的灵魂妖魔化为一片漆黑，麦克白统摄了自己谋杀的投射，等等。）"不愧为一个叛徒"这一语言表述似乎不太恰当，但它涉及整个戏剧的本体意义上的转变，而麦克白恰恰是一个在各种意义上不配成为叛徒的人。从道义上讲，麦克白不配；从本体性上讲，他也是不配的。正如约翰·贝利（John Baylay）在评论中所说的那样，"麦克白不能真正扮演他将扮演的角色，他并不真正配得上这个人物"[①]。他在剧中的许多行为都可以根据这句话来解释。他不配做一个叛徒，因为正如他妻子所说，他不太能胜任这个人物。

　　佛克纳还认为，本体区域中还有另一个特征，即开头几幕中作为英雄的麦克白的在场不仅是通过士兵之间的相互承认而获得的，而且还是通过原始的"死亡斗争"的辩证逻辑论证突出的。在戏剧的开

[①] 参见 H. W. Fawkner, *Deconstructing Macbeth: The Heperontological View*, London and Toronto: Associated University Presses, 1990, p. 66。

形式主义莎评经典研究

篇，莎士比亚描述的是一个平衡的具有辩证意义的世界。利用解构来识别麦克白的在场，佛克纳还引用了黑格尔对于在场的理解。黑格尔的在场始于它的对立面，即他著名的寓言"主人和奴隶之间为了获得承认而斗争至死"中的缺席。① 这里的"斗争至死"代表的是一种英雄主义的产生，而这种英雄主义的产生跟在场的形而上学有很重要的关系。在第一幕中，麦克白不但使自己表现为一个直接从战争中走出来的人，同时还展现了他对一旦陷入困境还可以立即回到决斗般的状态的渴望。麦克白的战斗（军事行动）既是在消灭存在又是在保留永恒的存在；莎士比亚在小心翼翼地描述着麦克白的英雄军事地位时，这两个极端都清晰可见。麦克白在战场上，人们会感受到他既在乎又不在乎的态度。他是使社会意义显现得最重要的生产者，同时，战斗作为一种行动也体现了歼灭本身。这种"歼灭"并不像他所消灭敌人那样平庸，相反，他也想要确认这种歼灭本身的意义。麦克白从一开始就和在场的形而上学以双重的关系出现。从一开始，他就掌握了维持存在的所有力量以及使其被取代的所有力量。佛克纳指出，第一幕中的麦克白被莎士比亚描绘为一个将自己的生活方式置于经验之外的人。他在为"苏格兰"战斗时，是在为一种超越绝对的东西而战，正是这种对超越性意义的英勇信念，使得麦克白在战斗中和战斗后对自己的经验地位漠不关心。他在斗争中可以完全享受自己，因为战斗这件事情本身就给他提供了某种绝对的东西所产生的感觉（认可、理想）。因此，佛克纳将战斗中的麦克白比作运动员，他不断地超越自身的极限和痛苦，想要赢得在经验主义者看来并没有什么意义的东西。所以他是他所在社会中存在意义的最重要的生产者，但同时作为一个战斗者，他也体现了毁灭本身。这种"歼灭"并不仅仅指他消灭敌人的能力，还代表了他对歼灭这个行为本身的确认。在

---

① 参见 H. W. Fawkner, *Deconstructing Macbeth: The Heperontological View*, London and Toronto: Associated University Presses, 1990, p. 33。

第七章　哈罗德·威廉·佛克纳：麦克白悲剧命运之解构

下面邓肯与麦克白的同伴洛斯的谈话中可以看到麦克白在战场上的表现：

  邓肯：爵士，你是从什么地方来的？
  洛斯：从法夫来，陛下。挪威的旌旗在那边的天空招展，把一阵寒风扇进了我们人民的心里。挪威国君亲自率领了大队人马，靠着那个最奸恶的叛徒考特爵士的帮助，开始了一场残酷的血战；直到麦克白那位女战神的情郎披甲而前，与他奋勇交锋，方才挫折了他的傲气；胜利终于属我们所有。

（第一幕第二场）

  英雄的力量在这里既被控制着又主动掌控着整场战斗，显示出一种理想化的平衡。可以看到，麦克白可以抵制过多的敌人，这一观点是对他主动掌控的强调。佛克纳指出，英雄的自我存在对整个戏剧来说很重要，这种原始的自我存在（不同于形而上学的存在）从根本上来说是可以作为走投无路的英雄的最后一个出口。[①] 不论是英雄的自我存在还是辩证意义的世界都只有一种可能性，这在某种程度上是令人安心的。麦克白在第五幕中以英雄的身份再次出现，部分原因就是由于这种脆弱的可能性，他在鬼魂场景中的自我存在痕迹也是如此。由于形而上学奴役的加深而产生了班柯的鬼魂，无法用那种奴役来应对，因此，"死亡斗争"所产生的辩证意义世界成为最终的出路。在那个世界里，辩证意义的产生是绝对确定的，在以下的独白中可以看到与第一幕辩证意义世界的麦克白完全不同的另一种状态下的麦克白：

[①] H. W. Fawkner, *Deconstructing Macbeth: The Heperontological View*, London and Toronto: Associated University Presses, 1990, p. 67.

形式主义莎评经典研究

> 麦克白：别人敢的事，我都敢：无论你用什么形状出现，像粗暴的俄罗斯大熊也好，像披甲的犀牛、舞爪的猛虎也好，只要不是你现在的样子，我的坚定的神经决不会半分战栗；或者你现在死而复活，用你的剑向我挑战，要是我会惊慌胆怯，那么你就可以宣称我是一个少女怀抱中的婴孩。
>
> （第三幕第四场）

如果没有莎士比亚在第一幕中所做的准备工作，这段话在一定程度上是没有意义的。这里所说的并不是麦克白因为"内疚"而害怕复活的尸体，他更愿意面对一些更具体的对手，相反，有人认为这是因为麦克白不知何故意识到自己的英雄勇气是完好无损的。对此，佛克纳认为，并不是恐惧取代了麦克白本来的勇气，而是在悲剧的发展过程中，英雄勇气可能存在的世界——作为整个自我存在可能性的基础，已经消失了。复活原始而英勇的"死亡斗争"不只是简单地将麦克白带回原来的英勇斗争的状态，它需要复活一个世界，在这个世界中，辩证的斗争产生了辩证的意义，而这正是莎士比亚在第一幕中精心描绘的世界。一般来说，麦克白总是将辩证地确立的真理作为可能安慰的来源，这一观点对于理解他的一些复杂独白很有用。由于女巫散发出一种不平衡的辩证真理的含混，麦克白将倾向于在独白和幻想中复活辩证法，他也在不情愿地探索辩证法在他的世界作为逻辑可能性被撤回的奇怪暗示。该剧前几幕麦克白为理想而战斗的世界里展现出了两种状态，即英雄的存在（以"死亡斗争"来体现）和英雄的消失（作为瞬间的鲁莽斗争的感觉）。

在开场的军事世界中，通过和敌人的奋战，麦克白努力想要确定自己的存在，同时战斗作为一种运动行为本身也会呈现"消失"。麦克白"消失"在敌人的队伍中，同时他还造成了敌人的"消失"。麦克白从一开始就以纯粹的经验为基础，将自己和敌人的身体视为毫无价值的虚无。此外，女巫在一开始就让麦克白的这种"消失"的感

第七章　哈罗德·威廉·佛克纳：麦克白悲剧命运之解构

觉加倍了，她们具有放射性力量。而在麦克白悲剧的中间时期，即他受形而上学奴役的时期，会发现由于对确定性的狂热，主人公也经历了奴役的消失。随着麦克白对君主完美内在形而上学存在的追求变成了对恐惧的恐惧，各种"出神"动摇了麦克白。他想要在场，但却消失了；他想要"确定的根据"，但却被戏弄；他想要自我确定，但却遭受了怀疑和痛苦。正如佛克纳指出的那样，这种奴性的自我消失（进入"出神"的虚无）与英雄的消失和巫术有着本质的联系。[1] 在整个超本体区域中，消失被认为在结构上比存在更强，因为由女巫控制着的这个区域似乎从一开始就没有完全存在过，同时，女巫三姐妹以含混的方式所呈现的真理似乎也并没有那么确定。正是因为女巫的出现，使得原本处在英雄世界的战斗者麦克白的自我存在变得更加模糊，他会被女巫三姐妹含混的怪异话语牵引直至"出神"，他也会通过控制"消失"来与女巫三姐妹保持一致。总之，"消失"是《麦克白》各种重要话语和场景的共同属性，通过将它们带入暗示的相互关系，组织了剧中最重要的方面。但是同时，戏剧中总有一些特殊的时刻是由特殊的结构来组织的，在这样的情况下，存在作为比消失弱的力量也会统摄整个文本，而在佛克纳看来，莎士比亚特意设置以存在来组织的本体区域是为了平衡超本体区域的辐射，让人们可以同时感知到人性的复杂和突出的戏剧性。

第二节　麦克白的恐惧和谋杀虚无

在麦克白身上，可以看到很多非人性的表现。麦克白的悲剧，是人存在的悲剧。麦克白从他追求的过程中得到的也不过是一种悲剧性的意识——人生的无意义。麦克白为了追寻女巫给他的承诺，最终走

---

[1] H. W. Fawkner, *Deconstructing Macbeth: The Heperontological View*, London and Toronto: Associated University Presses, 1990, p. 123.

向了谋杀的极端道路，但是佛克纳认为，麦克白的这些谋杀行为其实并不是出自他本来的意图，他真正实施的是谋杀虚无，谋杀之后麦克白的自我存在也变得失衡，思想处于混乱状态，这是形而上的奴役所导致的结果。

在《解构〈麦克白〉：超本体论观》一书中，佛克纳重点对实施谋杀之后的麦克白的在场进行了解构分析。德里达将解构主义认定为"只在不可能的层面上思考或者被唤起为不可想象的东西"[1]，这种不可想象性对理解中间阶段的麦克白的存在大有裨益。谈到对麦克白谋杀行为的看法，佛克纳不认为麦克白在任何情况下会为了成为一个谋杀者（尽管谋杀这个行为本身就是邪恶的）而变得邪恶。在这个意义上，他十分同意约翰·贝利的说法："对于这部剧的催眠张力来说，麦克白似乎不应该以任何普通的方式对他的行为负责。"[2]（当然这里强调的是"普通"，而不是麦克白不需要为自己的行为负责。）还有很多的批评家认为莎士比亚在创作《麦克白》时为追求戏剧效果而牺牲了心理真相。但是佛克纳却认为，这部剧作不符合任何逻各斯中心主义模式的对心理的描写，里面有一种特殊的心理描写代替了传统的"引诱—堕落"的理论。他认为，"麦克白从来都没有要谋杀邓肯的意图，在整部剧中也没有这样的意图，每个人都有被邪恶吞噬的时候"[3]。从某种意义上说，这就是《麦克白》中真正可怕的地方——谋杀中根本没有凶手。在一定程度上，谋杀者的这种谋杀虚无是人之本性的弱点所在。如果进行更深入的思考，谋杀虚无不仅仅是"软弱"的结果，也是思想前所未有地集中在一起的结果。佛克纳认为，在《麦克白》中，悲剧性的瘫痪并不是消极事件，相反，它是

---

[1] Terence Hawkes, "Telmah", in Patricia Parker and Geoffrey Hartman, eds. *Shakespeare and the Question of Theory*, New York and London: Methuen, 1985, p. 135.

[2] 参见 H. W. Fawkner, *Deconstructing Macbeth: The Heperontological View*, London and Toronto: Associated University Presses, 1990, p. 77。

[3] H. W. Fawkner, *Deconstructing Macbeth: The Heperontological View*, London and Toronto: Associated University Presses, 1990, p. 78.

第七章　哈罗德·威廉·佛克纳：麦克白悲剧命运之解构

高度活跃的。悲剧的行动，虽然被内化为主要发生在心灵内部，但并没有在那里消散其能量，而是变成了模糊的延迟。麦克白与一个麻痹的咒语搏斗，但是麻痹影响的只是他的身体行动和军事准备，而不是他的思想。这个咒语非但没有影响他的思考，反而敏锐地唤醒了他前所未有的敏感。在佛克纳看来，这种超清醒的思维现在所涉及的是一种不可想象的警惕性的活动：麦克白开始了一个奇怪的过程，即观察自己没有意图的谋杀。[1] 虽然麦克白看起来是一个极其敏感的人，但这种敏感并没有使他对谋杀本身产生敏感，反而使他对它有所排斥，而且现在敏感也转向了其他方面。麦克白实际上对谋杀并不感兴趣，他并没有被作为行动谋杀的催眠，而是被它所嵌入的不断后退的因素催眠。从这一观点来看，麦克白的行为与梅加雷特·弗格森对哈姆莱特行为的分析颇为相似，即"当他谋杀的时候，哈姆莱特并没有深度探寻他的动作，动作是通过不作为来展现它本身的"[2]。佛克纳认为，这一观点也可以用来分析麦克白，主人公倾向于关注被动而非主动，对他来说，行动往往表现为不作为。

在佛克纳看来，对于麦克白来说，谋杀的想法比谋杀这个行为本身更强烈，因此他不得不以一种非常奇怪的方式来实施谋杀，以此也谋杀这种想要谋杀的想法。这种精神上的分裂导致了这部戏剧具有极度内向性的特征，佛克纳一直称此为"形而上的奴役"[3]。事实上，约翰·贝利曾一度以类似的方式使用过"奴役"这个词："莎士比亚向我们展示了社会的混乱，但同时他也向我们展现了思想的混乱，这

---

[1] H. W. Fawkner, *Deconstructing Macbeth: The Heperontological View*, London and Toronto: Associated University Presses, 1990, p. 79.

[2] Margerat Ferguson, "Hamlet: Letters and Spirits", in Patricia Parker, Geoffrey Hartman, eds. *Shakespeare and the Questions of Theory*, New York and London: Methuen, 1985, p. 299.

[3] H. W. Fawkner, *Deconstructing Macbeth: The Heperontological View*, London and Toronto: Associated University Presses, 1990, p. 81.

种噩梦般的奴役变成了一种无法回避的行为。"① 佛克纳又给这种奴役加上了一个条件：使麦克白最终受到奴役的并不是"谋杀"这个行为，而是谋杀这个想法。很明显，这就是属于悲剧英雄的"奴役"，它是对思想的奴役，而不是对实际行为的奴役。因此，奴役可以先于行为，它们在某种意义上也可以被视为因果关系。这种对思想而不是对行为的奴役可以从麦克白谋杀完国王从他的卧室回来后发表的言论中看出，这是以一种奇怪而又平淡的语调展现出来的，意味着对谋杀邓肯这个行为他甚至缺少一种自我参与感，好像他并不是为了谋杀而谋杀：

> 麦克白：我已经把事情办好。你没有听见一个声音吗？
> 麦克白夫人：我听见枭啼和蟋蟀的鸣声。你没有讲过话吗？
> 麦克白：什么时候？
> 麦克白夫人：刚才。
> 麦克白：我下来的时候吗？
> 麦克白夫人：嗯。
> 麦克白：听！谁睡在隔壁的房间里？
> 麦克白夫人：道纳本。
> 麦克白：好惨！
> 麦克白夫人：别发傻，惨什么。
> 麦克白：一个人在睡梦里大笑，还有一个人喊"杀人了！"他们彼此惊醒了，我站定听他们，可是他们念完祷告，又睡过去了。
>
> （第二幕第二场）

在佛克纳看来，麦克白实施谋杀行为的凶器——匕首也有着特殊

---

① John Bayley, *Shakespeare and Tragedy*, London: Routledge & Kegan Paul, 1981, p. 69.

第七章　哈罗德·威廉·佛克纳：麦克白悲剧命运之解构

的意义。在拿到真正的匕首之前，他就在脑海里想象了一把匕首。因为麦克白并没有谋杀的意图，因此他需要一把想象的匕首作为一个纽带将他与谋杀的可能性联系起来，他需要匕首的指向才能找到方向。换言之，这把产生幻觉（不在场）的匕首向麦克白展示了他的意图：

> 在我面前摇晃着的，它的柄对着我的手的，不是一把刀子吗？来，让我抓住你。我抓不到你，可是仍旧看见你。不祥的幻象，你只是一件可视不可触的东西吗？或者你不过是一把想象中的刀子，从狂热的脑筋里发出来的虚妄意象？我仍旧看见你，你的形状正像我现在拔出的这一把刀子一样明显。你指示着我所要去的方向，告诉我应当用什么利器。
>
> （第二幕第二场）

匕首是一把带有意图的匕首，它指向国王的卧室；它表示意图的方向。但意图不在主体中，也不在麦克白那里，而是在匕首里。当麦克白不在场时，匕首就成了麦克白的在场。在这里，文本结构的矛盾性得以显现：一方面，麦克白已经知道他要走的路；另一方面，匕首必须指向这条路。所以，佛克纳指出，匕首是一种增补物，既有一种补充的必要性，同时又是一种荒谬的过剩，它既可有可无，又不可或缺。（在幻觉中的）辅助匕首提供给麦克白，他需要凶器才能使谋杀有发生的可能；但现实情况是，他已经有了这把匕首，旨在弥合非谋杀者和谋杀者之间的鸿沟。但是，这里不在场的匕首比在场的匕首更为现实。（幻觉中的）匕首获得了超本体的首要地位，而主要武器本身被抛在后面，没有戏剧性、含混和悲惨的景象。然而，佛克纳认为，不在场（幻觉）的匕首滑入麦克白准备使用的有限的、真实的、物质的匕首之中。通过这种方式，不在场的匕首被带入谋杀本身的状态。因此，从这个意义上来讲，谋杀永远不会真正发生，也永远不会真正存在。空中的匕首充满了外来的意图，一种麦克白式的意图，因此是空洞的；这种幻觉武器的不真实性使谋杀在麦克白的内心保持了"遥远"的状态。所以，麦克白"忘记"将匕首放在尸体附近是很有趣的，"这让他的妻子感到惊讶和沮丧"（《麦克白》第二幕第二场）。事实上，即使"真正的"武器取代了"空中的"武器，被匕首催眠的行为仍然有效。麦克白一看到他那血淋淋的双手和血淋淋的匕首就发抖；麦克白面前出现的鲜血、双手和匕首，在佛克纳看来，这些东西维持了空中匕首（作为不在场的东西）开创的谋杀（在场）的工作。正如产生幻觉的匕首为没有意图要谋杀的麦克白提供了一丝谋杀的暗示，抽象悬挂的刀刃变红也意味着意向性的深化。麦克白看到自己的意图汇聚成一种乐观的目标现实，但这种目标、着色和物化发生在他之外，在一个没有任何自我存在的领域之中。所以佛克纳得出结论："匕首为麦克白指路，但最终还是麦克白（不在场的）在给麦克白（在场的）指路。"①"第一位"麦克白作为一位英雄主宰者，致力于理想主义的"死亡斗争"，以获得超越性的认可，并没有谋杀邓肯的意图；"第二位"麦克白，经历着被动的形而上的奴役，必须被"创造"出来，或者说是必须被戏剧化和舞台化的存在。因此，那种自我存在和完全意向性的梦想将持续被戏剧化和创造性的不存在的空间戳破。麦克白试图抓住匕首，就像麦克白试图握住麦克白本身一样，他渴望自己内心深处的思想能够清晰地呈现出来。

我们知道，麦克白之所以产生了谋杀的想法是因为女巫的出现，她们本身以及她们含混的话语引起了麦克白的关注。可以看到，只要当女巫出现在麦克白面前或者为他呈现出一些东西时，麦克白就会陷入一种"出神"的状态。他会思考女巫含混的话语，渴望得到女巫承诺给他的东西，特别是后面她们给麦克白承诺的两个预言都已经实现之后，他更加渴望实现第三个预言。但是女巫的这种含混的话语是

---

① H. W. Fawkner, *Deconstructing Macbeth: The Heperontological View*, London and Toronto: Associated University Presses, 1990, p.96.

第七章　哈罗德·威廉·佛克纳：麦克白悲剧命运之解构

麦克白想立即掌握却又永远无法掌握的。在第一幕麦克白的独白中，可以看到麦克白虽然渴望王位，但他对谋杀邓肯的行为还是很恐惧的。为什么恐惧谋杀最终却实施了谋杀呢？在这一点上，佛克纳认为，麦克白越是和谋杀/恐惧做斗争，他就越被谋杀/恐惧回击。他认为，麦克白的谋杀/恐惧不应该是"对它的抵抗"，而是源于想要匆忙逃离它的渴望。为了摆脱这种令人不安的感觉，麦克白最终决定做一件可怕的事——谋杀。这一行为对于麦克白来说本身就充满了恐惧和不确定性，但是它承诺会用一种有限的恐惧形式来代替一种无形的恐惧形式。简而言之，谋杀是为了获得解脱：从含混中解脱出来。当然，这个行动失败了。谋杀完成后所带来的绝对恐惧与其说是由这一行为的道德畸形造成的，不如说是因为麦克白直觉感知到这种因为对不确定的恐惧而实施的谋杀是无止境的而产生的。他越是试图通过一种确定的行为来结束不确定性，对确定性越是强烈地肯定，不确定性就越会受到反击。为此，佛克纳指出，麦克白越来越意识到在寻求完全在场方面的徒劳。[①] 在这里，人们可以看到这样一种逻辑，即与恐惧做斗争会增加恐惧，反之，肯定恐惧就会减少恐惧。在这里，佛克纳引用了萨特（Sartre）在《存在与虚无》中所说的话："不仅仅是恐惧的加深，而是恐惧的恐惧。如果痛苦是对恐惧的恐惧，那么对纯粹恐惧的肯定应该会减轻痛苦。"[②] 一个人可以通过试图找到某个特定的恐惧问题，从痛苦走向纯粹的恐惧。麦克白的恐惧，或者说痛苦，其实是对恐惧的恐惧，是对一种不确定或者说不存在的恐惧。因此，麦克白开始渴望呈现恐惧，让恐惧成为一种具体的存在。他开始宣扬一种与女巫和含混强加给他的恐惧截然不同的东西——佛克纳将

[①] H. W. Fawkner, *Deconstructing Macbeth: The Heperontological View*, London and Toronto: Associated University Presses, 1990, p. 100.

[②] 参见 H. W. Fawkner, *Deconstructing Macbeth: The Heperontological View*, London and Toronto: Associated University Presses, 1990, pp. 98 – 99。

之称为"伪恐惧"①。麦克白的绝对恐惧将自己塑造成某种令人不安的延迟；而伪恐惧是一种当下的恐惧，它并不含混，它的存在令人安心。当麦克白与女巫的恐惧做斗争时，他逃离了它，转而肯定了伪恐惧。

　　佛克纳将第四幕中麦克白展现出来的狂妄自大、卑躬屈膝、轻蔑浮躁、谨言慎行这些多样的表现都归咎于他的绝对恐惧。他认为，此时的麦克白在上演这种较轻类型的恐惧（伪恐惧），他自己创造了一场"戏剧恐惧"。在具有讽刺意味的社会氛围中，麦克白获得了一个特殊的地位。每一个神秘的人物都代表着麦克白所瞄准的完美真理的幻象，因此麦克白可以以自己的名义来指挥它。但由于他直觉地意识到了真理的双重性：巧妙的指挥永远不会摆脱其隐含的对立面，即一种绝对恐惧的奴役；所以，麦克白时而是导演时而是观众，指导着他作为人类在他最糟糕的恐惧中的无用表演。

　　在麦克白对谋杀感到恐惧的情况下，他还允许自己内心深处的某一部分机械地经历一个关于谋杀的精心假设。在这里，佛克纳的另一种解释是麦克白意识到了"谋杀念头比谋杀更具有优势"②。麦克白在第一次与女巫相遇时就产生了一种"冲动"，佛克纳将这种冲动称为"谋杀冲动"。但这种冲动并不是他突然产生的情绪或激情，而是一种状态。在听到女巫的那些话时，意识到自己作为凶手的身份已经在逻辑空间中形成，麦克白作为凶手的实体可以"立即"作为现成的东西存在。佛克纳还将麦克白的这种"冲动"和站到悬崖边缘的人做比较："这些人一开始感知到的并不是深渊（因为深渊这个概念对他们来说是模糊的），而是对深渊的恐惧，所以他们会想象为了消除一直在加深膨胀的恐惧而跳下去的场景。他们对深渊的第一感觉是对自己在深渊底部的可怕命运的恐惧。其实想要跳下深渊的本质还是

---

① H. W. Fawkner, *Deconstructing Macbeth: The Heperontological View*, London and Toronto: Associated University Presses, 1990, p. 100.

② H. W. Fawkner, *Deconstructing Macbeth: The Heperontological View*, London and Toronto: Associated University Presses, 1990, p. 83.

第七章　哈罗德·威廉·佛克纳：麦克白悲剧命运之解构

对它的恐惧，因为想要快点结束这种恐惧，所以会想象跳下去以后的场景。"[1] 类似地，麦克白对谋杀也是这样，一开始他感知到的并不是作为行动的谋杀，而是对它的恐惧，因为想要快点结束这种恐惧，因而他开始想象自己谋杀的行为。所以可以说，《麦克白》中最重要的情节也即谋杀行为的实施不是源于麦克白对谋杀的渴望，而是源于他对谋杀的恐惧，或者说是排斥，因而佛克纳认为，是"相斥"作为原始的结构统摄了整个文本。开篇中重要的独白就是以这种原始的相斥为结构来组织的。麦克白开始了一个极富想象力的自我投射过程，在这个过程中，过度的臆想和情感使得个人的参与感不断加深，同时这种参与也在变得越来越肤浅，它是一种在与"新的"麦克白或者说麦克白的"另一面"的接触——一个人可能在现实背后或是超越现实的层面上处于"谋杀"的另一边。在之后的场景中，可以观察到非暴力的麦克白是如何将自己投射到谋杀的冷血中的；更确切地说，这是自我存在完全在场的麦克白学习如何成为缺席的麦克白的过程。所以，莎士比亚并没有让人们觉得麦克白是一个冲动的人，对杀人欲望充满了炽热的激情，他进行的形而上的思考是一种迟疑不决的迟到，或者说是一种拖延。佛克纳认为，莎士比亚让我们感觉到的是麦克白对谋杀的排斥"组织"了这场冒险。[2] 相斥作为源头统治了整个戏剧，这种奇怪的组织结构可以从麦克白的独白中感受到。诸如第一幕中，在麦克白夫人的操纵之下，麦克白已经开始试图从相反的方面来思考谋杀了，即真正的谋杀欲望是什么。但正是因为在悲剧持续期间，谋杀排斥（恐惧）仍然是主要原因，谋杀恐惧没有把麦克白带到"他"谋杀所希望的地方：

---

[1] H. W. Fawkner, *Deconstructing Macbeth*: *The Heperontological View*, London and Toronto: Associated University Presses, 1990, p. 83.

[2] H. W. Fawkner, *Deconstructing Macbeth*: *The Heperontological View*, London and Toronto: Associated University Presses, 1990, p. 85.

形式主义莎评经典研究

> 麦克白：要是干了以后就完了，那么还是快一点干；要是凭着暗杀的手段可以攫取美满的结果；要是这么一刀砍下去，就可以完成一切，终结一切；那么，那么……面对时间的急流险滩我们不妨纵身一跃，不去顾忌来世的一切。可是在这种事情上，我们往往可以看见冥冥中的裁判；教唆杀人的人，结果反而自己被人所杀；把毒药投入酒杯里的人，结果也会自己饮鸩而死。
>
> （第一幕第七场）

这段独白引发了对麦克白道德意识的讨论，伯特兰·埃文斯等评论家认为麦克白根本没有道德意识，这个独白揭示了他道德意识的淡薄。[①] 麦克白在这场独白中并没有以真正的方式对谋杀提出道德上的反对，在这一方面，佛克纳同意埃文斯所说的麦克白道德意识淡薄的观点，但是他也认为，这并不是因为麦克白缺乏道德敏感性。他不认为麦克白会为了谋杀而变得邪恶；相反，他认为麦克白是一个有道德意识的人，这也是莎士比亚在剧中精心策划的。麦克白在内心深处寻找了一番，发现谋杀无论作为政治行为还是人类行为都是不可容忍的。但正是因为麦克白有如此明显的道德感，正是因为他本人如此深刻地意识到自己根深蒂固的理想主义，所以他思想的"道德维度"几乎是自动化的：他不必仔细思考谋杀邓肯的原因，而只需将其付诸行动。事实上，佛克纳认为麦克白的部分思想在他的道德考量中是缺失的，这也是为什么有些评论家过早地将麦克白在道德问题上的轻微缺失合理化为道德缺失的原因。但是在佛克纳那里，这种缺失并不是一种道德上的缺失，而是他的一种空虚和消极。在莎士比亚的复杂悲剧机制中，谋杀本身需要绝对的反冲，作为其后来实现的触发因素。谋杀对麦克白来说是一件非常可怕的事情，他本身是非常排斥的，并

[①] 参见 Bertrand Evans, *Shakespeare's Tragic Practice*, Oxford: Clarendon Press, 1979, pp. 200–201。

第七章 哈罗德·威廉·佛克纳：麦克白悲剧命运之解构

且独白的最后呈现出来的却是麦克白对于谋杀的最终感觉，与谋杀本身的后果无关，而是对一种巨大的幻想虚无的恐惧。很明显，这位英雄并不是一个只关心世俗后果的实用主义者，而是一个可以深刻意识到超越现实之困境的人。麦克白在剧中始终是这样一个人物，而且，更重要的是，他所有的危急时刻归根结底都是由他强烈的超验主义所组织和控制的。

在佛克纳看来，麦克白不顾一切实施谋杀而追求王位并不是因为他想要获得权力，王位对他来说象征着真理。麦克白渴望得到真理，即使他自身也意识到那个形而上学的真理可能并不存在。佛克纳的观点是，麦克白对于王位的渴望在某种意义上是不受主观意愿监控的："虽然我们渴望被承诺的东西，但那东西的'接近'并不是欲望的作用。"[1] 相反，世界上存在一种相当抽象和崇高的逻辑机制，产生了这些令人困惑的希望，它们超出了我们的控制和影响。正如上面所说的，佛克纳认为是"相斥"作为原始结构统治了整个文本，同样，对于麦克白的命运，他认为只有通过对希望的否定，才会获得一种真正自我决定的主观掌控感：只有通过抵制这些希望，才能重新获得主动权。但是现在对于麦克白来说，这种主动权已经溜走了，变成了机会或者说奇怪的命运。

根据佛克纳的观点，麦克白是一个同时朝着两个相反方向移动的人：朝着真理和远离真理。麦克白是一个只对真理感兴趣的人，正是由于这种对真理的痴迷，他几乎有意识地一直朝着它靠近，但是越接近它，越会发现它是一个不可能的梦。在佛克纳看来，"一个执着于追求在场的形而上学的麦克白和一个默默预知着这种形而上学存在是一种空虚的麦克白之间存在着绝对并且不断扩大的矛盾"[2]。在场的

---

[1] H. W. Fawkner, *Deconstructing Macbeth: The Heperontological View*. London and Toronto: Associated University Presses, 1990, p. 82.

[2] H. W. Fawkner, *Deconstructing Macbeth: The Heperontological View*. London and Toronto: Associated University Presses, 1990, p. 45.

形而上学本身就使形而上学的存在无效，它本身揭示了自身逻辑的不稳定性。通过将自我投入作为绝对自我存在的在场的形而上学的探索中，麦克白产生了与绝对的自我存在相反的东西：完全存在的"无意义"。也许，麦克白从一开始就凭直觉感到在场形而上学的虚无，他被动地进入呈现在场形而上学的机制，只是为了确认那个最令他怀疑的结果。西德尼·霍曼（Sidney Homan）将麦克白的这种执着称为"对确定性的狂热"[1]，而佛克纳则延续了他观点，把它命名为被确定的"奴役"或"形而上学的奴役"[2]。在莎士比亚时代，当时西方处在前现代和现代之间，人们在社会决定的自我和自我决定的"我"之间徘徊。在与女巫三姐妹含混话语做斗争的过程中，麦克白逐渐陷入了一种受"形而上学的奴役"的状态———一种以真理之名对自我确定性的执着追求，这也是"现代人"面临的基本困境。

麦克白谋杀后便开始不断地产生幻象，佛克纳认为，在这个过程中他完成了从被动奴役到主动奴役的转变。佛克纳在书中引用了约翰·贝利的观点，认为"安排在英雄身上的这种灾难性的转变涉及他所有才能的内化的过程：麦克白变得全神贯注起来，当然他的这种转变并不受权力欲望的引诱，因为麦克白对于掌控权力没有兴趣"[3]。就像在上文所叙述的，佛克纳认为王位对麦克白来说并不象征权力，而是象征一种真理，而且真理作为自我存在而存在。而此时麦克白渴望得到一个纯粹的作为自我存在的真理。在对真理的追求中，麦克白其实加深了佛克纳所说的"谋杀虚无"。"万福，麦克白，未来的君主"（《麦克白》第一幕第三场），这看起来像是一个承诺，但实际上却是一个威胁，女巫在迫使麦克白成为君主。佛克纳认为，

---

[1] H. W. Fawkner, *Deconstructing Macbeth: The Heperontological View*. London and Toronto: Associated University Presses, 1990, p. 46.

[2] 在形而上学意义上，奴役在黑格尔的《精神现象学》中得到了确认。这是对确定性的狂热，是对绝对令人安心的真理的形而上学色彩的追求。

[3] H. W. Fawkner, *Deconstructing Macbeth: The Heperontological View*, London and Toronto: Associated University Presses, 1990, p. 108.

第七章 哈罗德·威廉·佛克纳：麦克白悲剧命运之解构

女巫对主人公的这种游说有一点威胁的味道，因为尽管女巫将真理作为一种承诺的理想，但她们自己却代表着含混。她们将真理展现为一种可能的理想，可以摆脱偶然的变化和对人类暂时困境的暴力含混。尽管她们以矛盾和谜的形式呈现真理，但是它承诺的意义被放置在一种脱离了危险和不确定的存在中。麦克白认为自己觉察到的这种绝对的存在是无懈可击的，然而，隐藏在这种绝对的自我确定中的脆弱性，从一开始就通过怪异话语而被巧妙地掩盖了。

在主动奴役的过程中，麦克白开始积极地寻求避免恐惧和引发恐惧的"对象"。当恐惧来临时，例如以班柯鬼魂的形式出现时，它不再以陌生人的身份出现，而是以麦克白所知的无法避免的恐惧的形式出现，正如麦克白所认识到的，这是他脆弱的标志，也是他无法完全自我存在的标志。人们常说麦克白的情感在悲剧的行动中会下降，谋杀的令人沮丧的后果相当于对他以前"诗意"的过度敏感的残酷化。在佛克纳看来，麦克白是因为忍受不了谋杀的想法才来实施谋杀的，他把这种荒谬的行为当作一种阻止奇怪的痛苦的可能方式。佛克纳说："莎士比亚其实巧妙地为我们呈现了一个最高的悖论：麦克白愿意承担越来越大的风险，以结束当下面临的风险。"[①] 在受痛苦奴役的每一个阶段，他都关注一个特定的障碍，觉得只有这个障碍破坏了真相。渐渐地，他越来越意识到自己被恐惧奴役，于是开始将阻碍真相的对象确定为他恐惧的唯一来源。麦克白对班柯的恐惧描绘了这一典型机制："只要不是你现在的样子，我的坚定的神经绝不会起半点战栗。"（《麦克白》第三幕第四场）当麦克白从真理中获得形而上学自我延伸的绝对性时，班柯就隐约出现了。因为麦克白的血统中没有继承人，这种形而上学自我延伸似乎就被克扣了。佛克纳认为："班柯在《麦克白》中扮演着麦克白所追求的真理角色，即作为麦克白

[①] H. W. Fawkner, *Deconstructing Macbeth: The Heperontological View*, London and Toronto: Associated University Presses, 1990, p. 113.

形式主义莎评经典研究

对超越真理的拟人追求中的伙伴,莎士比亚利用班柯作为控制麦克白整个恐惧关系的中心。"[1]

"想象中的恐怖远过于实际上的恐怖"(《麦克白》第一幕第三场),"我仍旧看见你,你的刃上和柄上还流着一滴一滴刚才所没有的血"(《麦克白》第二幕第一场),"我的疑神疑鬼、出乖露丑,都是因为未经历练、心怀恐惧的缘故,我们的行事太缺少经验了"(《麦克白》第三幕第五场)。徒劳的是,麦克白试图用缺乏经验、内疚等来解释自己和他人存在的不平衡,从而试图将其所有的异常表现合理化。佛克纳认为,麦克白在试图进行这种合理化时却又常常遵循麦克白夫人的暗示,这在第三幕第四场(幽灵场景)中体现得最为明显:

> 麦克白夫人:坐下,尊贵的朋友们,王上常常是这样的,他从小就有这种毛病。请各位安坐吧,他的癫狂不过是暂时的,一会儿就会好起来。要是你们太注意他了,他也许会动怒,发起狂来更厉害。尽管自己吃喝,不要理他。你是一个男子汉吗?
>
> 麦克白:哦,我是一个堂堂男子,可以使魔鬼胆裂的东西,我也敢正眼瞧着它。
>
> 麦克白夫人:啊,这才说得不错!这不过是你的恐惧所描绘出来的一幅图画,正像你所说的那柄引导你去行刺邓肯的空中的匕首一样。啊!要是在冬天的火炉旁,听一个妇女讲述她的老祖母告诉她的故事的时候,那么这种情绪的冲动、恐惧的伪装,倒是非常合适的。不害羞吗?你为什么扮这样的怪脸?你瞧着的不过是一张凳子罢了。
>
> ……

---

[1] H. W. Fawkner, *Deconstructing Macbeth: The Heperontological View*, London and Toronto: Associated University Presses, 1990, p. 113.

第七章 哈罗德·威廉·佛克纳：麦克白悲剧命运之解构

> 麦克白：我忘了。不要对我惊诧，我的尊贵的朋友们，我有一种怪病，认识我的人都知道那是不足为奇的。

在麦克白夫人眼里，麦克白的"惊厥"对于她和"尊贵的朋友"来说是不足为奇的怪病，甚至是不存在的。在听过麦克白夫人的话之后，麦克白会认为，他的"惊厥"在认识的人的世界里是毫无意义的。事实上，在佛克纳看来，麦克白整个悲剧行为的一个显著特点就是，他被麦克白夫人说服了，同时又没有被说服。他"确信"自己想谋杀邓肯，"确信"这件事会成功，"相信"现在的恐惧不会像可怕的想象那么可怕，"确信"有罪是造成幻觉的匕首的原因，"相信"了麦克白夫人所说的他的"惊厥"只是"不足为奇"的怪病，但在整个定罪的过程中，他仍然暗自不服气。所以佛克纳认为，"在《麦克白》中我们看不到任何的信念，而这正是麦克白受形而上学的奴役最好的解释。因为在形而上学中（即追求真理的过程中），人们对任何事物都不确信"[1]。这种不确信，也使麦克白处于恐惧和痛苦之中。

第三节 麦克白的主权世界

佛克纳在《解构〈麦克白〉：超本体论观》一书中还重点分析了《麦克白》的第五幕，也就是麦克白人生的最后阶段。在这里，佛克纳借用了巴塔耶的"主权"[2] 概念，他认为，在戏剧的最后一幕中，

---

[1] H. W. Fawkner, *Deconstructing Macbeth: The Heperontological View*, London and Toronto: Associated University Presses, 1990, p. 92.

[2] 参见 H. W. Fawkner, *Deconstructing Macbeth: The Heperontological View*, London and Toronto: Associated University Presses, 1990, p. 155. 另外巴塔耶的主权概念与国际法定义的国家主权没有多大关系，它是指与奴性和依附性（从属性）相反的方面。主权是一种激进的自由，它不服从任何东西，也不需要其他东西服从它，它对任何结果、对外在现实常常采取无所谓的态度。然而，外在的强制或个人内心中隐含着的奴性总是不断地挤压人的主权，具有主权意识的人总是试图通过某种方式来取消自己身上的依赖性和奴性。

形式主义莎评经典研究

莎士比亚正在为他的戏剧添砖加瓦、"拨乱反正"。从某种意义上讲，戏剧的第四幕已经实现了对道德和规范类型的辩证封闭式论证，因此莎士比亚有时间和空间创造一些新的、不可预见的东西。①

佛克纳认为，莎士比亚在《麦克白》的第五幕对他前面所创造的整个封闭系统进行了拆解，如果说麦克白在形而上学真理的加冕中对确定性的狂热意味着一种伪装的奴役，那么最后一幕可以被认为是一个舞台，在这里，绝对无畏和绝对恐惧之间的对立被瓦解。"死亡之争"在第一幕中产生了辩证意义（胜利是战场上无数决斗的结果），紧接着的三幕，由于麦克白放弃了这种外向的活动，转而内向地寻求确定性（真理及存在），所以意义产生的辩证过程并没有被取消；相反，它被内化为一种同样是辩证状态的活动：一种英雄与自己的怀疑的消极情绪而不是与外部敌人交战的状态。而据佛克纳分析，第五幕结束了这个辩证的时代，开启了截然不同的主权时代。麦克白身心痛苦的长期监禁已经结束；他现在又变回了一个自由的人、一个战士。

巴塔耶曾写道，人类的生命"无论如何都不能局限于合理认知赋予它的封闭系统，这样的系统是易碎的外壳，当生命通过鲁莽、释放和剧变的巨大痛苦构成自己时，生命本身就会裂开"②。正如《麦克白》中所展现的那样，鲁莽一直都是定义麦克白的标签，但麦克白的鲁莽却通过不断地滑向新的暗示模式使其具有某种新的意义。第一幕中，娴熟的鲁莽加快了速度并展现出无畏的感觉；而在戏剧中间部分的颠倒世界中，鲁莽又变成了奴役——这是绝望和恐惧的作用；但随着军事鲁莽的再次出现，"吹吧，狂风！来吧，灭亡！就是死，我们也要命捐沙场"（《麦克白》第五幕第五场），鲁莽又带有了主权

---

① H. W. Fawkner, *Deconstructing Macbeth: The Heperontological View*, London and Toronto: Associated University Presses, 1990, p. 155.

② Georges Bataille, *Visions of Excess: Selected Writings*, trans. Allan Stoekl, Minneapolis: University of Minnesota Press, 1985, p. 128.

第七章　哈罗德·威廉·佛克纳：麦克白悲剧命运之解构

色彩。在这里，主权的鲁莽虽然并不确定，但也并不是对生死辩证两极的否定。

因此佛克纳认为，在第五幕中，麦克白进入一个英雄战斗的世界，这不同于第三幕和第四幕中被狂热追求形而上学的确定性所折磨的麦克白，主权者麦克白终于出现了，他显现出英雄主义的气概，或者说一种男子气质。当然这种男子气概仍然是微弱的，与老西华德身上那种坚定直率的男子气概不同，它给人的感觉是不稳定和具有自我讽刺特征的。但是佛克纳认为，麦克白仍然是具有掌控能力的人，因为他可以区分"荣誉"和"嘴上的荣誉"（第五幕第三场），他可以毫不犹豫地迎接小西华德发起的决斗的挑战（第五幕第七场），他也可以与麦克德夫进行一场殊死搏斗，当麦克德夫命令他屈服时，麦克白明白屈服意味着最终会玷污英雄的尊严和英雄的认可（第五幕第八场）。由此可以看到，麦克白的痛苦结局其实也是那些为获得认可而战斗的勇士们的结局——永不投降。

麦克白意识到胜利和失败之间的区别，他觉得失败令他蒙羞，从某种意义上说，他仍然想获胜。尽管麦克白继续经历着恐惧的折磨，但此时他最主要的担忧不再是避免失败。其实从一开始，当预言表明的真理是至高无上的形而上学的可能性时，失败就主宰了麦克白的思想；随着剧情的发展，对失败之恐惧的丧失与对形而上学真理的信念的逐渐丧失相吻合。因此，麦克白被"恢复"到无所畏惧并相信自己无所畏惧的状态。佛克纳认为，麦克白现在出现在"一个陌生的领域，在那里，恐惧和无畏的对立与失败和成功对立一样都很模糊"[1]。可以说，此时的麦克白处于一个相对自由的状态，也就是主权状态。

在第五幕中，由于麦克白处于主权状态，因此这一幕的舞台逻辑

---

[1] H. W. Fawkner, *Deconstructing Macbeth: The Heperontological View*, London and Toronto: Associated University Presses, 1990, p. 174.

空间变得极其模糊，但同时这样模糊的空间会让人们感受到麦克白其实就是一个戏剧人物：一个随时准备战斗、死亡并展现其悲剧毅力的人。所以在这个意义上，虽然在第五幕中主权者麦克白出现了，但人们可以感受到他身上有一种主权无意义感。佛克纳认为，麦克白的主权无意义感在第五幕第三场"向狗扔药"这个场景中展现得淋漓尽致：

> 麦克白：那么把医药丢给狗子吧，我不要仰仗它。来，替我穿上战铠，给我拿指挥杖来。西登，把我的命令传出去。——大夫，那些爵士们都背了我逃走了。——来，快去。——大夫，要是你能够替我的国家验一验尿，看看她害了什么病，使她恢复原来的健康，我一定要使太空之中充满着我对你的赞美的回声。——喂，把它脱下来。——什么大黄、肉桂，什么清泻的药剂可以把这些英格兰人排泄掉呢？你可知道有这样的药？

在这里，麦克白不仅走向了一种解药无法发挥作用的心态，也正在走向一种至高无上的意识状态，在这种意识状态下，扔给狗的是整个辩证的世界，在这个世界中，补救和毒害是对称出现的。佛克纳认为，此时的麦克白已经步入最后使他彻底失去意义的境地。关于主权者麦克白的无意义感，佛克纳还留意到莎士比亚在《麦克白》第五幕第三场中使用的一个很小的语言单位："鹅"。麦克白使用"鹅"这个语言单位的场景，是在和他仆人的对话中：

> 麦克白：魔鬼罚你变成炭团一样黑，你这脸色惨白的狗头！你从哪儿得来的这一副呆鹅的蠢相？
> 仆人：有一万——
> 麦克白：一万头鹅吗，狗才？
> 仆人：一万个兵，陛下。
> 麦克白：去刺破你自己的脸，把你那吓得毫无血色的两颊染

第七章　哈罗德·威廉·佛克纳：麦克白悲剧命运之解构

一染红吧,你这鼠胆的小子。什么兵,蠢材?该死的东西!瞧你吓得脸孔像白布一般。什么兵,不中用的奴才?

仆人:禀陛下,是英格兰兵。

在这个语境中,据佛克纳分析,"鹅"表明了主权的丧失。因为一场残酷的战斗即将上演,失败的阴霾笼罩在每个人的脸上,麦克白追求的一切都将化为乌有。

佛克纳指出,在第五幕中,麦克白到了穷途末路的时候,表现出大多数人在危机和极度紧张时所表现出的那种极度的不耐烦。事实上,莎士比亚通过麦克白的"明日"独白,明显地表明了麦克白对意义渴望的绝望,因为此时的意义已经被耗尽了:

麦克白:迟早总是要死的,总要有听到这个噩耗的一天。明天,明天,再一个明天,一天接着一天地蹑步前行,直到最后一秒钟的时间。我们所有的昨天,不过替傻子们照亮了到死亡的土壤中去的路。熄灭了吧,熄灭了吧。短促的烛光!人生不过是一个行走的影子,一个在舞台上指手画脚的拙劣的伶人。登场片刻,就在无声无息中悄然退下;它是一个愚人所讲的故事,充满着喧哗和骚动,却找不到一点意义。

(第五幕第五场)

麦克白在这段独白中呈现出的疲惫状态可以被视为他精神衰弱的标志,也可以被看作他走向至高无上的狂喜的通行证,正是因为麦克白现在知道自己的命运,他可以自由地进入"未知"的主权领域,但这个主权世界"充满着喧哗与骚动,却找不到一点意义"。

结　语

佛克纳在他的《解构〈麦克白〉:超本体论观》中实现了对《麦

克白》中一些相互冲突的意识形态的解构。在分析中，他借鉴了德里达的超本体论观念。在一段时间里，德里达持续专注于对本体论进行批判，即对西方（笛卡尔）主体性的批判，他认为，"我们的文化痴迷于试图'在主体性中为自己争取一个确定的基础———一块不可动摇的岩石或基座'"①，而麦克白的困境就是将其破裂的力量带入这样的概念中。麦克白是笛卡尔现代意义上的人，而他的驱动力是后英雄式的。在佛克纳看来，麦克白一生都在追求一种形而上学的确定性，但这种对确定性的狂热追求与确定性永远不会完全在场之间的矛盾导致了麦克白的悲剧命运。所以佛克纳认为，麦克白在他整个追求过程中得到的其实是一种悲剧意识——人生的无意义感。在此，佛克纳引用了巴塔耶的观点："在英雄时代，人是虚无的玩物；在后英雄时代，虚无是人类的玩物。"②

在该书中，佛克纳关注了《麦克白》中的超本体论元素，认为《麦克白》的世界可以分成由女巫三姐妹所操控的超本体世界和邓肯、麦克白夫人等所组成的本体世界。超本体世界是一个"放射性区域"，它不断扩散直至覆盖整部剧作。佛克纳认为，麦克白就是在女巫的驱使下逐渐进入超本体世界中的。本体和超本体世界的不同之处在于，前者是以在场来构筑的，而后者是以消失来组织的。关于区分本体和超本体世界的另一个方法，佛克纳认为是通过语言：本体世界的语言更加平庸，只是呈现语言符号；而超本体世界的语言更加接近意义本身，它会在不同的语境中突然丧失掉自身符号的含义而融入意义中，例如女巫含混的语言。在本书中，佛克纳对麦克白的各个阶段进行了较详细的解读和分析。在戏剧开篇，麦克白是一个从战斗中走出来的人，那时的他正在为了某种绝对的理想而战斗，处于绝对无

---

① 参见 H. W. Fawkner, *Deconstructing Macbeth: The Heperontological View*, London and Toronto: Associated University Presses, 1990, p. 20。
② 参见 H. W. Fawkner, *Deconstructing Macbeth: The Heperontological View*, London and Toronto: Associated University Presses, 1990, p. 20。

第七章　哈罗德·威廉·佛克纳：麦克白悲剧命运之解构

畏的状态。在佛克纳看来，那时的麦克白是一个有着"绝对统一和稳定"的身份的人，虽然第一幕中辩证的意义在麦克白身上就已经显现出来了：麦克白的战斗（军事行动）既是在消灭存在又是在保留永恒的存在，这也是战斗本身的属性。一方面，他是在他的社会使得意义显现的最重要的生产者；另一方面，他的战斗作为一种行动体现了歼灭本身，而这也使他很轻易地就受到了女巫的引诱，逐步向超本体世界移动。在佛克纳看来，使得麦克白在场和自我在场开始分离的主要原因就是谋杀。谋杀作为戏剧的高潮部分，佛克纳给予了重点关注。麦克白的谋杀是一种受形而上学确定性的奴役。在佛克纳看来，麦克白并不是因为想要获得现实意义上的权力而实施谋杀的，相反，他是为了谋杀的想法，是为了消灭想象中的恐惧而选择用一种确定的恐惧来代替对恐惧的恐惧，在这期间，麦克白经历了很长时间的内在思想斗争。而在悲剧的最后阶段（第五幕），佛克纳指出，麦克白结束了其长期受监禁的内在思想斗争，开启了自己的主权时代。在这里，麦克白又变成了一个自由的战士。佛克纳认为，在这个阶段他不再是意义的生产者，而是展现出一种对意义的绝望感；此时麦克白已经完全感受到不确定和不存在本身，因此变得毫无意义了。

佛克纳运用解构主义的方法对麦克白整个悲剧命运的不同阶段进行了审视。在《解构〈麦克白〉：超本体论观》中，他借助了一些哲学概念，用一种新的解构主义视角对《麦克白》进行分析，揭示了麦克白复杂的心理以及其谋杀的动机和意义，与此同时，他还肯定了莎士比亚对语言的使用技巧，正是莎士比亚对语言有恰如其分的掌控，才使得这部剧拥有了被"解构"的可能。佛克纳的独到而略显抽象的见解、缜密的逻辑论证，使这部解构主义莎评著作在哲学意义的探索方面具有一定的影响力。

第八章　约翰·克里根：莎士比亚约束语言的破与立

约翰·克里根是英国当代著名的莎士比亚研究学者，现为剑桥大学英语学院教授、圣约翰学院研究员和英国科学院院士。曾就读于牛津大学，毕业后于 1982 年到剑桥大学教书。多年来，他一直专注于莎士比亚、英国 17 世纪文学和当代诗歌的研究。他的学术著作主要有《复仇悲剧：从埃斯库罗斯到末日审判》(Revenge Tragedy: Hescbylus to Armageddon)、《莎士比亚的约束语言》和《莎士比亚的独创性》(Shakespeare's Originality)。其莎评著作《莎士比亚的约束语言》自 2016 年出版以来，一直得到学界的关注，是当代细读式莎评的重要著作，也是形式主义莎评在当代莎士比亚研究领域的最新成果。詹姆斯·贝德纳兹（James P. Bednarz）认为，"这部充满新意的著作把莎士比亚戏剧研究提升到一个新的高度"[1]，世界著名莎士比亚学者

---

[1] James P. Bednarz, see *Modern Philology*, https：//www.amazon.co.uk/Shakespeares-Binding-Language-John-Kerrigan-ebook/dp/B01LLTTCPW/ref = sr_1_1？ crid = 23IFEHLC0VNP6&keywords = Shakespeare% E2% 80% 99s + Binding + Language&qid = 1690790956&s = books&sprefix = shakespeare + s + binding + language% 2Cstripbooks% 2C2050&sr = 1 - 1［2022 - 5 - 20］.

第八章 约翰·克里根：莎士比亚约束语言的破与立

大卫·贝文顿（David Bevinton）也认为，"这部书通过深入的细读，对莎士比亚的许多戏剧进行了深刻而敏锐的分析，而且闪耀着知识的光芒"①。

细读是新批评极力主张的文学研究方法，但新批评的细读忽视了对语境的分析，这一点常常为人们所诟病。20世纪90年代以后，莎士比亚研究领域的一些学者依然践行形式主义的细读批评，但也关注语境，这种批评被一些学者冠以"细读式莎评"②。克里根就是其中的代表人物。克里根在他的《莎士比亚的约束语言》中，聚焦莎士比亚戏剧中约束语言的作用与影响，通过分析约束语言的早期形式、驱动力、稳定性、契约模式以及道德层面，来揭示约束语言的规则与体系建构。这部经典的莎评著作，不仅为莎士比亚研究提供了新的视角和方法，也为理解莎士比亚戏剧中的权力关系、人物塑造和社会动态等问题提供了有益的思考。该著作体现的思想和方法对21世纪莎学具有一定的推动作用。

第一节 约束语言的来源、担保及驱动力

一 约束语言的来源形式

莎士比亚时代，是文艺复兴时代，在这一时期，各种艺术长足发展，人性得到解放，但是在此曙光之下，也依然存在中世纪的暗影。莎士比亚的一些作品就影射了这一黑暗时期。可以说，在中世纪混乱

---

① David Bevington, see *Renaissance Quarterly*, https://www.amazon.co.uk/Shakespeares-Binding-Language-John-Kerrigan-ebook/dp/B01LLTTCPW/ref = sr _ 1 _ 1? crid = 23IFEHLC0VNP6&keywords = Shakespeare% E2% 80% 99s + Binding + Language&qid = 1690790956&s = books&sprefix = shakespeare + s + binding + language% 2Cstripbooks% 2C2050&sr = 1 - 1 ［2022 - 5 - 20］.

② Russ McDonald 在其编著的 *Shakespeare: An Anthology of Criticism and Theory 1945 - 2000*（Oxford: Blackwell Publishing Ltd, 2004）一书中，把"细读式莎评"作为一个流派而单独列出，提到了一些细读式莎评学者，诸如乔纳斯·A. 巴里什（Jonas A. Barish）、乔治·T. 赖特（George T. Wright）、帕特里夏·帕克（Patricia Parker）等。

的背景下，人与人之间相互猜忌，彼此之间相互不信任，而约束语言，便是在这个时期得到了长足的发展。王公贵族通过发誓来表达自己的决心，以此来博取对方的信任，从而获得可靠的盟友，得到对方的支持。

约束语言，诸如誓言或者许诺（oath or vow），是一种正式的语言，也是人类之间相互联系和依存的象征。在莎士比亚作品里，它既用于强化国王和臣民之间的联系，也用来强化公民之间的关系，将国王、大臣和公民联系到一起。[1] 约翰·克里根认为，要想很好地理解莎士比亚的作品，诸如《威尼斯商人》《爱的徒劳》和《哈姆莱特》，首先就要从其中的约束语言入手，而且，他还认为，莎士比亚作品中的约束语言在历史中都有迹可循。

在莎士比亚的作品中，约束语言的来源是多种多样的，《爱的徒劳》是莎士比亚的一部讽刺喜剧，讲述了纳瓦国王腓迪南和俾隆、朗格维和杜曼三位大臣发誓潜心研究学术，在这段时间内不近女色，进行斋戒，过一种清心寡欲的生活，但当法国公主来访时，他们一个个接连打破誓言，争先恐后地求爱，却遭到了法国公主的无情戏弄，最终离他们而去。这部剧中的群体誓言就是典型的例子。就此誓言的来源而言，克里根认为，本剧中开篇的约束语言，可能来自牛津大学和剑桥大学的入学宣誓："任何学者不得进入牛津大学的任何学院或大厅，除非他首先在校长面前签署商定的宗教章程，宣誓女王陛下至高无上，宣誓遵守牛津大学的章程，并在录取通知书上登记他的姓名。"[2]

我们知道，学校作为一个教育及学术研究机构，对学者的行为有

---

[1] Tom Mcalindon, "Swearing and Forswearing in Shakespeare's Histories the Playwright as Contra-Machiavel", *The Review of English Studies*, New Series, Vol. 51, No. 202, 2000, p. 209.

[2] John Kerrigan, *Shakespeare's Binding Language*, Oxford: Oxford University Press, 2016, pp. 69 – 70.

第八章　约翰·克里根：莎士比亚约束语言的破与立

很高的要求，也有严格的管理制度，但入学宣誓在此严格要求的基础上加上了严肃的誓言，进一步加深这些规则在学者心中的印象。如果拒绝宣誓，则会面临非常严重的惩罚。1563年颁布的法令规定，任何拒绝宣誓的个人，第一次处罚是处以终身监禁，如果第二次继续拒绝宣誓，则会处以死刑。任何担任公职，或在大学进行学习的人都必须进行宣誓，以此来表达自己恪守尽职的决心。克里根据此发现，在《爱的徒劳》中的誓言，与入学宣誓极为相似。以下是该剧的开头，纳瓦国王向他的大臣致辞：

> 让众人所追求的名誉永远记录在我们的墓碑上，使我们在死亡的耻辱中获得不朽的光荣；不管饕餮的时间怎样吞噬着一切，我们要在这一息尚存的时候，努力博取我们的声明，使时间的镰刀不能伤害我们。我们的生命可以终了，我们的名誉却要永垂万古。所以，勇敢的战士们——因为你们都是向你们自己的感情和一切俗世的欲望奋勇作战的英雄——我们必须把我们最近的敕令严格实行起来，纳瓦将要成为世界的奇迹；我们的宫廷将要成为一所小小的学院，潜心探讨有益人生的学术。你们三个人，俾隆、杜曼和朗格维，已经立誓在这三年之内，跟着我一起生活，做我共同研究的学侣，并且绝对遵守这一纸戒约上所规定的种种条文：你们的誓已经宣过，现在就请你们签下自己的名字……
>
> （第一幕第一场）

戏剧中的发誓主体是宫殿中的王公大臣，宫廷中本身规矩森严，而四人则在一起发誓以更严格的态度去学习。他们都要求参与者郑重其事，通过宣誓表达自己的决心，用签字来确认自己的誓言，以此来约束自己的行为，并在与外界的隔离中研究学术，所以克里根才认为，牛津大学和剑桥大学的入学宣誓，是莎士比亚约束语言来源的一部分。

形式主义莎评经典研究

克里根还结合历史进行分析。他认为国王与大臣们的学术誓言，也受到了中世纪瘟疫的影响。中世纪是混乱的，不仅王权纷争不断，瘟疫也四处弥漫，在14世纪，欧洲大陆笼罩在黑死病的阴霾之下，数千万人死于疾病。人们为了应对这猛烈的瘟疫，认为隔离是有效的手段之一，所以在这段时期，牛津和剑桥两所大学一直都处在半乡村的状态，常常在草地、湖畔或者果园授课和学习，并且有着严格的出入管理规定，来减少受到瘟疫的影响。但是这丝毫无法阻挡黑死病传染的脚步，人们想尽办法抵御瘟疫，但是收效甚微，在科学并不发达的年代，迷信思想占据了上风，为避瘟疫，当时大学流行这样的誓言："把我变成皮包骨头，否认生活的乐趣，死亡就会从我身边过去。"[1]

人们意图通过自己虐待自己，来躲过魔鬼的暴行，以此来避免瘟疫的感染。由此可见，学术誓言中的禁食，与瘟疫之下的誓言存在联系。在《爱的徒劳》中，国王下令禁止任何闲杂人员靠近宫廷，并且发誓一天只吃一餐，一周有一天禁食，用来磨炼人的意志——"肚子饥肠辘辘，精神上享受盛宴"，这句话便是受到瘟疫下校园誓言的影响。虽然就校园誓言和瘟疫而言，二者禁食、自我隔离的目的完全不同，但是形式上却高度重合，而且校园誓言正是在瘟疫暴发期间，高校为规避瘟疫而流传下来的习惯，所以克里根才认可瘟疫下流行的誓言和学术誓言间的潜在联系，并认为它们为莎士比亚创作所借鉴。

头盔骑士团条例（Order of the Helmet）是莎士比亚约束语言的另一来源。骑士精神在誓言的建立中起着重要作用，体现了封建制度下的礼仪和道德，即使封建制度的衰落也无法减弱骑士精神的传承。[2]

---

[1] John Kerrigan, *Shakespeare's Binding Language*, Oxford: Oxford University Press, 2016, p. 73.

[2] Tom Mcalindon, "Swearing and Forswearing in Shakespeare's Histories the Playwright as Contra-Machiavel", *The Review of English Studies*, New Series, Vol. 51, No. 202, 2000, p. 209.

第八章　约翰·克里根：莎士比亚约束语言的破与立

骑士要求礼貌，忠于自己的信条，为了自己的信仰而战，他们珍视自己的荣誉，而约束他们荣誉的载体，就是宣誓仪式上庄严的誓言，头盔骑士团条例就是典型的例子。

在入会宣誓仪式上，每个人都必须听国王朗读条例条款，然后亲吻自己的头盔，并发誓遵守誓言。誓言中要求，每个骑士团的骑士都应定期阅读历史和新古典主义作家的作品，通过阅读来获取经验，同时还应该经常去剧院观看表演以提升自己。莎士比亚的《爱的徒劳》便是借鉴了骑士精神的誓言，其中国王与大臣们的誓言也是为了学习，并且也采取了群体誓言的形式，四人一起，宣誓自己对誓言的恪守。所以克里根认为，年轻人之间团体的形成往往具有仪式化的元素，而誓言对这种仪式起到一定的贡献，因为它具有约束力，能够增强彼此之间的羁绊。可以说，宣誓仪式是建立在约束语言的基础之上的，在《爱的徒劳》中，国王与大臣们的发誓，共同打造了群体誓言的仪式，《威尼斯商人》中，仪式转换为书面形式，通过契约来绑定安东尼奥和夏洛克的债务关系，正是头盔骑士团条例为莎士比亚的创作提供了参考，推动了约束语言在作品中的运用。

二　约束语言中的担保——肢体和剑

中世纪是一个混乱的时代，不仅瘟疫四起，人与人之间也存在猜忌。在莎士比亚的约束语言中，往往会看到人与人之间的不信任，轻则背信弃义，重则兵戈相见，无视道德，将信任放在脚下践踏。在《李尔王》中，李尔王被自己两个女儿背叛，流落在野外，悲惨度过余生，而在《麦克白》里，麦克白背叛了先前宣誓效忠的邓肯国王，将其残忍杀害，自己登上了国王的宝座。克里根在书中提到，在中世纪作品《暴君约翰的统治》（1589）中，法国国王路易（King Louis）和英国的封臣们互相宣誓效忠，共同起义对抗约翰（John），但是路易单独行动面对梅伦（Melun）时，便立即说自己一旦征服英格兰，就会立刻抛弃这些英格兰的反贼，这些誓言中的失信，引发了克里根的思考。可以说,誓言是一种内在精神行为的外在表达,依赖于宣誓者在说出誓言时,内心是否真诚。[①] 不仅人与人之间会有不信任,甚至誓言本身也是脆弱的,这就增加了对誓言的要求;因为单纯的口头誓言已经难以满足发誓的需要,所以担保应运而生,进一步借助肢体、物品的形式,来表达自己恪守誓言的决心。

约束语言的担保最初需要见证人,又称"誓言助手"(oath-helper),来保证做出誓言的正当性和合法性。在西欧的传统中,一个人可以以抽象理念,如耶路撒冷或先祖的荣誉,也可以以无生命的物体,如圣物和经文,来证明自己缔结的契约和这些事物本身一样神圣。切尔沃内(Cervone)认为,借助无生命的物品来起誓,是寻找一个信念体系上的等价物,信念越牢固,誓言所包含的价值也就越多。[②] 可以说,最初的担保,是对宣誓者信念的衡量,而用来担保的物品是信念的体现,信念越强,担保的物品越珍贵。

随着誓言的发展,誓言担保种类也越来越多,宣誓者为了体现自己的决心,不惜诉诸暴力元素,我们知道,莎剧《泰特斯·安德洛尼克斯》就是典型的例子。剧中泰特斯的家族受到了不公正的待遇,自己的女儿拉维妮娅被哥特人的女王塔摩拉的两个儿子契伦和狄米特律斯割去舌头并强奸,自己的两个儿子昆塔斯和马歇斯因莫须有的罪名被砍去头颅,甚至自己也白白丢掉了一条手臂,这使得泰特斯遭受了莫大的屈辱,他在两个儿子的尸体旁发誓,要将仇家屠戮殆尽:

> 这两颗头颅似乎在向我说话,恐吓我要是我不让那些害苦我的人亲身遍历我们现在所受的一切惨痛,我将要永远享不到天堂的幸福。来,让我们想一想我应该怎样进行我的工作,你们这些

[①] Thea M. Cervone, "'So God Me Helpe': Sworn Bond in English Literature, 1531–1609", Ph. D. dissertation, University of Illinois at Chicago, 1998, p. 5.

[②] Thea M. Cervone, "'So God Me Helpe': Sworn Bond in English Literature, 1531–1609", Ph. D. dissertation, University of Illinois at Chicago, 1998, p. 4.

第八章　约翰·克里根：莎士比亚约束语言的破与立

忧郁的人,都来聚集在我的周围,我要对着你们每一个人用我的灵魂宣誓,我将要为你们复仇。我的誓已经发下了。来,兄弟,你拿着一颗头;我用这一只手托住那一颗头。拉维妮娅,你也要帮我做些事情,把我的手衔在你的嘴里,好孩子。至于你,孩子,赶快离开我的眼前吧,你是一个被放逐的人,你不能停留在这里,到哥特人那边去,调集起一支军队来,要是你爱我,让我们一吻而别,因为我们还有很多事情要做哩。

(第三幕第一场)

泰特斯的复仇誓言振聋发聩,他用手托着自己两个儿子的脑袋,没有过分的激动,但实际上却下定了同生共死的决心;这也呼应了他在戏剧结尾时,手刃仇人的两个儿子的时候,一边下着狠手,一边又恶狠狠地宣布着誓言。复仇誓言划破寂静的空气,它回荡在大厅的每一个角落,将每个人的心脏紧紧抓住。这是一种宣誓,他愿意为了家族的尊严和公正,冒险赴死。他的誓言中充满了坚毅和复仇,迸发着他的意志和决心:

听着,恶贼们,我要把你们的骨头磨成灰粉,用你们的血把它调成面糊,再把你们这两颗无耻的头颅捣成肉泥,裹在拌着骨灰的面皮里做馅饼;叫那淫妇,你们的猪狗般下贱的母亲,吃下亲生的骨肉。这就是我请她来享用的美宴,这就是她将要饱餐的盛馔;因为我女儿在你们手中遭受的命运比菲罗墨拉的命运还要悲惨,所以我报复的手段要比普洛克涅的手段还要凶狠。

(第五幕第二场)

克里根对泰特斯的复仇誓言进行了分析,认为泰特斯的复仇誓言是具体的。誓言中的两个"馅饼",既暗示复仇的手段,也暗示塔摩拉的结局——他会让他的仇敌吃掉自己孩子的肉,这一幕突破了观众的心理防线，带给观众巨大的震撼。同时，克里根的分析也集中在誓言本身。他认为，复仇最后一幕的混乱之所以刻画得很成功，离不开其中语言节奏和动作上的协调，莎士比亚将行动与发誓复仇的誓言结合在一起，推动剧情达到高潮。由此可见，泰特斯的誓言是由肢体和尸体带入的：开头泰特斯血腥的誓言，是由自己儿子们尸体带入的，为整篇残忍的复仇奠定基调，不仅发誓的地点是在他两个死去儿子的尸体旁边，履行的誓言也是将仇人血刃，甚至牺牲自己的女儿来纪念她的贞洁。处处都有着血腥成分的带入，体现出泰特斯复仇的决心，展示给观众无可比拟的震撼。

《露克丽丝遭强暴记》是莎士比亚的一首长诗，讲述了露克丽丝被塔昆强奸的故事。在诗歌结尾处，人们在露克丽丝的尸体前发誓要惩罚塔昆家族，勃鲁托斯也做出了莎士比亚作品中相对比较长且最为深刻的誓言，暴力的元素再一次在诗歌中呈现，以罗马人群情激愤地驱逐塔昆家族为终。克里根认为，誓言中所暗含的尸体，并不一定是确切的，在一些作品里也可以是鬼魂或其他象征性的东西，但无论什么，都能给宣誓者巨大的动力，因为涉及多种物品和肢体的带入。以血液为证，以天日为证，以露克丽丝的灵魂为证，以最后猛击自己的胸脯并亲吻刀剑为证。由此可见，肢体、物品和形式的带入并不固定，大到人的尸体、灵魂，小至血液、刀剑，甚至特殊的动作，如拍胸脯和亲吻刀剑，都可以在莎士比亚作品的誓言中找到踪迹。从美学的角度看，誓言通过罗列多个担保物品，快速转换镜头，加上篇幅比较长，给观众以精神上的震撼。露克丽丝、血液和刀剑等都是这起事件的重要元素，可以认为是对在斗争中牺牲的总结，并且在最后誓言中重申这些斗争中的牺牲，本质上是对宣誓者的一种自我警醒，提醒自己所承受的代价，从而增强宣誓者的信念和决心，来推动履行自己所做出的承诺。

莎士比亚约束语言中肢体和物品的带入，引发了克里根对誓言物属性的思考。在很多莎士比亚的作品中，约束语言起着推动情节发展

第八章 约翰·克里根：莎士比亚约束语言的破与立

的作用。在克里根看来，"因为在中世纪或都铎王朝的社会中，誓言或许诺具有某种东西的某些特性，在这个社会中，许多契约都是用物品（弯曲的硬币、绳子、棍子、戒指、手套、雕刻的编织针、纺锤和线轴）缔结的形式进行的"[①]。

物品在誓言中的带入并没有肢体深刻，但也往往是发誓者十分重视的物品。莎士比亚作品中的角色常以凭剑起誓开始，以血腥的战斗结束，克里根抛出一个问题："剑"（sword）可以认为是"语言"（word）的变体吗？毕竟"以这个语言（by this word）"和"以这把剑（by this sword）"仅有一个字母的差别。《亨利五世》给出了答案：因为当誓言有武力支持的时候，才是最有力的，所以你的剑是你最有约束力的词。但是，这种解释似乎并不完美，因为剑不仅仅象征着武力，也象征着荣耀。骑士精神贯穿整个欧洲中世纪，不仅仅誓言来源于骑士的入会宣誓，也影响到了誓言的担保。骑士将他们的佩剑视若珍宝，因为它不仅是重要的武器，也是荣耀贵族地位的象征，所以剑在誓言中的带入有着重要的意义：不仅是自己重要决心的体现，更象征着在宣誓中，以自己的荣誉和地位为担保，自己为了荣耀，会竭尽全力履行自己的誓言。

三 约束语言的驱动力

在莎士比亚的悲剧中，往往会看到人与人之间互相发誓，这种现象的存在是由约束语言的驱动力带来的。亚历山大·杜马斯（Alexandre Dumas）的《基督山伯爵》就深深渲染了一个由复仇所驱使完成自己誓言的过程。主角爱德蒙·唐泰斯发誓要不择手段来实现自己的复仇目标。在他含冤入狱之后，他发誓要寻找真相，并让陷害他的人付出应有的代价。他通过各种手段来实现自己的目标，包括伪装自

[①] John Kerrigan, *Shakespeare's Binding Language*, Oxford: Oxford University Press, 2016, p. 224.

己、隐瞒身份、欺骗和利用他人等，一步一步地完成了自己的复仇计划，最终实现了他的誓言。爱德蒙·唐泰斯生活在被复仇所支配的世界里，克里根认为，莎士比亚悲剧的很多人物同样如此。

《哈姆莱特》是莎士比亚的一部重要悲剧，而复仇是这部剧的重要驱动力之一。该剧讲述了丹麦的王子哈姆莱特为父亲报仇的故事，克劳狄斯在老国王去世后接替王位，但是哈姆莱特在宫殿中碰见了老国王的鬼魂，他告诉王子自己是被克劳狄斯害死的，并希望他给老国王报仇。于是哈姆莱特踏上了复仇之路，经过一系列的斗争，哈姆莱特最终在与雷欧提斯的决斗中，取了克劳狄斯的性命，但哈姆莱特也中毒而亡。其实在宫殿中，哈姆莱特面对父亲的鬼魂时，内心是充满着惊讶和怀疑的，惊讶于老国王居然被克劳狄斯害死，而又怀疑父亲的鬼魂所言是否真实，在这种内心情感冲突之下，又或许是在鬼魂的催促之下，哈姆莱特发出了复仇的誓言：

天上的神明啊！地啊！再有什么呢？我还要向地狱呼喊吗？啊，呸！忍着吧，忍着吧，我的心！我的全身的筋骨，不要一下子就变成衰老，支持着我的身体呀！记着你！是的，你可怜的亡魂，当记忆不曾从我这混乱的头脑里消失的时候，我会记着你的。记着你！是的，我要从我的记忆的碑版上拭去一切琐碎愚蠢的记录、一切书本上的格言、一切陈言套语、一切过去的印象、我的少年的阅历所留下的痕迹，只让你的命令留在我的脑筋的书卷里，不掺杂一点下贱的废料；是的，上天为我作证！啊，最恶毒的妇人！啊，奸贼，奸贼，脸上堆着笑的万恶的奸贼！我的记事板呢？我必须把它记下来：一个人尽管满面都是笑，骨子里却是杀人的奸贼；至少我相信在丹麦是这样的。好，叔父，我把你写下来了。现在我要记下我的话，那是："再会，再会！记着我。"我已经发过誓了。

（第一幕第五场）

第八章　约翰·克里根：莎士比亚约束语言的破与立

当哈姆莱特同意留在厄耳锡诺，不回威登堡学习时，国王称之为"顺从"。即使王子不愿意加入他的行列，国王也会以祝酒的形式使哈姆莱特无法表达他的内心所想，正如国王所说："哈姆莱特这一种自动的顺从使我非常高兴；为了表示庆祝起见，今天丹麦王每一次举杯祝饮的时候，都要放一响高入云霄的礼炮，让上天应和着地上的雷鸣，发出欢乐的回声。"（第一幕第二场）

对于哈姆莱特和克劳狄斯的誓言，克里根经过对比发现，这是展示了两种驱动力的完全不同的誓言。他认为，哈姆莱特向鬼魂发誓，要替自己父亲报仇，是用杀戮来履行自己的约束语言；而克劳狄斯在喧嚣的庆祝仪式下，向各位宾客祝酒，期望各位身体健康，也是一种承诺。可以说，这二者同属于约束语言，但在誓言的驱动力方面，却有着非常大的差别。国王履行约束语言的驱动力只能是宴会上的社交，于是他端起酒杯，四处祝酒；而哈姆莱特的驱动力则更为强烈，他的目的是为父报仇，誓言也加强了哈姆莱特的行动力。在哈姆莱特发誓的过程中，哈姆莱特的驱动力不单单只有复仇的信念，老国王的鬼魂也占据了重要的地位。鬼魂在夜晚显现，是一种超自然因素，具有神秘色彩，正是这种神秘性，激发了哈姆莱特的恐惧和敬畏，驱使哈姆莱特对着他的剑发誓要完成复仇，从而让这个誓言更有能动性，比国王的祝酒更加强悍，也更加深刻。在誓言的驱动下，他开启了决斗，杀死了现在的国王，但是也牺牲了他的母亲、爱人和无辜的大臣，他的所作所为导致最后自己也被国王毒死。悲剧色彩在这部剧中展现得淋漓尽致，呈现出噩梦般的复仇之力，也展现出誓言驱动之下，人所爆发出的恐怖力量。

对于《泰特斯·安德洛尼克斯》，传统的看法认为这是一部典型的由复仇所驱动的悲剧，是关于一个失去了自己的儿女们的无辜大臣，将仇人血刃的故事。但是，在克里根看来，这部剧的混乱有着更复杂的意义，泰特斯的故事展示了一个复仇的过程，他对复仇的极度渴望使得他的复仇充满了鲜血与死亡，这与他所经历的混乱息息相关。他的女儿在混乱中被仇人的儿子们强奸,并被割去了双手和舌头,从此无法讲话,他自己的两个儿子也被安上了罪名,在混乱中被斩首,泰特斯为了救他们,甚至在混乱中砍下了自己的手臂,却也以失败告终。泰特斯的命运就这样在混乱中度过,而他的复仇誓言也为这样的混乱所驱动,这些混乱也直接造成了最后混乱的结局。泰特斯杀死了两个强奸拉维妮娅的罪犯,他杀死了每一个和他有仇的人,但他自己的女儿在最后的混乱中丧命于他的手中,泰特斯自己也在混乱中丧生。混乱和复仇是戏剧的主题,共同构成了泰特斯履行誓言的驱动力,也是整部作品悲惨的根源。

　　对于《威尼斯商人》,其中也可以找到复仇的元素的影子。《威尼斯商人》主要讲述了夏洛克和安东尼奥两个人的高利贷契约,夏洛克借给了安东尼奥一笔钱,如果他不能如期偿还,就需要取安东尼奥身上的一磅肉作为抵押,但是安东尼奥将钱借给了自己的朋友巴萨尼奥,没能在规定的时间内还钱,所以面临着失去自己性命的风险,最后在鲍西娅的帮助下,安东尼奥最终在法庭上胜诉,夏洛克也受到了应有的惩罚。在夏洛克和安东尼奥二人签订的高利贷契约中,充满了复仇的因素。安东尼奥经常将贷款无息借给穷人,影响了夏洛克的高利贷生意,这引起了夏洛克的嫉妒,勾起了他心中的怒火,想要找方法寻求报复,而安东尼奥向夏洛克借的钱,正好为夏洛克的复仇提供了一个完美的理由。克里根认为,夏洛克与安东尼奥签订的契约,充满了心机,并以血肉和复仇为基础,因为他仅收取微薄的利息,却设置了一个十分严重的违约代价——如果安东尼奥不能如期归还欠款,他就需要从身上割下一磅肉作为偿还。从下面夏洛克的话语中,人们会有更加深刻的体会:

　　　　瞧您生这么大的气!我愿意跟您交个朋友,大家要好好的,您从前加在我身上的种种羞辱,我愿意完全忘掉;您现在需要多少钱,我愿意如数供给您,而且不要您一个子儿的利息;可是您

第八章　约翰·克里根：莎士比亚约束语言的破与立

> 却不愿听我说下去。我这完全是一片好心哩。……我们不妨开个玩笑，在约里写明，要是您不能按照约中所规定的条件，在某日某地还给我某某数目的钱，那你就得随我的意思，在您身上的任何部分割下一磅肉，作为处罚。
>
> （第一幕第三场）

　　夏洛克通过戏谑的语言，来反击安东尼奥对他的厌恶，表面上装作想要帮助安东尼奥的样子，但是隐藏在善良之下的，是他豺狼一般的野心，一步一步削弱着安东尼奥的防线，等待着他同意这个条约。这个惩罚看起来不切实际，似乎很难实现，加上夏洛克刻意缩小逾期的后果，不断地塑造着自己的伪装，让他的计谋一步一步走向成功；而安东尼奥对于自己商船的盲目自信，却也恰恰削弱了他的警惕，让他签了这个陷阱一般的债务契约，处在生命安全的威胁之下。这是一个完美的计划，一切都是处在威尼斯法律的框架之下，夏洛克策划了一出完美的复仇。

　　对于这样的血腥契约，克里根认为其起因是夏洛克对安东尼奥的仇恨，而契约又驱使着安东尼奥和夏洛克为了各自的目的做出努力。夏洛克诉诸法庭，想要取安东尼奥的性命，而安东尼奥为了避免受罪，在这一磅肉的驱使下，想方设法履行自己的契约，来保证自己生命安全。他曾向夏洛克请求宽限，但遭到了夏洛克的无情拒绝。他也找到了巴萨尼奥，并向他借钱还债，但巴萨尼奥也无法立刻还钱。他向朋友们请求帮助，希望他们可以代替他向夏洛克还钱，但是无人有能力帮他。留给安东尼奥的，只能是期望自己的商船能够早日到达港口，以便他能够用船上的货物来偿还债务，否则最后不得不诉诸法庭，只能寄希望于威尼斯法官前来调停。可以看出，克里根眼中的夏洛克是狡猾的，他为了完成自己的复仇，可以接受看似不公平的契约，相信这样的付出是值得的。但是与其他约束语言不同的是，夏洛克想要的，并不是这一份契约的履行，而是契约的违背。可以说，以血肉为基础的契约具有强烈的驱动力，因为血肉所带来的代价是难以承受的；安东尼奥正是被困在了血腥的约束语言中，在此誓言的驱动下不断想方设法自救，最终也不得不通过法庭来质疑"一磅肉"惩罚的合理性来脱身。

第二节　约束语言的遵守与不稳定性

一　约束语言的约束力

约束语言的建立，离不开约束语言本身的约束力，约束语言关乎人们之间的承诺、责任和信誉。在莎士比亚的作品中，我们往往能看到信任的缺失，人与人之间相互背叛、充斥着谎言和欺骗，角色为了获得彼此之间的信任，常用发誓、承诺等方式来获得可靠的盟友。在《哈姆莱特》中，哈姆莱特面对老国王的鬼魂发誓，决心要替他的父亲报仇，即使没有人在场作证，他也在誓言的驱动下，最后完成了誓言。

约束语言的约束力，存在于约束语言本身。克里根认为，早期现代生活中存在许多缥缈的誓言，但是发誓和忠诚的言语行为本应该是有约束力的。对于道德家来说，这些誓言还具有宗教上的重要性。然而，"承诺制度"的一个缺陷是，如果它的规则仅仅被理解为语言上的，那么誓言就会变得和呼吸一样空洞。换言之，除非足够多的人愿意遵守构成承诺制度的道德原则，否则"承诺"这个词就会变得毫无意义。詹姆斯·李（James Lee）认为，约束语言之所以拥有约束力，是因为发誓者在发誓过程中能够对誓言的内容进行反思，公职人员就职誓言就是典型的例子。宣誓过程，也是宣誓主体对誓言进行思考，反思自己能否胜任这一份工作、能否接受誓言中的标准和价值观的过程，宣誓者态度的变化、肢体的动作，都是发誓人内心的反应，同时也经受着在场见证人的检验，从而帮助自己和他人更好地了解自己能否胜任这一份工作。誓言是真诚且庄严的，宣誓人的誓言是世俗

第八章 约翰·克里根：莎士比亚约束语言的破与立

和神圣责任的结合，违背誓言的情况被视为严重的罪行，做出誓言的态度同样是对发誓主体的考验。"从群体的角度来看，一个人不愿宣誓，这清楚地表明该个人不适合成为成员。"①

同样，当一个人出任国王议会的成员，或者是在亨利八世时期出任枢密院的成员时，他必须在就职仪式上宣誓。这个誓言是议员职责的唯一官方声明，只有宣誓过后他们才能从君主手中拿到行政权。②在每一个国王的加冕仪式上，着装和细节随着时间的变化会有所不同，但是宣誓的环节，一定会受到重视③，因为约束语言会给人强大的约束力，推动一个人履行自己的责任和承诺。

可以看出，约束语言之所以有约束力，不仅仅源于约束语言本身，还因为宣誓是在见证者和宗教的监督下进行的。在人与人相互不信任的背景下，誓言可以说是彼此之间所达成的一种共识，以此来获得对方的信任。如果是多人共同持有一个相同的约束语言，就会加强对彼此产生的约束，群体誓言就此形成。克里根认为，群体誓言的约束力存在于两方面：一是誓言对宣誓者本身的约束，来自人与人之间的共识；二是宣誓者彼此的约束，不仅遵守自己的誓言，也要求每个人在履行自己的誓言的同时，对其他人的誓言进行监督，这也是为何群体誓言与其他誓言相比更有约束力。在《爱的徒劳》开篇，俾隆面对他的共同研究的学侣发誓，也是有所犹豫，甚至有一些退缩，但是他处在群体誓言的仪式中，其他三人已经完成宣誓，俾隆已经受到了宣誓者们彼此的约束，群体誓言的作用在此处得到了充分发挥；即使俾隆并不情愿，却也在见证者的监督之下，完成了宣誓。

约束语言的约束力也受到法律和宗教的双重保护，理查德·科辛

---

① James Lee, "Ye Shall Disturbe Noe Mans Right': Oath-taking and Oath-breaking in Late Medieval and Early Modern Bristol", *Urban History*, Vol. 34, No. 1, 2007, p. 35.

② 参见 Jonathan McGovern, "The Development of the Privy Council Oath in Tudor England", *Historical Research*, Vol. 93, No. 260, 2020, p. 273。

③ 参见 H. G. Richardson, "The Coronation in Medieval England: The Evolution of the Office and the Oath", *Traditio*, No. 16, 1960, p. 126。

(Richard Cosin)认为：国王可以放弃与誓言相关的条款和法令，但不能放弃誓言本身。国家元首或其他授权人可以批准豁免措施，以解除执行积极法律时所做的誓言，但这种豁免措施只能通过废除相关法律或法规来实现，而不能通过解除誓言的约束来实现，因为誓言的约束力是不可控制的。当相关法律或法规被废除并消失时，对这些法律或法规所作的誓言也必须停止并解除。[1] 由此可以看出，约束语言，本质上是一种语言行为，本身是没有约束能力的，但是人们在交流过程中，赋予了其宗教上的约束力，并不断完善法律来保护约束语。即使是国王也难以直接干预誓言的履行，其巩固了誓言难以撼动的地位。虽然国王也可以通过废除法律的形式来解除这一法律所附属的誓言，但代价可能是对整个法律体系的触动。克里根认为，莎士比亚的《亨利八世》就是鲜明的例子。[2] 我们知道，亨利八世为了成为王位的继承人，结束了他与西班牙国王女儿凯瑟琳的婚姻，选择离婚重新娶妻。但是在当时，离婚是需要教皇批准的，而教皇拒绝了亨利八世的离婚请求。亨利为了结束他的婚姻誓言，不惜利用国会通过了一项法律，让英国教会脱离罗马天主教的管辖，使国王成为英国教会的最高领袖，这样亨利八世就可以自行废除婚姻，这个法律便是历史上有名的"至尊法案"。但是为了废除自己的婚姻誓言，亨利八世也付出了相应的代价：英国教会与罗马天主教断绝联系，许多英国的天主教修道院被迫关闭，迫使教徒们放弃原有的信仰，从而引发了持续多年的宗教分裂和冲突。同时，亨利八世自己的声誉也受到影响，被认为是英国历史上最有争议的君主之一。所以说法律和宗教，为国王破除誓言设立了重重阻碍，让国王无法直接中止誓言的履行，若是执意要打破誓言，可能会产生巨大的负面影响，以此来

---

[1] 参见 John Kerrigan, *Shakespeare's Binding Language*, Oxford: Oxford University Press, 2016, p. 80。

[2] 参见 John Kerrigan, *Shakespeare's Binding Language*, Oxford: Oxford University Press, 2016, p. 369。

第八章 约翰·克里根：莎士比亚约束语言的破与立

约束国王的行为。

虽然约束语言的约束力受到法律和宗教的保护，对人的行为有着规范的作用，但当面对外界的不可抗因素时，却可以得到豁免，即使没能履行誓言，也不被视为誓言的打破。克里根同意神职人员理查德·科辛的观点，承认当不可预见的事故发生时，可以不必遵守在教会法院中的誓言。克里根认为，在《爱的徒劳》中，塑造了一个粗心的国王形象，他注重对于小事情所发的誓言，却有时忽视了更大的前景，他对于三个人的学术誓言耿耿于怀，却忽视了公主即将来访这一更大的政治事件。国王将公主的到来描述为不可预料的事情，却也是正在慢慢滑向自己誓言的漏洞。所以克里根认为，莎士比亚约束语言是比较苛刻的，但我们可以看出，对于意料之外的事件，却也非常包容。在莎士比亚的作品中，当约束语言在面对不可抗力而得不到履行时，莎士比亚也偏袒与保护发誓的一方。在《威尼斯商人》中，安东尼奥因为没能成功按时交还借款，面临着被割肉致死的风险，而没能如期归还的原因，是生意上的不可抗力因素：他的商船遭遇不测，也就没有办法筹集到资金。但是在戏剧中，夏洛克虽然站在了约束语言的一方，坚持要按照约束语言行事，但是莎士比亚并没有塑造出严格按照契约行事的剧本，更多对安东尼奥展示了宽容和共情。安东尼奥不仅没有因为这种不可抗力造成的失约受到损害，反而赢得了与夏洛克的官司，所以说莎士比亚在戏剧的塑造上，在约束语言面对不可抗力而得不到履行时，更多采取的是包容开放的态度，允许约束语言在此刻暂时失去约束力，但不失苛刻的色彩。

二 约束语言的不稳定性

在莎士比亚的作品里，经常会看到约束语言的建立，但是这些约束语言很难通过时间的考验，往往在履行的过程中因为种种原因失去根据和效力，具有不稳定性。

誓言的滥用会导致约束语言的不稳定，《量罪记》是莎士比亚的一部喜剧，讲述了公爵前去修行，安哲鲁担当这一段时间的摄政官，在此期间，克劳狄奥因为使一个未婚的年轻女子怀孕而被判处死刑，克劳狄奥的姐姐依莎贝拉前去求情，但是却被安哲鲁要求，只有成为自己的情妇，才可以免除她弟弟的死刑，聪明的依莎贝拉通过一系列的计谋打破了安哲鲁立下的规矩，并最终将克劳狄奥救了出来。路西奥是《量罪记》中的核心角色之一，他是克劳狄奥的朋友，也是第一个将克劳狄奥被监禁的消息传达给依莎贝拉的人。他扮演着在假扮成修士的公爵和依莎贝拉之间传递信息的职责，也是当着假扮修士的面羞辱公爵的人，而且没有意识到公爵本人就在眼前。

对于路西奥这个人物，克里根认为，他不是一个靠谱的角色，他不仅光顾酒馆，也经常出没在妓院中，在这几个场所中他沉迷于酒水和烟草之中，同时也传播着谣言。正如该剧第三幕第二场中狱吏告诉大臣埃斯卡勒斯，咬弗动太太当鸨妇已经十一年了，这时咬弗动太太回应说："这都是路西奥那家伙跟我作对信口胡说。公爵老爷在朝的时候，他把一个姑娘弄大了肚子，他答应娶她，那孩子已经一岁了，一直我替他养着，现在他反而到处说我的坏话！"路西奥代表了对誓言进行亵渎的亚文化，而这种人滥用誓言，可怕的是，他的目的不光是撒谎和谩骂，而是用真理的工具来保护谎言，用诅咒的言辞来宣扬诽谤，最终将真理埋没。可以看出，约束语言的滥用，会导致约束语言的不稳定。约束语言设立的目的是在一个充斥着背叛与欺骗的时代，获得对方的信任，以此作为对方或自己履行言行的保证，但是誓言的滥用，却在人与人仅存的诚信基础上，披上了谎言的外衣。在滥用之下，人与人之间仅存的信任桥梁会逐渐瓦解，使约束语言失去原有的稳定约束能力，在带给人们信任的同时，也增加了部分猜忌。

约束语言的不稳定性，也存在于誓言的迅速建立上，克里根写道："瘟疫经常被视为对轻率、不必要的誓言、开玩笑的咒骂以及随之而来的违背誓言的报复，这一事实加剧了这种风险。在导致瘟疫的

第八章　约翰·克里根：莎士比亚约束语言的破与立

誓言中，咒骂和作伪证被列为最重要的。"[①]在克里根看来，迅速建立的誓言往往是脆弱的，轻率的誓言会招致惩罚，并为社会所不齿。在莎士比亚的作品中，《爱的徒劳》中的学术誓言就是一个典型的例子，克里根认为这是一种赌注：国王与大臣们打赌谁会因禁食、睡觉和不近女色而萎靡不振，却没有一个人意识到法国国王女儿的到来，他们轻率地发出誓言，却立刻迎来了当头一击，他们面临的只有两个选择：要么打破他自己的话，违背自己做出的承诺，接待法国国王女儿的来访；要么拒绝接待，让两国的关系出现隔阂。可以说，迅速建立的誓言往往欠缺成熟的考量，在匆忙中做出决定，从而导致誓言具有不稳定的特征。对于《奥瑟罗》，普遍的看法是因失信而导致的悲剧，但其实也是由于缺乏深思熟虑就迅速建立誓言而导致的关系破裂。奥瑟罗和苔丝狄蒙娜的誓言，是建立在二者没有对彼此进行深入了解的基础上，虽然彼此深爱着对方，但是苔丝狄蒙娜并没有对奥瑟罗的多疑有更加细致的了解。奥瑟罗听信了伊阿古对苔丝狄蒙娜的谣言，并且怀疑她的忠诚，质疑她与卡西奥私通，但是随着伊阿古慢慢造出更多的伪证，两个人之间迅速建立的誓言开始崩塌，奥瑟罗错误地认为苔丝狄蒙娜是一个不忠且放荡的女人，随后在愤怒中掐死了自己的妻子，然而得知真相之后，后悔之余拔剑自刎，最终以悲剧结尾。他们的婚姻誓言在极短的时间里建立起来，却因为彼此之间没有充足的信任，而导致最终的分崩离析。奥瑟罗受到情感和个人偏见的影响，对苔丝狄蒙娜的态度发生了巨大转变，而苔丝狄蒙娜也因一时冲动，轻易将自己托付于别人，而失去了生命。

两个誓言发生冲突时，也会让其变得不稳定。在《亨利六世》（中篇）中，约克家族企图谋反，而一名学徒工彼得控告他的师父霍纳，因为霍纳认定约克公爵是王位的合法继承人，而现在的国王是篡

[①] John Kerrigan, *Shakespeare's Binding Language*, Oxford: Oxford University Press, 2016, p.73.

位者。国王随即传唤来霍纳，霍纳为了表示自己的清白，以上帝的名义起誓，而作为对抗者的彼得，为了表示自己誓言的真实性，他带入了肢体：

> 霍纳：启禀万岁，我从来没有说过这些话。上帝作证，这个坏蛋诬陷我。
> 彼得：我以我双手的十指发誓，他有一天晚上在阁楼里对我说了这番话，那时我们正在擦洗约克大人的盔甲。
> （第一幕第三场）

彼得用双手的十指起誓，与霍纳的誓言产生了对抗。克里根认为，无论亨利如何想象彼得跪地发誓，彼得发誓似乎是一个复仇的举动，而霍纳必须找人证明自己的清白。但不幸的是，霍纳没能找出证人，没有人证实他没有讲过这样的话。于是按照中世纪的传统，要进行比武审判，来证明谁的陈述是正确的。比武审判是通过神明的力量来决定，哪一方的誓言是正确的。这种审判是不公平的，虽然这给了彼得赢得比武的机会，但是这种审判更大程度上是取决于原告和被告的身体素质，而霍纳明显更加强壮。但这也是唯一的选择，因为拒绝审判的唯一下场，就是被处以绞刑。霍纳以似乎不可战胜的优势开始，却以求饶和忏悔结束，正如霍纳所说："住手，彼得，住手，我坦白，我坦白犯了叛逆罪。"（第二幕第三场）在克里根看来，这种比武审判，是一种赌注，霍纳和彼得所发的誓言，与宗教有关，带入了一些宗教和仪式结构，与早期文学中战士参加战斗前的祷告、宣誓和盾剑祝福有关。他将此誓言与布拉克顿（Bracton）[①]作品中的誓言进行对比，认为"这样的背景下，宣誓的'圣礼'具有一种准宗教的功能，并开启了与上帝审判的战斗。就像考验式的审判——将

[①] 布拉克顿是英国13世纪一名法官，著有《论英国的法律与习俗》。

第八章 约翰·克里根：莎士比亚约束语言的破与立

一只手浸入沸水中，然后拿一块热铁，看看它是否能痊愈——就像抽签式的审判，战斗的赌注是基于对神性和复仇的信仰。莎士比亚的特点是加入了非官方的、过于人性化的司法斗争来报复"[1]。

克里根所说的人性化和非官方，是指誓言的裁决中加入了人为的因素。早期的战斗赌注，全然交由上帝裁决，沸水就是沸水，伤口能愈合就愈合，不会因为人的思想或行为产生偏差。而莎士比亚的战斗赌注中，人为因素就起到了很大的作用。在彼得和霍纳指定的决斗的日子，作为仪式的一部分，在进行比武审判前都需要祝酒，而在这个过程中，彼得和他的学徒朋友们，一起干杯，一起喝了一杯酒，而霍纳的街坊们，则是每个人敬了他一杯酒，甚至最后一个人的酒是加了料的。我们不知道霍纳的酒量如何，但是作为一个身强体壮、精通多种剑术的工匠，比武竟会输给自己的一个弱小的学徒，不能不说是受到了外界的干扰。所以约克公爵对彼得说道："把他的兵器拿走，汉子，你得感谢上帝和酒使你师父力不从心。"（第二幕第三场）这在某种程度上也承认了，比起上帝的裁决，人为因素也在这个战斗赌注中发挥着重要的作用，所以说，当两个不相同的誓言发生冲突时，会按照传统将宗教因素带入，而人为因素会在其中发挥重要的干扰作用，从而让誓言的真伪辨别变得不稳定。

对于宗教对约束语言的作用，克里根还结合圣经故事做了进一步的说明。他认为，宗教一方面会影响誓言的不稳定性，但其对誓言的稳定性的影响也不可忽视，所以说带入宗教的誓言是一把双刃剑，既可以发出强有力的誓言，却也会造成不可预想的后果。克里根认为，拉班和雅各[2]的誓言是宗教发挥积极作用的典型，二人一个信奉基督教，一个信奉犹太教，二人能够在向各自神明发誓的基础上，维持彼

---

[1] John Kerrigan, *Shakespeare's Binding Language*, Oxford: Oxford University Press, 2016, p. 211.
[2] 拉班和雅各为《圣经》中的人物。雅各为拉班放牧，拉班跟雅各约定，生下来的小羊凡是有条纹的，都归雅各所有，作为他牧羊的酬劳。

此之间的誓言,是非常难得的。虽然雅各在羊群上动了手脚,但是仍然是在原有契约的范围之内进行的。而宗教对誓言的消极作用,除了克里根提到的在莎士比亚的戏剧中有所反映外,在历史故事中也不乏其例,维京人对不列颠的入侵便是血淋淋的例子。西蒙·凯恩斯(Simon Keynes)和迈克尔·拉皮奇(Michael Lapidge)提到,维京人"按照自己的方式,继续他们一贯的背叛行为,不顾人质,不顾他们的誓言和信仰的承诺,他们破坏了条约,杀死了他们所有的人质,然后就又去了另一个地方"①。维京人信奉奥丁(Odin)②,相信每一个光荣战死的英雄都会升入英灵殿,也造就了他们骁勇善战的性格,野蛮和力量是他们的名片。但是对于一个弱肉强食的部落,誓言的约束能力却十分松散,所以在入侵英格兰时,他们难以受到约束语言的约束。面对重视誓言的基督徒,他们轻率地违背誓言,而内心不必背负太多负担,因为他们的宗教对誓言没有有效的约束,从而造成了维京人誓言的不稳定,也给他们打上了野蛮的标签。所以说,当双方共同持有一个誓言时,不同宗教对不同誓言的约束力是不同的,从而给誓言增加了不稳定的因素。

第三节 约束语言中的契约与债务

一 高利贷的自然属性

在伊丽莎白时期,社会经济得到了快速发展,高利贷也随之产生。高利贷作为一种特殊的契约,约束着借债的双方,并有多种多样的形式。其中,自然因素和宗教因素对契约与债务有着重要的影响。

在莎士比亚的作品中,往往会看到约束语言以契约的形式建立,高利贷便是契约的重要形式之一,其中最具有代表性的就是《威尼

---

① Simon Keynes & Michael Lapidge, *Alfred the Great: Asser's Life of King Alfred and Other Contemporary Sources*, London: Penguin Books, 1983, p. 83.
② 奥丁是北欧神话中的众神之王。

第八章 约翰·克里根：莎士比亚约束语言的破与立

斯商人》。故事围绕着三条故事线展开，一是鲍西娅选亲，二是杰西卡与洛伦佐的恋爱和私奔，三是夏洛克与安东尼奥的高利贷和"一磅肉"的契约。这一个高利贷契约，充分发挥了线索的作用，将三条故事线交织在一起，完整构建出安东尼奥为朋友借债，而因意外逾期，结果差点失去性命的故事。在夏洛克与安东尼奥的合约中，克里根认为，高利贷的自然属性在其中起着重要作用。时间是高利贷自然属性中的重要部分，约束着每一份债务的有效期限，也衡量着高利贷的利息收益。本杰明·富兰克林（Benjamin Franklin）曾经说过，时间就是金钱，这点出了时间的重要价值。在克里根看来，债务与时间是密不可分的。在《错误的喜剧》中，两个安提福勒斯的父亲伊勤必须在日落前支付一千马克的罚金，如果错过时间，则会受到处决，所以时间在莎士比亚作品中的重要性可见一斑。对此，克里根认同托马斯·旁威尔（Thomas Powell）的观点，认为时间的价格是最为珍贵的，损失每一分钟的价格，远远超出一英镑，所以人们必须学会珍惜和利用自己的时间。[①]而高利贷的本质，就是出卖时间。肖恩·卡佩纳（Sean Capener）认为，高利贷的问题在于高利贷者是一个"小偷"，因为他们出卖的是时间，而时间是不能买卖的。[②]

奥利维（Olivi）将时间区分成两种，一种是"普通的时间"，是人们存在的时间，另一种是"专有的时间"，是人们拥有的时间，出卖这二者时间的区别，就是债务和奴隶的区别。他认为，"专有时间"可以用作商品出售，他还提到："时间是大家共有的东西，因此不应当把它当作出卖者自己的东西来出售，那么，我们就必须说，这里争论的问题，就时间是大家共有的东西而言，并不是时间，而是一

[①] John Kerrigan, *Shakespeare's Binding Language*, Oxford: Oxford University Press, 2016, p. 149.

[②] Sean Capener, "The Time That Belongs to God: The Christian Prohibition on Usury in the 12th – 13th Centuries and the Making of the Subject of Debt", Ph. D. dissertation, University of Toronto, 2021, p. 53.

件特定事物所固有的时间，就某物而言，它由于管辖权或权利而属于这个人或那个人。"①

　　细致区分的时间很好地解释了"时间不能买卖"这一观点，高利贷者出卖的不是自己生命中的时间，而是自己对于金钱所拥有的时间，通过出借金钱来获得更多的收益。也就是说，如果没有出卖金钱所拥有的时间，高利贷也毫无利润可言。所以，克里根认为在《威尼斯商人》中就是如此，夏洛克将钱借给需要的人，按照时间的长度来收取一定的利息，从而获得一笔可观的收入，但相反的是，安东尼奥选择将资金无息贷款给穷人，所以他并没有出卖时间，也就不是高利贷者。克里根还认为，逾期也是使得时间如此重要的另一因素，在关于借贷的契约中，错过还款的日期是非常危险的，因为债务逾期会迫使借款人背负沉重的财产压力，迫使借款人变成债务的奴隶。虽然契约是对双方的约束，但是一旦债务借出，则约束单方面来到的借款人一方，后者需要在规定的期限内归还贷款。克里根着重强调，如果一个人为高利贷所约束，那么一定要遵守时间约束，否则会损害一个人的信誉。在《威尼斯商人》中，夏洛克多次提到"时间"，目的就是来提醒观众，借款的时间与借款的金额一样重要。相应地，在故事的最后，时间也发挥了决定性的作用，尽管巴萨尼奥及时到达贝尔蒙特，提供给安东尼奥足够的资金去偿还这个贷款，但是优势依然在夏洛克一方，因为这时让安东尼奥受制于这个高利贷之下的，是时间的逾期，而并非金额的不足。

　　可以看出，在克里根的解读中，时间在契约中更多扮演的是一个压迫者的角色，起着负面作用，用来度量惩罚。在夏洛克与安东尼奥签订的契约中，最终的决定性的约束力量就是时间。夏洛克借钱给安东尼奥的目的并不单纯，而是想要用这个契约实施报复，因为安东尼

---

① Sean Capener, "The Time That Belongs to God: The Christian Prohibition on Usury in the 12th – 13th Centuries and the Making of the Subject of Debt", Ph. D. dissertation, University of Toronto, 2021, p. 161.

第八章　约翰·克里根：莎士比亚约束语言的破与立

奥经常将自己的资金无息贷款给穷人，夏洛克对此一直怀恨在心。要知道的是，在高利贷中，最具有约束能力的，就是时间和金钱，无法偿还约定的金额或者超过借款的日期，都会让借入方陷入劣势。为此，夏洛克做了双重准备，只要安东尼奥超过借款期限或者没能归还全部欠款，都将落入他的陷阱之中，结果也的确如此。揭露高利贷的自然属性，是《威尼斯商人》中暗含的观点，夏洛克引述了圣经中雅各和拉班的故事，强调了高利贷的自然属性：

> 夏洛克：当雅各替他的舅父拉班牧羊的时候——这个雅各是我们圣祖亚伯兰的后裔，他的聪明的母亲设计使他做第三代的族长，是的，他是第三代——
>
> 安东尼奥：为什么说起他呢？他也是取利息的吗？
>
> 夏洛克：不，不是取利息，不是像你们所说的那样直接取利息。听好雅各用些什么手段：拉班跟他约定，生下来的小羊凡是有条纹斑点的，都归雅各所有，作为他的牧羊的酬劳；到晚秋的时候，那些母羊因为淫情发动，跟公羊交合，这个狡猾的牧人就趁着这些毛畜正在进行传种工作的当儿，削好了几根木棒，插在淫浪的母羊的面前，它们这样怀下了孕，一到生产的时候，产下的小羊都是有斑纹的，所以都归雅各所有。这是致富的妙法，上帝也祝福他。——只要不是偷窃，会打算盘总是好事。
>
> （第一幕第三场）

圣经中讲道，雅各是拉班羊群的牧羊人，两人达成协议，每到秋天繁殖季节，母羊所生产的所有带花纹和斑点的小山羊都是雅各的报酬。而雅各通过观察，发现小山羊是否有花纹和斑点，与母羊生产时候看到的枝条是有关系的，所以雅各施用伎俩，将枝条插在怀孕的母羊前，让它们都产下了带花纹和斑点的小羊，从而获得了不菲的报酬。夏洛克更加强调，拉班和雅各是达成契约在先，其中明确约定，所有带花纹和斑点的小羊都是雅各的，虽然雅各投机取巧，利用不同颜色的枝条，让母羊生出的小羊都是有花纹和斑点的，但是二人仍然按照约定的契约行事，无论采取的手段是否正当，而雅各放牧的羊群就是高利贷的缩影。

在克里根看来，夏洛克暗示高利贷的收益会像羊群繁殖一样，越来越多，同时将高利贷比作与繁殖一样的自然，以此突出高利贷的自然属性。可以看出，高利贷与自然法则是有所契合的，自然界中的生物，在天性的驱使下，会进行配对，产出新的一代，从而延续整个族群。用作高利贷的本金虽说是没有生命的，但也遵守自然法则的特征，即不断增殖从而让自己在数量上翻倍，并且这个翻倍的过程都是需要时间的。从自然的角度来看，高利贷的确具有某种自然的特性。

夏洛克在阐释高利贷自然性的同时，也试图将借贷中的矛盾转移到自然属性当中，克里根也承认这一点。母羊怀有小羊而等待生产的时间，对应的正是高利贷借出等待收益的时间。雅各用树枝迫使母羊生出更多带有斑点的小羊，本身带有非自然属性，但是夏洛克将这一行为自然化，从而合理化雅各的欺骗收入，为自己高利贷的高额利润寻找自然依据。同时，他也试图将自然繁殖的小羊同高利贷的增殖等同起来，把高利贷的不合理利润归咎于自然法则，从而让高利贷的收益合理化。但是很明显，高利贷是人主导的，借款的金额、期限和逾期的惩罚，都是由借贷人所设定的，也注定了高利贷只能拥有部分的自然属性，无法等同于自然，所以克里根才认为，夏洛克对于高利贷自然属性的阐释，目的在于转嫁矛盾。

二 高利贷的宗教属性

莎士比亚作品中的借贷契约不仅拥有自然属性，也受到宗教属性的影响。在不同宗教的教义之下，对待高利贷的态度也是有着很大的不同，在莎士比亚笔下，这种不同的态度得到了充分的展示。在《威尼斯商人》中，信奉犹太教的夏洛克和基督教徒安东尼奥的冲

第八章　约翰·克里根：莎士比亚约束语言的破与立

突，展示了一个冷酷的犹太人的形象，而基督徒则要面临丢掉性命的惩罚，这二人之间的冲突，构成了这部戏剧的核心。

这种宗教属性下的区别对待引发了克里根对高利贷的思考。安东尼奥无偿借给需要的穷人，结果自己却陷入高利贷的圈套之中，尽管不与他人同流合污，最终却自身难保。人是受自然义务约束的，要给需要帮助的人给予借贷方面的支持，而这种义务也是上帝所赋予的。将金钱借出去，不指望得到回报，借款人只有归还借款的义务。而《威尼斯商人》是对这种观点的嘲弄，因为在这部作品中，富有仁慈之心的安东尼奥一直受到高利贷的煎熬，甚至要面对死亡，直到最后时刻在鲍西娅的帮助下，才在法庭上获得胜利。克里根的观点有着典型的基督教普世色彩。

夏洛克从同为犹太人的杜柏尔那里借来的钱并不会产生利息，但是却以高额的代价借给安东尼奥，克里根认为相比基督教，犹太教似乎是对摩西法律的扭曲。在犹太人的观念中，借钱是有条件的，只能借给有能力偿还贷款的人，而面对弱者，他们则很少施以援手。对于高利贷，犹太人禁止向同族放高利贷，却允许对外族人放贷，正是这种放高利贷的形式，破坏了人与人之间的纽带。所以，犹太人在莎士比亚的戏剧中，被打上了阴险、贪婪的标签。其实，在莎士比亚时代，英格兰已经没有多少犹太人了。1290年，犹太人被大规模强制驱离英格兰，只有少部分接受洗礼、皈依基督教的才能继续留下来，取而代之的是反犹太文化和对中世纪犹太人的刻板印象。所以莎士比亚的创作，大多沿用了这种对中世纪犹太人的想象。但是犹太人是如何与高利贷绑定在一起的？其实，通过考察历史我们发现，犹太人之所以在文艺复兴时期呈现出高利贷者的形象，主要来自同时期人们的刻板印象；犹太人经营高利贷，并非想要不劳而获，而是迫不得已，因为中世纪英格兰的犹太人不被允许拥有土地或企业，为了生存，他们被迫使用高利贷作为最后的生存手段。高利贷提供了丰厚的收入，这一事实也给他们带来了新的敌意，引发基督徒对他们的愤怒，同时给他们打上了污名化的标签。

伊丽莎白时期的基督教是反对高利贷的，但是高利贷在一定程度上也得到政府的容忍，政府允许高利贷不超过10%的年利率。在克里根看来，基督教之所以无法容忍高利贷，大多是出于基督教的教义。在教义的规则下，基督徒相互之间有着非常紧密的联系，教徒之间都是有所亏欠，所以在债务借出之后，不寻求回报，但是即使借出人明确要求不收回借款，借钱人也应该主动还清。基督教的慈善贷款，在借出货币之前，钱是属于借出人的，而当货币在借款人手中的这一段时间中，货币的所有权属于借款人而不是借出人，直到借款的时间到期，货币的所有权才归还到出借人手中，如果得不到归还，则会收取利息，作为无法使用借出款的补偿；也就是说，出借人的真正利息，其实是贷款逾期未归还的补偿。

沃特（Walter S. H. Lim）认为，《威尼斯商人》不仅是对夏洛克的戏剧化，也是对基督教社会价值观的肯定，在莎士比亚经典中占据了一个迷人的位置。[1] 从克里根的分析，我们发现，基督教的贷款，与慈善有着密切联系。时间用来衡量的不是获得的收益，而是逾期的补偿，与犹太教的高利贷模式形成鲜明的对比。在犹太人的高利贷中，时间扮演着至关重要的角色，在借贷期间，利润的多少是基于本金的增长，随着时间的增加会积累越来越多的债务，时间越多，利润越多。借出人没有用劳动换取金钱，而是变相出卖时间，夏洛克便是这样一个角色。夏洛克和安东尼奥的冲突，不仅仅是高利贷的纠纷，而是基督教和犹太教价值观的冲突，最后安东尼奥胜诉，夏洛克遭到惩罚，这不仅仅是官司上的胜利和契约的结束，还展示出普世价值之下当时的社会风气，是莎士比亚时期社会价值观的忠实反映。

---

[1] 参见 Walter S. H. Lim, "Surety and Spiritual Commercialism in *The Merchant of Venice*", *Studies in English Literature 1500–1900*, Vol. 50, No. 2, 2010, p. 355。

第八章 约翰·克里根：莎士比亚约束语言的破与立

第四节 约束语言与道德

一 约束语言与道德水平的提升

在莎士比亚的作品里，往往会看到人物间确立的誓言，作为彼此之间的承诺，增进互相的信任，从而实现共同的目的。基于此，誓言对道德具有约束力，或者说，有提升道德水平的作用。可以说，这种约束力对提升宣誓者的道德发挥着至关重要的作用。保拉·布兰科（Paula Blank）认为，莎士比亚诗歌和戏剧的约束语言的关键就是承诺，这些承诺规则规范着人与人之间的道德和社会秩序。[1]

克里根认为，宣誓者加入某个组织，或者要完成一些任务的时候，都会进行严肃而又庄重的宣誓。无论是骑士团，还是青少年团体，抑或是进入牛津大学礼堂的学习者，都是通过发誓这一行为，来获得人们的重视；如果加入者拒绝宣誓，那么同样他会失去进入该组织的权利。可以说，宣誓作为一种语言行为本身，并没有约束力，但是人们往往将誓言和重大的事情绑定在一起，人们只有在庄重的宣誓之后，才能进入自己想要加入的组织，无形之中便将这二者结合起来，誓言也在宣誓者心中有了重要的地位，进而会引发后者格外恪守所规定的条例，无形之中就对宣誓者的行为提出了约束，从而提升了人们的道德，而且能够让他们在此基础之上继续发展自我。

誓言宣誓的惩罚与震慑，是提升宣誓者道德水平的保证，《爱的徒劳》就是典型的例子。该剧中俾隆在其他三人的强制下进行宣誓，做出了承诺，打破誓言就要被驱逐。克里根认为，誓言中提到，不能看女士、严格限制睡觉时间、斋戒和坚持学习，这四个方面都能促进道德的发展，而前三者恰恰是后者的组成部分。禁看女士的目的是控

---

[1] Paula Blank, "Shakespeare's Promises", *Journal of English and Germanic Philology*, Vol. 100, No. 4, 2001, p. 582.

制人的欲望，以此来使人专注。限制睡觉时间可以让人保持清醒，因为过多的睡眠会让人懒散、产生惰性。斋戒则尽量减少进食，通过这种方式来阻断传染病的传播，保证宣誓者的身体健康。而从基督教来讲，斋戒则是一种仪式，是强制性的，具有惩罚的性质，用作忏悔；传统上禁食从午夜开始，或者至少在仪式开始三个小时之前，用来展示宣誓者的虔诚。①

可以看出，约束语言对于提升宣誓者道德的强制性，是出于对上帝惩罚的畏惧。但是过于严肃的约束语言对于提升道德方面是有消极作用的。在《爱的徒劳》里，俾隆就对誓言中苛刻的戒条提出疑问："这些事情实在太难，叫人怎么办得到？"（第一幕第一场）虽然宣誓只有俾隆提出了疑问，但是每一个宣誓者的内心都回荡着质疑和不忠，这也是为何当法国公主来访时，国王和大臣们接连打破誓言。所以说，过于苛刻的约束语言反而不利于道德的发展，特别是具有苦修意义的。过分压制人的欲望会适得其反，因为发誓者本身就处在一种痛苦之中，过着一种与其之前截然不同的生活。当周围充斥着这些诱惑，只有真正有毅力、坚定的人才能保守自己的誓言，但是这种人仅仅是少数，而大多数人都以失败告终。所以在《爱的徒劳》中，尽管国王要求任何女人都不得进入宫廷的一英里内，以此来排除干扰因素，但由于誓言的严苛和国王的武断，最终导致了誓言的失败。

集体誓言作为约束语言的形式之一，同样有着提高道德的作用。在《爱的徒劳》中，国王与四位大臣共同宣誓，集体誓言造就了一种模糊性，即大家向一个目标发誓，四个人以共同目标发誓为纽带，形成了一个共同体，彼此具有带动作用。即使俾隆委婉地反对了这个誓言，但是在国王的牵头以及其他二人的发誓和见证之下，也最终同意这种约束。如果俾隆是自己一个人面对这个学术誓言，那么很大概

---

① Mate Szaplonczay, "Eucharistic Fast in the Catholic East and West—With Special Emphasis on the Current Legislation of the Hungarian Greek Catholic Church", *The Downside Review*, Vol. 140, No. 1, 2022, p. 4.

第八章　约翰·克里根：莎士比亚约束语言的破与立

率他不会去遵守那些严苛的戒条。正是因为集体誓言的存在，其他三人既是发誓者，又是监督者，对俾隆施加压力，俾隆才勉强做出了自己的承诺。

可以说，这种集体誓言的形式，可以更好地在发誓的时候监督彼此的道德承诺，又可以在之后的实行中对彼此道德行为进行约束。虽然在莎士比亚的剧本中，最后四人均打破了自己的誓言，但这是基于法国公主事先约定来访的前提，属于一种不可抗力的因素。如果事情正常进行，俾隆也会与其他三人一起进行修习，直到完成三人的誓言。

二　复仇誓言与道德责任

誓言的另一大主题，就是复仇。复仇在道德方面一直是一个有争议的话题，与复仇相伴的一般都是血腥杀戮，存在生命肉体的夺舍，但是为自己亲人手刃自己的仇人也并非没有道理。哈姆莱特就是典型的例子，他在老国王的鬼魂面前发誓要为克劳狄斯的篡位报仇，这一道德困境同样引起了哈姆莱特的矛盾，到底是相信老父亲的鬼魂所暗示的，为父报仇，还是以大局为重，忠于自己的国家？这一矛盾始终困惑哈姆莱特，让他感到自己存在的虚无，也让他发出了振聋发聩的"生存还是毁灭"的名言，最后在悲剧中收场。

克里根认为哈姆莱特这部作品是鼓励怀疑主义的，因为从主角的行动中，没有看到主动报复的行为，所以克里根怀疑哈姆莱特在誓言上是失败的。但是我们可以看到，这份失败却推动了履行道德责任上的成功。因为在一段复仇中，道德是受到践踏的：一方以相同的方式来损害对方，会给双方都造成一定伤害，并且具有连续性，冤冤相报，没有完结的日期。此外，道德责任存在于哈姆莱特是否遵守法律和法规，因为他没有充足的证据来证明老国王死于克劳狄斯之手，所以此时从道德责任来讲，放弃复仇、遵守国家法律则是对这一道德义务的完美履行。但结果是，哈姆莱特一直处于一个被动的地位，克劳狄斯的死归结于他自己的安排,是他操纵雷欧提斯与王子决斗并意外毒死皇后的恶果,而非哈姆莱特所主导的结果。所以,哈姆莱特是间接完成复仇的,并非主动。克里根认为,这种非主动性,意味着哈姆莱特抛弃了他的誓言,因为他在纠结是否应该听从他父亲鬼魂的指示,或者说遵守法律与规则间,错失了完成复仇的机会。可以说,哈姆莱特虽然抛弃了誓言,但是在履行道德责任上取得了成功,在一系列机缘巧合之下,哈姆莱特遵从了法律规则上的道德义务。

誓言的打破不一定代表着在约束语言的道德水平上的下滑,在《威尼斯商人》中,鲍西娅和尼莉莎送给她们爱人的戒指就是一种契约。克里根认为,这两枚戒指代表着彼此肉体和情欲的联系,是一种对于彼此的约束语言,象征着对于彼此的爱与承诺,并且提到:

巴萨尼奥:……可是这指环要是有一天离开这手指,那么我的生命也一定已经结束;那时候您可以放胆地说,巴萨尼奥已经死了。

(第三幕第二场)

鲍西娅也设置了一个戒指戏法来检验男性的忠诚,从而在巴萨尼奥心中提高了鲍西娅的地位。所以克里根分析道,这是对于新恋情的考验,是为以后能够维持这一段关系而精心设计的阴谋:将自己在巴萨尼奥心中的地位提高,要高于安东尼奥。因为二人相互信任亲密无间的关系,使得她产生了一定程度的嫉妒,从而有了这个戏法。[1]但是这种分析忽略了这个誓言的本质,剧情上,当扮演着法官的鲍西娅向巴萨尼奥索要戒指的时候,他首先是不同意的,因为这一枚戒指对于他来说意义非凡,代表着婚约。虽然最终将戒指给予了她,但是在

---

[1] 参见 John Kerrigan, *Shakespeare's Binding Language*, Oxford: Oxford University Press, 2016, p.197。

第八章　约翰·克里根：莎士比亚约束语言的破与立

第一次索要的时候，巴萨尼奥是断然拒绝的。这个拒绝的行为，就是他履行这份婚约道德责任的过程，因为有这份约束语言在先。而最后巴萨尼奥交出戒指的结果，并没有违反这份誓约的本质——珍惜彼此，互相忠诚。虽然他交出了戒指，但是他对鲍西娅的感情没有变化。鲍西娅用谎言去检测一个人的誓言，在道德上是有争议的。其中一方通过谎言的方式去试探这份誓言，无异于用不道德的行为去试探一个坚守道德的人，而谎言最终得到的结果并不一定是真实可信的。鲍西娅做出这个行为的目的，是测试巴萨尼奥的忠诚，将自己在巴萨尼奥心中的地位提升至高于安东尼奥的位置，但这个目的并不属于原有两个人互相许下誓言时的目的——彼此相爱，不离不弃。即在两人的誓言中，是不能将这枚戒指以任何形式丢弃的，显示出戒指的至高无上，其中真正的含义是珍惜彼此，相互忠诚。可以说，从道德上来讲，虽然戒指从巴萨尼奥手上失去了，但是他对于鲍西娅的感情并未改变。克里根也同意，鲍西娅意识到戒指的重要性，是因为她借给过巴萨尼奥一些钱，出于对经济风险的顾虑，她收回了这一枚戒指，并非要收回她的誓言。可以说，鲍西娅并非要打破自己的誓言，而是保护自己免受经济风险的侵扰，巴萨尼奥也没有放弃对鲍西娅的感情，所以最后二人都履行了誓言的道德义务，保持了自己约束语言最原本的意义。

结　语

《莎士比亚的约束语言》这一著作吸收形式主义批评之所长，在注重语言分析的同时，结合社会历史背景，将誓言带入具体的历史环境当中，剖析约束语言的内涵，为21世纪的莎评注入了活力。

克里根坚持用美学的角度审视莎士比亚的誓言，这一点在他对《露克丽丝遭强暴记》的分析中得到了深刻体现。在克里根看来，在戏剧的结尾，布鲁塔斯（Brutus）发出了深刻的复仇誓言，也是莎士比亚所有作品中比较长的誓言，用超出人们预期的长度，展示出震撼人心的美学力量。誓言的主题往往是悲壮的，克里根从美学的角度来探讨这些主题和情节如何体现莎士比亚的创造力和思想深度，以及如何通过这些主题和情节来引发读者的情感共鸣和美感体验，拓展了莎士比亚语言的美学的空间。同时，在克里根看来，莎士比亚不仅是一个作家，也是一个誓言的设计者，他剧中的约束语言拥有多方面的意义。誓言并不是一个独立的存在，而是一个多方面因素互相影响的结果。作为一个学者，克里根对莎士比亚的约束语言的分析既全面又深刻，在他看来，约束语言既可以增加宣誓者之间的约束，帮助人们提升道德责任，同时也有着消极和不稳定的一面，体现了人性的复杂。

克里根考察莎士比亚的约束语言，更多关注的是约束语言的来源和意义。莎士比亚的誓言作为一种表达形式，源自中世纪黑死病时期的学术誓言和头盔骑士团的宣誓仪式，而剑和肢体，作为最有说服力的形式，为约束语言提供了强有力的保障。在誓言演变的过程中，复仇是最具有驱动力的因素，推动着誓言的履行。面对约束语言中的遵守与违背，克里根通过对莎士比亚约束语言的研究，揭示了约束语言的矛盾性，既有忠于承诺、保持荣耀的誓言，也有阳奉阴违、背信弃义的誓言，后一种甚至用约束语言来谋取不当的利益，这种对于约束语言本质的偏离，是克里根关注的重点，展现了一个学者审慎的批评态度。他对莎士比亚约束语言的细致分析，在莎评史上是不多见的，正如凯文·库兰（Kevin Curran）所说，克里根的"《莎士比亚的约束语言》涉及莎剧中的各种誓言——宣誓、承诺、担保、契约等，在涉猎的广度和分析的深度上都是值称道的"[1]。克里根的这本书，以

---

[1] Kevin Curran, see *Studies in English Literature 1500–1900*, https：//www.amazon.co.uk/Shakespeares-Binding-Language-John-Kerrigan-ebook/dp/B01LLTTCPW/ref=sr_1_1?crid=23IFEHLC0VNP6&keywords=Shakespeare%E2%80%99s+Binding+Language&qid=1690790956&s=books&sprefix=shakespeare+s+binding+language%2Cstripbooks%2C2050&sr=1-1［2022-8-2］.

第八章　约翰·克里根：莎士比亚约束语言的破与立

约束语言为出发点，涉及忠诚、爱、信仰与复仇等复杂主题，探索了约束语言的建立和打破约束的多种形式。他为我们提供了阅读誓言的多种方式，而分析的核心是细读，为形式主义莎评注入了新的活力。从莎评史来看，形式主义莎评在20世纪90年代末进入后形式主义莎评时代，而这部著作标志着后形式主义莎评已进入成熟阶段。

参考文献

一 英文文献

Ackroyd, Peter, *Shakespeare: The Biography*, New York: Anchor Books, 2006.

Armstrong, Edward, *Shakespeare's Imagination: A Study of the Psychology of Association and Inspiration*, London: Lindsay Drummond Limited, 1946.

Anderson, D., "The old Testament Presence in *The Merchant of Venice*", *English Literary History*, Vol. 51, No. 1, 1985.

Barber, C. L., *Shakespeare Festive Comedy*, Princeton: Princeton University Press, 2012.

Barclay, William, *The Gospel of Matthew*, Volume One, Philadelphia: The Westminster Press, 1975.

Baskervill, C. R., *The Elizabethan Jig*, Chicago: University of Chicago Press, 1929.

Bataille, Georges, *Visions of Excess: Selected Writings*, trans. Allan Stoekl, Minneapolis: University of Minnesota Press, 1985.

参考文献

Bauman, Zygmunt, *Legislators and Interpreters: On Modernity, Post-modernity, and Intellectuals*, Cambridge: Polity Press, 1987.

Bauman, Zygmunt, *Modernity and Ambivalence*, Cambridge: Polity Press, 1991.

Bayley, John, *Shakespeare and Tragedy*, London: Routledge & Kegan Paul, 1981.

Bednarz, James P., "Book Rview: *Shakespeare's Binding Language*", *Modern Philology*, Vol. 115, No. 2, 2017.

Bevington, David, *Shakespeare: The Seven Ages of Human Experience*, Oxford: Blackwell Publishing, 2005.

Bevington, David, see *Renaissance Quarterly*, https://www.amazon.co.uk/Shakespeares-Binding-Language-John-Kerrigan-ebook/dp/B01LLTTCPW/ref=sr_1_1?crid=23IFEHLC0VNP6&keywords=Shakespeare%E2%80%99s+Binding+Language&qid=1690790956&s=books&sprefix=shakespeare+s+binding+language%2Cstripbooks%2C2050&sr=1-1 [2022-5-20].

Blank, Paula, "Shakespeare's Promises", *Journal of English and Germanic Philology*, Vol. 100, No, 4, 2001.

Bloom, Harold, *The Western Canon*, New York: Harcourt Brace, 1994.

Bloom, Harold, *Shakespeare: The Invention of the Human*, New York: Riverhead Books, 1998.

Boghossian, Paul A., *Fear of Knowledge: Against Relativism and Constructivism*, Oxford: Clarendon Press, 2006.

Booth, Stephen, *King Lear, Macbeth, Indefinition, and Tragedy*, New Haven and London: Yale University Press, 1983.

Bradbrook, M. C., *The Growth and Structure of Elizabethan Comedy*, Berkeley: University of California Press, 2022.

Bradley, A. C., *Shakespearean Tragedy*, London: Penguin Books, 1991.

Brooks, Cleanth, *The Well Wrought Urn: Studies in the Structure of Poetry*, London: Dobson Books Ltd., 1960.

Brooks, Cleanth, "Empson's Criticism", in John Constable, ed. *Critical Essays on William Empson*, Aldershot: Scolar Press, 1993.

Brown, James, and J. B. Selkirk, *Bible Truths with Shakespearian Parallels*, Whitefish: Kessinger Publishing, 2010.

Brown, John Russell, ed., *Focus on Macbeth*, London, Boston, and Henley: Routledge & Kegan Paul, 1982.

Brown, J. R., *A. C. Bradley's Shakespearean Tragedy: A Reader Guide*, Cambridge: Cambridge University Press, 2018.

Capener, Sean, "The Time That Belongs to God: The Christian Prohibition on Usury in the 12th – 13th Centuries and the Making of the Subject of Debt", Ph. D. dissertation, University of Toronto, 2021.

Cervone, Thea M., "'So God Me Helpe': Sworn Bond in English Literature, 1531 – 1609", Ph. D. dissertation, University of Illinois at Chicago, 1998.

Clemen, Wolfgang, *The Development of Shakespeare's Imagery*, London: Methuen & Co Ltd, 1951.

Cohen, Stephen, ed., *Shakespeare and Historical Formalism*, New York: Routledge, 2016.

Gombrich, E. H., *Art and Illusion: A Study of the Psychology of Pictorial Representation*, New York: Pantheon Books, 1960.

Cooper, John R., "Shylock's Humanity", *Shakespeare Quarterly*, No. 2, 1970.

Cornford, F. M., *The Origins of Attic Comedy*, London: Legare Street Press, 2022.

Curran, Kevin, see *Studies in English Literature 1500 – 1900*, https://www.amazon.co.uk/Shakespeares-Binding-Language-John-Kerrigan-ebook/

dp/B01LLTTCPW/ref＝sr_1_1？crid＝23IFEHLC0VNP6&keywords＝Shakespeare%E2%80%99s＋Binding＋Language&qid＝1690790956&s＝books&sprefix＝shakespeare＋s＋binding＋language%2Cstripbooks%2C2050&sr＝1-1［2022-8-2］．

Cuddon, J. A., *A Dictionary of Literary Terms*, Oxford: W & J Mackay Limited, Chatham, 2013.

Danson, Lawrence, "20th Century Shakespeare Criticism: The Comedies", in Stanley Wells, ed. *The Cambridge Companion to Shakespeare Studies*, Cambridge: Cambridge University Press, 1986.

Darwin, Charles, *On the Origin of Species by Means of Natural Selection*, New York: Barns & Noble Classis, 2004.

Dandy, J. F., *Shakespeare's Doctrine of Nature: A Study of King Lear*, London: Faber and Faber, 1949.

de Man, Paul, *Allegories of Reading*, New Haven & London: Yale University Press, 1979.

de Man, Paul, *Blindness and Insight: Essays in the Rhetoric of Contemporary Criticism*, New York: Oxford University Press, 1971.

Derrida, Jacques, *Memoires for Paul de Man*, New York: Columbia University Press, 1986.

Derrida, Jacques, *Positions*, Chicago: University of Chicago Press, 1981.

Dumas, Alexandre, *The Count of Monte Cristo*, London: Penguin Group, 2003.

Dusinberre, Juliet, *Shakespeare and the Nature of Women*, New York: St. Martin's Press, 1996.

Eastman, Arthur M., *A Short History of Shakespearean Criticism*, New York: Random House, 1968.

Eliot, T. S., *Selected Essays, 1917-1932*, London: Faber and Faber Limited, 1932.

Ellen Gutoskey, "Puzzling Anachronisms That Made It Into Shakespeare's Plays", https://www.mentalfloss.com/article/602920/shakespeare-anachronisms [2022-10-19].

Empson, William, *Seven Types of Ambiguity*, London: Chatto and Windus, 1949.

Empson, William, *The Structure of Complex Words*, London: Chatto & Windus, 1951.

Evans, Bertrand, *Shakespeare's Tragic Practice*, Oxford: Clarendon Press, 1979.

Fawkner, Harald William, *Deconstructing Macbeth: The Hyperontological View*, London and Toronto: Associated University Presses, 1990.

Ferguson, Margerat, "Hamlet: Letters and Spirits", in Patricia Parker, Geoffrey Hartman, eds. *Shakespeare and the Questions of Theory*, New York and London: Methuen, 1985.

Filipski, S., "The Necessary Question of the Play: The Contribution of Shakespeare's *Hamlet* to Balthasar's Dramatic Categories", Ph.D. dissertation, Ave Maria University, 2018.

Fraistat, N. & Julia F., *The Cambridge Companion to Textual Scholarship*, New York: Cambridge University Press, 2013.

Frank, Joseph, "Foreword", in Jeffrey R. Smitten & Ann Daghistany, eds. *Spatial Form in Narrative*, Ithaca & London: Cornell University Press, 1981.

Frazer, J. G., *Myth and Ritual in Shakespeare: A Midsummer Night's Dream*, London: Macmillan Press, 1920.

Frye, Northrope, *A Natural Perspective: The Development of Shakespearean Comedy and Romance*, New York: Columbia University Press, 1965.

Frye, Northrope, *Fools of Time: Studies in Shakespearean Tragedy*, Toronto: University of Toronto Press, 1967.

参考文献

Frye, Northrop, "Characterization in Shakespearian Comedy", *Shakespeare Quarterly*, No. 3, 1953.

Frye, Northrop, "The Argument of Comedy", in Paul Siegel, ed. *His Infinite Variety: Major Shakespearean Criticism Since Johnson*, Philadelphia: J. B. Lippincott Company, 1964.

Frye, Northrop, *Anatomy of Criticism: Four Essays*, Princeton: Princeton University Press, 2000.

Grady, Hugh, ed., *Empson, Wilson Knight, Barber, Kott: Great Shakespeareans*, Volume XIII, New York: Continuum International Publishing Group, 2012.

Grady, Hugh, *The Modernist Shakespeare: Critical Texts in a Material World*, Oxford: Clarendon Press, 1991.

Granville-Barker, H., and G. B. Harrison, *A Companion to Shakespeare Studies*, Cambridge: Cambridge University, 2010.

Grazia, Margreta de, and Stanley Wells, eds., *The Cambridge Companion to Shakespeare*, Cambridge: Cambridge University, 2001.

Grazia, Margreta de, and Stanley Wells, eds., *The New Cambridge Companion to Shakespeare*, Cambridge: Cambridge University, 2010.

Greeenblatt, Stephen ed., *The Norton Shakespeare*, New York: W. W. Norton & Company, 2008.

Greenblatt, Stephen, ed., *The Power of Culture: Renaissance Essays*, Berkeley: University of California Press, 1989.

Habermas, J., *The Philosophical Discourse of Modernity: Twelve Lectures*, trans. F. Lawrence, Cambridge, MA: MIT Press, 1987.

Habib, I. H., *Shakespeare's Pluralistic Concepts of Character: A Study in Dramatic Anamorphism*, Plainsboro: Susquehanna University Press, 1993.

Hastings, William T., "The New Critics of Shakespeare: An Analysis of the Technical Analysis of Shakespeare", *Shakespeare Quarterly*, Vol. 1,

No. 3, 1950.

Hawkes, Terence, ed., *Alternative Shakespeares*, Vol. 2, London: Routledge, 1996.

Hawkes, Terence, "Telmah", in Patricia Parker and Geoffrey Hartman, eds. *Shakespeare and the Question of Theory*, New York and London: Methuen, 1985.

Heideggar, *What is Called Thinking*, trans. J. Glenn Gray, New York: Harper & Row, 1968.

Heilman, Robert B., "Cleanth Brooks and *The Well Wrought Urn*", *The Sewanee Review*, Vol. 91, No. 2, 1983.

Howard, Jean, "The New Historicism in Renaissance Studies", *English Literary Renaissance*, Vol. 1, 1986.

Hyman, E. S., "The Critical Achievement of Caroline Spurgeon", *The Kenyon Review*, Vol. 10, No. 1, 1948.

Johnson, Samuel, "Preface to The Plays of William Shakespeare", in Delphi Classics, *Complete Works of Samuel Johnson*, Hastings: Delphic Publishing Ltd., 2013.

Kermode, Frank, ed., *Four Centuries of Shakespearean Criticism*, New York: Avon Book: 1965.

Kerrigan, John, *Shakespeare's Binding Language*, Oxford: Oxford University Press, 2016.

Kerrigan, John, *On Shakespeare and Early Modern Literature: Essays*, Oxford: Oxford University Press, 2001.

Kerrigan, John, *Shakespeare's Originality*, Oxford: Oxford University Press, 2018.

Keynes, Simon, and Michael Lapidge, *Alfred the Great: Asser's Life of King Alfred and Other Contemporary Sources*, London: Penguin Books, 1983.

Knight, G. Wilson, *The Wheel of Fire: Interpretations of Shakespearian*

Tragedy, London: Taylor & Francis e-Library, 2005.

Knight, G. Wilson, *The Imperial Theme: Further Interpretations of Shakespeare's Tragedies Including the Roman Plays*, London: Oxford University Press, 1931.

Knight, G. Wilson, *Shakespearian Tempest*, New York: Taylor & Francis e-Library, 1932.

Kyd, Thomas, *The Spanish Tragedy*, New York: W. W. Norton & Company, 2013.

Lawrence, D. H., *Selected Literary Criticism*, Anthony Beal, ed., New York: The Viking Press, 1956,

Lee, James, "'Ye Shall Disturbe Noe Mans Right': Oath-taking and Oath-breaking in Late Medieval and Early Modern Bristol", *Urban History*, Vol. 34, No. 1, 2007.

Leitch, Vincent B., *Deconstructive Criticism*, New York: Columbia University Press, 1983.

Lemon, R. "*Shakespeare's Binding Language* by John Kerrigan", *Shakespeare Quarterly*, Vol. 68, No. 4, 2017.

Lentricchia, Frank, "The Place of Cleanth Brooks", *The Journal of Aesthetics and Art Criticism*, Vol. 29, No. 2, 1970.

Lewalski, Barbara K, "Biblical Allusion and Allegory in *The Merchant of Venice*", *Shakespeare Quarterly*, No. 3, 1962.

Lim, Walter S. H., "Surety and Spiritual Commercialism in *The Merchant of Venice*", *Studies in English Literature 1500 – 1900*, Vol. 50, No. 2, 2010.

Lodge, David, *Consciousness and the Novel*, London: Secker & Warburg, 2002.

Mack, M., *The Jacobean Shakespeare: Some Observations on the Construction of the Tragedies*, Oxford: Clarendon Press, 1961.

Mallin, Eric, "Shakespeare and the Urgency of Now: Criticism and Theory in the 21st Century", *Shakespeare Quarterly*, No. 3, 2015.

Mcalindon, Tom, "Swearing and Forswearing in Shakespeare's Histories the Playwright as Contra-Machiavel", *The Review of English Studies*, New Series, Vol. 51, No. 202, 2000.

McDonald, Russ, ed., *Shakespeare: An Anthology of Criticism and Theory 1945 - 2000*, Oxford: Blackwell Publishing Ltd, 2004.

McGovern, Jonathan, "The Development of the Privy Council Oath in Tudor England", *Historical Research*, Vol. 93, No. 260, 2020.

McManmon, J. J., "Formalism, Structuralism, Poststructuralism, and Text, in *Christianity and Literature*, Vol. 40, No. 1, 1990.

Morgan, A. K., "Shakespeare, Formalism, and Socialist Realism: The Censored Hamlets of Michael Chekhov and Nikolay Akimov", in T. Bishop, A. A. Joubin & N. Khomenko, eds. *The Shakespearean International Yearbook 18: Special Section, Soviet Shakespeare*, New York and London: Taylor & Francis Group, 2021.

Muir, Edwin, https://www.amazon.co.uk/Shakespeares-Imagery-What-Tells-Us-ebook/dp/B01LZWFPJL/ref = sr _ 1 _ 1? crid = 2IOD12YSYJR11&keywords = Shakespeare%E2%80%99s + Imagery + and + What + it + Tells + Us&qid = 1691107908&sprefix = shakespeare + s + imagery + and + what + it + tells + us%2Caps%2C615&sr = 8 - 1 [2022 - 12 - 10].

Muir, Kenneth, "Fifty Years of Shakespearian Criticism: 1900 - 1950", in *Shakespeare Survey 4: Interpretation*, ed. Allardyce Nicoll, Cambridge: Cambridge University Press, 1951.

Murphy, B., *Social Closure: The Theory of Monopolization and Exclusion*, Oxford: Oxford University Press, 1991.

Nietzsche, *Thus Spoke Zarathustra: A Book for All and None*, New York:

Penguin Books, 1978.

Olson, Elder, "William Empson, Contemporary Criticism and Poetic Diction", *Modern Philology*, Vol. 47, No. 4, 1950.

Park, Clara Claiborne, "Ambiguities, Complexities, Puzzles: A Late Encounter with William Empson", *The Hudson Review*, Vol. 59, No. 1, 2006.

Paul, Henry, *The Royal Play of Macbeth*, New York: Macmillan, 1950.

Petherbridge, S., "Usury as a Human Problem in Shakespeare's *Merchant of Venice*", M. A. thesis, North Dakota State University of Agriculture and Applied Science, 2017.

Pickering, D. E., "The Roots of New Criticism", *The Southern Literary Journal*, Vol. 41, No. 1, 2008.

Platt, Peter G., *Shakespeare and the Culture of Paradox*, Aldershot: Ashgate Publishing Ltd., 2009.

Pound, Ezra, "A Retrospect", in T. S. Eliot. ed., *Literary Essays of Ezra Pound*, New York: New Directions, 1935.

Rabkin, Norman, *Shakespeare and the Common Understanding*, New York: The Free Press, 1967.

Rabkin, Norman, *Shakespeare and the Problem of Meaning*, Chicago: The University of Chicago Press, 1981.

Rajnath, "The New Criticism and Deconstruction: Attitudes to Language and Literature", in M. H. Abrams, Jonathan Culler, et al. *Deconstruction: A Critique*, London: Palgrave Macmillan, 1989.

Ralli, Augustus, *History of Shakespearian Criticism*, New York: Humanities Press, 1959.

Ransom, J. C., *The New Criticism*, Westprot: Greenwood Press, 1979.

Ransom, J. C., "The Formal Analysis", *The Kenyon Review*, Vol. 9, No. 3, 1947.

Richards, I. A., "Semantic Frontiersman", in Roma Gill, ed. *William Empson: The Man and His Work*, London: Routledge & Kegan Paul, 1974.

Richards, I. A, *The Philosophy of Rhetoric*, New York: Oxford University Press, 1965.

Richardson, H. G., "The Coronation in Medieval England: The Evolution of the Office and the Oath", *Traditio*, No. 16, 1960.

Ryan, K., *Shakespeare's Comedies*, London: Bloomsbury Publishing, 2020.

Shaughnessy, Robert, *The Routledge Guide to William Shakespeare* (Part 3), New York: Routledge, 2011.

Sider, J. W. ed., *The Troublesome Raigne of John, King of England*, London: Routledge, 2019

Siegel, Paul, ed., *His Infinite Variety: Major Shakespearean Criticism Since Johnson*, Philadelphia and New York: J. B. Lippincott Company, 1964.

Smith, Marion, *Dualities in Shakespeare*, Toronto: Toronto University Press, 1966.

Spurgeon, C., *Shakespeare's Imagery and What It Tells Us*, Cambridge: Cambridge University, 1935.

Staten, Henry, *Wittgenstein and Derrida*, Lincoln & London: University of Nebraska Press, 1984.

Stoll, Elmer Edgar, *Hamlet: A Historical and Comparative Study*, Minneapolis: University of Minnesota Press, 1919.

Stoll, Elmer Edgar, "Anachronism in Shakespeare Criticism", *Modern Philology*, Vol. 7, No. 4, 1910.

Szaplonczay, Mate, "Eucharistic Fast in the Catholic East and West—With Special Emphasis on the Current Legislation of the Hungarian Greek Catholic Church", *The Downside Review*, Vol. 140, No. 1, 2022.

Taylor, Michael, *Shakespeare Criticism in the Twentieth Century*, New

York: Oxford University Press, 2001.

Taylor, Michael, "G. Wilson Knight", in Hugh Grady, ed. *Empson, Wilson Knight, Barber, Kott: Great Shakespeareans*, Volume XIII, New York: Continuum International Publishing Group, 2012.

Tobar, C., "Religion and Revelry in Shakespeare's Festive World", *Theatre of Survey*, Vol. 53, No. 1, 2012.

Van Domelen J. E., "G. Wilson Knight and the Last Plays of Shakespeare", Ph. D. dissertation, Michigan State University, 1964.

Vickers, Brian, "King Lear and Renaissance Paradoxes", *The Modern Language Review*, No. 2, 1968.

Vickers, Brian, *Approapriating Shakespeare: Contemporary Critical Quarrels*, New York: Yale University Press, 1993.

Vlasopolos, A., "The Ritual of Midsummer: A Pattern for *A Midsummer-Night's Dream*", *Renaissance Quarterly*, Vol. 31, No. 1, 1978.

Waller, Gary, "Review of Deconstructing Macbeth: The Hyperontological View", *Shakespeare Quarterly*, Vol. 43, No. 1, 1992.

Waugh, Patricia, *Metafiction: The Theory and Practice of Self-Conscious Fiction*, London: Routledge, 2001.

Wertheim, A., "The Treatment of Shylock and Thematic Integrity in *The Merchant of Venice*", *Shakespeare Studies*, No. 6, 1970.

二 中文文献

［法］加缪：《西西弗神话》，杜小真译，人民文学出版社2012年版。

卞之琳：《莎士比亚悲剧论痕》，生活·读书·新知三联书店1989年版。

［法］波德莱尔：《恶之花 巴黎的忧郁》，钱春绮译，人民文学出版社1991年版。

常思丹：《西方莎士比亚评论概观》，《上海师范大学学报》（哲学社会科学版）1991年第3期。

陈惇：《莎士比亚与基督教——从〈威尼斯商人〉说开去》，《北京师范大学学报》（社会科学版）1995年第5期。

［意］但丁：《神曲》，朱维基译，上海译文出版社2011年版。

范存忠：《英国文学史纲》，译林出版社2015年版。

［德］弗里德里希·尼采：《悲剧的诞生》，孙周兴译，商务印书馆2012年版。

［奥］弗洛伊德：《释梦》，孙名之译，商务印书馆2011年版。

［英］佛兰克·哈里斯：《萧伯纳传》，黄嘉德译，外国文学出版社1983年版。

［法］柏格森：《笑》，徐继曾译，北京出版社出版集团、北京十月文艺出版社2005年版。

［英］霍布斯：《利维坦》，黎思复、黎廷弼译，杨昌裕校，商务印书馆1985年版。

贾志浩等：《西方莎士比亚批评史》，社会科学文献出版社2014年版。

［美］克林斯·布鲁克斯：《精致的瓮：诗歌结构研究》，郭乙瑶、王楠、姜小卫等译，陈永国校，上海人民出版社2008年版。

［美］勒兰德·莱肯：《圣经文学》，徐钟、刘振江、杨平译，春风文艺出版社1988年版。

李赋宁：《西方莎士比亚评论和研究概述》，载中国莎士比亚研究会编《莎士比亚研究》（3），浙江文艺出版社1986年版。

李丽娜：《〈仲夏夜之梦〉中的丑角分析》，《山西广播电视大学学报》2009年第2期。

李敏、张旭春：《西方莎学界〈约翰王〉研究300年》，《英语研究》2017年第1期。

李伟民：《中国莎士比亚批评史》，中国戏剧出版社2006年版。

［美］罗伯特·F. 墨菲：《文化与社会人类学引论》，王卓君、吕迺

基译，商务印书馆1991年版。

刘星：《惊奇与怪异：域外世界怪物志》，九州出版社2017年版。

孟宪强主编：《中国莎学年鉴》，东北师范大学出版社2014年版。

孟宪强编：《中国莎士比亚评论》，吉林教育出版社1991年版。

［英］米兰达·布鲁斯－米特福德、菲利普·威尔金森：《符号与象征》，周纪岚译，生活·读书·新知三联书店2014年版。

［加］诺思罗普·弗莱：《批评的剖析》，陈慧、袁宪军、吴伟仁译，百花文艺出版社1998年版。

［美］乔纳森·卡勒：《论解构：结构主义之后的理论与批评》，陆扬译，中国人民大学出版社2018年版。

［英］莎士比亚：《莎士比亚全集》，朱生豪等译，译林出版社1998年版。

［美］苏珊·朗格：《情感与形式》，刘大基、傅志强、周发祥译，中国社会科学出版社1986年版。

［瑞士］费尔迪南·德·索绪尔：《普通语言学教程》，高名凯译，商务印书馆1980年版。

谭璐：《狂欢化视角下的〈仲夏夜之梦〉》，《中国外语研究》2017年第1期。

谈瀛洲：《莎评简史》，复旦大学出版社2005年版。

涂淦和：《谈谈二十世纪西方莎评的几种流派》，《厦门大学学报》（哲学社会科学版）1985年第2期。

［俄］陀思妥耶夫斯基：《罪与罚》，岳麟译，上海译文出版社2004年版。

王超华：《以节庆视角重读〈仲夏夜之梦〉》，《中国社会科学报》2021年8月25日。

王维昌：《莎士比亚研究》，安徽大学出版社1999年版。

［奥］维特根斯坦：《哲学研究》，李步楼译，陈维杭校，商务印书馆1996年版。

［英］威廉·燕卜荪：《朦胧的七种类型》，周邦宪、王作虹、邓鹏译，黄新渠、吴福临审校，中国美术学院出版社1996年版。

肖锦龙：《20世纪后期西方莎剧评论的新动向》，《文艺研究》2008年第5期。

熊云甫：《20世纪西方莎士比亚评论中的传统与文体研究》，《武陵学刊》2010年第2期。

辛雅敏：《20世纪莎士比亚批评研究》，博士学位论文，吉林大学，2013年。

［法］雅克·德里达：《延异论》，载朱刚编著《二十世纪西方文论》，北京大学出版社2006年版。

［古希腊］亚理斯多德：《诗学》，罗念生译，上海人民出版社2006年版。

杨正润：《人性的足迹》，江苏人民出版社1992年版。

叶舒宪：《原型批评的理论与方法》，陕西师范大学出版社2018年版。

袁舰、向荣：《莎士比亚戏剧意象特征分析》，《安徽大学学报》1993年第2期。

袁可嘉：《"新批评派"述评》，《文学评论》1962年第2期。

［英］约翰·德莱顿：《一切为了爱情》，陈宇、焦丹译，参见"微信读书"，https：//weread.qq.com/book-detail?type=1&senderVid=250084647&v=29f322a05a1b3329fd6c671&wtheme=white&wfrom=app&wvid=250084647&scene=bottomSheetShare［2022-08-02］。

［英］约翰·福尔斯：《法国中尉的女人》，陈安全译，上海译文出版社2002年版。

［美］约翰·克劳·兰色姆：《新批评》，王腊宝、张哲译，文化艺术出版社2010年版。

张琦：《诗人与诗人的对话：燕卜荪对莎士比亚戏剧的意义解读》，博士学位论文，南京大学，2002年。

张泗洋、徐斌、张晓阳：《莎士比亚戏剧研究》，时代文艺出版社1991年版。

张泗洋、徐斌、张晓阳：《莎士比亚引论》（下），中国戏剧出版社1989年版。

张薇：《放眼世界，多种"主义"莎评交辉——评〈世界莎士比亚研究选编〉》，《中国比较文学》2021年第2期。

赵一凡、张中载、李德恩主编：《西方文论关键词》，外语教学与研究出版社2006年版。

赵毅衡：《重访新批评》，四川文艺出版社2013年版。

中国社会科学院外国文学研究所编：《莎士比亚评论汇编》（上），中国社会科学出版社1979年版。

中国社会科学院外国文学研究所编：《莎士比亚评论汇编》（下），中国社会科学出版社1981年版。

中国社会科学院文学研究所编：《古典文艺理论译丛》（卷三），知识产权出版社2010年版。

周国平：《尼采与形而上学》，译林出版社2012年版。

朱雯、张君川主编：《莎士比亚辞典》，安徽文艺出版社1992年版。

后　　记

哈罗德·布鲁姆在其著作《西方正典》中称莎士比亚是西方经典的中心，四百年来，学界对莎士比亚的研究一直没有停止过，莎士比亚研究业已成为一门显学。尽管莎士比亚一直是我喜爱的一个作家，我的学术研究也肇始于莎士比亚研究，可莎学对我来说仍然是一门新的学问。我常常问自己，莎士比亚原著真正读透了吗？面对汗牛充栋的批评文献有时不免有一种怯意：研究文献如此之多，如何开辟新的空间进行研究呢？我迷茫过，也幻想过。要想对莎士比亚进行深入研究，发现新的问题，那就要对莎士比亚学术史进行详细的梳理。我们常说，"工欲善其事，必先利其器"，"他山之石，可以攻玉"，于是我就投入莎士比亚批评著作的阅读之中。在阅读莎士比亚批评著作的过程中，我发现了莎士比亚研究的新观点和新视角，同时也觉得对莎士比亚批评经典的深入研究还很不充分。特别是对20世纪莎士比亚批评经典的系统性深入研究还远远不够。而且我还发现，对形式主义莎士比亚批评经典的研究相对来说更加薄弱，于是形式主义莎评经典研究这一问题就这样产生了。

形式主义莎评产生于20世纪20年代末期。形式主义莎评大都提倡文本细读方法，形式主义莎评家从语言、意象、象征、主题及神

后　记

话、仪式、原型、解构主义等方面入手，对莎士比亚作品进行了深入细致的研究，形式主义莎评经典是20世纪莎学的重要组成部分，对20世纪的文学批评产生了重要影响。一些文学批评理论，诸如新历史主义批评理论、文化唯物主义批评理论等都是直接脱胎于莎士比亚研究，弗洛伊德的精神分析理论也是建立在对哈姆莱特的恋母情结的分析之上。

　　国内专门研究形式主义莎评的专著目前尚不多见，形式主义莎评论述更多散见于一些研究莎士比亚或者其他批评性的著作里；形式主义莎评研究的论文都局限于资料的介绍和梳理。比较早的莎评是杨周翰为《莎士比亚评论汇编（下）》（1981）一书写的序言对20世纪莎评进行了梳理和分析，从研究的广度和深度上说，这是国内20世纪莎评研究的开山之作。杨周翰认为，形式主义莎评在20世纪莎评中占有重要位置，其从语言、意象、结构等入手，揭示了莎剧的深层含义。2000年以后，更多的年轻学者加入莎评研究队伍中。谈瀛洲的《莎评简史》（2005）一书涉及形式主义莎评流派，但仅仅是宏观分析，对形式主义莎评文本的分析显得不够。贾志浩、朱海萍等著的《西方莎士比亚批评史》（2014）一书，20世纪莎评占该书一章，其中对形式主义莎评研究的广度和深度并没有超出谈瀛洲的研究，但该著作注重结合文艺思潮进行分析，在这方面具有一定的突破。辛雅敏的《二十世纪莎评简史》（2016）一书对众多莎评著作进行了较深入的评析，同时也观照了文学批评发展的宏观背景；该书对形式主义莎评研究具有重要参考价值，但对形式主义莎评经典的挖掘还远远不够。张琦的博士论文《诗人与诗人的对话：燕卜荪对莎士比亚戏剧的意义解读》（2002）主要研究了30年代英国批评家兼诗人威廉·燕卜荪的名著《含混七型》对莎士比亚戏剧所做的语言层面上的意义解读，揭示了这种解读的诗性特征，该博士论文对形式主义莎评研究具有重要借鉴意义。国内关于莎评研究的论文在中国知网上统计达60余篇，主要集中在新历史主义莎评、马克思主义莎评、某一莎剧

形式主义莎评经典研究

的研究史、某一莎评家的研究等方面,有关形式主义莎评经典研究的论文比较罕见。

20世纪是文学批评的时代,各种批评理论通过与莎士比亚的结合,证明了自己的价值。同时,也产生了一些在文学批评史上具有重要影响的莎学经典。形式主义莎评在20世纪莎学中就占有重要地位。国外专门研究形式主义莎评的论著并不多见,比较有影响的是亚瑟·伊斯曼(Arthur Eastman)的《莎士比亚批评简史》(*A Short History of Shakespearean Criticism*,1968),该书讨论了自1600年到20世纪60年代出现的重要莎评家,对一些重要莎评论著的分析比较透彻,对以后的莎评研究具有指导意义。专门研究20世纪莎评的著作是迈克尔·泰勒(Michael Taylor)的《20世纪莎士比亚批评》(*Shakespeare Criticism in the Twentieth Century*,2001),本书对20世纪重要的莎评流派进行了梳理和研究,认为布拉德雷(Bradley)从心理的角度对莎士比亚作品中人物性格的研究开创了20世纪莎士比亚批评的新纪元。此外,该书对形式主义莎评和历史主义莎评以及女性主义莎评、种族和宗教莎评流派进行了分析。这些研究注重莎评流派的介绍,涉及莎评著作众多,但对形式主义莎评著作的深度解读还远远不够。

国外除了这些莎评史著作外,对某一莎评流派研究的著作虽然不多,但维斯瓦纳坦(S. Viswanathan)的《作为诗歌的莎剧:一种批评的传统》(*The Shakespeare Play as Poem*:*A Critical Tradition in Perspective*,1980)是一部有影响的著作,该书重点考察了20世纪以奈特为代表的学者把莎剧视为诗歌的批评传统。

相对于不太多的莎评研究专著,国外有关莎评研究的论文就比较多。针对20世纪的莎评,这些论文同样集中在莎评史或者莎评流派的研究上,而对形式主义莎评经典深度解读的文章并不多见。《莎士比亚研究》第四期发表的肯尼斯·缪尔(Kenneth Muir)的《莎士比亚批评五十年》(*Fifty Years of Shakespearian Criticism*:*1900 - 1950*)对20世纪上半叶的莎评进行了梳理;另外还有《莎士比亚研究指

后　记

南》(*A Companion to Shakespeare Studies*, 2010) 收录的艾萨克斯 (J. Isaacs) 的《柯勒律治以来的莎士比亚批评》("Shakespearian Criticism: From Coleridge to Present Day"), 该文对一些重要的莎评家进行了介绍。

通过对国内外研究的考察，我们发现国内外的研究著作主要集中在莎评史的梳理以及对某一莎评流派进行的研究上。但对形式主义莎评研究进行系统探讨的专著尚不多见，聚焦形式主义莎评经典解读的研究就更是凤毛麟角。所以，本书主要对形式主义莎评经典进行了全面深刻的阐释和反思，以弥补莎学研究方面的不足。重温经典，一方面能够加大对经典价值的挖掘，另一方面也是为理论之后的莎学提供借鉴。

基于以上研究目的，正如本书绪论中所言，本书基本以历史为经，从新批评莎评、意象莎评、象征莎评、原型批评莎评、解构主义莎评、细读式莎评六个流派中选取最经典的形式主义莎评著作进行深入解读，希望这种解读能为20世纪的形式主义批评增砖添瓦，同时也加深人们对形式主义批评理论的理解。

任何研究都需要热爱、学养、时间和精力，尽管我在莎士比亚研究领域游走多年，但对形式主义莎评还是有些许的陌生，可以说，没有对莎士比亚语言的深度理解，从事形式主义莎评研究是有一定困难的。另外在对这一问题进行研究的过程中，我也同时做着政治文化莎评经典研究的课题，还翻译着哈罗德·布鲁姆的《莎士比亚：人的创造》这部莎士比亚批评经典著作。时间的冲突和精力的不足，都对我的研究产生了不小的影响。但经典的光一直吸引着我，我秉持着细读的精神，以蜗牛的速度缓缓向前，虽然看到终点，可一直达不到终点……

在此书稿即将付梓之时，首先要感谢我多年前求学时的授业恩师杨正润教授，每每在莎士比亚研究领域感到困惑时，老师总是能给我指点迷津。同事刘昱君、车云宁二位老师在资料搜集整理方面做了一定的工作；在研究过程中，与丁明瑾、刘文敏、王佳汇、王雅琪、张子昂、姚梦娇和孙佳怡一起讨论问题的情景是愉快难忘的，谢谢他们的支持和分享。感谢中国社会科学出版社的编审，他们对书稿的修改和建议可谓细致入微，他们一丝不苟的精神令我难忘；还要特别感谢中国社会科学出版社的梁世超编辑，她的辛苦付出，才使该书稿得以顺利出版。

正如上文所言，看到终点，可一直达不到终点。研究总是有理想也有遗憾，书中不足和疏误乃至乖谬之见恐在所难免，敬祈学界同人、专家和读者不吝批评指正。

许勤超
2024年3月6日于午山阁